我们阅读
WOMENYUEDU

魅丽文化 花火工作室

比你喜欢你 ②

Bi Ni
Xihuan Ni 2

川澜／著

百花洲文艺出版社
BAIHUAZHOU LITERATURE AND ART PRESS

图书在版编目（CIP）数据

比你喜欢你. 2 / 川澜著. -- 南昌 : 百花洲文艺出版社, 2019.11
ISBN 978-7-5500-3417-4

Ⅰ. ①比… Ⅱ. ①川… Ⅲ. ①长篇小说—中国—当代
Ⅳ. ① I247.5

中国版本图书馆 CIP 数据核字（2019）第 225159 号

比你喜欢你. 2
川澜 著

责任编辑	蔡央扬
选题策划	朵　爷　张美丽
特约编辑	张美丽
封面设计	壹书工作室
出版发行	百花洲文艺出版社
社　　址	南昌市红谷滩新区世贸路 898 号博能中心 A 座 20 楼
邮　　编	330038
经　　销	全国新华书店
印　　刷	湖南凌宇纸品有限公司
开　　本	880mm×1230mm　1/32　印张 10
版　　次	2020 年 2 月第 1 版第 1 次印刷
字　　数	311 千字
书　　号	ISBN 978-7-5500-3417-4
定　　价	38.60 元

赣版权登字　05-2019-274

网址 http://www.bhzwy.com
图书若有印装错误，影响阅读，可向承印厂联系调换。

CONTENTS 目录

第一章 你真的比我小吗 001

第二章 割舍不掉的曾经 022

第三章 冰山一角 047

第四章 梦 073

第五章 爱你的资格 095

第六章 巧克力的心 121

第七章 为你披荆斩棘 146

第八章 缠绵 168

第九章 你一笑，我神魂颠倒 193

第十章 风雪中找寻 220

第十一章 向全世界说爱你 248

第十二章 绝地反击 271

第十三章 微微寒星 289

第一章
你真的比我小吗

如果诚实遵从内心是一种勇敢，那么林知微觉得自己可太勇敢了！

“姐弟”关系早已被陆星寒的执着与深情打破，她抵挡不了他的坚持，身上背负的枷锁早已不知道被丢在了哪里。那些迟疑、顾虑、纠结，都不再必要。既然没办法抗拒他，不如彻底深陷他的深情。

陆星寒再坚韧，也是需要她回以肯定的。

所以，她主动吻了他。

晚上洗漱时，陆星寒挤进浴室，从背后把林知微拥住，低声问：“知微，我今天乖不乖？”

林知微望着镜子里交叠的人影，脸上微烫，直觉没那么简单：“你是不是有什么阴谋？”

“找你讨奖励啊！”陆星寒从镜子里看她，一脸“你赖账我就哭”的可怜样子，“化妆的时候，说好了我乖你就答应我条件的。”

林知微抿抿唇，是有这么回事来着。她小声说：“那你不能提过分条件。”

陆星寒果断保证：“绝对不过分！”

话音落下，他趁林知微没防备，立刻把她打横抱起，直奔卧室。

林知微不禁惊叫：“陆星寒！”

“我在呢！”陆星寒把她放进被子里，探手调暗台灯，“我的条件确实不过分，让我哄你睡觉就行。”

“这还不过分？”

陆星寒委屈巴巴地凑到她颈边，叹了口气，声音沉了些：“我一个月最多回来七八天，这七八天里，让我哄你睡觉好不好？我保证不乱动，就跟你说说话。”

他一示弱，林知微心疼了，默默咬着被角说：“我又不是睡不着，非要你哄做什么。”

“小姑娘被哄着睡才能做好梦，”他语气低沉温软，“我给你讲童话故事，或者唱歌，什么都好。”

林知微垂下眼。

在真正是小姑娘的年纪里，没人哄过她，她每天在忙着让自己快点长大，多做事，有价值，才能换取生存的空间。

从小她就懂得，想得到什么，首先要拼命付出，即使付出很多倍才能拥有一点点的回报，她也很满足。

大家觉得她是成熟的、可靠的、沉稳温柔顾全大局的，只有在陆星寒的身边，她才会被当作小女孩对待。

她半蜷在被子里，带着少许鼻音，问：“你真的比我小吗？”

“我倒希望比你大，”陆星寒让她枕在手臂上，轻吻她的脸颊，“能从小就做你的哥哥，好早点有能力照顾你。”

林知微不出声了，往他身边挪近了点。

“我要讲故事了啊——讲美人鱼好不好？”灯光昏暗，枕头柔软，他的体温暖暖的。陆星寒的语速很慢，“在很远很深的海底，有一座高大的城堡，里面住着几位美丽的人鱼公主，年纪最小的公主长得最美，不过还是没有我家知微美——”

林知微抗议：“什么啊，哪有这样讲故事的！”

“我说实话嘛！”

“美人鱼的故事太惨了，还是换一个。”

“好好，那换白雪公主，”陆星寒有求必应，“国王的小女儿长大了，皮肤雪一样白，头发乌木一样黑，楚楚动人，”他一顿，话锋一转，“但还是没有我家知微动人。”

林知微无奈，笑着打了他一下，眼帘渐沉。

虽然他的故事讲得很糟糕，但听得她心里太软了，软得想在他身边睡过去。

知道陆星寒很早就要走，即使没定闹钟，林知微也不到五点就醒了过来。迷迷糊糊睁眼一看，陆星寒还保持着她睡前的姿势，紧挨着她一动不动，一晚上也没盖被子。

林知微赶紧轻手轻脚给他盖严实，起来简单做了点早餐，五点二十，袁孟准时登门。

进来一看卧室门关着，袁孟捂着嘴："还没醒？"

林知微点头，问："急吗？急我就叫他。"

袁孟看看表："再等十分钟吧，他够累的。"

说罢眼馋地看着厨房里飘香的早餐，林知微一乐，给他逐样端上来："别等他，先吃点。"

袁孟不客气，剥开鸡蛋就着豆浆垫了底，才清清嗓子，郑重其事地说："小林老师，昨天微博的事件不知道你关注后续没有，目前的情况有点失控。"

陆星寒为了维护她，转发时的语气过于亲密，即使后来容瑞他们相继出来掩护，也还是拨到了粉丝们敏感的神经。要说明星身边存在异性工作人员实属正常，但是也不能太年轻漂亮啊。

虽然林知微没在微博发过照片，但她入行以来跟过的各种活动现场数不胜数，有心人扒一扒，很容易就能知道林知微是何方神圣。到袁孟上楼前，微博上已经开始了对她的各种深层"科普"。

林知微刷新一看，可不是，连她的日常生活照都翻出来好几张。虽然她干干净净没有任何黑历史，但也挡不住层出不穷的各种猜测。

她关上屏幕，直截了当地问："我该怎么做？"

"跟你沟通就是省心，"袁孟给她竖大拇指，"其实也简单，咱们的合作关系是事实，你实力又摆在那，没什么见不得人的，听说你要接女刊那边的专栏是吧？那正好，我打算和他们配合一下，干脆别回避，联合给你炒作一轮，大家都受益。"

越藏越有问题。如果坦荡站出来，反倒好解决。大家不是好奇吗？那就以造型师的身份大大方方在微博来场访谈，本人回答粉丝问题，问什么说什么，全搞定了。

林知微点头，这种时候顾不上愿不愿意曝光，首先要解决陆星寒的危机。

“先别让星寒知道。”

袁孟打包票：“那当然，这事让他选，他肯定不同意你出面。”

当天下午，趁着男团封闭训练，袁孟跟女刊那边联合打出宣传，以“当红美女造型师”“打造男团的神之双手”“原来这么多‘小生’‘小花’都曾因她脱胎换骨”等一大堆高调噱头，请林知微在微博上进行一场正式的微访谈。以粉丝提问，林知微在后台问题库里筛选作答的方式进行。

消息一出，正对着各种小道传闻烦躁的男团粉丝们全热血了，一股脑拥上去刷问题，不过几分钟后台就爆满了，服务器都卡顿了。

林知微哭笑不得，发现自己要红。

“小姐姐今年多大？”

“二十三岁。”刚过生日不久。

粉丝拍胸口，还好还好，寒寒被采访时说过理想型是温柔漂亮的小姑娘，那二十三岁的姐姐肯定不是他口中的小姑娘了。

“寒寒那么维护小姐姐？私交很好吗？”

“是他本身很好，有责任感，很懂照顾人。”实话实说。

粉丝继续拍胸口，那说明寒寒对工作人员都很贴心很热情啊，不愧是超萌小天使！

“那小姐姐有男朋友吗？”

这句才是重点好吧！

林知微在问题库里发现一大半都是问这个的。

好吧，她手指按上键盘，打下一个字——

“有。”

粉丝们一下子沸腾了，有男朋友的！安全的！不过还是要问——

“和男朋友恋爱很久了吗？经常跟明星一起工作会不会被吸引呢？”

林知微认真地回复。

“我和我男朋友，从小一起长大，感情很深，不管跟哪位明星合作，都不会受到任何影响。”

这句答复一出，转评数急速上涨。

男团粉丝们总算放下了心，青梅竹马哎，感情超好的男朋友哎，而且小姐姐成熟可靠、业务能力过硬，和男团合作半年从来没在粉丝圈里找过存在感，这么低调高水准的造型师去哪找。

粉了粉了！

女刊那边给林知微发来消息，示意她再回答些工作相关问题。

最后总共二十个问题，全部呈现完美答案，袁孟和女刊方面都表示非常满意，效果超出预期。林知微舒了口气，刚准备关掉电脑，忽然特别关注的微博“叮咚”一声蹦出来。

一扫右下角的时间，男团训练差不多到了中场休息。

陆星寒看到了？

她急忙点开，就见陆星寒大号上线，嚣张地转了她关于“男朋友”的那条微博——

“知微小姐姐的男朋友我认识，人特别好，跟她特别相配，最重要的是，特别爱她。”

林知微呆呆地看着这行字，下一秒，私信跳出来。

陆星寒：“知微，你男朋友说得对不对？”

寒哥厚脸皮的功力越发炉火纯青。把自己夸得天上有地下无，不带害臊的。

等不及林知微回复私信，他的电话直接打过来，认真叮嘱：“以后这类事情，他们再私下找你出面解决，你要跟我说，别瞒着。”

特殊情况，发生一次已经够让她紧张了，她不会让这类事重复发生。

林知微合上电脑，不想他担心，还是乖巧地应了。听到肯定答复，陆星寒抑制不住满腔火热，试探着问：“知微你承认我了，给我名分了是不是？”

还名分，说得像个受气小媳妇儿似的。

林知微按按心口，整颗心被他小心翼翼讨“男朋友”称呼的语气戳成了筛子，她小声说：“嗯，承认了。”

“那我转发说的那些话，对不对？对不对？”

得寸进尺，给点阳光就灿烂，说的就是陆星寒本人！

林知微捂住眼，强忍着笑意：“对对对，你人好，跟我配，还特别特别爱我，满足了？”

“不满足啊，你再多夸我几句——”陆星寒靠在练习室的大镜面上，汗水淋漓地傻笑，跌在地板上直打滚，折腾够了才发现知微好半天没再跟他说话，忙爬起来，“怎么了？”

林知微有些迟疑："我们算不算欺骗了你的粉丝？"

她在这圈里几年，比起明星艺人，与粉丝们接触更多，深知他们追星都很辛苦。女星稍好些，男星们一旦公开恋情，别管唱歌的、演戏的，只要够红，只要女粉多，粉丝们必定是哀号声一片，真情实感地伤着心。

陆星寒坐直，渐渐正色："知微，你刚才回答问题的时候，说我有责任心是吗？"

"是。"

他喘了口气，声音放稳："那我想告诉你，我对你负的责任，是爱你保护你，把我的爱情，所有一切，全都给你。但我对粉丝们负的责任，是让我自己足够好，不叫他们因为我而丢脸难堪。"他字字郑重，"我很自私，对除你以外的其他人，最多只能做到这样。"

林知微什么话也说不出了，手指紧了又松，无处安放，忽然很想抱他一下。

她只知道，心脏在告诉她，它爱这样的陆星寒。

女刊专栏的首秀档期排在两天后，因为不是工作室行为，不适合带太多人，只有何晚鞍前马后跟着林知微到场。

三位不同风格的造型师，前两位都是行内成绩显赫的前辈，一位擅长雍容华丽，一位擅长极致简单，林知微年纪最小，则更像是中间的融合，自带着纯真剔透以及若有似无的艳丽感。

杂志方资源没得说，各自安排了风格相适应的女星。

随便哪位都是娱乐圈内的大牌熟脸，跟林知微搭档的，是连续两届捧走最佳女演员奖杯的最年轻影后谢晗。

谢晗才二十七岁不到，身价已经斐然，长着一张显嫩的娃娃脸，日常造型中规中矩，走简单路线，很难出彩。

两方见面，林知微请她坐下，她笑着问："你看我这娃娃脸还有救吗？有生之年能不能做一回大美女？"

性格好得很。

林知微眨眨眼："必须能。"

第一组妆发、衣服妥当，谢晗往镜头前一站，刚拍几张，就迫不及待凑到摄影师身边看照片，看得大眼睛直瞪，拽住林知微："这不行，我得赶紧想办法把你弄到手！"

林知微以为她闹着玩的，笑笑没在意。

拍完女刊的第一期专栏，前前后后的准备和善后工作加一起差不多用了三天，三天没见着陆星寒，林知微多少有点熬不住了。

何晚坐车上，瞧她一脸急不可待要往家跑的严肃表情，八卦地往她身边靠，悄悄问：“想他了吧？”

林知微清清嗓子。

何晚乐得不行，跟她说：“这要比起来的话，其实还是你比较好过。你想看他，随便刷刷微博就有了；他想看你，那可不容易。”

林知微看看何晚，觉得……有道理。

干想着怪难受的，刷微博是个好选择，她顺便插上耳机，将陆星寒的新歌循环播放，全方位立体声，超享受。

这几天里，陆星寒领着男团常驻热搜，练习室舞蹈发了两段，一扫刚开始练舞时候的生涩，乐感和节奏感的天赋发挥得淋漓尽致。

舞蹈动作不算复杂，但陆星寒节拍卡点极其精准，身体骨骼的天然优势助攻，他领舞足够抢眼，旁边容瑞他们也在合格线上，这样一看，俨然打磨成熟的一组优质艺人。

“我跟你说，超级帅，就这视频我看了好几十遍了，”何晚捧脸，“等开演唱会，你给我弄张内部票，我得现场尖叫去。

“歌也好，陆星寒唱功太令人意外了，我真没想到潜力这么大，以前也优秀吧，但是近期经过专业人士一雕琢，整个质的飞跃。

“不是偶像团的水准，脱离偶像了，你看另外三个被他带的，全都突飞猛进。”

何晚一脸阿姨粉的狂热，林知微不得已拍拍她的肩膀，指指自己，又指指屏幕：“喏，这个，我男朋友，花痴有度啊。”

何晚哈哈大笑：“林知微你完蛋了。”

“哎哟，”她激动得拍大腿，“你也开始有占有欲了！”

林知微脸一红，镇定地扭头，没忍住笑出声，弯着眼睛看向车窗外。

到家的时候，她拧开门，屋里没开灯，窗帘是拉着的，一片黑。

她回身关门时，不禁看了下手机，又十点多了，说好了今晚回来见面的，陆星寒还没忙完吗？

一点点失落涌上来，她伸手刚摸索着去探墙上的开关，猛地感觉到熟悉的呼吸声。

心剧烈一跳。

她反射性朝着呼吸的方向转过身，还没等脚迈出去，火热的温度比她更快，先一步扑过来。

"知微，你终于回来了。"

三天没见，像隔了三年似的。

"星寒，你怎么……"

陆星寒低叹着把她抱起来放在玄关的矮柜上，仰脸看她："我回来发现你不在，什么都不想做，也不愿意动，灯都没力气开，一直坐在门口等你。"

哎，委屈死了。

"飞机晚点了。"林知微摸摸他的脸。

"嗯，我知道，那也很难受，"他不依不饶地磨蹭她，"你哄哄我好不好。"

林知微不知怎么想起他跳舞时的强势气场，再揉揉粘在颈边用生命在撒娇的大男孩，侧头亲他一下；"好，哄你。"

打开灯，林知微抬起他的脸仔细看看，瘦了一小圈，再皱眉一瞧，眼睛红红的，里面全是血丝。他身上穿着黑色的短裤短袖，活动时偶尔露出手肘和膝盖，遍布新新旧旧的伤，膝上有一小块地方还在渗血。

林知微头皮一麻，赶紧拽着他坐下："怎么弄的？！"

陆星寒看了眼，不在意地说："练舞时候伤的，没事，过两天就好了。"

林知微心疼不已，急忙找出药箱给他清理，小心包住伤口，陆星寒垂眼看她："不用包，你给我吹吹就不疼了。"

说完看到林知微的睫毛有一点潮，吓得他的心一抖，把她拉怀里，转着脑筋转移话题："真没事，那——那你可怜可怜我，哄哄我，陪我——陪我看电影好不好。"

林知微攥着药棉，控制住情绪，闷声问："什么电影。"

"都行都行，"他说着按着遥控器，"我找找。"

林知微推开他："你先找，我去洗洗手。"

她进浴室关起门，给袁孟打电话。袁孟一听就明白她要问什么，可算找到宣泄口，知无不言地往外倒："小林老师，星寒太拼了，我跟你说，他现在在公司，不叫陆星寒，叫陆老师，容瑞他们估计做梦都想联手把他给掐死。

“没行程的时候，从早到晚魔鬼训练，跳舞唱功是最基本的，他底子优越你知道，可容瑞和尤嘉，尤其梁忱，基础算是比较一般的孩子，被星寒强行带动，现在业务能力已经直逼火了三五年的那种老团，星寒的训练强度有多大你就可想而知了。

“总嫌弃自己能力不足，不够红，赚得不够多。

“拜托还想怎么红啊！这才出道半年好吧，多少新人羡慕死了！而且最近有两部班底相当不错的校园剧找他演男主，配的女主都是当红‘小花’，我觉得挺好的，他倒不同意，天天抠着自己那点老本行拼命，一副死心眼还要急赚钱的样子——”

林知微扶住洗手台，手指用力，禁不住插言：“他要钱干什么？”

袁孟一顿，有几秒没说话。

再开口，语气也平稳下来，吞吞吐吐的：“他那性格不可能主动说，我死活缠着问，差不多拼出个大概。你跟工作室那边不是预备解约了嘛，这小兔崽子巴望着你早点自立门户，他不太懂行情，但也知道需要不少钱，怕你不够用。”

林知微闭上眼。

到这里，什么都不必再说了。

袁孟好像还唠叨了不少，林知微耳朵里乱响成一团，没听太清，直到陆星寒见她太久没出去过来敲门，她才吸了口气，压低声音说：“我都知道了，平常带他，你辛苦了，下次见面再细说。”

她挂断电话，删掉跟袁孟的通话记录，朝外面喊：“稍等，我在洗澡。”

在浴室里又磨蹭了一会儿，她稳住心情，控制好表情，才推门走出去，陆星寒小狗崽似的守在门口等着，一把抄起她往沙发上抱，兴奋地说：“选好电影了！”

“什么啊，这么高兴。”

陆星寒把顶灯关掉，留一点门厅的光源，整个客厅里昏昏暗暗，只有电视屏幕亮着幽光，他贴近她耳边，神秘兮兮地说：“国外新上映的恐怖片。”

林知微明知故问：“你不怕吗？”

他挺挺胸：“我怎么会怕。”

她长长“哦”了声：“那我害怕怎么办？”

他等的就是这句话：“有我啊！”

电影播到十分钟，各种诡异晃动的镜头下，惊悚音效，怪笑声、尖叫声连成一片。

陆星寒总在瞄她，隔三岔五问：“知微，这么恐怖，怕不怕啊？”

林知微其实一点也不怕。

但她还是努力表现得瑟瑟发抖，回头望着陆星寒，惨兮兮嗫嚅：“怕。”

陆星寒精神一振，连忙伸臂把她往腿上一搂：“快抱着我！”

林知微咬住唇，垂眸往他怀里一扑。

抱吧抱吧。

这么努力的你，就让我放纵地依赖吧。

《今夜无眠》的录制正式进入尾声。

倒数第二期出发前，高考成绩和期末成绩相继公布，尤嘉成功过线，容瑞和梁忱也门门低空飞过，最让人出乎意料的是陆星寒，不但一水儿的高分，还直接拿到了一等奖学金。

很快这份漂亮的成绩单就被“不经意”地爆料到网上，自然赚了一大片好评，陆星寒也一跃成为当季最根正苗红的好宝宝。

少年明星须起到正面榜样作用，耀眼的成绩单比说再多冠冕堂皇的心灵鸡汤都管用。

随后男团出发去机场，赶往节目录制地，闻风而动的记者追着陆星寒问：“寒寒，你行程这么忙，怎么做到保持学习成绩的？”

陆星寒一本地正经地回答：“辅导老师功不可没。”

记者又问：“有什么考试诀窍教给大家吗？”

陆星寒扬扬眉梢，笑得超甜：“有一个无比大的期待放在考试后面，就会超常发挥。”

林知微心情本来是特别好的，但在一眼看到这次团队里又出现了秦思思时，兴致直线跌到谷底。

大小姐不会又来紧迫盯人那一套吧！

事实证明她还真猜对了，秦思思几乎把她设置成了唯一目标人物，一张妆容精致的漂亮脸蛋儿时时刻刻跟着她转，搞得何晚浑身不舒服，悄悄说：“知微，我都怀疑这秦家兄妹俩是不是全看上你了。”

林知微撞她一下：“别瞎说。”

何晚耐不住，走过去问：“秦总监，您怎么又跟来了？”

秦思思冷哼：“想解约的人不是还没解吗？那我就还是她上司，跟着来监督，违反哪条规定了？”

惹不起惹不起，何晚拱手退场，秦思思则继续不管不顾地瞧着林知微，到了录制现场也不例外。

陆星寒很快发现不对，眸光转冷，敌意和警告毫不掩饰。

秦思思看见陆星寒就想起自己被砸杯子出丑以及在秦然面前暴露之仇，翻个大大的白眼，无视他，继续紧盯林知微。男团化妆现场的气氛随之变得相当诡异。

林知微把陆星寒打理好，安抚地按按他的肩，忍无可忍把秦思思抓到门外问：“秦大小姐，你到底有什么事？能不能直说？”

秦思思甩开她，抬起下巴，脸上粉有点厚，黑眼圈遮得不太好，浑然不知自己暴露无遗，趾高气扬地冷哼一声：“监督你，怎么了？”

林知微摆摆手，示意她别来这些虚的：“我再跟你讲一次道理，秦然和我没关系，我更不可能喜欢他，你一点也不用担心我会影响你们兄妹的感情，好吗？”

“有你说的那么轻松？”秦思思撇撇嘴，气不过，“我哥为了不让我找你麻烦，把我关家里，后来我拼死拼活逼他，他宁可出国一走了之！走之前，还说他就喜欢你这样的，什么时候我能像你一点，他就考虑回来！”

“所以你才跑来观察我？”

“不然呢？我长得又不像你！只能从别的地方学！”秦思思一冲动说出口，差点咬到舌头，“呸！谁——谁学你！我就是想看看你哪来的吸引力，让大家全围着你打转！”

这一顿叫嚣完全是熊孩子撒泼打滚，林知微真心没空哄她玩。“行行行，你尽管看，但是不准影响大家的工作心情，否则让星上娱乐把你遣送回去。”

秦思思脸色难看，踩着高跟鞋追上她，大声说：“我长这么大，哪个男人不是随便撩着玩，动动手指就上钩。自从你出现，撩个小明星陆星寒，一副恨不得要我命的样子，就连工作室里随便哪个小男生也都维护你，最受不了的是我哥——”

她眼睛瞪大，隐隐发红：“我再作再胡闹，还不都为了让他多管管我！结果可好，他一心全在你身上，你是给他下了什么药——”

林知微“唰”地转回身，目光凌厉。

秦思思硬生生一噎：“干……干吗！”

林知微的耐性用到极限时，袁孟从外面风风火火过来，离老远朝她招手：“小林老师，有急事！”

他走近，把林知微迎到一边，故意避着秦思思，小声问：“谢晗你熟悉吧？”

林知微怔了片刻，反应过来是娃娃脸小影后，随即点头：“我们前几天拍杂志合作过。”

袁孟舒口气：“我刚从导演组那边过来，这期有个女嘉宾临时有状况来不了，由谢晗顶替。人已经到了，说是行程匆忙，没带造型师，跟你关系很好，想请你去救个场，托我来跟你说说。”

这倒始料未及，林知微顺着化妆室的门缝朝里看看，陆星寒已经换好衣服，没什么再要她顾及的，于是答应：“只要你这边没意见，我可以。”

谢晗得到肯定答复，立马闲不住，搬个小板凳坐自己门口翘首以盼，见林知微来了，热情地来了个大大的拥抱：“知微我跟你说，这女人啊，一旦做过一回大美女，就真接受不了继续平庸了，气质实力什么的都是扯淡，还是美重要，赶紧给我打扮打扮。”

林知微被她逗笑，这小影后性格好、自来熟，天生容易让人亲近。

“坐吧，我给你化妆。”

谢晗捧着脸：“化嫩嫩的啊，节目里全是超帅的‘小鲜肉’。”

妆面完成，长发也打理得差不多了，谢晗简直迷上镜子里的自己，左右享受地看了半天，越看越满意，目光移开，挥挥手让屋里的经纪人、助理一群人先出去。

她收敛神色，不再笑闹，正正经经地说：“其实我行程挺紧，身体素质也一般，不太适合参加户外真人秀，这次专门顶缺，是因为听说你在这，我为表诚意才专门过来的。”

林知微意外地看向她。

谢晗站起来，朝她落落大方一笑："林小姐，咱们开门见山，下个月国际电影节，你有没有兴趣跟我出去走一趟？"

林知微顿时精神一凛，听懂了她话里的意思。

初秋的国际电影节上，会有走红毯以及一系列晚宴活动，谢晗有两部新片上映，受邀出席是板上钉钉的事，看她的意思，是打算请她做全程的造型师。

"为什么是我？"

谢晗摊摊手："红了以后，公司给我找过的造型师没有十个也有八个，你见过我有一次出彩的吗？一直都是造型黑洞好吧，直到跟你真正合作过一次，我觉得我还能垂死挣扎一下。"

年轻影后的国际电影节……

解约前夕能有这样的机会，可以说求都求不来。但面对好意，林知微更要提前说清楚自己的情况。

"我马上要跟原工作室解约了，未来一小段时间内，可能是自由人，没有团队。"

"团队哪都能凑一支，核心最重要。"

林知微见她不介意，继续说："我从来没有跟过这种规格的大场。"

谢晗"啊"了声，想到什么，眉心收拢："要严格说起来，你以前有机会跟，圈里来来往往就这么几拨人，我其实早听说过你了，对你挺有兴趣的。去年大概也是这个时间，我的经纪人联系过你们工作室，希望你来给我试个妆，可以直接跟我上飞机。"

林知微呆住，她根本不知道。

谢晗了然了："结果你们陈老板说，你没信心，怕砸了招牌，不用试，现在我明白了，是怕你一下飞太高，撞碎她那个小鸟巢吧，"她说话毫不客气，"你的事这两天我打听得差不多了，好不容易脱离那间黑心小作坊，你还不用这次电影节好好敲打敲打她吗？"

"至于眼前的工作你不用担心，"谢晗最后加码，"只要你别失手，能让我出足风头，我会协调好，不影响男团的任何行程，怎么样，去不去？"

林知微双手攥成拳头，目光沉静，简洁地回答她一个字："去。"

陆星寒已经扎根在这个圈子里，她也不会离开。

他那么拼命为她的未来努力，她更要抓紧一切往前走的机会，让自己尽可能出色，并肩站在他身边，让他放心。

林知微和谢晗郑重其事地握了手，口头达成一致，正式合约要等跟工作室的合约到期后以个人身份正式签订。

节目录制前，她没来得及跟陆星寒讲，录制的间隙里，陆星寒又不知道有什么事，一到休息时就跑得没影子，还死活不让她跟，每次都沾了一身草和叶子回来。

林知微忙着帮他清理，顾不上说什么话，再追问，陆星寒就笑得见牙不见眼，不肯透露。

忙忙碌碌整天下来，一直拖到了晚上，拍完了上床入睡的镜头。

节目组哈欠连天，收工休息，摄像机全部撤走，陆星寒才穿一身白绸睡衣从床上爬起来，揉揉一头翘起的短发，跟袁孟低声说了两句什么。袁孟点点头，手势隐秘地给他朝后门指指，做了个“嘘”的动作。

陆星寒了然，换条短裤，披上件节目组不起眼的统一大制服，扣上帽子往后门一靠，朝林知微眨眨眼，手指一勾，林知微全凭本能，乖乖跟上去。

到他面前时林知微才惊觉，勾勾手就听话，她这是中了他的邪！

“知微，”他略俯着身，声音压得很低，“走，带你约会去。”

深更半夜，深山老林，约的是个什么会？

这一期的拍摄地在山里，森林茂密，节目组驻扎的范围生活气息比较浓厚，没有危险，远近搭了不少树屋。

陆星寒不管到哪都是认路小能手，来这里一天不到，就把能偷偷做“坏事”的地方摸了个一清二楚。

林知微脚下的小路上落着蓬松的树叶，踩上去沙沙轻响。

林间光影幢幢，头顶偶尔有鸟鸣，月光斑斑驳驳落下来，罩在前面紧紧牵着她的人身上。要放在过去，陆星寒在录制中这么任性，她肯定要阻止劝诫。但现在……莫名信任他不会离谱，无论要被他带去哪，不想问也不介意，一门心思跟着他走。

过了几分钟，陆星寒停住，带她站在一棵葱郁的树下，上面的木屋很小，窗棂间隐隐透着微弱暖光。

“慢点，跟我上来。”

木制台阶不太稳当，林知微紧抓着他，一步步迈近虚掩的小门。

等到了门口，陆星寒反而踟蹰了，脸上有点紧张，用一只手遮住她的眼睛，在她耳边低声说："能用的东西太少了，准备得不好看，你别嫌弃……"

林知微心跳有点快，不由自主轻轻握住眼前的那只手。

门关上的声音"吱呀"一响。

四下更加安静。

他的手慢慢滑下，林知微睁开眼，看见小小一间木屋里，几乎堆满了山里肆意生长的粉蓝野花。

这花夹在草里一起活，每天都有山里的管理员清理，一捆捆割下丢在一起，要凑成这一屋子，不挑上一两个小时根本不可能。

难怪一直赶着往外跑，难怪满身碎草叶……

花簇中间有张小桌，上面放着个椭圆形的木色盒子，她屏住呼吸，蹲下身慢慢掀开，里面是古老的八音盒，音节虽然单调，但她很快听出，是陆星寒自己写的那首新歌。

林知微把八音盒抱怀里，抬头看他："你……你干吗啊……"

陆星寒锁住木门，从背后搂住她："你记不记得今天是什么日子？"

她慢慢摇头。

他又问："那你记不记得，十年之前的今天，我们发生了什么事？"

她心里把各种重要的日子算了一圈，哪个都不对，依然只能摇头。

陆星寒摸摸她的长发，柔声说："没关系，我记得。

"十年前的今天，晚上放学，你和我一起拿到了期末考试成绩单，我们都考全班第一。考之前说好了，成绩好有礼物，你妈妈答应给你买八音盒，我呢？我家知微答应给我做衣服。

"我兴高采烈跑回去，却在走廊里听到你在哭。

"八音盒砸在地上摔碎了，你拾起来装进袋子，爱惜地收到小柜子里，等到晚上，你红着眼睛还装作没事似的，把你洗得干干净净的短袖衫，裁小一圈，整齐地缝好给我穿。

"你跟我说，'陆小崽好乖啊，考这么棒，可是姐姐现在只有这个，等你以后上了大学，我再给你更好的礼物。'"

当年的画面尘封已久，那些少女的失落心伤早被埋到最深处。

没人在乎，所以她也不在乎。

林知微无论如何也没有想到，有一天，竟然会有谁记得，像昨天刚发生那样清晰地重新提起。

她明明忘了的。

可在这一刻，记忆如潮水般涌来，她清晰地记起当时陆星寒趴在床边，又静又亮的眼神。

她心口一阵阵紧缩，低着头，眼帘逐渐落下，合紧的睫毛间有泪水缓缓溢出。

陆星寒把她搂在怀里，亲亲她的脸颊："你知道那时候我在想什么吗？我想啊，等我上了大学，一定给你买最贵、最好看的八音盒，里面放上我给你写的歌，谁也不能乱碰，谁也不能抢走。"

"可惜时间太久了，现在八音盒已经不流行了，只有几种老式的样子，"他嗓音沙哑，"但我从来没忘过，知微，我真的上了个还不错的大学，也自己写了歌，你喜欢的小东西，哪怕相隔十年，我也能给你。"

陆星寒说完，林知微再也忍不住，眼泪扑簌而下。

没声息，但下意识缩起的肩膀在轻轻抖动，藏也藏不住。

陆星寒急忙把她转过来，神色慌了，捧起她的脸在湿凉的眼角轻蹭："别哭啊，我最怕你哭了。"

林知微觉得自己被他惯得太脆弱，扭开身子不给他碰，抽噎着问："最怕？那你还有一般怕的？"

陆星寒斜着身，追着她闪躲的方向，说："那可多了，怕你受委屈，怕有人欺负你，怕你睡不好、吃不饱、穿不暖……你不高兴的事我都怕。"

林知微轻轻哼："你哪来那么大的脑容量，怕来怕去，还得把过去那些小事全记着。"

陆星寒看她情绪稍好了一点，赶紧抓住机会把她抱起，往后挪两步，背靠着木屋的墙板坐下，让她蜷在自己腿上，脸靠在胸口。

心脏被她贴着，整个人落到了实处，他满足地舒了口气："容量不算太大，不过没浪费，装得很满。"他说着，手臂收紧，在她纤瘦的背上小心摩挲，"不怪我怕的多，你看看，这么瘦，缩起来就一小团，可怜死了。"

木屋里光线昏暗，虫鸣细细，野花淡香熏人，他指腹揉揉她的嘴角，垂下头寻过去，唇刚相碰，手机铃声突兀地响起，在小小的空间里分外刺耳。

吻错开，交颈相靠。

陆星寒闷闷地咬她一下，嗓音嘶哑："我不乱动，你接电话。"

林知微脸色涨红，摸出手机，看到屏幕上的名字后神经蓦地抽紧。

陆星寒注意到她的反应，顺着望过去，背也跟着挺直。

"小姑？"

听筒里温婉的女声带着叹息传来："知微，在忙吗？有没有打扰你工作？"

"没有没有，我不忙。"林知微立刻回答，跟陆星寒对视了一眼。

小姑是她最亲的亲人，从小到大，只要见面，向来对她照顾有加，说话总是温言细语，性子柔和，常把她放嘴边夸着，要不然容瑞也不会喜欢缠着她玩。

林知微第一反应是容瑞出道的事小姑可能刚刚知情，所以这么晚打电话来问，她虽然把容瑞看护得很稳，但毕竟这事隐瞒了家里，还是过意不去，试探着说："小姑，是不是容瑞他——"

"容瑞身不由己，不可以随便出门，我都知道，"

小姑的语气反而带着理解安慰，停了停，小心翼翼问："但是你那边能不能抽出时间？"

她说得缓慢："你奶奶快不行了，知微，你如果有空，回来看看吧。"

"她应该不愿意见我。"林知微睁大眼，茫然地望向木屋里亮着的荧荧微光。

"愿意，"小姑马上解释，"是她要我给你打电话，说想见你一面，虽然是有点奇怪，但可能人到了这时候都想通了。再说，长辈们那些恩恩怨怨，跟你有什么关系，过去那些年，她让你吃的苦够多了。"

林知微应下，这一期历时两天的综艺结束，她把收尾工作打点好，便收拾行装跟大部队在机场分别。男团的行程安排紧锣密鼓，造型小分队毕竟还在工作室，须回去复命，她独自踏上回江城的飞机。

早在爸爸意外过世后，奶奶身体就越来越差，病重多年卧床不起，脾气也随之越发暴躁，请的护工无一例外全被打跑。小姑原本是做老师的，为了照顾她，无奈地辞了工作。

前两年，奶奶说什么也不肯继续在城里住，非要回乡下老房子，小姑作为唯一的女儿，只好孤身带她回去，一直待到现在。

乡下是真正偏远的那种村子，信号差，网络更是没有，小姑平常只爱看书，不上网，也很少和人联系，所以跟爸爸在城市生活的容瑞才敢那么大摇大摆出道做明星，坚信只要知微姐姐别告密，他妈妈就绝对不会知情。

可听电话里小姑的意思，似乎早就知道了。

小姑对她好，连容瑞的事都没有怪她隐瞒，那让她赶过去看奶奶，就代表真的是奶奶主动要见她……

可见她，还有什么好说的呢。

林知微心里沉甸甸的，思绪乱飘，飞机降落才整理好心情。

在江城机场落地时，陆星寒的电话几乎是卡着点打过来："知微，到地下停车场，A89 车位，黑色商务车。"

"什么？"

她一蒙，分别前说好了这次特殊情况，各忙各的，陆星寒那边据说有个紧急的重要行程，公司催得很勤，而她自己会照顾自己，大巴车的票都买好了："你安排的车？"

"是啊，还安排了陪你一起回去的人。"

林知微预感不好，匆匆赶到停车场，商务车不光车身黑，玻璃也漆黑，车门自里滑开，长腿舒展坐在门边的人戴着遮住半张脸的大口罩，朝她眼睛一弯，抓住她的手腕："来，上车。"

陆星寒！真跟来了不说，还跑到她前面，怕她不同意，半点口风也没泄露！

"咱们不是商量好了吗？"林知微一下子心律不齐，反手把车门关紧，"你去忙你的，不用管我，回家又不是去别的地方，我不会迷路不会有麻烦，你好好去忙正事不可以吗？"

姐姐的威严在他特别不听话的时候也会复苏。

陆星寒长睫毛扑闪，老老实实答："我不放心。"

"我要见的是病入膏肓的老人，有什么不放心？"

他目光澄澈无波，语气不容拒绝："无论什么情况你见她，我都不放心。"

林知微嘴角颤了颤，一时说不出话。

是，陆星寒有理由说这个，他背后剪刀留下的伤疤，还有当初砸碎的八音盒，都是出自奶奶的手。

林知微被他握着手腕，拧眉不知所措，后排座位有人小老鼠似的怯怯地清了清嗓子，举起手：“姐……姐，你别怪寒哥，还有我呢。”

林知微这才想起车里还有其他人，抬头一看，后面坐着同样全副武装的容瑞，前排开车的是陆星寒的死忠助理，副驾驶回头招手的，是袁孟。

这配置……

她刚才的态度……

陆星寒眸中染上笑，摸摸她的头说：“放心吧，跟公司有正当理由交代，陪容瑞回来探亲的，那也是他的外婆。”

林知微最后小声挣扎：“可不是说有需要你去的紧急行程吗？”

陆星寒神色不变，余光扫了欲言又止的袁孟一眼，无声提醒他别多嘴，避重就轻地回答：“没关系，已经换梁忱去了。”

车从机场出发时是中午，到村口已经快傍晚，夕阳血红，涂遍天际。

路开始变得难走，村中蜿蜒土路被带起阵阵沙尘，有脸蛋儿黑黑红红的小孩子追在后面跑，散放的鸡鸭不甘寂寞地啼叫。但不远处有山有水，也算得上淳朴天然。

“我有十多年没回来了……”容瑞扒着车窗，探头，发现陆星寒盯着外面的双瞳格外幽深，不禁好奇，“哥，你应该没来过吧？”

“来过一次。”陆星寒偏了偏头靠在椅背上，勾起一抹稍显慵懒的笑，“小时候，赖着知微来的。”

容瑞没听说过这事，很感兴趣，还想追着细问，车开过坑坑洼洼的小路口，靠近一扇敞开的大铁门，助理问：“寒哥，是这家吗？”

陆星寒点头：“是，停院子里吧。”

有个盘着利落发髻的中年女人闻声掀开门帘，助理先跳下车，抓了把特意预备的糖塞给后面跟来的一堆小孩儿，把铁门关上。

女人问：“你是谁？”

“小姑。”车门“哗”一声响。林知微最先跳下来，上前抱住她。

容瑞扣上帽子，紧接着下来，泪眼汪汪叫了声妈，陆星寒最后才下车，没说话，背靠着车静静看着，有种莫名的孤独。

亲人相见的情景，向来与他无关。

陆星寒的失落感刚冒一点头，林知微抹了下眼睛，回身一把牵住他的手，把他拉到身边紧紧挨着，说：“小姑，星寒也来了。”

小姑激动得合不拢嘴，仔细看看他，欢喜得连连点头：“是星寒，我认得，比小时候更好看了，来来，快进来，先看奶奶，然后我给你们做晚饭。”

边往里面迎，她边说：“知微，奶奶应该是醒悟了，觉得以前亏欠你，这些天一直嘴里念叨微微，你进去瞧瞧吧。”

小姑她们住的房子不大，中间是厨房，左右两侧两个房间，左边的门半掩着，是奶奶住的。

林知微摸到生锈的金属把手，犹豫着不太敢推开。

不好的记忆是根深蒂固的，提起奶奶两个字，她都不由自主有些怕，但如果……如果在老人的时间所剩不多时，能够把过去的不痛快一笔勾销，她是愿意的。

不管以前受过多少委屈，没关系的。她说服自己。

以前那么多年，不是都在默默渴望被奶奶温柔对待吗？

“来，小姑陪你进去，还有星寒，瑞瑞，都来吧。”小姑倒了杯热水从厨房过来，见林知微还没推门，笑着拍拍她的背。

门“吱呀”一声打开。

天气很热，虽然开着窗，小姑也勤快收拾，但里面还是弥漫着某种让人难受的气味——垂暮老人的腐朽。

铁床上，被褥整齐，躺在上面的人面容枯槁，眼睛浑浊。

她年纪其实并不太大，但看起来已经相当苍老了。

“妈，你看谁来了，”小姑把水端到床头桌，准备晾凉了让她吃药，“微微回来了呀，你不是天天喊着要见她嘛——”小姑招招手，“微微来，让奶奶好好看看你，妈，你有什么知心话，这里没外人，慢慢说。”

林知微向前迈了一小步，陆星寒寸步不离跟着她。

“星寒？”

林知微不禁抬头看他，陆星寒搭住她的肩，低声说：“不用管我，你们聊，我陪你过去。”

门口到床边，也就五六步的距离。

老人乌暗的眼睛定在林知微身上，最开始有一丝陌生迷蒙，很快变得清楚，隐隐透出曾经习以为常的锐利，再不知不觉变得更加狠厉。

她挣扎着要坐起来。

小姑以为她是高兴，连忙扶她，把枕头垫在她身后。

“水——给我喝水——”说话磕磕巴巴，断断续续。

“水还是烫的，再等等。”小姑无奈。

“给我——”

小姑摇头，把水杯放她手里，细心叮嘱：“慢点啊，千万别洒了。”

林知微没有听懂她说什么，继续朝床边靠近，唇抿了抿，试探着轻声喊：奶奶。”

老人端着水杯，吃力地抬头看她，含糊地说：“微微。”

语气是从来没有过的慈祥平和。

林知微“哎”了声，眼角有一些湿。

“微微，你过来。”

陆星寒皱眉，手指收拢，更紧地搂住怀里的人，但距离太短，再慢也很快就到了床前。林知微骨子里保留着习惯，留下一步的余地，略微俯下身：“奶奶，我——”

三个字刚刚落下，甚至尾音还没有消失。老人双眼锃亮，瘦如干柴的手使尽全身力气往外一扬，大半杯滚烫的开水，不偏不倚朝着林知微猛泼过去。

陆星寒的心瞬间冻结，全凭本能，把林知微往怀里一扣，半侧过身子伸臂挡住。

开水冒着白腾腾的汽，润湿他大片衣服。

第二章

割舍不掉的曾经

事发突然，小姑和容瑞当场愣住，隔了一两秒，容瑞先反应过来，惊叫着大步赶到陆星寒身边。

林知微眼前一片花白，耳朵里嗡嗡响，被紧压在陆星寒胸前，只知道用力掐着他绷如钢板的手腕，面无血色，颤声说："开水……是开水……"

水浸湿布料，滴滴答答落在他脚边。

热度全给了他，流在地上时，早变成温的。

林知微挣断的神经终于拼上，她一把拽过陆星寒，扯下他的衣服，里面薄薄的短袖衫也湿了不少，白皙的后颈和耳侧被溅到些许，渐渐开始发红。

要不是为了伪装身份多穿了一件外套，这杯水会把他烫成什么样子，可想而知。

"谁？！你——你是谁！"

老人再也不掩饰了，歇斯底里地挥舞着水淋淋的空杯子，五官扭曲狰狞，嗓子里破风箱一样嗬嗬作响。

她舌头僵硬，吐字不清，但怨毒的语气足以让人懂得她在喊什么。

"谁敢挡着！谁敢护着她！"

陆星寒霍然转身，一步逼到床前，厉声低吼："你看清楚，是我！小时候是我，长大还是我！只要我活着，你就别想再动她一下！"

她干瘦的脖子勉强撑着皮包骨的脑袋，亮得怕人的眼睛钉子一样扎在陆星寒脸上，眯起来仔细辨认。

在她面前的，是脱胎换骨身材高大的成年男人，但线条棱角依稀还有小时候的影子，越看越熟悉，越看越焦心。她喉咙沙沙作响，情绪比刚才更加激动，踉跄着爬起来，把空杯子狠狠朝陆星寒丢。

“你……你……我早就说，妖里妖气……跟你那个妈一样，狐狸精，全是狐狸精！我儿子……我儿子是被你们害的！一个个，全是狐狸精！我才不死，我凭什么死，”她青黑干枯的手掌拍打床边的铁栏杆，胡乱抓起各种药瓶，一股脑砸向后面的林知微，“我叫你回来，叫你回来是让你去死！我要烫死你，砸死你——”

她又回光返照般，身手敏捷地扯过铁皮做的台灯，往陆星寒身上扔。“我是要享福的！你们都应该替我死！”

别的说不清，来回重复的“死”却是明明白白。

“够了！”

林知微全身战栗，唇上牙印深得要渗血，她大步冲上前，把陆星寒护在身后，再也控制不住坍塌的情绪，声嘶力竭：“没有人对不起你！我爸的死跟谁都没有关系！硬要追究，那也是你造成的，如果没有你一直逼他，家里根本不会到今天这个地步！”

她深深吸气，忍住不哭：“过去你怎么对我无所谓，我能熬！但是现在，别再异想天开了，没人会替你死，你还是自己去见见我爸，看他会怎么说！”

林知微死死攥着陆星寒的手，慢慢倒退，通红双眸对视那双污浊却癫狂可怖的眼，一字字说：“这是我们最后一次见面，顺便告诉你，你口中妖里妖气的孩子，现在是我男朋友，我这辈子都跟他在一起，我们让你失望了，过得一点也不苦，特别幸福。”

“你不是怨恨我们吗？”她挽住陆星寒的手臂，嘴角冷冷地扬起，“那从现在起，加倍怨恨吧。”

门“砰”一声甩上。

变调的叫骂声不绝于耳。

林知微强憋住的眼泪一下子淌下来，拉着陆星寒往厨房走，被他伸臂揽住，紧箍在怀里，石雕似的一动也不动。

她手脚都软了，咸涩水滴洒在他衣袖上。

小姑脸色灰白地跌撞追出来，一眼看到相拥的身影，鼻子酸得厉害，背过身抹泪，哽咽着说：“我……我去找找有没有烫伤药。”

“不用了，有白糖吗？”林知微睁开眼，哑声问。

“有有有！”

她张开手指，跟陆星寒十指紧扣，小心挣开他的钳制，牵着他往前走。“烫伤药的主配方星寒用了过敏，从小他粗心烫到，我都学偏方给他涂白糖，有用。”

小姑赶忙把装白糖的玻璃罐找出来。

林知微先用白糖敷住他被溅红的地方，又卷起他的上衣，看到左侧肩背上也有些红，随之露出来的，还有那道剪刀留下的伤疤。

她的动作忽然停了，呆呆地看着陆星寒因为她而伤痕累累的身体。

这身体，原本应该漂亮无瑕，穿最考究的衣服，在镜头前随随便便就能让人为之疯狂尖叫，现在却站在土砖铺就的地面上，替她挡开水。

凭什么？

凭什么他要一而再，再而三地受伤害？

林知微用力揉揉眼睛，给陆星寒肩背也敷上白糖，脱力地跌坐在他旁边，不管小姑和容瑞在不在场，她抱住他的腰，脸埋在他身上。

陆星寒反手把她揽到怀里，低声哄：“乖啊不哭，没事了，咱们再也不回来了，再也不跟她见面。”

一门之隔，屋里的人咒骂累了，终于消停下来。

小姑坐在对面看着互相安慰的两个孩子，心酸得直掉眼泪，扭开头吸吸鼻子，轻声说：“微微，对不起啊，小姑不知道……”

她的情绪稳不下来，声音带了哭腔：“真不知道她是存了这样的心思，否则我绝对不可能让你回来。”

林知微乖乖待在陆星寒怀里，垂着眼，小声应着：“小姑，不怪你。”

“你说她怎么就这样呢，”小姑长叹，“一辈子到头了，也不知道自己到底有多恶毒。”

老太太在乡下嫁人早，结婚第一年就生了大胖儿子，宝贝儿似的哄着捧着养大，隔几年又生个女儿，算是儿女双全，心满意足。

但丈夫天生就是个体弱的，农活繁重，没多久生了大病，家里攒的钱用尽，也没能把命救回来。

公婆父母等她照看，两个孩子等她养活，但精力有限，钱粮更有限，她自己做了选择，其他全都糊弄度日，单单把儿子当作唯一的希望，拼尽一切好吃好穿地供着。

儿子出外上学时，家里老人相继过世，女儿也能当劳动力用，她觉得出了头见了亮，等着以后跟儿子去城里享福。

村里大伙儿笑她别指望，儿子进了城，迟早要变，见到花花世界，谁还会管村里的老娘，她每每听了，都要疯了似的破口大骂。

大家更笑："就算把你接走，早晚也要娶个城里媳妇儿的，你住在小两口儿家里，还不是讨人嫌？"

她大叫："什么媳妇儿！什么小两口儿！谁能比我这个当妈的重要，我辛辛苦苦把他养大——"

又是那套多辛苦求回报的陈词滥调，大家早听得耳朵生茧，都摇头。

没想到儿子还真是个争气又有良心的，脑子聪明，上学时候就懂得做小买卖赚钱，还说服她把妹妹也接城里去读书。她不满："你记着接妹妹，也不记着接我过去？"

儿子哭笑不得："妈，我还没立业，妹妹念书又不用我操心，但您过去，我照顾不来，再等等。"

一等好几年，儿子学习虽然一般，没考上什么好大学，但有生意头脑，赶着好时候开工厂，钱赚得比同学们都多，如约接老太太来城里，但同时，也有了如痴如狂的迷恋对象。

他花钱赞助画展的时候，迷上了一个漂亮画家，神魂颠倒，但画家寄情艺术为人清高，喜欢的是高山流水，看不上他这样满身铜臭、学历不高的商人。

老太太知道以后气得要死，在家里闹了无数次，死活不答应儿子追这种女人。过了半年，看着儿子追求无果，窃喜地以为危机解除，哪想到画家失恋伤心，一气之下答应跟他交往，没过多久，就发现怀孕了。

这一怀孕，他攻势更紧，软磨硬泡求婚。画家没扛住，加上害怕流产受苦，半推半就答应了婚事。但等他回家一说，老太太当时就炸了，家里能摔的东西全摔了一遍，坐在地上顿足捶胸号啕大哭。

最心爱的儿子，她后半生唯一的依靠，要是娶了这样的女人，天天低声下气围着打转，那这家里哪还有自己的位置？！

“你敢娶她？！你要是不听劝，我就从楼上跳下去！”老太太喊哑了嗓子，“让人家都看看你怎么对待亲娘的！”

看他不为所动，她不惜拿头去撞墙。

他实在被逼得无奈，想到老人都爱小孩儿，没想那么多，拿孩子当借口，脱口而出：“她这不是怀孕了嘛！为了这个孩子，我必须得娶她！妈，你要是不爱跟我们一起过，我就把你送回乡下，再给你盖新房子。”

尚未出生的林知微，就因为这随口一句话，成了老太太一辈子都剜不掉的眼中钉、肉中刺。

不管怎么作怎么闹，婚到底是结了，孩子也顺利生了。

可矛盾刚刚开始。

画家百般嫌弃他农村出身，学历不高，没情调不浪漫，他就想尽办法讨好挽回、求真心，做小伏低轻声软语，老太太在旁边看着，天天肺都要气炸了。

她辛苦大半辈子，可在儿子心里再也没了地位，孤独怨恨不甘甚至嫉妒，一天到晚寻着机会刁难儿媳，明的暗的轮番上阵，都被儿子挡了回来，暴怒之下，只能把满心阴鸷全发泄到小孙女身上。

反正当妈的忙着追求艺术，不愿意管，当爸的忙着讨媳妇欢心，没时间管，老太太在家跟小孙女待的时间最多，生气了就在她白白软软的小身子上狠狠拧一把。

“都是因为你，”她恶狠狠地咬牙切齿，“没有你，我儿子不可能娶那个女人！没有你，我儿子还是把我摆在第一位！”

林知微长大一点，会走会跑的时候，她有时故意招手：“微微，你过来。”

小丫头摇摇晃晃朝她跑，跑到跟前，她表情一变，上去又捏又掐，听到压抑的哭声，她开心了，胜利似的得意扬扬。

这样的环境里，林知微很早就懂得察言观色，知道哭最没有用，没人会心疼，没人会在乎，想好好活，就要让自己有用处，有价值。

她生活自理能力特别强，不大的时候就知道用小水盆给全家洗袜子，刷马桶，跪着擦地板，只要她能够得着的家务，全都一手包办，再长高一点，开始搬小板凳站水池边，学着洗菜做饭，从来不让人有任何不满意。

那个时候，画家两口子夫妻关系也逐渐跌至冰点，老太太稍微顺了气，加上林知微又活成了一个任劳任怨的透明人，老太太也就收敛了不少，不再隔三岔五对她动手。她上学补课，吃穿用度，老太太只要她肯干活儿，也睁只眼闭只眼，乐得把她当个小保姆随便使唤。

越使唤，越解气，就像使唤了儿媳一样。

偶尔父母想起林知微来，看她懂事听话，从来不闹，给她手里塞点零花钱，给买两件衣服，问几句学习的情况，就当作尽到责任了。

林知微不知道"被人疼爱"是个什么滋味儿，直到在门口意外捡回了邻居家快要饿死的陆星寒。她把自己从没体会过的东西，毫无保留，全都给了这个注定跟她剥离不开的可怜弟弟。

林知微自己过得不容易，但从来没把陆星寒当过累赘。

七岁时候见着他刚搬来，就觉得是个精致好看的小宝宝，忍不住逗他，被他不认生地扑上来亲脸颊。

从那以后，总能看见他小小一个孤零零游荡在门口，眨巴大眼睛水汪汪瞧她，瞧得人心里软绵绵。林知微会过去摸他软乎乎的小肚子，问他饿不饿。

陆星寒其实总吃不饱，可是当着仙女姐姐的面不好意思说。

后来那次，家里留的面包饼干都吃完了，妈妈还不回来，陆星寒两天没吃饭，差点饿晕，被林知微发现，带回家喂了肉包子，他才开始过上了以前想都不敢想的好日子。

小区里的大人们经常议论，说陆星寒妈妈不是个正经女人，精神也不太正常，天天在外面游荡不回家，谁提到了都要意味深长"啧啧"两声，连带着看陆星寒的目光也怪异探究，还有些吝啬的怜悯。

那时林知微不太明白深意，只知道陆星寒每天饿肚子太可怜，但她家里的食物定数定量，多了少了奶奶都会过问，偶尔给他吃一两次还好，如果频繁了，肯定要被发现。

她不敢明目张胆，就偷着从自己的口粮里面省出来给陆星寒吃，骗他说是多出来的。

奶奶有时候会摔筷子，大骂她："越来越能吃！就应该把你关乡下猪圈里！"

她当没听见，把吃的悄悄藏起来，每天最轻松快乐的事，就是溜出家门照看陆星寒，看他狼吞虎咽。

这样维持了一年多，家里的气氛突然变得紧张，过了好几天林知微才搞明白原因，妈妈又怀孕了。

本来快要走到尽头的夫妻关系随之缓和，刚平静不久的奶奶却无法接受，开始变本加厉地折腾，这回倒是没空针对林知微，开始转头瞄准了儿媳肚子里的孩子。

老太太一根筋地想，上次要不是怀孕，儿子根本不会娶她，好不容易盼着要离婚了，不能再让另一个孩子成为绊脚石。后半辈子能不能舒舒坦坦跟着儿子享清福，就看这婚离不离了。

等到怀孕四个月的时候，夫妻俩感情有了升温的趋势，眼看着儿子无微不至，心里眼里全是媳妇，老太太阻止无效，心态越发扭曲，偷听夫妻俩谈话，得知怀的还是个女儿，她更加无所顾忌，当即下了狠心。

一周后的中午，林知微拎着小饭盒准备出去找陆星寒时，听到走廊里传来一声惨叫。吓得她冲出门一看，惯例这个时间下楼散步的妈妈摔倒在楼梯拐角，捂着肚子表情痛苦，奶奶正居高临下冷笑，还在说："你长不长眼睛？下楼也能摔跤？"

四个月的孩子成了形，须引产，等手术做完一看，是个蜷缩着的小男孩。老太太脸色白了。

她老思想根深蒂固，觉得小丫头没就没了，要是个孙子的话，另当别论，可没想到B超结果也能有误。

林知微的画家妈妈出院后正式谈离婚。

爸爸死活不同意，苦苦哀求，还拽着老太太一起认错道歉，老太太哭喊得整栋楼都能听见。

离婚手续拖延到第二年。

双方谁也不肯让步，全家又作又闹没有安宁，林知微领着陆星寒在夹缝里生存，直到那个晚上，她把冰箱里冻了许久的鸡腿拿出来炖了一个，奶奶气急败坏冲进来，把剪刀丢向她，被陆星寒用小身体挡住。

后来林知微才知道，就是那天，妈妈再次丢出离婚协议，并且挑明，跟当年的初恋重逢了。

在老太太眼里，自己儿子好得无可挑剔，怎么能被一个她看不上的女人背叛，她将满心恶气全发泄给了小孙女。

离婚终于无可避免。

爸爸一夜之间性格大变，头发白了一半，整天酗酒，老太太就坐在旁边哭号，骂他不孝，被个狐狸精祸害这么多年，连自己亲娘都弃之不顾。

林知微发现自己竟然毫无波动，他们生下她，放养她，离开她，谁也没来征求过她的意见，妈妈拎着行李离开的时候，也只是摸摸她的头淡淡地说："跟你爸好好过。"

她忍不住追了两步，小声问："妈妈，你不要我吗？"

妈妈回头笑了下，笑容很冷："要不是因为你，我怎么会嫁给他？"

林知微愣住了，又是因为她。

好像所有人的不幸福，都是因为她。

她已经长成十来岁的大姑娘了，模样甜美，性格平和，会家务，学习好，努力变成这样，可依然被当作家里的不幸之源。

只有陆星寒几年如一日缠在她身边，仰着脸不厌其烦地夸奖："知微你真好看""知微你的手好软""知微你煮的开水都是甜的"……

他总爱蹲在她腿边，把头垫在她膝盖上，黏糊糊地说："你是全天底下，最好最漂亮的小姑娘。"

"我是姐姐。"林知微被他逗笑，揉揉他的短发。

"姐姐怎么了，姐姐也是小姑娘。"他一本正经。

陆星寒上学以后，每天不管同学笑不笑话，沿路回家绕着小道去捡垃圾桶里的塑料瓶卖，一星期攒几块钱，给知微买楼下小卖部最好的雪糕吃，还抽着空帮小区门口的果蔬店跑腿，送一趟给五毛。他勤快又灵活，从来不多嘴，赚得还不少，一个月下来，都能给知微在夜市上买条白裙子了。

可惜他不太懂，均码的裙子有点大，看见知微腰上松出来的那一块，他内疚地蹲进墙角，直掉眼泪。

林知微又笑又心疼："哭什么？"

"我给你买的礼物，"他用手臂蒙着眼睛，抽抽搭搭说，"不好看。"

林知微手特别巧，把他拉到身边，拿剪刀将裙子裁掉几块，改完再一试，正正好。

陆星寒看直了眼睛。

林知微把裁下来的布料编成简单的花样，缝在他小短裤的侧兜上，他高兴得搂着短裤一晚上睡不着。

她想，别人都不重要了，被人嫌恶也没关系了，她有陆小崽就好。

爸爸日渐颓靡，工厂效益一天不如一天，奶奶也心力交瘁，只要他们在家，不是争吵就是单方面地发泄，林知微总要躲出去，捂住陆星寒的耳朵。

两年后妈妈回来了一趟，来通知他们，她要随初恋情人出国了，以后再也不回来，报复似的把老太太气得面无人色。走之前，她跟林知微说："别想着见我了，你这么懂事，这么独立，以后肯定能好好长大，是吧？"

林知微点头："是。"

她眉眼温柔了一点，第一次露出母亲该有的样子。"你有没有什么想要的东西？我买给你当纪念。"

林知微低下头："马上期末考试了，如果我考得好，给我买个八音盒好吗？"

听说班里的小姑娘，妈妈都给买了八音盒。

她考全班第一那天，妈妈如约出现在校门口，把蒙着灰尘的八音盒递给她，匆匆说："店里最后一个，你自己擦擦凑合玩，我走了。"

说完上了车，绝尘而去。

林知微用手心把灰尘抹干净，抱在怀里跑回家想藏起来，被奶奶一眼看见，冲上来抢下："谁给你的？！是不是你那个妈？！狐狸精——就是狐狸精！让你拿东西回来引诱我儿子记着她是不是？！"

她怒骂着举起手臂，把八音盒"啪"地往地上一摔，八音盒四分五裂，里面跳舞的塑料小人断成两截，骨碌碌掉在林知微脚边。

这个八音盒，连同妈妈最后的印象、少女仅存的小小期待欣喜，一起变成碎片，收进不见光的袋子，压进箱底。

林知微少有地哭出来，抹着眼泪想，她不要做谁的女儿，谁的孙女，她只做陆星寒的姐姐就好了。

爸爸的抑郁情况越发严重，被医生建议停工休养，奶奶吓得要疯了，比爸爸更加神经质，铁了心要带他回乡下生活散心。

为了不被左邻右舍非议，林知微也被带走，可她的心理濒临崩溃边缘，受不了夜以继日的哭闹咒骂，更惦念着陆星寒，便揣上零钱乘车偷跑回城，爸爸没心思过问，奶奶自然更不会留她。

家里只剩下林知微一个，她从没活得这么自由过，按时上学放学，做饭跟陆星寒吃，教他功课辅导作业，晚上各自回家关门睡觉。直到那个周末下午，她跟着陆星寒去拿作业本，进了他家的门，看到门口放着一男一女两双陌生鞋子。

陆星寒那个长得美艳的妈妈衣衫凌乱地走出来，倚在房门边，风情万种："小丫头，领他出去吧，我跟我男朋友在家，他在不太方便。"

林知微心脏剧震，拽起陆星寒夺门而出，郑重其事地跟他说："不要再随便回去了！你以后就在我这边！"

陆星寒看着她，眸子黑漆漆的，坚定地点头。

林知微记起邻里间的闲言碎语，随后也亲眼见识到了美艳女人换男友堪比换衣服的速度，说什么也不肯让陆星寒再回去。

好像身边所有人都是瘴气。

林知微把陆星寒护在怀里，用纤纤瘦瘦的小身板，撑起只有他们两个的安稳屋檐。

高二升高三那年暑假，爸爸从乡下回来了，黑黑瘦瘦，气质阴郁，几乎换了个人，奶奶气急败坏在身后追着，依旧喋喋不休："你王叔家的二丫怎么了？一看就是个听话的！肯定老老实实知道孝敬老人！

"还有村支书家的小闺女，话都不敢大声说，那娶回家还不是随便揉搓？

"哪个也不满意，你是不是要气死妈？你到底要找个啥样的？"

啥样的，没几天，整个小区全知道了。

他为了跟老太太对着干，干脆选择了尽人皆知的不正经女人，邻居家陆星寒的妈妈。

老太太直接背过气去，哭得惊天动地，能骂的脏话全都骂尽。

她抓不住正主，但能逮住陆星寒，死命扯着他的手臂哭号："妖里妖气的狐狸精，全是狐狸精！你们要害死我儿子！都该死！怎么不去死！”

林知微没想到事情会发展成这样。

她不愿意陆星寒去接触的人，难道有朝一日，要变成她跟他共同的妈妈？

小女孩心里的别扭难受在十六七岁的年纪里冲到顶峰，一下子不知道怎么面对陆星寒，也不想知道任何家里的消息，趁着暑假，背上小行李上了大巴车，去乡下找唯一能够投奔的小姑。

小姑是做老师的，每到寒暑假，都会在乡下住一段时间。

没想到，到了车站，陆星寒随后就跟过来，不言不语在她身后一起上车，坐她旁边，用力捏着手指，眼里全是惊惶。

“知微，你别丢下我。”

林知微心里乱七八糟，头扭向窗外不看他。

他的声音更低了，哑得不成行：“你别丢下我。”

她不忍心地一回头，陆星寒一张小脸儿煞白，眼睛红得像小兔子。

他才十二岁。

回到乡下，陆星寒成天寸步不离，她找容瑞和村里别的孩子玩，他就孤零零站在边上，湿着眼看她。

林知微的孩子缘一直很好，村里的小家伙全围上来缠着她，哄都哄不过来，陆星寒不吭声，默默跟着。

等到晚上，他不知道去了哪，林知微放心不下出去找时，看到他一个人蜷在草垛边上，把自己缩成灰扑扑的一小团，咬着嘴唇哭得浑身发抖。

林知微的心碎成碴儿。

想了想，她觉得是自己不讲道理，父母怎么样是他们的事，陆星寒什么也改变不了，为什么要被她这样冷落欺负。

她叹口气，轻声喊：“陆小崽。”

陆星寒抬起头，身子直打战。

她张开手臂：“好了，不丢下你，过来。”

他傻傻地看她，眼泪往下流，呜咽了一声，跌跌撞撞爬起来冲进她怀里。

林知微把他拎回屋子，洗了脸睡觉，夜深人静看着他梦里还一抽一抽的样子，觉得别人怎样都无所谓了，她不能不管他。

她也舍不得不管他。

可假期结束，爸爸并没有像她想象中那样，选择跟陆星寒的妈妈有更多发展，好像只是为了惹奶奶生气似的故意在她眼前晃。

某天实在气急了，老太太破口大骂许久，歇斯底里指着他们吼："滚！有能耐你们就滚！别让我看见！"

老太太无论如何没料到，这一撵，就是永别。

两个人一起出去旅游，旅游团不够正规，满载旅客的小巴车在山路上发生意外事故，翻下山崖，整车近三十人，无一生还。

老太太精神崩溃，一病不起。

神志不清时，看见失去父母的林知微和陆星寒，嘴里还在骂着最难听的脏话，顿足捶胸大喊："狐狸精害死我儿子！你们这两个扫把星，这辈子也别想过得好，等着以后受苦受难，你们都该死——你们全都该死！"

时间流逝，往事早已蒙了厚厚尘土。

如今她绝症缠身，生命所剩无几，仍未觉得自己做错任何事，匍匐在铁床上，干枯的手掌死命拍打，把开水泼向孙女，对无辜的孩子咒骂摔打，模糊不清嘶声吼着同样的话："狐狸精！全都去死！我儿子都是被你们害的！"

林知微蒙住眼睛，不想再回忆任何过去的画面，更紧地依偎进陆星寒怀里。

小姑揪心不已，起身把薄薄的门板关得更紧，看看窗外昏暗的天色，忍住哭腔，柔声说："微微，星寒，别留在这里了，我带你们去后屋。"

离这处房子不足一百米的距离，小姑另有套干净的屋子，是她以前假期过来暂住用的，当初林知微高二暑假跟陆星寒一起回来乡下，住的也是这里。

格局相同，依然左右两间，收拾得整洁清新，床上被褥一丝不苟。

小姑吸着鼻子："待会儿我把瑞瑞和你们同行的朋友一起叫来，晚饭在这边吃。晚上住的话，微微，你睡右边这间，星寒，你跟瑞瑞一起睡左边那间，行吗？"

陆星寒开口，嗓音还是哑的，但字字清晰笃定："小姑，我跟微微住。"

小姑怔了两秒，目光转向林知微，见她没反驳，摇摇头放松一笑：“嗨，看我，还把你们当没长大的小孩儿呢，好好好，那这房子就留给你们，我把瑞瑞和别人安排到其他地方。”

“不用那么麻烦，我们不是——”林知微咬咬唇，倒有点不好意思，怎么解释好像都欲盖弥彰。

小姑眼里涌上丝丝喜色：“不麻烦，微微做得对，星寒是个好孩子，从小就知道对你好，这都什么年代了，就算年纪轻点也没什么，小姑为你们高兴。”

林知微还想解释两句，她答应陆星寒同住，真的只是想跟他在一起而已，没有——

陆星寒直接揽过林知微的腰，郑重地对小姑点头：“小姑，你放心，我会疼她，把她保护好。”

小姑眼睛又湿了，拍拍陆星寒的手臂：“哎，我放心。”

“还有容瑞，”他认真承诺，“你应该知道了，我们在一起工作，我会带着他好好走正路，你也不用太牵挂他。”

小姑这下是真的哭出来了，连连点头。

晚饭做了六道农家菜，都是大盆大锅端上来，袁孟和小助理吃得根本停不下来。饭后，小姑另找了就近的房子安顿他们，袁孟自然不会让小姑吃亏，软磨硬泡留下了不少钱，还特别嘴甜地把容瑞从头到脚夸了个遍。

入夜后，天气些许转凉。

院门早已锁紧，林知微把行李箱里的生活用品摆出来，一回头发现陆星寒不在屋里，她转身出去，看到高高的影子停在院里大草垛旁。

听到声音，他在月色下抬头朝她笑：“这草垛比原来堆得更高了，那时候你跟别的小孩玩，冷落我，我就蹲在这，特别绝望。”

“还好意思说，”林知微端着小水盆，“没出息。”

“我就是没出息啊，”陆星寒扬起眉梢朝她走近，“所有出息都用你身上了。”

他到她跟前，把盆接过来打了些水，单手端着，扶着她的头转向自己，轻轻亲一小口：“回屋，洗脸，睡觉。”

林知微被他勾起的那点回忆“轰”地一散，不禁抿出笑意。

要不是陆星寒长得太帅，这画面活脱脱一幕乡村爱情故事。

林知微收拾好自己，铺好床，抬手摸摸他的脸："你是不是还带妆呢？"

"早上你给我化的，走完机场没动过。"

"来，我给你卸掉。"

陆星寒腻到她身边，她换了薄薄软软的家居服，带着暖香，他把下巴垫在她的头上："累，躺着卸可不可以？"

他按着她坐下，自己动作麻利地枕在她腿上："就这样。"

林知微捏捏他的鼻尖："真是累的？"

他弯起眼："其实不是，就想离你再近点。"

林知微低下头，将棉片敷在他脸颊上，轻声问："烫到的地方还疼吗？"

"不疼，"他摇头，呼了口气，切切地望着她，"如果你能亲亲，肯定好得更快了。"

林知微又拿了两个棉片盖住他的眼睛："全是歪心思，你从哪里学来的？嗯？"

"不用学，"他转转头，隔着家居服在她身上吻了下，"都是本能。"

林知微被他嘴唇碰过的地方涌起一些热，喉咙也干燥起来，抓紧给他卸好妆，起身把他往床上一丢："别乱动，快睡吧。"

"自己怎么睡。"

陆星寒伸臂一捞，环住她，顺手把水盆抢过放床边，手上用力，干脆利落地把人搂上床。

被子一蒙，熄掉灯，俯身覆盖过去，捧住她的脸。

"我今天吓到了……"林知微喘不过气时，他吮着她的嘴角低喃，"你差点受伤，我要是反应再慢一点……"

他不敢多说，胸口猛烈起伏，嗓音暗哑："以后我得把你守得更严，有危险的人，不许你再接近。"

林知微无力地抵着他的肩："好，不接近……"

他的唇舌和气息都是滚烫的，带着逼人发疯的甜腻香气。

夜寂静无声，素布窗帘透进浅浅月色。

陆星寒哑声喊她："微微。"

林知微心口轻颤："你怎么也这样叫我？"

"以前不想跟她一样叫，怕你想起来不开心，"他抬起脸，眼睛一眨不眨盯着她，"但是今天开始，我要把那些不开心覆盖掉，偏要这样叫你，叫到你习惯，叫到你只能想起我。"

他俯身贴得更紧，吻能把人灼伤，炙热的手掌也不由自主移下去，触碰衣摆，林知微略仰起头，掐掐手心，深吸口气，不容反驳地用力抓住他的手。

"陆星寒！

"陆星寒。

"星寒？"

覆在身上的人僵住，隔了好几秒，委屈巴巴往她颈窝里一埋，闷得快哭了："我……不可以更进一步吗？"

林知微喘息半晌，抓抓他的头发："当然不可以。"

他艰难地撑起身，目光炙热地看她，可怜巴巴地问："为什么？"

林知微蒙住脸，陆星寒缠着她连声问："微微，微微，为什么啊？"

她被他问得熬不住，推开他蹭来蹭去的头说："还能为什么？你太年轻了！"

陆星寒心里明白急不来，不能勉强知微，可依然难受，拥着她胡乱折腾。

"你——你到底睡不睡了？！"

"睡睡睡！"

"再不乖乖听话就把你赶到容瑞那去！"

"听话听话。"

夜好不容易重归宁静。

天亮得很早，清晨空气顺着窗口透进来，满屋清新，灯红酒绿的大城市里很难呼吸到。

林知微醒来发现又被陆星寒给压在怀里了，她小心翼翼挪出去，下床时，忍不住回头多看他两眼，他黑发柔软，细密的长睫毛垂下来，在脸颊映下两片小扇形的阴影。

这么好看，过分。

她屏住呼吸，轻手轻脚靠过去，趁他没醒，在他高挺的鼻梁上轻轻亲一下，赶紧装作没事人似的飞快退走，拿手机去院子里，想拍点照片留纪念，等下次，还不知道什么时候才会再回来。

她刚走陆星寒就睁眼了，一大早心律不齐。

他没敢出声，这要是吓着知微，以后她肯定不会再偷亲了。

一边苦劝自己千万稳住，一边想插对翅膀飞上天，他揪紧被子盖住脸，在床上从头到尾翻滚好几个来回，一不小心撞在硬邦邦的床头上，才捂着头坐起来，笑眯眯眨巴眼睛，把短发揉成小鸟窝。

陆星寒简单洗漱完，推开门就看到林知微正拿手机对着那堆大草垛拍照。

“起来啦。”

他走过去：“在拍什么？”

林知微扬扬眉梢：“别人都是下雨天躲过的屋檐，你这是受委屈藏过的草垛，趁它还在，留个纪念。”

陆星寒双手一拍：“那我站它边上，拍个合影，或者我干脆还蹲在老位置，更直观，让你记着以后可不能再那么欺负我。”

哎哟，这脸皮厚的。

他说着真要去蹲下，一俯身，目光不经意落在草垛边的旧墙上，上面隐约刻着什么东西，太过熟悉，“轰”地冲击眼球，勾出久远的记忆。

林知微疑惑：“怎么了？”

陆星寒僵硬地起身，转过来，一张白净俊脸涨得通红，推着她的肩急匆匆朝外走：“微微听话，别拍了，怪傻的，走，咱们去找小姑。”

有秘密。

林知微刚要追问，袁孟气喘吁吁从院子外跑进来，扶着膝盖大口呼吸，用力摆手：“出……出事了……前院老太太，昨儿半夜里过世了，刚才你小姑起来看见了，喊我……喊我来告诉你们一声！”

陆星寒立刻攥住林知微的手。

林知微愣住了，有一会儿没说话。

小姑说过，老太太身体早就熬到极限了，不愿意在医院走，非要留在跟儿子生活过的老房子里，要不是等林知微回来，估计早就撑不下去。

原来命到尽头，最后的执念还是要让她受点苦。

袁孟顺过气，脸色却并没变好，继续说：“还有——容瑞被村里人给拍到了，有个城里回来的大学生认出他来，居然拿着照片直接离开村，转手就卖给了网络小媒体，这种私密行程泄露了太麻烦，我这电话已经快被打爆了，估计有不少闻风的记者正往这边赶呢！”

林知微心一沉，急问：“他知不知道容瑞回来干什么？”

“应该不知道，”袁孟说，“容瑞是去河边遛弯时被拍到的，而且对方是早早出去上学的孩子，肯定也不清楚村里的老关系。”

林知微点头：“那就好，你马上带星寒和容瑞走，联系公关写个回来省亲的通稿，先给公众一个说法，千万别曝光家里，小姑肯定受不了骚扰，这边就交给我，我处理完丧事再回去。”

陆星寒眉心紧拧：“你留下处理她的丧事？”

林知微在他背上顺顺：“我不能让小姑一个人。”

陆星寒果断说：“你自己不行，袁哥，把助理留下，给他换身干农活的衣服，脸上蹭点灰，帮着把丧事处理完。”

助理常跟男团在各种场合出没，很多媒体粉丝都认得，不伪装不行，万一真有记者过来拍到，一样麻烦。

袁孟马上答应：“就这么办！”

他们开车走后，没多久就有不少记者大张旗鼓进了村，林知微换上小姑的衣服，头发盘起戴了帽子。

老房子里丧葬用品早已准备好，灵堂很快搭起来，记者们看见白事，还算有底线，没有闯进来问，纷纷绕开走，到村子里挨家询问。袁孟和小姑提前知会打点过，大家都含糊其词，记者们收获寥寥，也就相继失望离开。

星上娱乐及时发了通稿，表示陆星寒和容瑞趁两天假期回老家探亲，纯属私人行程，希望给予自由空间，顺带配几张回程的机场照片，两个男孩素颜干净，打扮低调，博了一大片好感。

三天后，小风波的余韵彻底平息，林知微也帮小姑料理完了各种琐事，她认真洗净手上的尘土，换回自己的衣饰，对镜子把头发梳好，化了淡妆，算是跟曾经煎熬过的岁月彻底告别。

有的人带着怨恨执念去死，但她要漂漂亮亮努力地活。

小姑摸着她头发：“微微，你受过那么多罪，就当是把这辈子的苦都提前吃尽了，以后肯定都是好日子。”

林知微低头笑。

小姑拍拍她：“快走吧，再留村子里，星寒肯定要惦记，过几天我也打算回城里了，最近有两个学校联系我，我想继续去任课。”

林知微听小姑有了计划，彻底放下心，回住的屋子收拾好行李。准备离开时，经过院子里的大草垛，她忽然想起当时陆星寒不肯拍照的反常。

对，好像有小秘密来着。

她好奇地走近，翻翻草，没什么异常，接着学他的姿势，蹲在他蹲过的位置，想象他当时的心情，四处转头看看，蓦地眸光一定，看到了墙上用小石头刻下的稚嫩字迹。

依稀像陆星寒如今的字体。

她定定地看了许久，伸手摸了摸，嘴角弯着，又不禁鼻酸。

她拿出手机仔仔细细拍了好多张照片，选其中最清晰的一张，设置成桌面背景，深吸一口气，提起行李大步出门。

在路上辗转大半天，飞机下午才落地，林知微在机场等行李时，一抬头，注意到大厅里新增了好几个巨大的电视屏，分别播放着各种广告片和旅游宣传片，离她距离最近的那个吸引的人最多，播放的是近期娱乐热门消息。

她反正等着无聊，也跟大家一起看，消磨时间。

前一条是某流量“小生”新片上映的宣传，随后画面一转，竟然切成了男团。是一段最新曝光的短采访，快问快答，林知微看到妆发造型就知道，综艺现场录的，刚巧她当时没在，不知道具体什么内容。

主持人们有种默契，各种采访都喜欢最后才问陆星寒，拿他压阵。

陆星寒人设立得相当稳，镜头前甜得不要钱，回答问题又得体有条理，林知微看得入神，就听主持人继续问：“下面关于粉丝取的各种昵称——寒寒跟大家说一下，最喜欢粉丝叫你什么？”

陆星寒一双桃花眼勾魂摄魄，毫不犹豫给出答案：“寒哥。”

主持人哈哈大笑：“非常好，我们寒寒不愧是远近闻名的钢铁‘直男’，那有没有最不喜欢，或者说，最不愿意听到别人叫的称呼？”

陆星寒看着屏幕，唇一扬：“有。”

“是什么？”

“陆小崽。”

主持人激动地一拍腿：“这多萌啊！我经常看见你的粉丝在微博上这样叫，很亲切很宠啊，寒寒不喜欢？”

陆星寒似是为难地点点头：“是啊，其他都很好，只有这个，不愿意让别人叫。”

后面又问了什么，林知微没太注意。

行李到了，陆星寒的电话也恰时打过来：“微微，车到了，等你。”

林知微拖着箱子边走边问：“你没来吧？”

陆星寒慢吞吞地说：“我要是来了，你会不会凶我？”

“凶倒不至于，”她高跟鞋噔噔作响，心里是压不住的甜，故意问，“不过刚才正巧看到一条寒哥的采访，好奇想问问本人，你就那么——不喜欢‘陆小崽’？”

陆星寒低低地笑：“你不讲理，我说的明明是——不喜欢‘别人’叫。”

林知微拖长音：“哦？”

他声音低柔：“我只做你一个人的陆小崽。”

林知微清清嗓子，戴上大墨镜，遮住眼里的笑意，可嘴角还止不住上扬，她对陆星寒说：“好，奖励你，过两分钟，刷新一下朋友圈。”

她站在机场大厅，找出手机背景桌面的那张原图。

草垛墙上的刻字。

她上传到朋友圈，选择只对陆星寒一个人可见，在上面配了字：“当初的心意，时隔几年，我已经全部收到了。”

陆星寒坐在车里，捧着手机心急如焚，看到有提示，急忙点开。结果傻在原地。

图片上清清楚楚，显示着那个以为自己被知微遗弃了的夜晚，他痛哭着刻在墙上的痕迹。

“崽”和“微”两个字，中间加了个大大的心。

下面还歪歪扭扭刻上两行字——

“一生一世在一起。

“一生一世不分开。”

陆星寒一下子从额头红到锁骨，一头栽倒在车座上，嗷嗷叫着蒙住头。

这么土的表白！

没藏住，全都被知微看到了！

林知微上车前，以为会看见电视屏幕上的当红大明星。没想到上车后，面对的是一颗彻底熟透的小番茄。

小番茄脸上要冒烟了，非常努力试图挽回自己的形象："我刻字时候才十二岁，班里同学还都只知道'你若安好便是晴天''如果爱请深爱'之类的！"

说完这两句，他更羞耻了，捂着发烫的额头："我受不了那种，也不会更好的，所以心里怎么想的，就怎么刻，而且当时特别害怕，以为你不要我了……现在再看，好傻啊……"

傻透了，傻到陆星寒都担心知微嫌弃他。

林知微静静听他解释，想着他那晚哭得抽搐的小身体，以为要失去她了，才会走投无路用石头刻字，笨拙地安慰自己会跟她一生一世。

一点都不傻啊。

反而心疼。

林知微把手机桌面背景图亮给他看，还晃了晃，一本正经说："再敢说我家陆小崽傻，打你哦。"

陆星寒呆呆地看看屏幕，再望向她，睫毛垂了垂，遮住眼角泛上的酸涩。

虽然无比嫌自己土，可那也是他最赤诚的真心。

知微没有笑话他，还温柔珍惜，真是……真是太好了。

陆星寒闭上眼，抓紧她的手，哑声说："反正都已经土成这样了，那我再补一句。"

他贴近她耳畔，吐息火热，用只有她能听得到的音量，一字字保证："你的陆小崽，一生一世爱你。"

袁孟坐最前排，从林知微上车后头都不敢回，生怕撞见少儿不宜的画面，他脖子梗得发僵，哪怕直视前方也要被后排袭来的粉红炸弹炸晕了。

为了转移注意力，他把目光转向窗外，等红灯时，看到某座商场楼外巨大的男团代言宣传照，心里不禁有些窒闷。

连续三个代言了。

原本是陆星寒个人的资源，最后不是成了团队共享，就是被强行转给小队长。

虽说梁忱自从陆星寒坠楼受伤后，不再有小心思，开始真心跟大家相处，也在踏实努力地进步，但是公司主推他的态度始终没有变过。

从之前的镜头不均，逐渐到了干涉资源分配。

车很快停在林知微家楼下。

她小声问："你上去吗？"

陆星寒笑得无奈："我马上要去录音，晚上尽量。"

等林知微下车后，袁孟的思绪还没转过来，开车途中，他回过头问："星寒，回乡下之前，公司死催着让你去试的那个镜，你没忘吧？"

陆星寒攥攥手心，里面尚存着知微的温度，他语气淡淡地应："没。"

怎么能忘。

综艺录制还没等结束，公司就火急火燎逼着陆星寒录完马上飞，说有个紧迫到不行的试镜机会，让他务必到场。

不能跟知微走，陆星寒本身就很烦躁，自然要弄清楚到底让他去干吗。

袁孟人脉广，左右一打听，懂了。

有部经典畅销书改编的校园剧筹备拍摄，能上星，导演看中了陆星寒，想让他去试男一，跟星上娱乐联系后，高层却提要求，必须把梁忱捆绑上，给他男二的机会，否则哪个也不放。

男一痞气凶蛮，男二深情付出，再来个容易摇摆的女主，这种人设搭配下来，谁更讨喜显而易见。

星上娱乐的深意，昭然若揭。

更何况，自从影视资源频繁找上门后，陆星寒就用本该属于自己的三个单人代言跟公司交涉过，他可以让出来，但条件是，他不接言情戏。

早已说好的事，临时下套，陆星寒怎么可能听话。

他第一次明目张胆跟公司对着干，以老人病危的理由带容瑞回江城，试镜，谁爱去谁去，结果不出所料，公司真把梁忱安排去了。

陆星寒知道袁孟想说什么，顺着问："试镜出结果了？"

袁孟点头："出了，从男一到男三全试一遍，最后导演碍着人情给了个男四，公司觉得面子挂不住，推了。”

“梁忱其实真不太适合走这条路，我看他那么累都觉得辛苦，这些事细说起来也不能怪他，而且我知道，自从你俩关系缓和以后，你都尽量让着他，”袁孟叹口气，“但现在公司这样，摆明了就是想拿你给他置换资源，吸你的血，星寒，你对以后到底怎么打算的？”

陆星寒平静地说：“唱歌，写歌，上综艺，不管多大场面，我唱跳都没问题，影视就算非要接，也只接没感情戏的角色，其他的所谓好资源给谁我都无所谓，就是这么打算的。”

袁孟愁得抓头发：“行行行，我理解，那代言呢？找你单人的排成队，你还要任由公司随便分配？”

陆星寒靠向椅背，眼帘微合：“之前那些手机或者果汁的代言，我能用来跟公司交涉，丢了也有价值，但目前在沟通的这个，我不会再让了。”

袁孟顿了顿，反应过来：“你说那个奢牌珠宝？”

陆星寒翘翘嘴角：“是啊，他们不是一心只要我吗？”

“小兔崽子，总算知道争取了！”袁孟这才松了口气，“这回怎么开窍的？”

陆星寒修长的手指交扣在一起，朝袁孟笑：“谈的合约里有一条，新一季品牌大使会受邀出席下个月的国际电影节，跟她一起出去的机会……我怎么能让步。”

林知微回来后，正式开始筹备谢晗出席国际电影节的四套造型。

其间《今夜无眠》最后一期的录制圆满结束，这档综艺纯属试水，能爬上高峰实属不易。导演激动得抹泪，庆功时挺着啤酒肚揽住陆星寒不撒手，一边为他意外受伤再次道歉，一边强调下一季他必须继续参加。

综艺的完成，意味着林知微终于能跟工作室解除绑定关系。

林知微去工作室收拾东西的那天，刚好是七夕，各家艺人活动多，大家都带队出去了，留守的没几个，只有同样解约的何晚在等她。

“陈令仪不在？”

何晚撇撇嘴：“去跟行程了，她最近到处刷存在感，不知道有什么阴谋，你不用管她，解约书她签好盖章了，不在更好，省得面对面尴尬。”

她又说：“不过有件糟心事，据说秦思思为了蹭上国际电影节，居然接了个花钱走红毯的网红女，真是阴魂不散。”

林知微愕然，秦思思好歹国外名校毕业，还挂着工作室的总监名头，再怎么也不至于在电影节这样的场合带网红吧。

她心里存着疑，但地点不对，也不好细问，跟何晚抱着东西出门时，好巧不巧地迎面碰上了正主。

秦思思低头往里走，差点撞到林知微身上，抬头瞪着浓妆大眼睛怒视她。

林知微绕开，她却不由分说跟上，走几步跟几步。

又来了……

林知微让何晚先走一步，转身看她：“秦大小姐，从现在起咱们没有工作关系了，也不会再轻易见面，别跟着我了好吗？”

秦思思环着胸，扬下巴：“你得意什么，没工作关系还有竞争关系，别以为就你能去电影节，这次我也去，陈令仪专门让我去练手的，顺便度假，可不像你，单枪匹马，负担那么大。”

“那很好啊，恭喜。”林知微说完要走。

秦思思拦她：“话都不敢多说？怕我啊？是不是担心你精心打造的影后会比不过我随手带的网红？”

林知微觉得自己像幼儿园老师似的，总被这么个熊孩子缠上，真够头疼。

她冷淡地提醒：“秦总监，你闲着没事还是多努力吧，我要走了，赶时间。”

秦思思不以为意：“赶时间干吗？过七夕吗？”

她扬起眉梢，靠近林知微，小声说：“别以为我不知道你跟陆星寒在一起了，和大明星谈恋爱的滋味儿不好受吧，天天忙得要死，七夕还要讨好粉丝们，他哪有空陪你过节啊。”

林知微确定，有些人吧，就不能给她好脸色。

蹬鼻子上脸。

她刚想敲打敲打这小丫头，兜里手机连续振动，她放下怀里抱的东西，拿出来一看，陆星寒打来的。

为了防止平常有人窥屏，林知微给他存的名字就是本名。

秦思思眼睛尖，自然也看见了，脸色有点难看，但还是嘴硬：“肯定是来告诉你，让你今天自己过。”

林知微不搭理她，接起来：“星寒。”

陆星寒那边人声嘈杂，显然在工作现场，他急匆匆说：“微微，晚上等我。”

话音刚落，噪声更大，不知道有人碰倒了什么东西，“哗啦”巨响。

陆星寒以为她没听清，提高声音重复：“晚上等我啊，一起过节！”

手机收音效果一般，秦思思离那么近，每个字都听得一清二楚，脸当时气得通红。

林知微软声答应：“好，等你。”

她随即挂了电话，气定神闲朝秦思思摆摆手：“不好意思啊，你听到了，我确实赶时间。”

说完她撩开垂落的长发，对秦思思浅浅一笑，美得扎眼睛：“电影节加油哦。”

秦思思十厘米的鞋跟差点拗断，在大厅里眼睁睁看着林知微走远，郁闷得直跺脚。

她今天特意等在这里跟林知微巧遇，不是为了斗嘴，是有事想问的。想问问……

能把林知微这种性格的姐姐俘获，陆星寒这做弟弟的到底用了什么花招，把她哥都比了下去。有没有，有没有她能……能借鉴套用一下，放在秦然身上的。

林知微当然猜不透秦思思想什么，也没空猜，她脚步轻了很多，抱着东西打车赶回家，分门别类放好，躺在沙发上翻菜谱，计划晚上准备几道菜。

刚记下一个，谢晗主动跟她联络：“知微，忙吗？”

“不忙，”林知微翻身坐起，“怎么了？”

谢晗开心地笑：“正式跟陈令仪签解约书了吧？你要是不忙，现在出来，咱们碰个头把约签了，然后沟通一下你目前的创意。”

林知微抬头看看表，下午四点，还算早，陆星寒以往都要晚上十点左右才能回家，她站起身：“好，地点发给我吧。”

谢晗反而停了停："哎不对，你是有男朋友的！我给忘了，真是不好意思，但明天我要进组了，"

她抱歉地问 ："不影响吧？"

林知微安抚她："不影响，他忙，晚上才回来。"

谢晗保证："好好，那咱们尽快。"

说是尽快，但签合同需要时间，把四套造型的想法拿出来讨论更需要时间，六点的时候，林知微收到陆星寒的微信，问她几点回家。

林知微没多想，给他回复："有事在外面，可能要到九点多，放心，比你早。"

陆星寒隔了一会儿，才回复一个眼巴巴的小表情。

谢晗这边安排了晚餐，等初步讨论出了结果，她才发现已经九点了，忙送林知微出去，让自己司机送她，还有点儿担心："你男朋友会不会不高兴？"

林知微笑笑："没事，他比我回家还要晚。"

她到小区门口下车，在便利店买了菜和水果，往回走时，心里计划着要先做哪道更省时间，九点半出电梯到了家门外，正准备找钥匙，门忽然轻声一响，竟然从里面被人推开了。

门缝里，穿黑色睡袍的陆星寒修竹似的立在那，眼睛水汪汪盯着她。

这——什么状况？！

林知微愣怔过后，赶紧挤进门："你什么时候回来的？！"

陆星寒说："六点……"

发微信的时候？那怎么不告诉她？而且这么准确无误给她开门，该不会一直傻傻守在门口等吧！

林知微想问，可没等出声他已经跑掉了，趿拉着拖鞋冲进卧室，没两秒又背着手跑回她身边，一脸紧张。

"星寒？"

陆星寒深吸一口气，蓦地把藏在身后的大花束捧出来："微微，节日快乐。"

林知微伸手要接，却被他一下挪走，放在玄关柜子上，陆星寒转而把自己送上去，挤进她敞开的怀里，低声央求："别抱它了，快抱抱我。"

第三章

冰山一角

小可怜的语气。

抱抱抱，必须抱。

林知微搂住他腰，紧贴在他胸口："那么早回来怎么不说？我以为你最早要十点。"

陆星寒时间有多紧她知道，百忙里抽出空，她却要他在家等了这么久。

她主动解释："我临时有工作，出去跟谢晗谈电影节的衣服，"她心里难受，"要是知道你能提前回来……"

"没事，"陆星寒日常训练强度太大，最近又把自己关进公司闭关写歌，有两天没见到知微的面了，贪恋地把她往身体里揉，声音有些沙，"我不想打扰你工作，能等。"

林知微摸摸他的背，轻声问："有没有不开心？"

陆星寒摇头，摇了几下又停住，犹犹豫豫，慢吞吞说："但是……我闻到了牛排的味道。"

嗯？谢晗安排的晚餐确实是牛排，她吃了一小块而已，这也能闻到。

陆星寒鼻音糯糯的，有一点失落："可是我今晚也打算煎牛排的，怎么办？"

林知微忙跟他分开些许，探过他身体朝餐桌一张望，可不是，满桌摆好的菜，杯子里酒已经倒好，只剩厨房里两份腌制好的牛排等待下锅。

他回来准备了这么多……

林知微心里又甜又软，踮脚搂住他的脖颈儿：“能怎么办？吃掉啊。”

趁陆星寒去厨房忙碌时，她回卧室换了衣服，找出包里精致包装的小盒子，悄悄走到厨房靠近他身后，把盒子往他垂下的左手里一塞。

陆星寒下意识抓紧，惊奇地问：“什么？”

林知微背靠橱柜，拣了块他切好的水果，笑着说：“给你的礼物啊。”

陆星寒忙把手在围裙上反复擦拭，小心翼翼捧起来，看到盒上的品牌，眼神更亮，迫不及待掀开，里面是一条简单大方的男款手链。

他一眼认出，跟他曾送她的项链，是同一品牌的同一系列。

而这个品牌，刚好是请他做新一季形象大使，邀他出席国际电影节的，袁孟口中的“奢牌珠宝”。

这件大事，他还没来得及跟知微讲，她竟这么心有灵犀。

陆星寒看看她脖子上的项链，再摸摸手链，无比期盼地问她：“情侣款！是不是？”

林知微伸手拿过来，给他肯定回答：“嗯，是情侣款。”

她把手链解开搭扣套在陆星寒手腕上，来回地欣赏，抬头弯着眼：“好看吧？”

陆星寒开心得说不出来话，扑上去一把抱住她，语无伦次地宣布：“好看好看！链子好！要锁住我一辈子的！”

小没出息的……

他小泰迪上身似的死命蹭，林知微被他压得直往后退，一眼瞥到锅里的牛排，慌张地拍他：“快点！牛排！”

两块牛排历经艰险终于出了锅，其中一块有点煳，陆星寒果断拿给自己，把卖相特别好的那块端给林知微。

自制的烛光晚餐，该有的一样不缺。

然而来搅局的也不缺。

袁孟一通电话打过来，声音大到坐桌子对面的林知微都能听得一清二楚：“小祖宗，你别光顾着自己过瘾！赶紧把任务做了！”

陆星寒皱眉：“还早。”

袁孟无语：“我给你发的微信你没看啊？！”

“做饭呢，没听见。”

袁孟服气：“我知道你贤惠，上得厅堂下得厨房，不用秀了！任务就是今晚的微博时间提前，十点必须发，抓紧啊，让小林老师给你拍！”

他想想不放心，扯着嗓子喊：“小林老师——”

陆星寒无奈地打开免提，林知微睁大眼睛，应了声：“我在听。”

袁孟仔细叮嘱：“七夕星寒要发微博的啊，来段萌萌甜甜的小视频，这轮节日热度可不能落下，交给你了，尽快尽快。”

“好——”

电话一挂，陆星寒满脸不开心：“再耽误肯定要凉了。”

林知微换到他身边坐下：“那这样，先把牛排吃了，其他的不怕凉，等忙完再来慢慢吃，好不好？”

陆星寒眨了下眼：“还要喝点酒。”

想起他上次喝一口酒就转性的经历，林知微有点忧虑，真不知道他喝了酒要做什么坏事。

拍视频的时候，陆星寒把袁孟发来的词儿一字不漏背完，林知微示意他是否按停止时，他超甜地一笑，抬起手腕上的链子炫耀地晃了晃，多加一句：“七夕，我从最挚爱的人那里，收到了最好的礼物，希望你们跟我一样幸福。”

林知微有点慌，手指一点，拍完。

“你这样明目张胆怎么能行？”

“行，”他勾着唇，“不会有问题。”

林知微不解，但看他那么胸有成竹，只好把手机给他：“自己发微博去！”

趁着陆星寒忙，她满心好奇，手机没电看不成，她抱起工作用的笔记本电脑，放在茶几上打开微博，看到陆星寒两秒前刚刚发布的七夕短视频。在粉丝们各种尖叫刷屏中，关于礼物的疑问很快有人提出。

她正担心，忽然看到非常熟悉的珠宝品牌官微转发了陆星寒的微博。

“我们全新一季的品牌形象大使，最优质的少年，下个月国际电影节，期待你的红毯秀。”

一下子官宣两条重磅消息。

首页顿时炸开锅。

林知微定定地看着“国际电影节”几个字，心跳飞快加速。

陆星寒的双臂从她身后拥上来：“微微，品牌商原本准备了十几个新款，让我今晚选一个，我哪个都不太喜欢，他们不会想得到，你把我最想要的，亲手送给了我。”

“你……”

他转过她的脸：“还有电影节，我受不了和你分开那么多天，这次要赖着你一起去了，你愿意带我吗？”

林知微抿着唇，睫毛有点湿，凑过去在他下唇咬一小口：“麻烦！”

“那你愿不愿意把我这个麻烦处理掉？”

她又笑：“勉为其难。”

陆星寒跟她额头相抵，伸手拽过刚才偷着放在沙发侧面的几个大纸袋：“来吧，看看你的小礼物。”

他单手提起的袋子个个体积可观，加起来不下五六个，这叫小礼物？

“去试试。”

林知微迷糊地被他推进房，打开一看，各种套装连衣裙，都是当季新款里她个人青睐的风格，曾在微博上挨个点过赞，其中有两套她只看过图，还没机会摸过实物。

他暗地里都发现了。

陆星寒在外面敲敲门：“微微，试给我看看。”

林知微每穿一套，陆星寒的目光就幽深几分，等最后一条贴身中长裙换好，她推门走出，迅速被他抱起来放到沙发上。

“怎么，不好看吗？”

“好看，太好看，”他语气中带点鼻音，“好看到不乐意让你出去穿了。”

话是这么说，他却单膝点地在她腿边，又抽出新的盒子，拿出里面精包细裹的中跟鞋。

“这种高度，穿久了不会累吧？”

林知微手指屈了屈，摇头。

陆星寒放心地点点头：“去电影节，你肯定很辛苦，要来回兼顾两边，必须要美，但不能太累。”

去电影节穿？

林知微咬咬唇，目不转睛地望着他。

陆星寒把她的脚从拖鞋里托起来，小心地把新鞋子套上，放回地面，心满意足来回欣赏，仰脸笑眯眯说："我家微微真美。"

"我……我工作的时候……"她双脚不由自主往里收，"穿普通的就行了。"

陆星寒又推过来一小摞盒子，郑重地说："你做这一行的，该穿好的就尽量穿，这次电影节有那么多同行，你不能光把别人打扮好。"

他眼神灼灼发亮："重要的是你自己，你才最漂亮。"

林知微抓着沙发，想起入行这几年来，她身上无数的淘宝几十块钱包邮衣服，很多人明里暗里嘲笑过，可她无所谓，她要存着钱留给陆星寒。

一转眼，他真的高大到能够遮风挡雨。从他义无反顾坚持走到她身边，到如今，一切倒转。他把所有好的亲手捧给她。

她低了低头："好，我穿。"

趁着林知微最柔顺的当口儿，陆星寒起身调暗客厅灯光，然后走到餐桌旁，把水果盘和沙拉端过来，顺带两杯红酒。

玻璃杯脚碰在茶几上"叮"的一声。

他不再撒娇卖萌，动作沉静稳妥，侧脸线条映着暖光，勾勒出晃眼的金边。

林知微本能地坐直，莫名有点紧张。

这气氛……

陆星寒拿起叉子，挑块颜色最红的草莓喂给林知微，她张口接了，他含笑问："甜吗？"

"甜。"

他紧接着把自己的唇送上，轻轻一吻，低声继续问："有我甜吗？"

林知微心尖一抖，不由自主说了实话："没有。"

陆星寒眼里荡着让人心乱的水光，继续卷起沙拉送到她唇边："再尝尝这个，好吃吗？"

林知微咽下，缓缓点头。

他再次吻过去，比刚才更深入，舌尖蹭掉她唇上残留的酱汁，凝视她的眼睛问："有我好吃吗？"

林知微睫毛急颤，心跳开始失控地变奏，她不想再承认了，可滋味实在太好，说不出谎："没有。"

陆星寒一笑，端过酒杯递给她："那再喝一口酒，微微，你答应过今晚陪我喝点的。"

再喝要出事！陆星寒在老房子时的念头她可没忘呢。

林知微知道全是套路，现在要是不打住，她怕是很难守住防线，要被他给得逞了。

她掐掐手心冷静，义正词严地推开他："不能喝，太晚了，喝了你又要闹。"

说着站起来，想越过他的腿，赶紧躲去卧室里保命，挨近他身边时，偷偷用余光瞄了瞄他的反应。

陆星寒没有继续提要求，而是端起杯子自己喝了一小口，在她要走时，一把抓住她的手腕，继而起身拥上去，扣住她的后脑不由分说侵到唇上。

她只"嗯"了一小声，被攻陷的唇舌就不由自主接收到微凉的酒液，来不及品尝，甜腻和辛辣便已迅速传递到了每根神经。

沙发和茶几中间的距离，仅够一人通过。

两个成年人纠缠在一起，立刻显得狭窄，林知微下意识朝后躲，但空间实在有限，退无可退，她的膝弯顶到茶几边缘，身体随之后仰，虽然及时被陆星寒揽紧，但腿似乎不小心碰到了什么东西。

"哗啦——"

液体洒落，杯子滚动，骨碌碌直至撞到障碍才停下。

林知微一下子僵住，陆星寒也听到了，两个人稍稍分开，一起望过去，然后一起睁大眼。

"我的电脑！"

搁在茶几边上的红酒杯翻倒，酒液正好洒在打开的笔记本电脑上，键盘湿了一大片，屏幕由于待机本身就是黑的，一时看不出坏没坏。

林知微慌忙把电脑抬起来，红酒滴滴答答淌落，她心急地抽出纸巾擦拭，力气太大波及电源键，屏幕很快亮起，不过三五秒工夫，"唰"地黑屏，彻底开不了机了。

陆星寒把电脑接过来，卸掉电池，反向翻转让酒往外流，但作用不大，笔记本键盘缝隙太小，酒全存在里面了。

他拧紧眉头：“工作电脑是不是？里面有重要资料吗？”

林知微既后悔刚才搬过来刷微博忘了收起来，又哭笑不得觉得是自己意乱情迷坏了事，好在后果不算严重，她安抚陆星寒：“有是有，不过都存了备份，我明天找人修修。”

陆星寒摇摇头：“交给我吧，我让袁哥找专人去修，你的东西还是要小心，里面的资料万一泄露就麻烦了。”

林知微想想也对：“好吧——其实也没什么，都是以前做过的旧案子，最新的只有谢晗电影节开幕式红毯那一套的搭配方案。”

“我做错事了，我来弄好，”陆星寒丧气地垂下头，蔫巴巴贴在她脸边蹭蹭，“对不起……”

林知微抱住他拍拍，适时插播心灵鸡汤：“所以你看吧，脑袋里想坏事，容易受惩罚。”

陆星寒咬她一小口，绝不认同。

隔天一早，为了不留隐患，陆星寒先走，林知微等了半个小时才出门，到星上娱乐去签订全新的合作合同。

袁孟在门口接她，边走边聊，他想得远，细心替彼此考虑：“小林老师，团里四个成员，你自己加上何晚肯定忙不过来，我这边找人的话怕你用着不顺手，你还得组建个可靠的团队才行，开工作室的事，差不多可以提上日程了。”

他又补充：“但也没那么着急，接下来最重要的行程就是星寒的电影节，等回来再办也不迟，你先筹备着。”

林知微清楚他说得没错，趁着这段时间，必须把自己的团队拉起来，否则以后的工作会受限制。

她留在休息室里等袁孟去老板秘书手里取合同，原本应该三五分钟的事，足足等了二十多分钟袁孟才回来，合同书被他攥得发皱，他脸红脖子粗，还喘着粗气。

“怎么了？”她立刻站起来。

袁孟把合同往桌上一拍，拧开瓶矿泉水使劲儿灌，一口气喝半瓶，挣扎半天还是难以启齿："小林老师，你可能要受点委屈了，老板的意思，跟你续签的合同，目前最多只能先签三个月。"

林知微听完这些，足够猜到完整内容，她重新坐下，等袁孟说完。

袁孟真是糟心。

公司说好的事不知道怎么就临时变了卦，给出的借口更不能服人，说什么林知微失去工作室依托会变得不够稳定，先拿这次电影节去检验一下红毯的实力再考虑续长约。

袁孟断定全是瞎扯淡，最开始签林知微本来也跟工作室没关系啊，何况她的实力还需要一个红毯去证明？那男团出道这么久零失误的造型都是吹出来的？这不是过河拆桥忘恩负义吗？！

可别是存着什么歪心思！

但这些猜测，只能放心里想想，他也不敢随便说出口。

"以前我还觉着星上娱乐特别好，资源优越又舍得花钱，现在再看，根本就是个瞎眼的，"袁孟想起陆星寒被吸血的事，越说越气，压低声音，"我现在也没别的指望，就等着哪天星寒翅膀足够硬了，单飞出去另起炉灶，我二话不说立马跟他走！到时候咱们是一家人，再也不怕谁弄幺蛾子。"

多的不能抱怨了，陆星寒给他下过死命令，公司任何不好的事，半句都不准对知微讲。

林知微无法安慰袁孟，能做的就是当机立断，她没犹豫，把合同逐条看过，除了期限，没有什么隐晦陷阱，笔一挥签完，她认真地说："不用担心，无论你们老板想拿什么给我当考题，我都会满分通过。还有，这事先别告诉星寒。"

她跟袁孟道别，偷溜到录音室外，隔着单向玻璃朝里看看，陆星寒正扶着耳麦，全神贯注投入。圈内有名的录音师头一点一点跟着打节拍，等一节录完，面带笑意起身给他鼓掌。

看再久也看不够。

林知微收回目光，定了定心，拐进走廊给何晚打电话："晚姐，我想好了，下一步打算——"

何晚显然兴奋过度，等不及听她讲完，大着嗓门打断："知微！我刚要给你打电话，咱有人了！我跟你说——大家全辞了！"

“什么？”林知微震惊地问，“你说谁？”

“咱们小分队全体啊！一个不差！”何晚激动得爆了句脏话，“你一走，陈令仪那老巫婆直接把咱们队的看成前朝余孽似的，不是发配边疆就是打算凌迟处死，谁受她那个气啊，大家全辞了，不管往后你怎么决定，都跟你走！”

林知微捂住嘴，有好几秒没说出话来，加重语气确认：“你问过了吗？她们自愿的？真要跟着我？”

何晚哈哈笑：“来来来，都在我身边呢，让她们亲口说。”

一大片叽叽喳喳的熟悉声音一起涌过来，有的带了哭腔，年纪小的两个还大喊着“刀山油锅一起走”。

特别傻，但也特别真心。

林知微心口直跳，吸吸发酸的鼻子，笃定地保证：“虽然以后的事还需要努力，但至少三个月之内，肯定会让大家和以前一样忙起来！”

在这圈子里，不怕忙，只怕闲。

彻底脱离工作室后，未来一切都是未知，她能否在这行里真正立足下去，这一次电影节的反馈将是决定性的因素。

不仅是陆星寒的首秀，谢晗的翻身仗，也是她对自己的证明。

陆星寒越走越高，接触的主流资源只会多不会少，她必须要让自己的身价能力赶得上他的脚步，不能停在原地，让他去等。

电影节的准备工作陆续开展时，陆星寒的军训也提上了日程，大一入学时，音乐学院的军训场地正在施工，所以他们这一届，会和新生一起补军训，八天时间，不管是明星还是普通人，必须参加。

军训的前一天，林知微特意把陆星寒拎回家，目的只有一个，教他涂防晒。

陆星寒平常不管涂什么都胡乱一抹，仗着老天爷赏饭吃完全不知道好好保养，这白得发亮的一张脸要是真晒黑了，去电影节还不得让那些时刻盼他出丑的对家粉丝给嘲讽死。

陆星寒不管在外面多忙多疲惫，到家就生龙活虎，特别积极，跃跃欲试，问：“微微，要脱衣服吗？”

“你军训时候脱衣服吗？”

“不脱。”

“那你还问！”

陆小崽对手指：“这不是教学嘛，我想学仔细点。”

林知微挤出防晒乳糊在他脸上：“先把基本的学会了再想别的，抹匀了，我看着。”

陆星寒不干：“你还没教呢。”

说着弯腰合眼仰起脸，乖巧软萌一气呵成，等着她给涂，林知微无奈了，分别点在他额头、鼻尖、下巴、脸颊上，一点点细细涂开，“别偷懒，别嫌麻烦，你要敢黑了，等出来我收拾你啊。”

陆星寒享受不已，主动仰起头露出修长的脖颈儿：“微微，还有脖子也要涂。”

倒是很懂。

林知微指尖轻擦过他的喉结，不经意来回拨弄两下，陆星寒眼帘微微挑开，双手紧了紧。

“会了吗？”

“不太会，”他支起身，把短袖卷到肩，“手臂也要涂。”

林知微手中触到的肌肉蓬勃紧实，鼓胀坚硬，皮肤却又凉又滑，覆上一层乳霜后，更加细腻，她的手来回游走舍不得放开。

陆星寒静静盯着她逐渐泛起淡红的脸，出其不意俯身，靠在耳畔问：“手感好吗？”

林知微手一抖，再也不肯上他的当：“不好！”

她呼吸升温，“啪”一声扣上防晒乳盖子：“我看这个根本不适合你，别涂了，直接用喷雾吧！”

喷雾的防晒效果普遍没有乳霜持久，也没有乳霜温和，应急和补妆更适合，她不太想给陆星寒用。

但现在，不管他那么多了！

她摇了摇喷雾，对准他一通袭击：“这个总该会吧？你再敢不会——”

陆星寒笑着躲，环住她的腰：“别别别，微微你手机在响！”

林知微侧头一看，本市的陌生号码，完全没印象，她手上还残留一层乳液，黏黏的没法滑屏幕，小跑着赶去浴室洗手，听到铃声响个没完，她扬声说：“星寒，你先接一下，别出声，我马上出来！”

陆星寒把手机捡起来，接通。

听筒里传出的是个年轻男人的声音：“请问是林小姐吗？”

陆星寒这下忍不住了，压低声音问：“你是？”

年轻男人一怔，试探着说：“林小姐的电脑托人送来我这里维修，里面有点特殊情况得跟她沟通一下，她本人不在吗？”

陆星寒一听是修理电脑的，肯定不认识，更加肆无忌惮，望着林知微从浴室跑过来的身影，语气绝对淡定沉稳，内心实际猛跳如雷。

他清清嗓子，在“林小姐本人”赶到之前，先宣布身份——

“跟我说也一样，我是她老公。”

陆星寒一脸正经，他可没乱说，他就是知微老公，就算现在不承认，早晚也得承认。

反正知微离得还远，肯定没听到。

就算听到了……他也抗打。

电话里的年轻男人恍然大悟，说：“行，那麻烦您千万记得转告她，我在把电脑的硬件维修好之后，按惯例赠送一次系统检查服务，结果发现里面——”

林知微这时候跑到跟前，拿过手机，用口型问陆星寒是谁。

陆星寒轻声说：“修电脑的，有点问题。”

他隐隐意识到情况没那么简单。

林知微这台电脑是工作专用，他为了防止设计泄露，特意让袁孟联系圈子里专门的团队去修，不光技术过硬，安全保密方面也绝对稳妥。

能专门打电话来联系，肯定不是小问题。

陆星寒放心不下，神情严肃起来，直接按开免提。

林知微接着开口：“你好？”

年轻男人卡壳，很快反应过来：“林小姐是吗？情况我刚才跟您老公已经说了一些——”

老公？！

林知微瞪向陆星寒，陆星寒耳朵有点红。

为了防止挨打，他连忙比个“嘘”的手势，听对方继续。

年轻男人说："我排查系统的时候，发现电脑里面安装了一个深层的远程监控程序，倒不是字面理解的那种摄像头监控，而是只要开机，程序的主控方就可以随便查看这台电脑内的任何资料。"

他尽量通俗易懂解释完，负责地询问："这种程序，日常使用电脑时很难被发现，林小姐，请问您是知情的吗？"

随时监控？！

怎么可能……

林知微惊呆了，手下意识地抓住陆星寒，用力攥紧，只觉得全身冰凉，犹如一头扎进了刺骨冷水里。

这台电脑是进工作室的第二年，陈令仪作为年终奖励亲手交到她手里的！

那时她还用着大学时买的二手旧电脑，容易卡顿蓝屏，问题一大堆也舍不得花钱换，它的到来简直是雪中送炭，她一直爱惜地用到今天。

陆星寒感觉到她在轻轻打战，把她搂到怀里，肃声问："能不能看出什么时候安装的？"

"应该是跟装机同步，在正式被使用前，已经安装好了。"

"任何资料都能窃取？"

"其实不应该叫窃取，"年轻男人大概明白了，无奈地叹气，"这根本就是人家的后花园，只要你开机，那你电脑里所有东西，都是随便看随便拿。"

陆星寒立刻想到最重要的："你这次检查系统，对方会不会察觉？"

"说起来也巧，我这两天熬夜加班，凌晨三四点钟开始检查的，发现问题之后就没再动，过后我也用其他方式验证过，那个时间点没有入侵痕迹，"他保证，"可以确定没被察觉。"

陆星寒眸光冷厉，简单交代几句后，挂断电话，差点把手机也碾碎了扔出去。

冷静下来想起知微的手机是他亲手买的，绝对安全，这才关了机丢开，把林知微扶到沙发上坐下。

林知微死按着眉心，脑中乱成一团，领到这台电脑后发生过的种种大事小事相继在眼前浮现。

难怪啊。

难怪以前好几次陈令仪布置给她任务，她做好设计后，又被临时通知改派给别人，而最后出来的成果，却跟她的想法相差无几。

还有偶尔闲暇时，林知微为了锻炼自己，会挑选圈内造型容易出错的艺人当作目标，有针对性地用每季大牌新款练习搭配，随手做了，随手也就忘掉，但过后不久，总能看到陈令仪接触了这个艺人，并且成功合作。

甚至林知微曾收藏过自己欣赏的一些款式，也会隔三岔五出现在陈令仪本人的身上，她大摇大摆穿去各种场合，得到不少好评。

任凭林知微心思再细，也不可能往“偷窃”上联想，一直以为是她们品位相似，志趣相投，还把陈令仪当作入行恩人、真心好友。

现在想想，最庆幸的是她足够公私分明，为了不分心，从来没在这台电脑上存过任何私人资料，否则哪怕有一张跟陆星寒过去的合影，后果都会严重到不能想象。

她额上密密地出着冷汗，想弯下身伏在膝盖上缓缓，才动了一下，就被陆星寒抱到腿上。

汗被抹掉，眼角由于震怒激出的一点生理性眼泪也被他擦干，背上的温热手掌一下下温柔地顺着。

整个人好像从刀尖回到了软床，她满腔激烈的情绪被安抚，逐渐重归平稳。

陆星寒的怒火随时能燃爆，但危机临头，他必须比知微更冷静，沉默一会儿后，沉稳的声音低低响起：“以前她通过这个程序做过的事咱们先不考虑，当务之急，是她接下来会做什么。微微，你仔细想好，电脑里有什么是她之后能利用的。”

林知微的神经蓦地抽紧，想起最重要的东西：“谢晗，谢晗的开幕式红毯造型！”

唯一一套已经跟谢晗团队正式沟通过，连各个涉及的品牌商都已联系好，完全拍板定案的造型。

陆星寒把她身子摆正：“能推翻重来吗？”

“能，”林知微握拳，“不能也得能！”

陆星寒点头，眯了眯眼：“想让她受惩罚，咱们现在只有监控程序这一项证据，还不够把她怎么样，也没办法确定红毯造型她到底会不会或者说以什么方式窃取，所以——”

林知微在他的引导下，一双眼很快明亮。

目光相撞，她读懂陆星寒的意思，抿住唇，理清思路，缓缓说：“所以，我要跟谢晗交代好实情，改掉设计，咱们提前做好准备，但表面上就当作什么都没发生过，这台电脑照常使用，让陈令仪继续按计划往下走。”

按兵不动，等她亲自把更多证据交上来。

林知微要在电影节里兼顾陆星寒和谢晗两方，责任与压力都相当大，从往返机场到红毯晚宴发布会，两人各自的五到八套完整造型全在等她挑选定夺。

袁孟临时安排了一间小型的工作间给她，把造型小分队全员都拉到一起，从陆星寒军训开始，开启了整整八天废寝忘食的忙碌。

与此同时，小分队里还有两台从工作室带出的电脑，林知微全部找借口送出去检修了一遍，并没有发现问题，看来在她们这组里，陈令仪关注的对象仅她一个。

而受监控的那台电脑继续使用了一小段时间，在陆星寒的授意下，被技术人员自然地做出系统老化，频繁死机弃用的假象，彻底作废。

为了不引起愤慨，陈令仪的所作所为林知微并没有对大家讲，等到前期工作基本结束，准备出发前，只私下里告诉了何晚，让她心里有数。

何晚气到要昏倒，破口大骂陈令仪十几分钟，林知微都听笑了，推推她：“好了，你也不嫌累。”

“我以前虽然烦她，可没想到她能这么可怕！”何晚呼呼直喘气，“哎，你说她这么毒，那以前别的团队还盛传过她拿旗下设计师去交换资源，不会也是真的吧？”

林知微摇摇头，莫名想起当初跟陈辞的团队打交道时，陈令仪暗示她尽量配合客户的各种需求，别得罪人，不禁一阵恶寒：“别想这个了，这一次出去——”

话音未落，小分队里年龄最小的女孩“噔噔噔”挥舞着手机跑上楼，大声问：“微微姐，晚姐，你们看到营销号刚爆料的新闻没？”

林知微跟何晚面面相觑，何晚拍她：“你不工作，看什么八卦。”

“不是普通八卦，跟咱有关系的！”女孩把手机给她们看，“这蛇精脸网红，眼熟吧？就是电影节上秦思思要带的那个！出事了——破坏别人感情，被人在大街上开车追着骂，听说这次能去蹭红毯，都是靠这男的花高价买来的。”

一条网红的花边按理说掀不起什么大风浪。

可偏偏这网红背后的男人不简单，有钱有势还花心，风云人物，一下子闹得全网皆知，这网红不但不藏着，反而高调发声，耀武扬威声称她又没伤天害理，理直气壮表示红毯非去不可，一定要艳压全场。

一时间各大娱乐新闻全被盖过了风头，网上随便刷刷就是骂声一片。

何晚嫌弃地“啧啧啧”了好几声：“秦思思也够倒霉的，陈令仪千挑万选，给她弄了这么个主顾。”

林知微思绪一顿，眸光闪了闪。

是啊，这网红，秦思思也提过，的确是陈令仪特意给她选的。

那么临行前曝丑闻，到底是出乎陈令仪预料，还是根本就……在她计划之内呢。

九月初，距离电影节开幕只剩两天，各团队相继开拔，微博上充斥着五花八门的机场穿搭，各大网站记者差不多全天候守在国际机场门口，按手里掌握的行程表掰手指数着还剩几个没走，数到陆星寒的时候，群情激奋了。

就是今天。

全网瞩目，粉丝激动得凌晨就跑来占位置、拉横幅，生怕乖巧软萌的寒寒第一次国际行程排场不够盛大。

上车前，更衣室里，林知微拎起一黑一白两件同款宽松薄开衫，在陆星寒眼前晃晃：“寒哥选选，喜欢哪个颜色？”

陆星寒军训时防晒涂得相当努力，一点没黑，倒是几天下来又长高一点，身形轮廓更显硬朗，往林知微面前一站，压迫感相当强。

强得都要叫寒哥了。

陆星寒轻笑，在她鼻尖亲亲：“寒哥全听你的。”

林知微挑眉：“那身为我男朋友，寒哥基本的穿搭审美能力必须达标啊。”

“好——”他尾音绵长，握住她的右手，“我选这边黑色。”

林知微满意地点头：“结果对了，理由呢？”

她指望着陆星寒能说说跟裤子内搭的配色，可他简简单单就一个理由，抬起手腕，得意地亮出她七夕送的手链，有理有据说：“因为黑色跟它配啊。”

好吧，她就知道，满脑子都是谈情说爱的事。

林知微忍着笑给他把全套穿好，收整东西紧跟他的车一起出发。

谢晗到那边有个访谈，早走一天，林知微安排了小分队里三个人跟她，自己则带剩下的人留下陪陆星寒同行。

该准备的全都妥当，就等战役打响。

车一到机场外，袁孟带的保镖马上自动形成包围圈，林知微随其他工作人员一起走在后面。

陆星寒站定，回头，朝她望。

林知微勾着唇，对他娇娇俏俏眨了下眼。

粉丝们尖叫声一浪高过一浪，争先恐后涌上来，隔着保镖的包围圈，拥着陆星寒缓慢向前移动。

粉丝和媒体的快门声响成一片。

无数人因为他一个眼神、一个招手而激动到面红耳赤。

林知微看着陆星寒频繁抬起的右手，金属手链闪着含蓄的银光，被数不尽的镜头捕捉。

她低头，按住自己盖在衣领之下的情侣款项链，忍不住弯起眼睛。

正在被大家热情似火簇拥着追逐着的那个身影——

是她的人哪。

飞行历经近十六个小时，于傍晚抵达。

降落前，林知微被名正言顺换去陆星寒身边补妆，他皮肤天生冷感少油，肤色白皙干净，妆本身又淡，跟登机时几乎没有变化。

林知微仅是薄薄扫些散粉，再把他睡到翘起的几根头发顺下来，轻轻松松搞定。

陆星寒眼帘一直垂着，等她补好才睁开，他背着人，悄悄越过座椅扶手，钩住她的手指，轻声说：“我刚才睡着了。”

长途飞行后的嗓音夹着沙哑疲惫，敲击她的耳膜。

林知微这才发现他眼里有不少血丝：“怎么看起来好像更累了？”

他沉默了好一会儿，把她的手抓紧，团进掌心里一寸寸摩挲，靠向椅背，勉强扯出一点笑容：“做了个梦。”

林知微忙着给他滴去血丝的眼药水，没来得及问清到底是什么梦，飞机已经停稳，大家纷纷起身，准备下机。

战役从踏出舱门的一刻就打响了。

这里是位于欧洲的世界名城，是林知微过去从未涉足过的陌生土地，机舱与航站楼的通道直接连通，没有机会去看外面的风景。

林知微随团队经过二楼廊道，透过玻璃墙壁，足以看清下面如潮人群，跟来时一样，挤满媒体和迎接的粉丝。

陆星寒迅速调整状态，对拥上来的镜头露出标准甜笑，国内的通稿随之铺天盖地，陆星寒的名字前加上了各种耀眼头衔，“国内团体第一人”“最年轻的奢牌大使”“零失误造型神话延续”等等。

林知微粗粗翻了一遍，最喜欢的是“实力原创歌手”。

那是陆星寒真正热爱和擅长的东西，也是剥离开所有外表人设的光环后，他最本质最不可动摇的资本。

出机场时天色渐暗，几辆车从异国城市浪漫奢靡的夜景里匆匆穿过，陆星寒一伙乘船继续赶往举办电影节的小岛，跟谢晗入住同一家酒店。

一进大堂，满目熟面孔，国内艺人有大半都聚在这里，明天上午电影节正式开幕。今晚，各团队则各自忙碌，哪怕没行程的，也得出去找个高大上的地方拍拍照，拿出去吹上一通。

袁孟和助理先陪陆星寒上楼，林知微带自己的人等下一轮电梯。

电梯门缓缓开启，尚未全部打开时，里面就传出嗲嗲的女声：“哎哟，那算什么丑闻，你情我愿的事而已，再说了，黑红也是红嘛，这圈子里谁能比谁干净——”

下一秒，电梯内外两批人正面相对。

林知微抬头，正撞上秦思思皱眉不耐烦的表情。

何晚意外地“呵”了一声，低低地跟她说：“冤家路窄，这不是秦大小姐和那个人人喊打的网红吗？”

网红比照片上下巴还尖，整容痕迹明显，低领口的裹身裙衬得胸前呼之欲出。她还在嗲声嗲气喋喋不休，跟秦思思讲她的辉煌史，炫耀财力，显然不知道秦思思的背景。林知微倒是意外，这大小姐肯“微服出巡”，甘愿做个普通造型师，都没亮身份。

眼神一碰即分，当不认识擦肩而过。

马上错开时，秦思思忍不住瞥了她一眼，小声说：“林知微，你最好小心点。”

电梯门随之关上，何晚反应过来，顿时炸了：“什么意思？！碰个面还不忘说句狠话，威胁谁呢！？她算什么，瞧瞧她身边那个——”

林知微想起秦思思刚才的眼神，虽然满是不耐烦，但并没有恶意，她示意何晚别冲动：“也有可能不是威胁，只是最简单的字面意思。”

秦思思在提醒她小心。

当晚，陆星寒和谢晗分别有活动，陆星寒这边受珠宝品牌商邀请，有个小型见面会，谢晗那边则是要跟几位大导共进晚餐。

林知微两头忙碌，女明星的妆更花时间，但小分队里的化妆师熟知林知微风格，细节上可以替代，林知微还是把更多精力放在了陆星寒身上。

陆星寒略微仰头，让林知微给他扣好领针，目光在她穿着新款套装的身上掠过，带了笑意：“微微真好看。”

林知微低头看看他送的衣服，戳戳他的肩膀：“给你三分钟让你尽情得意。”

再过三分钟，他就要出发了。

陆星寒俯身问：“那要是不小心得意忘形了怎么办？”

嗯？忘什么形——

紧接着，他靠近了重重一吻，翘起嘴角，不等林知微怪他不正经，先一步在她头发上摸摸，低声问：“陈令仪有什么动静吗？”

“还没有，”林知微被顺了毛，一脸凝重地说，“一切都看明天了。”

如果陈令仪盗走谢晗原定的开幕式红毯造型，想以此来打击她，具体能怎么做文章？

林知微设想过各种可能。

陈令仪无法阻止品牌商提供衣饰，更无法从根本上破坏她的设计，那么只能来暗的，让谢晗因为这套造型吃闷亏，被群嘲，不但翻不了身，还必须栽得更惨，促使谢晗跟她决裂，再把舆论麻烦全推给她。

一个造型师，一旦在大型场合背上这样的污点，以后也别想继续混了。

可是在造型本身没有任何问题的前提下，谢晗这闷亏到底要怎么吃，才能吃得又狠又恶心？

隔天清晨，开幕式红毯的最终出场名单正式对外公布。

谢晗排在前半场，她身上背着两个重量级代言，既是以演员身份随剧组出席，也是以品牌方代言人身份出席，足够有资格独立走红毯。

而陆星寒排在稍后，比谢晗晚大概十五分钟。

红毯正式开始前，林知微给谢晗精心上好妆，换上跟初始设计截然不同的另一套全新造型，裙摆一荡，铺在楼梯上，示意摄影师拍照。

谢晗的红毯障碍症彻底被治好，各种姿势根本停不下来，激动得恨不得抱住林知微亲一口："我简直太美了吧！比之前定好的那套更美！"

门被人有节奏地敲响，得到回应后，陆星寒推门进来。

谢晗瞧见他正装加身，从头到脚自带背景光，当时眼睛就直了，大叫："弟弟你帅过分了！"她提着裙摆跑下楼梯，转了个大圈，"快点看看姐姐美不美！"

陆星寒礼貌地笑一笑，客气地点了下头。

这么冷淡的反应。谢晗蔫了。

林知微看不过眼，拉过谢晗小声安慰："他就那样，看谁都无感，你超美的。"

谢晗悄悄跟她咬耳朵，说话向来口无遮拦："以前听过弟弟是圈里有名的钢铁'直男'，跟大美女搭综艺都说男女授受不亲，这一接触，哇，果然冷啊！没开窍还是心有所属？"

林知微被她问到点上，呛得直咳嗽，脸色涨红。陆星寒蹙眉过来，在林知微背上轻拍："怎么了？我去倒水。"

水端来，林知微喝一口稳住，陆星寒习惯性用指尖抹了下她唇边的水迹。

谢晗有点窒息，眼睛更直了。

陆星寒确定林知微没事，才说："袁哥已经跟组委会沟通过了，我和谢晗姐换位，我先走。"

林知微恢复严肃，缓缓点头。

红毯现场临时换位，是他们三个早在制订计划的时候就打算好的。

按照惯例，红毯的名单和出场顺序会在今早公示给所有媒体公众，此时此刻，谢晗和陆星寒的顺位肯定已经大大方方贴在了国内各大娱乐板块上，正被热烈关注中。而临场调换位置属于突发状况，一般不会另行对外通知。

所有人都会知道谢晗的原定出场时间。包括陈令仪。

陈令仪如果有动作，想让效果最大化，一定会卡在谢晗马上出场的时间点上，好让林知微措手不及。

谢晗心很宽地说："知微，你别担心了，咱们不是都定好了，弟弟先走，让你们那陈老板以为我真的中了招，能折腾多少是多少，全留成证据，等十五分钟后我闪亮登场，绝地反击啪啪打脸，一下搞掉她！"

林知微皱眉："我知道……"

没错，陆星寒先走，是为了故意拖长十五分钟，让陈令仪的黑手暴露越多越好。

要有证据才能彻底让陈令仪倒台。但负面影响是，占了谢晗位置提前出场的陆星寒，可能会在短时间内，遭到媒体和网友的强烈非议。

林知微心口发紧，谢晗在场，她也不好跟陆星寒多说什么，以帮他整理鬓发作为掩饰，踮起脚，手在他耳朵上轻揉了一下。

陆星寒知道她的担心，拍拍她手臂，声音很低："什么都别想，我参加电影节，本来就是为了你。"

一小时后，国际电影节开幕式红毯正式开启。

场地入口处除留出通道以供各豪华车辆通行外，几乎水泄不通，各国媒体匆忙入场，外面台阶上挤了不少来蹭红毯的十八线小明星，个个长裙曳地袒胸露乳，生怕抢不到风头。

当地时间上午九点四十，距离谢晗的原定出场时间还有五分钟。

林知微提前赶到红毯入口，心跳如鼓等待陆星寒的车抵达。

何晚一刻不停地刷着手机，紧张得满头全是汗，又过一分钟，她呼吸猛地一顿，用力抓住林知微的手腕："知微！来了——真的来了！"

近期丑闻缠身的网红刚刚发布一条新微博，下面配九张图，是她今天红毯造型的酒店定妆照。林知微连忙接过手机，手腕有些抖，点开大图一看。

不出所料。

这蛇精脸网红，从裙子到配饰，无一例外，跟林知微旧电脑里的原始设计完全吻合，半点也不差！

她在电梯遇到秦思思的那一刻起，就猜得八九不离十，但等到真正发生的一刻，还是气得全身发颤，死死攥住手机，心脏怦怦跳到喉咙口。

如果不是那晚在家碰倒了红酒。

如果不是修电脑发现问题。

如果不是陆星寒足够冷静，安抚她及时想好了对策。

那么即将登场的影后谢晗，会跟这个名声恶臭、人人喊打的蛇精脸网红，在同一个电影节的同一条红毯上，完完全全撞上造型，而且相比起来，是网红亮相更早！谢晗必定被嘲讽到抬不起头。而曾经身处同一间工作室的林知微跟秦思思，恐怕这辈子也洗脱不清谁剽窃谁的污名，从此直接被所有艺人列入禁区。

头顶的太阳很大，林知微身上却一阵阵发冷。

还剩四分钟。

何晚知道这才刚刚开始，她刷新得更勤，果然，第二轮随之来了。微博上叫得出名字的一系列娱乐营销号，不约而同发出相似通稿，大张旗鼓爆料，声称影后谢晗红毯造型遭遇滑铁卢，竟然和丑闻网红撞同款。

详情描述得绘声绘色，仿佛亲眼所见，各种"我朋友说""我家亲戚说"纷纷上阵，铁证如山，谢晗肯定要遭遇出道以来最大的造型危机。

往后必定还有第三轮第四轮，甚至更多，从谢晗一路黑到林知微的身上。

何晚咬牙切齿："这是把你往死路里推！"

"我死不掉，"她林知微脊背笔挺，她面无表情，关掉手机，望着陆星寒即将到来的方向，"我不是自己一个人。"

一句话说完，门口的镜头"唰唰"对准刚刚驶来、逐渐停稳的名贵跑车。

林知微目不转睛。

车门被恭敬地开启。

在大家都以为会落下谢晗的长裙、高跟鞋时，暗蓝色西装裤包裹着的长腿稳稳踏出，修长俊挺的年轻男人直起身体，单手扣上西装，一眼在人群里找到她。

他双眸含光，浅浅一笑。

陆星寒的面孔在国外媒体眼中既陌生又新鲜。

哪怕并不熟知，出场顺位也显然有误，但美对于人的吸引，不会因为任何外界因素而改变。

大大小小的镜头不由自主为他定格。

冷白剔透的东方男孩，高大却也俊秀，从头到脚每处细节都恰到好处，没有任何累赘修饰，年少柔韧和成年锋芒巧妙糅杂，年轻男性一切美好的特质全部集中在他的身上。

红毯新人，应该紧张拘束，他偏偏出人意料，哪怕站在争议位置上，依然镇定得体，气场十足。

林知微清楚听到了媒体圈里的吸气声。

其中也有不少相熟的国内记者，猛拍一通总算反应过来，抓住陆星寒慢步经过的机会，急忙喊："寒寒今天无敌帅！是跟谢晗换位了吗？"

陆星寒笑笑，没有回答。

记者无暇继续追问，被旁边的国外同行抓住七嘴八舌问这男孩究竟是谁，多大年纪，演过哪部电影，记者满肚子新闻点被堵回去，扬扬下巴，还挺骄傲："我国特别红的歌手，不是演员，品牌商特邀来的。"

陆星寒身形舒展，脚步不疾不徐，走得极稳。

林知微站在入口，眼睛被他填满，满脑的愤怒难过全都没了，定定地望着他越来越近。

他的身影挡住太阳，在她面前走过，准备踏入真正的红毯中心。

林知微以为就要这样分开时，他在万众瞩目中忽然侧过头，不着痕迹对她轻轻眨了下眼。

她骄傲又忐忑的心立刻像被他一把捧起，爱惜抚摸。

何晚同样近距离感受，差点没喘过气来，捂着嘴小声跟林知微感慨：

"妖孽！这就是个妖孽！我见他第一面就知道，他如果想得到谁，能跑才怪了。"

林知微目光落在陆星寒挺拔的背影上，看着他迅速被更多镜头淹没。

可不是嘛，能跑才怪了。

陆星寒的红毯情况第一时间传回国内，各路媒体的现场照片火速在全网蔓延，在自家粉丝热血冲头、路人频频惊艳的同时，一直把陆星寒视作眼中钉的对家粉丝们更不甘寂寞，快狠准地指出他时间顺位不对，肯定是抢了谢晗的位置。

这些人平常没事还要鸡蛋里挑骨头把陆星寒黑上一黑，现在这么大一个话题，管他真相如何，先骂了再说。

口水战随之激烈掀起。

结果早有预料。短时间内，陆星寒难免要承担骂名。

林知微尽量去忽略，收整心情，把何晚拽离人群，陆星寒争取来的黄金十五分钟已经开始倒计时。

天气炎热，四处又混乱喧闹，林知微不敢走远，拉着何晚躲到角落阴凉处，何晚手机握得发烫，不得已来回换手："很好，第二轮来了！"

她飞快滚动页面："刚才爆料谢晗跟网红撞造型的那些营销号，肯定收了陈令仪不少黑钱，现在全打了鸡血，正在拼命渲染谢晗躲起来不敢出现，断定她今天红毯要泡汤，还有的已经把火引到了你身上——"

何晚说着，切到林知微的主页上，果然，不明真相的谢晗粉丝一拥而上，质疑责问铺天盖地。

林知微数着时间："继续等，闹得越大越好。"

何晚胸口堵得疼："知微，你也够淡定的，陈令仪这么狠毒，稍有不慎就得被她给玩死。"

"既然我不死，"林知微十指扣紧，"就是她死。"

她想了想，觉得还要给陈令仪再添把火："晚姐，用你的微博账号，发个哭脸的表情，其他什么都别说。"

何晚不多问，照做。

小分队全员跟随出国的事，陈令仪肯定知道，暗地里必然会关注她们的动向，其中又数何晚和林知微的关系最亲近，这时候发哭脸，足以说明困境。

何晚的表情发完不到一分钟，如林知微所愿，营销号们带起了下一轮节奏。

谢晗出道以来所有失败造型被总结成长图供人嘲讽，林知微之前做过的访谈也被翻出来狂喷咒骂，蛇精脸网红雇用的造型师秦思思随之浮出水面，迅速被证实跟林知微同属一间工作室。

一切都在按林知微的猜想发展，陈令仪就是要把她跟秦思思一起置于死地。

如果有机会，林知微真想当面问问秦思思，怎么搞的，说好的大小姐呢？怎么带资入驻后，陈令仪反而有胆算计她了？

何晚呼吸越来越快：“网络暴力亲身经历才知道多可怕，谢晗到现在根本面都没露，网上居然就把这事板上钉钉了！”

热门微博、热搜榜，甚至各娱乐 APP（应用）的推送全都踩着热点，要么是跟风传谢晗红毯撞衫网红，要么是黑陆星寒膨胀抢占前辈位置。

林知微再次看时间，直起身体：“快了！”

刚说完，谢晗的电话打进来：“知微，我要到了。”

林知微扬起嘴角：“准备好了吗？”

“早就准备好了，”谢晗朗声说，“看我怎么闪瞎他们！”

何晚眼观六路，瞄到什么，急忙扯住林知微：“看那边！有人主动送上门来了！”

网上的舆论此时正好发酵到极致，话题中心的网红翩翩出现，特意选好了时间点，准备来好好博一把关注，她是花钱换来的蹭红毯机会，没资格坐车到正门，只能老远下车，提着裙子走过来。

林知微眯眼，看着原属于自己的整套造型穿在她的身上，变得不伦不类、恶俗透顶。

恶心感刚刚涌上，黑色轿车转弯，露出暗芒闪动的车标，网红挤到红毯入口时，车刚巧停下。

何晚紧张得手心全是汗，手机页面还停在满屏毫无下限的讽刺与谩骂上。

原定陆星寒的时间已到。

车门打开。

一袭烟粉薄纱的裙角坠地，纤瘦窈窕的人影优雅显露真容。

网红化着大浓妆的眼睛一下子难以置信地瞪大，脸上表情精彩纷呈。

现场所有国内记者都已获知网上如火如荼的传闻，一看到中心人物蓦然出现，差点没反应过来。谢晗迈下车，裙摆一放，耀眼日光全集中到她的身上，她双眼顾盼神飞，找到不远处的林知微，大大方方给她飞个吻，俏皮地比了个 OK，林知微一笑，扬起下巴，以同样的手势回给她。

有外国记者捕捉到女孩间的美好互动，拍下照片随后发到个人社交软件上，很快就被火眼金睛的网友发现，随着谢晗大杀四方的仙女造型一起被顶到热门第一。

同时引起轰动的，还有一张合影照片。照片上，谢晗正娉娉婷婷地踏上红毯，网红站在一旁目瞪口呆，被谢晗衬得无比艳俗。

一个灵动出尘、高贵优雅，一个庸俗油腻、表情失控。

撞衫？撞造型？当红影后不如小三网红？

一分钟不到，全网认知被彻底颠覆。

林知微指骨攥得发白，等待手机响起，没过多久，苦盼的振动终于传来，她接起，袁孟的声音自听筒利落传出：“放心吧，星寒交代的事都搞定了，截至刚才，陈令仪布置的所有黑幕，全在掌握。”

她身上脱了力，背靠着墙弯了弯腰。有一点鼻酸，但更多的是从心底通到指尖的畅快。

何晚扶着她的肩，用力拍拍：“知微，咱们成功一半了！”

是啊，只有一半，还剩一半呢。

林知微站直，看到谢晗的红毯短采访新鲜出炉。远拍镜头里，笑靥如花的谢晗跟身边一众女明星相比，又仙又美，抢夺全场眼球，状态几乎是出道以来最佳。

她也凭借这套造型，一跃成为当日红毯女星中的最大惊喜，比起普普通通亮相的其他人，话题度爆炸数倍。

记者问：“今天的红毯顺位临时变动了对吗？”

谢晗甜笑：“对，非常感谢星寒弟弟伸出援手。”

记者惊讶：“原来是帮忙吗？”

“是呀，”谢晗点头，“我们碰巧在同一楼层，红毯前，我因为一点小状况，低血糖差点晕倒，幸亏星寒弟弟同意跟我换位，让我多休息了十五分钟，帮了我大忙。”

记者继续追问是出了什么状况。

谢晗眼波流转：“说来话长，稍后再给大家细讲。”

这段亲自澄清立马被粉丝截图，拿出去反击别有用心之人，陆星寒遭到的污蔑被洗刷干净，顺带挂上超善良乖宝宝的大牌子。这委屈受得可不小，营销号们为了保命，纷纷开始疯狂夸赞陆星寒，试图掩饰之前的丑事。

红毯表现本身就足够惊艳抢眼，再加上澄清截图刷屏，陆星寒迅速地涨了一大批新粉。

另一边，陆星寒走完红毯，到电影节主展厅内签名留手印，流程结束，苦苦等待的一众媒体一拥而上。

“寒寒，网上的风波你听说了吗？”

“被无辜黑有没有很委屈？”

“能讲讲跟谢晗换位的具体过程吗？她临时出了什么状况？”

“初次国际亮相好评如潮，听说还有好几个知名大牌都公开表示对你兴趣浓厚，红毯走完到现在，寒寒最想说的话是什么？”

陆星寒听了一圈，觉得就这个问题能答，他身姿笔挺，笑容标致，纤长睫毛随便一扑闪，就叫围堵的记者们眼花缭乱。

他自谦几句，冠冕堂皇的话讲完，然后淡定地表示：“至于最想说的话，当然是要感谢我的造型师，没有她，就没有我的现在。”

第四章
梦

红毯外，林知微戳戳屏幕上陆星寒的脸，被他的回答逗笑。

何晚在一旁扇扇子，扯着嗓子喊：“哎哟喂——公然‘虐狗’，简直活不下去！”

林知微端正神色，矜持地咳了两声，把手机反手一扣：“来吧晚姐，该打响咱们的反击战了。”

到了当地时间中午，网上的言论风向全面扭转。

陆星寒洗脱冤情，人气势不可当，谢晗也完美翻身，最新造型与营销号总结出来的过去失败造型形成了强烈对比，更衬得她此次美到要上天。整个开幕式的国内艺人里，两人各自在同性别明星中出类拔萃，背后默默努力无故被骂的造型师自然跟着备受关注。

之前被舆论影响跑去责怪林知微的谢晗粉们主动澄清道歉，刷出一片表白，陆星寒的粉更不用说，老熟人合作了，持续出彩，长足脸面，必须点赞。

事实面前，谩骂质疑销声匿迹，营销号试图用更多新闻掩盖荒唐，粉丝们的讨伐也显得疲软无力，足够把几个人一起推进绝路的阴狠计划似乎要被轻轻揭过。

看似风波平息的时刻，最适合引爆默默暗藏的炸药。

林知微对袁孟说：“可以了。”

袁孟肃然点头，一通电话打出去，一个新注册的小号随之浮出水面，先扔出第一个重磅炸弹——影后谢晗电影节红毯险遭暗算。

长微博以身边工作人员的身份，条理清晰讲述谢晗遭遇的险情。

由于青睐某造型师，谢晗曾多次沟通其所属工作室，却屡次被推拒并试图强行换人，谢晗不愿妥协，等到该造型师与工作室解约后终于达成合作，结果竟惨遭工作室记恨，并企图利用红毯造型进行抹黑。

谢晗提早知情，早做防范，但仍为其恶劣行为不齿，红毯前看到该工作室在网上恶意散布谣言，气到头晕，幸有陆星寒愿意换位，才恢复状态，勉强支撑。

微博一出，全网爆炸。十分钟，导向明确地发酵到铺天盖地。

袁孟打出第二通电话。小号紧接着图文并茂继续爆料——

该工作室陈姓老板从前是造型师出身，水平低劣多次被合作艺人拒之门外，开始改变身份、另起炉灶，招揽多个年轻有灵气，长相又漂亮的新人为自己卖命。

陈姓老板为抢夺资源无所不用其极，几年来，在她手下工作的造型师，无不经历各种暧昧暗示，如果拒不配合，她就要把人搞坏名声再扫地出门，仅有少数能力特别强的才得以继续留下，但也要相应付出几倍的辛苦去超额工作。

这一轮的揭底林知微事先并不知情，她震惊地看完，凉透的心拼命往下坠："这个……怎么查到的？！"

她根本没想到能挖这么深，也没想到何晚讲过的传言竟全是真相。

袁孟叹了口气："星寒让我不计代价狠查，不管多深的都要挖干净，这个是刚证实的，全放进去了，其实还有更过分的，但目前咱们手里掌握的证据不够充足，暂时不爆。"

他难受地看了林知微一眼："小林老师，越查越吓人，这女人毒透了，幸亏你够厉害，让她放不开，对你一直有所收敛，否则——"他摇摇头，"可能等不到星寒入圈，你很早就被她坑了。"

林知微呼吸缓慢，一阵阵后怕，手指死死抓住椅子的扶手。

她想起当初的陈辞，她受到骚扰，跟陈令仪要求退出时，陈令仪那副司空见惯，嫌她小题大做的样子，原来真的不是错觉。随后堆积如山令她彻夜能不眠的工作，原来是她不肯配合的代价！

她笑出来。

几年来自以为拼命刻苦地工作，居然从来不知道头顶罩着这么大一块随时能落下霹雷的乌云，还掏心掏肺，对陈令仪无数次退让。

太蠢了，太可笑了。

袁孟看她眼圈发红，起身打算倒杯水，走到玄关时，酒店房门轻声一响，刚从活动里脱身的陆星寒进来，顺手脱掉西装搭上衣架，接过袁孟手里的杯子，示意他跟何晚都不要出声。

林知微坐在窗边椅子上，俯着身，头垂得很低。陆星寒放下杯子，解开袖扣，上前直接把她抱起。

林知微毫无防备，惊惶地一抬眸，正撞进他的眼睛里，鼻子突然就酸到不行。

陆星寒转身坐下，把她搂到腿上，抚着她的头压在自己胸口，低声说："微微，我回来了，想哭就哭吧。"

一句话，眼泪倾泻而下。

林知微死咬着唇，还惦记着陆星寒身上的衬衫是赞助商的，特别贵，弄脏了他还得受损失，努力躲着不肯往上蹭。

陆星寒把她揉得更紧，贴在耳边哄："我都脱了让你靠好不好？"

不好！

他不管房间里有没有别人，侧过头亲亲她冰凉的唇："没事，衣服随便蹭，不用还，他们马上出新系列，我是代言人，今天整套给你，想怎么蹂躏都行。"

林知微忍不住睁大眼："代言？我怎么不知道？"

"刚谈的，"他笑笑，"还不都是你的功劳，把我打扮这么好。"

林知微这下哭不出来了。

真是的……得意死了好吗！哭什么哭！陈令仪才该哭！

她抹抹脸："不哭了。"

陆星寒眉头一松，倾身把她抱个满怀："真乖。"

被当作透明人的何晚和袁孟对视了一眼，同时长叹，很好，你不想哭，可是我们受到刺激，特别想哭了！

网上一时间沸沸扬扬，一半在怒骂，一半在质疑，吵到不可开交时，谢晗用自己的账号转发了爆料小号的第一条微博，亲自下场证实真实性。

全网轰动。

谢晗走红以来始终是敢说敢做的形象，这次依然坦坦荡荡：“亲证属实，心疼特别优秀的造型师林知微，如果不是她及时发现问题，提前辛苦准备，今天的负面头条就是我们。”

小号抓住时机，迅速发布第三条爆料。

谢晗口中的优秀造型师林知微，入行以来一直在陈姓老板工作室工作，从第一单至今一直保持超高口碑，正是因为个人实力足够，才得陈姓老板宽容对待，所谓宽容，即是不用讨好客户，无限加班就够了。

三年多来，林知微每年接单量超过工作室其他所有人总和，酬劳却因各种“特殊因素”被频频大幅扣减，并被切断一切个人上升渠道。

在如此环境下，林知微依然凭能力声名鹊起，陈姓老板由压榨到嫉恨不甘，卑劣手段层出不穷。

爆料里洋洋洒洒，仔细客观地把当初的女刊争夺、微博故意圈错人侵吞功劳、在电脑植入监控程序、数次窃取设计成果并盗走谢晗红毯造型的事件一一讲清。

网友们被一个个确凿事实砸得合不拢嘴，这年头极品不少，但极品到这个程度的还是难得一见。

随后，很快有人发现之前造谣谢晗撞衫的一系列营销号全部被封，小号这边相继曝光这些人被陈令仪收买，拿钱办事的详细证据，并公开以谢晗名义发布正规律师函，追责到底。

脉络理清，任谁都看得明白。

如果不是事先因巧合发现，今天这桩阴谋，很难洗刷干净，无论谢晗、林知微或者涉及的其他人，现在应该都已经被害得翻不过身，而网上随手转发的每个网友，都会成为人渣的帮凶。

以谢晗庞大的粉丝团为首，数万被利用的吃瓜群众紧跟，拥进陈令仪工作室主页痛骂，逼她出面道歉赔偿并承担法律责任。

谢晗在圈内的大咖朋友们，曾与陈令仪接触过的一些艺人，还有造型圈的其他同行相继转发表明态度，强烈抵制业界毒瘤。

这次不用小号再多爆料，网友开始自发起底这个让人大跌眼镜的陈老板。

陆星寒问袁孟：“剩下两件事查的怎么样了？”

袁孟摇头：“还没拿到关键性证据，暂时不能说，但网红那边的应该快了，再等——”

门铃声突兀地响起。

袁孟端正神色，快步过去贴近猫眼，脸色怪异地回过头：“秦思思？”

林知微跟陆星寒对视一眼，站起身：“让她进来。”

秦思思无论什么情况高跟鞋都不离脚，地板踩得咚咚响，手里捏着个U盘，朝林知微一抛：“扒皮起底陈令仪是吧？这是涉及那蛇精脸网红的所有内幕，我收集整理的，拿去，一起曝！”

林知微抬手接住，递给袁孟，袁孟迅速连接电脑一一检查，眼睛发亮，对她连连点头。

“你早发现了？”

秦思思脸色难看，哼了声：“是发现不对劲了，但是到刚才看完你们爆的料，才知道来龙去脉，”她骂了两句脏话，“老巫婆连续两次拿我挡枪子儿，想让我替她挡刀身败名裂？！做梦呢！”

所以那天电梯相遇，秦思思确实是善意提醒。

林知微语气缓和很多，奇怪地问她：“陈令仪不是把你当上宾对待？她哪来的胆子？”

秦思思环视房间里的几个人，冷着脸不开口。

林知微说：“全是我自己人。”

秦思思纠结半天，吐了口气，目光刮过林知微和陆星寒，别开眼：“拜你家这个爱记仇的好弟弟所赐，苗寨那期综艺录完，我哥就把我逮了回去，我跟他大吵，才知道……”

她顿了顿，低声说：“才知道我的身世他早知情了，我俩就是傻子，那天之前，互相都以为对方蒙在鼓里……我说了很多他忌讳的话，他不想看见我，后来又知道你被弟弟给迷住，他没戏了，干脆出国一走了之，我气不过，拿钱回你们那破工作室，想在你跟前长长脸。”

“陈令仪最开始是恨不得把我供起来，以为我能提供多少资源，后来发现我就一空壳，我哥走了，我哪来的资源给她？”秦思思摊摊手，“直到有一次，我在工作室走廊里跟我哥打电话，又吵起来，我冲动说了句‘咱俩没血缘，我也不姓秦，以后跟你断绝关系’，被人给听见了，当时我不知道是谁，现在看来——”

她一脸寒意抿住唇。

林知微顺着她的话接下去：“就是陈令仪，所以在她眼里，你从高高在上大小姐，变成假身份没背景的竞争者，毕竟你入股那么多，相当于分走她对工作室的掌控权。”

秦思思冷笑：“是，跟你一样，成了她的眼中钉、绊脚石。”

所以陈令仪要把她们一网打尽。

袁孟这时候站直，比了个OK，林知微忙刷新页面，看到最新一轮热门。

蛇精脸网红总想进军娱乐圈，梦想一夜爆红，不惜花钱买红毯，又不想泯然众人，到处高价求能博出位的红毯造型，被陈令仪注意到，她正缺个执行计划的目标人物。

两人一拍即合，连丑闻也是特意挑在红毯前专门闹大的。

以秦思思的性格，这还是第一次在发现问题时学会按兵不动。

她沉默忍耐，收集到陈令仪和网红之间多次通话和文字记录，网红没那么精明的脑子，暗中交易的实证多到数不完。

一朝公开，再也别想抬起头。

哪怕公布对方私人信息的手段不可取，但网友惊怒之下，怎么可能放过。陈令仪和网红的真实情况很快被曝出，没多久，有网友拍到照片，称他们公司就在陈令仪工作室的隔壁楼，在窗口亲眼看到救护车把她接走。

照片没有打码，能看到女人的侧脸，袁孟把照片放到最大拿给林知微，她扫了一眼确定：“是陈令仪。”

图上的人头发散乱，脸色惨白，被人抬上救护车。

气疯了？急出病？或者装的？

管她呢，反正她就算住了院，也逃不掉侵犯隐私、散播谣言的罪责。

袁孟“啪”地一拍键盘：“成了！”

何晚飞速刷页面，再次确定，心满意足地捂胸口：“真的成了！”

林知微闭上眼，手刚攥紧就被陆星寒握住：“没事了。”

她用力地点头，松开手跟他十指交扣。

秦思思瞪着那双亲密无间的手，心里直往上冒酸气，撑了半天实在忍无可忍，管不了合不合时宜，没好气地问："陆星寒，你不是'弟弟'吗？她这种油盐不进的女人，你到底是怎么把她搞到手的？！"

教教她行吗？！

满室寂静。袁孟和何晚窒息，刚才还同盟，刚搞定就要崩？

不等林知微开口，陆星寒已经懂了："羡慕？"

秦思思被两个字噎得一怔。陆星寒嘴角冰凉地勾起："无可奉告，也别把我跟你放在一起比，你连给人做妹妹都不合格。"

秦思思快被气死了，尤其在看到陆星寒炫耀地把林知微揽怀里时，她七窍生烟，跺跺脚："我走了！"

林知微挣开，示意陆星寒别闹，追了一步："你去哪？"

"回国啊，"秦思思板着脸，"你们还有一堆活动行程，我可没有了，我这就回去，陈令仪那个老妖婆别以为就这么算了，我姓不姓秦，也轮不到她来踩！"

林知微叮嘱："别轻举妄动。"

秦思思回头怒视她："我又不是小孩！做好你自己的事吧，好不容易红一把，可别砸招牌！"

林知微知道她不像刚认识时候那么冲动幼稚了，况且这件事她毕竟牵涉其中，有用自己的方式解决的自由，不该多管。

林知微也没精力多管。在岛上剩下的几天，就让她好好享受。

当晚九点以后，陆星寒和谢晗刚巧都没有活动，谢晗那边提出海滩烧烤，两个团队经此一役，实打实是自己人了，必须在一起聚聚，庆祝大获全胜。林知微欣然答应。

谢晗行事爽朗，铺场面向来大手笔，沙滩布置得堪比偶像剧拍摄现场，外人全部清走，站烧烤架旁边撒孜然的都是自家助理。

夜风徐徐，撩动裙摆。

"知微，来碰个杯，"谢晗靠在沙滩椅上端起果汁，想了想，略正色，"不过庆祝归庆祝，我也必须提醒，陈令仪那种人，恐怕不会这么轻易死透，你别太掉以轻心。"

“我明白，”林知微跟她碰杯，轻声说，“今天谢谢你。”

整个事件严格说起来，谢晗是被连累的受害者，位置这么高的影后，不但没挑剔，反而处处相帮。

“谢什么，我又不亏，”谢晗惬意地躺倒，给她掰手指头算，“我其实就发条微博做证这么简单。收获你，全世界最适合我的造型师；收获今天无比漂亮的翻身仗，同样一套造型，这可比简简单单走上去抢眼太多了；还收获——”

她感受到不太友好的视线，故意不回头：“你瞧，还收获到来自星寒弟弟的冷漠。”

林知微笑出声，她早就看到游荡在沙滩上，不能过来一脸怨气的陆星寒。

谢晗幽幽叹气：“哎，我就说嘛，星寒弟弟那种极品，什么不开窍啊，冷淡啊，纯属扯淡，他开的窍，有专属对象。”

林知微默默喝果汁。

“别藏，藏不住，”谢晗大笑着逗她，“搞半天你男朋友就是他，难怪你总说他忙啊回家晚啊，是够忙的！怎么样，看着镜头前那么炫酷的大明星，回到身边就使劲儿朝你摇尾巴，是不是甜死了？”

林知微脸被海风吹红：“这位影后你太八卦了。”

“不八卦的人生多无趣，”谢晗扬扬得意，“这么一说，我想做件好事，在星寒弟弟那边拉点好感，别让他敌视我。”

谢晗想做的好事，就是找摄影师来拍照。

双方团队聚一起，人数加起来将近二十，合影拍了一大堆，谢晗特意选出几张发微博。

其中一张，是陆星寒跟林知微单独的合影。

海边星光，灯火璀璨，两个人并没有挨得非常近，但弯起的眼里相似的光，却仿佛融为一体。

陆星寒要来照片，另外挑出八张，都是好几个工作人员参加的大乱炖，唯独把跟林知微的合影放在中间发布。

只写一句话：“今晚，跟最甜的人在一起。”

十点多时，陆星寒临时加了场线上访谈，袁孟陪他提前回去，林知微被谢晗拉住不放，闹到十一点多才散场。

林知微折腾了一天，身上有些酸了，出电梯往房间走时，松开扎起的长发，懒洋洋地刷开房门。

“嘀”一声。

她迈入，顺手关门，还没回过神，苦等已久的火热身体压上来，她惊呼着脚步一顿，背靠在门上，腰被死死箍紧，她手脚的力气迅速抽空，瘫软在他怀里。

林知微本能地仰起头，有气无力推他：“你……你怎么进来的？不是有访谈吗……”

陆星寒嗓音沙哑：“我来提供客房服务，专门给今晚最甜的人。”

他连说话的几秒都不愿等，俯身抱住她的腿，把人整个儿抬起搂到肩上，大步穿过玄关的小走廊，靠近床边。

林知微心口怦怦直跳，刚一挣扎，直接落进背后的大床。

屋内仅亮着床头一盏灯，光线融暖低暗，空气里浮动沁人的浅浅花香，似乎是酒店特调的某种香料。

不愧是以浪漫著称的国家，房间气氛可真是……暧昧至极。

陆星寒不由分说覆上去，把她完全笼罩，粗重喘着，恨不能将她拆吞入腹。

林知微的意识几乎全变成棉花，但仅存那一点理智，也意识到陆星寒不太对劲。

她强行别开头，手腕抖着撑住他，勉强拉开一线距离。

借着灯光，陆星寒半合的眼睛近在咫尺，眼角红红的。

林知微怔住：“星寒？”

陆星寒不肯跟她对视，甚至抬手盖住她的眼睛，为了确定什么似的压下去重重地吻，整个人烫得要起火。

林知微满心疑惑，但她只要稍微流露出拒绝的意思，陆星寒就箍得更紧，呼吸更沉。

她不再挣脱，而是主动钩住他的脖颈儿，他果然得到慰藉，一点点放松下来。

“怎么了？”林知微拨拨他的发梢，柔声问，“说我今晚最甜，尝到了还不高兴？”

他哑声低喃：“尝不够。”

林知微抱住他：“你不是回来做访谈吗？走的时候还好好的，怎么突然……”

“我想让你跟我一起回来，你不肯，访谈半个小时就结束了，”他低下头埋进她颈窝里，“我在房间等你，等到睡着，做了不好的梦吓醒，醒来你还没回来，我不能随便出去，就坐在门口一直等。

“你不知道你今晚有多甜，从酒店过去的路上多少人在看你，我不愿意你一个人在外面……”

林知微茫茫然听明白了。

这该不会是……吃醋了？

“谢晗安排的局，你先走是不得已，可我得留下啊，”她轻声解释，“她爱闹，要不是我说太累，估计再晚都不会结束。”

陆星寒不吭声，林知微转头亲亲他。

他更委屈了：“沙滩上你一直跟她在一起，看也不看我，还有下午在酒店，就因为秦思思送来一点证据，你对她那么关心，还挣开我，就算不用她，我也能查到！”

林知微睁大眼睛：“星寒，你是在吃女人的醋吗？”

陆星寒闷声说：“谢晗知道我们的关系，你不管我，她会觉得我对你不够重要；秦思思背后有秦然，不管有没有血缘也是兄妹关系，你对她态度变好，秦然可能会误解，以为他在你这里还有希望！”

非常好，有理有据，条理清晰。

陆小崽，吃醋吃得也是高水平。

林知微听完长篇大论，又好笑又心疼：“你想太多了。”

“就当我想太多，那你告诉我——”陆星寒抬起身，双手撑在她脸侧，一眨不眨盯着她的眼睛，“我是不是比谢晗重要？”

什么蠢问题，傻死了。

林知微心里软得塌陷：“是。”

“也比秦思思重要？”

这怎么可能放在一起比，纯粹无理取闹故意让她心疼。

“当然啊。”

他不依不饶地问：“比工作重要吗？那么多新的预约快排到年底，你还能顾得上我吗？”

林知微的心彻底融化，叹了口气，抓住他的手臂，把他朝旁边推倒，手指点点他的唇：“任何工作，任何人，都不能跟你相提并论。”

她浑然不知自己此刻有多大诱惑力，认真对他说：“不管什么情况，在我眼里，只有陆星寒最重要。”

静静对视。

陆星寒胸口剧烈起伏，猛地翻身把她扑倒，困在怀里不顾一切狠狠吞没。

他再也抑制不住狂涌没顶的渴望，滚烫指尖碰到她裙子的拉链，林知微没想到两句抚慰能让他反应这么激烈，再推已经推不开。

“星寒！”

陆星寒不肯放：“微微，你要拒绝我到什么时候？”

“至少……至少不是现在！”

她能清楚感觉到他灼热的体温，烫得她无处躲，尽力安抚：“你太年轻，才上大学，等再大一点——”

说过不止一次的话，却正好戳到了陆星寒整个晚上最疼最怕，原本不想启齿的地方。

他眼底迅速变红，嗓子哑透了：“不要说等我长大！我不想听见这句话！”

林知微揪住他的衣服，喉咙里发出模糊的气音。

陆星寒压着她，脱口低喊：“我在飞机上就做了那个梦，等你只睡十分钟也做同样的梦！梦里……梦里你对我说，我长大了，你该走了！你说等我长大你就要离开我了！”

林知微呆住了。

她记得，来的飞机上，他说做了梦，当时眼里全是血丝，还专门滴了眼药水。

刚才进门时他红着眼角，也说做了不好的梦惊醒。

原来吃醋不是重点。

真正的根源在这个梦上。

如果放在以前，他这样患得患失还情有可原，但现在天下太平，凡事都顺利平稳，她对他也坦诚疼爱，他哪来的恐慌，把自己吓成这样？

“梦是反的……”

反的吗？

可梦里无比逼真的情景重回眼前，哭着醒来时的恐慌好不容易压下去，又被她全数挑起，陆星寒彻底失控，手掌探入，林知微无力抗拒，死死按住他的肩，颤声让步：“回家好吗？”

陆星寒满心惶惶，听不进。

林知微闭上眼，掐着他的指尖深陷，语气加重：“我不想在这里，等回家。

“星寒，我说等回家！”

陆星寒全身僵硬，一点点停住，把头深深埋到她的颈边。

最近太过甜蜜，以至于林知微差点忘了，陆星寒从小到大到底有多执拗，又有多脆弱。

看似无坚不摧，但只要事关她，不管真假大小，都能轻易被刺伤。

陆星寒艰涩迟缓地开口：“没有骗我？真的……真的等回家吗？”

“真的。”

他哑声说：“不准反悔。”

林知微看着他凶兽一样伏低，心脏跳得要冲出皮肉。

先答应他，让他稳下来。

她舍不得看他这么难过。

安慰着他在身旁睡下。隔天一早，林知微先起床把自己打理干净化好淡妆，整整齐齐从洗手间出来时，陆星寒还趴在床上，目不转睛地望着她。

“还不起床，赖着干吗？”她假装视而不见，把他要穿的衣服丢上床，顺带充当起助理的角色，“寒哥，你中午有个专访，下午杂志街拍，晚上还有场跟品牌商的晚宴，再不动，袁孟要来敲门了。”

陆星寒眼睛定定地盯着她：“等他敲。”

袁孟来得正是时候，陆星寒话音刚落，他就按了门铃，在门外连咳三声当暗号。

陆星寒泄气地想拿枕头丢门。

林知微失笑，给袁孟打电话："马上好了。"

她转身好整以暇看着陆星寒："这下没理由了吧？"

"有——"陆星寒桃花眼里汪着水，压下心中不安，朝她伸出手，"要知微宝宝亲亲抱抱才能起来。"

林知微走过去捏他脸："美死你了。"

陆星寒逮住机会，扑过去搂住她的腰，乖巧仰头，眼巴巴求她："那让我再美点好不好。"

最会拿美色引诱她。

她照单全收，把他一头短发弄乱，低头在他唇上亲亲："满足了吧？"

等陆星寒换上衣服，又变成根正苗红好孩子，金光闪闪大明星，中午的访谈愉快结束，还被搭档惊喜夸奖口语很好。消息迅速地传回国内，这个年纪的艺人，凡是有和学习相关的正面新闻，必定会被粉丝猛夸，博得路人好感。

林知微的惊喜不比粉丝少，悄声问他："什么时候练的口语？"

陆星寒淡笑："趁军训那几天练的，来之前肯定要做好准备，不能给你丢人。"

她眨眨眼，分不清是骄傲多些，还是心疼多些，陆星寒在她不注意的时候始终拼命努力着。

那些天里，他要军训，写歌录歌，练舞，更要帮她应对陈令仪，还抽了空在学英语，压榨了几乎所有私人时间。

林知微以前见过的年轻艺人很多，尤其当红的，没人像他这么拼。

从访谈现场出来，回到休息室，林知微忍不住牵了牵他的手："不觉得辛苦吗？"

陆星寒摇头，慢慢说："只有我足够好，以后公开的时候，我才有底气说，我不是贩卖感情的空壳偶像，我有资格恋爱。"

他摸了下她的头："那样对你的影响才能最小。"

林知微眼圈一红，差点要抱他，门"砰"一声被何晚推开，她呆呆看了两秒，赶紧又原封不动关上："当我没出现过！"

"晚姐——回来！"

何晚这回矜持地敲了敲门，探进头笑嘻嘻问："小林老师，喊我干吗？我坏了气氛，怕被寒哥打。"

寒哥低哼着别开头，坐到椅子上。

林知微抚额，朝何晚招手："好啦，别闹了，让大家进来准备吧，杂志那边约好的街拍不是两点吗？快来不及了。"

杂志方选了三个场景，桥头、古堡和老街，前两个场景拍完已经傍晚，老街上正好最热闹，满是当地特色店铺，吃喝衣饰应有尽有，看得人眼花。

整个团队到达岛上后一直在奔忙，根本没空出来放松闲逛，现在看什么都新鲜。

何晚跟小分队里两个女孩趁着拍摄时间，激动地在附近到处跑，何晚买了两个小胸针，回来献宝似的塞给林知微："来一趟总得留个纪念。"

林知微惊喜摸了摸，对她笑："好看。"

何晚拿起一个给她别上，满意地点头："真配。"

目光放远，看着远处肤色各异的人潮，想到回国后的发展，她又问："知微，这次事件过后，陈令仪倒台，没人再能限制你了，现在预约都快堆成山，咱们回去是不是就可以把门户立起来了？"

林知微点头："是，大家跟我出来，我不能让你们无家可归。"

何晚鼻子一酸，长长舒了口气："等一落地我就去找房子，先落了户再说，对了，你别忘了给工作室取个名字啊，这回不是给别人打工，是真正属于你自己的。"

属于自己的。

林知微下意识望了望工作状态中的陆星寒，他穿衬衫背带裤，自然流畅地在街上停顿回眸，吸引周遭无数目光。

"好，我记得了。"

国际电影节总共要持续十二天之久，陆星寒的行程在开幕四天后正式宣告结束，谢晗几乎同时要回去赶着进组拍戏，比他们早半天离开。

谢晗出发的机场造型依然要靠林知微，她带人过去时，谢晗正在接电话，示意她稍等，继续对话筒恭恭敬敬说："好，我这就联系她，等她回国后，我尽快安排见面。"

边说边瞧着林知微笑。

林知微意外地指指自己。

谢晗兴奋地点头。

电话一挂，谢晗立刻飞奔过来："好事！许黛你肯定知道吧？"

造型圈金字塔顶的大师级人物，获过大奖无数，近期在两部名导电影里做造型顾问，身价都成谜了，行内哪有人会不知道她的大名。

谢晗美滋滋地说："我获奖那部电影，是她做的造型，还有我去年唯二不丑的红毯装，也是她做的。刚才她主动给我打电话，问我能不能联系到你。"

林知微觉得这事玄幻了："联系我？"

谢晗拍拍她："看上你了呗！我这个人的造型有多难搞，她比谁都清楚，说实话，别看她大牌，我在她手里的效果也就是一般，我俩气场不太搭。这回红毯她看你竟然有本事把我打造成仙女，估计震惊了，想见你一面沟通沟通。"

林知微首先想到的，不会是大师不高兴了吧。

大师都搞不定的女演员，被她搞定了？

谢晗哈哈笑："放宽心，许老师人好，我听说她有意想收个徒弟，多半是对你有兴趣了，等回去咱约个时间，我安排你们见见面，知微，把握好机会！"

她态度渐渐认真："我混影视圈，星寒弟弟混的是歌手流量圈，我们不容易，你在造型圈里也不容易，咱们都得努力往上爬啊。"

"爬到了顶，"谢晗张扬一笑，颇有深意，"这世界才自由。"

林知微不是外放的人，纵使再多情绪也安静咽下，抿着唇用力跟她握手："谢就不说了，我一定尽力表现好。"

回国，把工作室开张，撑起门户，再和许黛见面，如果顺利，跟她继续学习。

陆星寒的位置越来越高。

她不能落下，要紧紧跟上他才行。

谢晗走后，当天下午，陆星寒带团队启程。

从岛上离开时，袁孟单独包了一艘船，没外人，陆星寒跟林知微坐在最后一排，目送被夕阳染红的水面渐远。

“微微，等以后人少的季节，我们再来吧。”

“喜欢这里？”

陆星寒手肘支在窗口，撑着额角看她，悄悄抓住她的手：“喜欢，要把这次没做成的某件事补上。”

林知微秒懂，扭开脸不理他，打开手机摄像头，想给美好夕阳拍个照，陆星寒不甘寂寞缠着她：“微微拍我，我比夕阳好看。”

脸皮超厚。

林知微故意不听，等他不注意时，再把手机转过去对准他。

没准备的样子也那么好看。

林知微嘴角忍着笑，想把照片递给他看，手机却蓦地振动，收到一条陌生号码发来的信息。

“林知微，别以为你赢了。”

她伸出一半的手僵在半空，动作太过明显，陆星寒皱眉问：“怎么了？”

他去接手机，林知微反应过来，忙往回一缩，关掉屏幕反扣，脸上笑意消退，低下头，尽量缓和骤变的情绪。

几天的安宁轻松，让她以为陈令仪真的已经销声匿迹了。险些忽略了谢晗的提醒，陈令仪那样的人，恐怕不会轻易死透。

可面对陆星寒，林知微真不想说，不想破坏他的好心情。

陆星寒隐约猜到，坚持把手机抢下来，飞快扫完，目光转冷，扬声喊：“袁哥。”

袁孟“哎”了声，小跑过来。

他肃声问：“之前陈令仪证据不全的那两件事，进展怎么样了？”

“差不多了，只剩最后一点，不过……”袁孟信心十足地回答，说完他又起了疑惑，“不是暂时用不上了吗？”

陈令仪名声扫地，一群人等着追究她的责任，人还住在医院里，根本不可能翻身。如果她从此夹起尾巴做人，这件事就算告一段落了。怎么突然……

陆星寒冷笑：“恐怕她是想死得更彻底一点。”

袁孟也看了一遍信息，用词简单，不像是故意来虚张声势的。

他神情变凝重，叉着腰踱了两步，声音放低：“她还能有什么后招？

那么大的阴谋都被咱识破搞定了，其他能曝的……也就你俩的关系？但没道理啊！”

说着他依次数过：“身边所有知情的人我都管控得非常严，保证不会内部出问题，谢晗更不可能将消息泄露给陈令仪，狗仔的话，如果拍到什么早有风声了，不可能她比咱们更早知情，除非——还有别的事。”

林知微按按眉心，努力想也想不到有什么是能让陈令仪利用的，她摇头，低声说：“别的事，我实在不知道。”

陆星寒揽住她：“别想了，你不用管，交给我。”

林知微笑笑：“说得好像我多脆弱似的，怎么能什么都交给你。”

“我说能就能，”他攥住她的手，眼里暗芒浮动，蓦地眯了眯眼，抬头问袁孟，“红毯事件之后到今天，网上舆论什么风向？”

袁孟一直在按陆星寒交代的关注着，这两天满满好评，也就没仔细跟他汇报，这一提起，才说：“走势非常好啊，不光你和谢晗，小林老师尤其好，目前关注度很高，以前合作过的一些‘小生’‘小花’都出来夸她，很多营销号为了蹭热度，也在各种推荐，发了很多正面通稿。”

“里面都写了什么？”

袁孟有些不解，但还是翻了翻，如实说：“说小林老师年轻，灵气足，眼光独到，工作态度严谨，科班出身实力过硬之类的……”

陆星寒准确抓到问题，打断他：“科班出身？”

袁孟发蒙：“对啊，是这么说的，这句没歧义，有问题吗？”

或许别人不清楚，但陆星寒明明白白知道，林知微当初上的是全国重点综合大学，学的专业是英语，她报考时原本打算在校期间能做家教赚外快，毕业后去做老师，收入稳定，这样就可以安心养他长大。

后来进了造型圈，是纯属巧合之下临时改行，不管怎么夸，也不应该用到“科班出身”四个字。

林知微马上懂得陆星寒在担心什么：“我进工作室的时候，所有情况都跟陈令仪说的实情，她知道我是半路出家的。”

当初林知微大一下半学期，刚把陆星寒从舅舅家带回来不久，通过小姑帮忙，安排他在江城上学，用手里最后一点钱给他办了入学和住宿。

双方父母意外过世的赔偿金被陆星寒舅舅和林知微奶奶分别霸占，

两个孩子算是身无分文，林知微急用钱，家教那一点收入太过微薄，连自己的学杂费都勉强，何况要养活家里的陆星寒。

小姑赚钱也不容易，林知微不想拖累她，于是想方设法打各种零工，直到隔壁电影学院迎来毕业季，导演和表演系的同学忙着拍各种短片，化妆师不够，她试着去跟了一次，没想到效果出彩，一单就赚到不少钱，还渐渐有了主动找上门的客户。

林知微遗传了妈妈的艺术基因，且在审美上更有天赋，越长大越明显。

在同龄女生还只穿棉T恤衫、牛仔裤时，她已经主动学会用最便宜的衣服做最好的搭配，大学期间开了个穿搭微博，迅速在网上走红，手法、风格也在有意练习下越发独到，炉火纯青。

她入行的原因就这么简单，赚钱多。

接着她一路从英语拐到了完全不相关的化妆和造型设计，同学之间联系变少，接的单则越来越多，越来越大，接触到的圈内人，地位也在明显递增。

这时候，开始有工作室跟她联络，开出各种优渥条件，陈令仪是其中唯一的女性，也是唯一告诉她只要肯辛苦，薪酬可以按月上涨的人。

林知微知道圈子乱，再往高处发展，离不开团队支撑，于是为了安全，更为了钱多，毫不犹豫选择了陈令仪。

虽然现在事实证明以付出的辛苦来算，陈令仪给的酬劳恰恰是行内最低的，但在当初，林知微相当满足了。

签合同时她说得很清楚："我是半路转行的，没有接受过专业学习。"

陈令仪笑得很温柔，安慰她："没关系，虽说圈子里很看重履历，但只要你别自己往外说，我也不说，以你目前这个阶段，没人会在意的，能力够就好了。"

回想起那个画面，林知微心里七上八下。

科班出身？履历？

可最多就是先捧高她，再反过来公开她没有过专业学习经历，她现在有成绩在手，不算多大的问题，除此之外还能玩什么花样？

林知微望向窗外，眉头拧起。

陆星寒把她往怀里压了压，搂得更紧。

不等多说，船已靠岸。

码头离机场不算近，路上要花近半个小时，而距离登机也只剩下仅仅一个小时的时间。

没有空闲细想太多，也不能因为一条信息和猜想改变行程。

毕竟身在异国不方便，想操作应对什么，还是尽快回到国内更稳妥。

陆星寒起身，沉声对袁孟说："登机之前，随时关注网上新的风向，飞的十几个小时里，把那两件事缺的证据最快速度补齐，慢就加钱，加到能做到为止，可能很快就要用到。"

袁孟被他说得心惊肉跳，知道他句句在重点上，连连点头，转身去打电话。

林知微回头看了眼橙红绮丽的水面，在对岸时明明还开心得不行，被陆星寒缠着撒娇，转眼下船，气氛完全变了。

她握住拳。

不管陈令仪要做什么，她绝不能输。

由于时间有限，登机的途中一直很忙碌，整个团队都感觉到陆星寒的沉默寡言，谁也不敢大声说话，默默跟在他身后做好分内的事。

袁孟捏着一沓登机牌挨个发，按来时的配置，仍然打算坐在陆星寒身边。

陆星寒却抬手一挡："知微坐这里。"

林知微本来已经往后排走了，又被袁孟请回来，他小声说："星寒有点吓人，我不敢惹他，我坐你们后面啊，这趟航班还好，初步观察没粉丝，你们坐得又靠前，安全，别有太大动作就行。"

陆星寒牵着林知微的衣角，让她坐在靠窗的位置，探身过去给她拉过安全带。

"微微，记得我们第一次一起坐飞机吗？"

林知微轻声说："记得，去录《今夜无眠》的先导片，你把何晚气走，非要和我坐在一起。"

陆星寒的眉眼终于柔下来："那时候我说，以后像系安全带这样的小事，都有我替你做。"

他长睫低垂，修长十指慢慢把搭扣按紧，语气轻缓却认真："陈令仪，也只是一件安全带这样的小事而已，别担心，我能解决。”

林知微靠向椅背，望着他脸上冰封的线条，再多不安也不愿说出口，笑着点头：“好，我相信。”

她当然相信。

但这次要面临的危机并不明确，且措手不及。

跟来时准备充分的感觉完全不同。

飞机上的十六个小时，陆星寒只要闭上眼，那个让他无法忍受的噩梦就会重现。

他几乎没睡，机舱灯光调暗时，他盖着薄被，抓住林知微的手指爱惜地摩挲，趁周围别人戴着眼罩纷纷入睡时，靠过去亲她的脸颊。

她呼吸平稳，合着眼，他以为她睡了。

没想到她轻快地睁开眼，含笑抓住他偷亲的瞬间。

她声音轻轻的：“陆小崽，你做坏事。”

陆星寒低笑，把随手翻的杂志打开竖起，挡住脸，头挨得更近，碰碰她的唇，无声无息辗转纠缠。

亲不够，怎么也亲不够。

空姐提醒飞机已平稳落地，请各位乘客准备下机时，林知微把手机拿出来，按住电源键，信号刚刚满格，铃声立刻响起，看这效率，肯定打过不止一次，而且显示的竟然是秦思思的名字。

林知微跟陆星寒稍一对视，意识到有正事，抓紧时间接听。

秦思思没有废话，开门见山：“总算开机了，我记得我哥说过你是学英语的，他还给你们学院讲过公开课，你也没辍过学，上完四年顺利毕业，是吧？”

林知微的神经一点点抽紧：“是。”

“那就不对了，”她语速飞快，“既然这样，你怎么可能是我的校友呢？！”

林知微愕然：“你的校友？”

秦思思不自觉带了一点优越感：“对啊，全球排名前三的设计院。”

林知微一下子坐直：“怎么可能？”

“怎么不可能，”秦思思似乎在翻着什么东西，“我刚刚知道，陈令仪工作室这边给你保留的履历表，可没有什么英语，是你高中毕业，直接留学国外，是著名设计院毕业的精英，连毕业证书都复印得清清楚楚，跟我的一样！”

林知微提起的心一僵，重重直坠下去。

机舱里人声、走动声响成一片，她的耳朵里却只剩嗡鸣。

几秒后神志逐渐恢复，听筒里秦思思还在不停地说着话，身后袁孟拼命压抑的声音也传来：“怎么回事？十六个小时变天了？怎么都在说小林老师学历造假？！”

他手机上的消息后知后觉地终于开始频频跳出，各方消息全都在指向同一个事实。

起飞前，网上尚且走势大好，一片夸赞表白。

落地后，全网质疑骂声。

“国际电影节爆红的美女造型设计师，被曝光学历作假，分明是国内学校英语专业的学生，冒充全球著名设计院毕业，并向工作室提供虚假学历证书，满口谎言。”

“就算工作室老板丑闻缠身，这设计师又能好到哪去？”

“互相指责，说到底还不都是一丘之貉！”

“学历都敢作假的人，成绩怎么可能真啊？！”

“陆星寒和谢晗该不会都被骗了吧！”

陆星寒团队回程的时间不是秘密。

机场到达大厅里早已人满为患，除去粉丝，媒体来得比出发时更多，全都在等着第一时间抓到林知微的现场，逼她亲口回答网上的质疑。

或者说，愈演愈烈的新闻才是媒体真正想看的，比起回答，大家更希望拍到她惶惶不可终日的样子。

机场的VIP（贵宾）通道正巧有特殊情况关闭，必须走普通通道。

陆星寒一言不发，脸沉得骇人，死死攥紧林知微的手，大步朝外走。

袁孟面无血色，拼尽全力拉住他：“你要害死小林老师是不是？！”

林知微咬紧牙关，控制好呼吸的频率，浅浅笑出来，温柔反握住陆星寒的手，软声抚慰：“别这样，没那么严重，我露脸又不多，他们不一定能认出来，再说他们主要还是来拍你的，你越反常，他们越乱猜。”

她晃了晃：“星寒，听话啊。”

说完眼神示意袁孟赶紧推他出去，别再耽误。

袁孟接到信号，急忙点头，出其不意把陆星寒用力往外一推，他确信，只要推到镜头里，陆星寒绝对身不由己！

果然，陆星寒刚一出现，人潮立即海浪般狂涌过来，开道的助理被挤得东倒西歪，勉强控制着场面。

但等到随后，林知微镇定地走出来时，场面立刻失控。

大家对陆星寒尚有忌惮，不敢乱来，但对林知微，一个小小造型师，又是个纤纤瘦瘦的女孩子，根本无所顾忌，镜头、话筒一股脑往她面前伸，一两秒就把她围住。

噪声乱响。

每个问题都针锋相对。

“没有作假”“全是恶意陷害”这样的回答没人去听。

她的身影就要被彻底淹没在包围圈里，何晚和几个女孩子勉力护着她，跌跌撞撞。

林知微一直强迫自己站稳，唇抿得发白，但表情自始至终没有露出一丝慌。

她大睁着眼睛，用力重复自己的清白。

没人听，她也要说！

原本越逼越紧的人潮却蓦地一乱。

有道鹤立鸡群的高大身影穿过重重障碍，毫不犹豫快步折返，拽着最外层那个记者的后领一把扯开，有力手臂继续撕开围堵的圈子，足以让人骨碎筋断的力量落在人身上，哀叫、痛呼声此起彼伏地响起。

水泄不通的堡垒，被他三两下挥开。

林知微全身僵硬，定定地盯着他，眼圈隐隐发红，本能地想往后退。

陆星寒不容拒绝地伸臂把她揽过，按着她的肩膀，完完全全护在胸前，他扯下脸上的口罩攥在手里，不惧被任何人看到表情，冰锥似的目光左右缓缓扫视：“她说了，没有作假，全是恶意陷害，请问，还有哪位没听懂？”

第五章

爱你的资格

偌大的机场大厅，包围着的层层人群，刚才还恨不得掀破屋顶，但在陆星寒开口后，一时间竟是鸦雀无声。

不是软萌无害的寒寒吗？

不是永远乖巧甜笑的国民弟弟吗？

怎么突然之间，抬抬手就能把人骨头掰断，随便一个眼神一句话，让打了鸡血的众多媒体连声都不敢出？

“好，”陆星寒的手按在林知微肩上，轻轻护着她朝前走，“看来都听懂了。”

人群目瞪口呆，下意识往两侧躲，给他让出通道。

看他走远，终于有记者反应过来，激动得脸红脖子粗，指着他怒喊：“陆星寒！你要跟媒体作对是不是？你还没红到那个程度！我告诉你，你这是对我们使用暴力，我们可全都受伤了！你等着——”

“受伤？”陆星寒淡淡回眸，“哪里？”

记者愤怒地撸起袖子，露出疼到要死的上臂，他怀疑骨头已经碎了，但一掀起，四周哗然，哪来的伤，连块泛红破皮都没有。

他不敢相信，按了一下，疼得当场跌到地上，偏偏表皮完好，看不出任何异常。

但经此一闹，越来越多的记者动起来，敏感察觉到更爆炸的新闻点，两个人关系不简单！陆星寒的人设可能会崩！

他们怎么肯放过绝佳机会，狂奔着试图再次堵上去，林知微眼看前方好不容易敞开的路渐渐狭窄，高声叫嚣的问题已经从学历彻底转移到个人感情。

她指甲深深按进手心。

她绝对不能在这种时候，这种关头，连累陆星寒。

如果现在被迫曝光恋情，她骂名缠身，火会全部烧到陆星寒的身上，他所有努力付诸流水，再没翻身的可能。

林知微忽然快走两步，陆星寒按在她肩上的手毫无准备地被迫松开。

等到所有镜头齐刷刷对准她，她转过身朝陆星寒客气地浅浅鞠一躬，抬起头疏离地微笑："谢谢星寒帮我解围，大家都知道你热心，但现在不是时候，你也不值得为一个工作人员动怒。"

她在"不是时候"和"工作人员"上加重语气。

陆星寒周身的温度一瞬跌至冰点，死死地凝视她，攥成拳头的手微微颤抖。

林知微又退一步，离他更远些，准备扬头独自面对记者时，陆星寒却猛地跨上前，把她揽得更紧，再不收敛，一秒都不停，煞神般挡开所有挤上来的人，直接突破重围走出大厅。

等在门口的保姆车拉开车门，他把林知微先朝上一推，随后上车，袁孟死命追过来才没被落下。

追逐乱晃的镜头几乎伸进车门。

陆星寒手一甩，车门"哗"一声大力关上，顷刻隔绝所有噪声。

"走！"

司机吓得脸发白，急忙开车。

后面两辆车载着团队其他人紧随而上。

后视镜里，记者和粉丝追着跑，很快被甩开，只剩星星点点的影子。

林知微贴在车门边急促呼吸，陆星寒石雕似的一动不动，袁孟一身冷汗，气都来不及喘，掏出三个手机，争分夺秒换着打："容瑞！容瑞！快点！马上发！"

容瑞大声答应："好！梁忱正好在我旁边，我俩一起！"

同一时间，容瑞的微博及时发出：“刚得知消息，跪谢寒哥仗义保护我姐！抱歉我姐不爱高调，所以一直没有公开说，林知微是我最亲最亲的亲表姐！这次出国，我千叮万嘱寒哥帮忙照顾，没想到回国期间我姐会被泼这么黑的脏水，再次跪谢寒哥愿意伸出援手！”

梁忱不甘落后：“惊闻知微姐被无辜泼脏水，下飞机遭到过激围堵，事态没有明朗前，恳请媒体朋友不要尽信谣言，为自己也为别人留些余地，以及，知微姐的能力和品行毋庸置疑，她是我们全团的姐姐，今天在机场的无论是星寒还是我，都会做同样的选择。”

两条微博一出，袁孟早准备好的通稿和义愤填膺的粉丝们立马顶上。

“逼到圈内脾气最好的人发飙，有些媒体过分了吧？”

“国内媒体的打脸事件还嫌少吗？”

“国民弟弟也有脾气！身边人含冤受辱，仗义出手！”

“陆星寒容瑞兄弟情深！”

至于传说中的动手伤人，更是没影儿的事，不信问问，哪个身上带伤了？

这个时候，谢晗也高调出现，态度相同：“我刚拜了天地的干妹妹受这么大委屈，我要是在机场，估计会气到动手，废话不多说，拜谢星寒弟弟硬气相帮，不枉咱们电影节同行一场，过后姐请你吃饭！”

话题风向迅速扭转，全部引向别处，加上林知微现场主动划清界限和粉丝们的极力撇清，无限淡化了陆星寒在机场的反应，一层层套上合情合理甚至人品加分的外衣。

看到这次险情被成功按住，袁孟像死过一回似的，泥一样瘫倒在座椅上。

幸亏他早有预感！幸亏他提前留了一手！就怕变故太快，场面失控陆星寒暴走，还好应对及时，否则一旦闹大，谁都没有好结果。

陆星寒年纪轻，林知微又身处风口浪尖，还是大四岁的姐姐。

贸然公开恋情，两个人前途都要完。

但凭什么完，他们明明应该走更好更远的路，应该站到最高处去接受祝福！

袁孟攥拳，他拼死也不能让这两人憋屈地栽到这一步上！

陆星寒终于抬起猩红的眼："什么时候出的事。"

袁孟深吸气："你的担心是对的，'科班出身'就是个套，但当时咱们哪可能仅凭四个字想到这么多！"

他瞪着眼："只差五分钟，关手机后的五分钟，网上出现第一个帖子，从科班出身跳到名校毕业，留学归来，拿科班出身预热两天，专门等到咱们上飞机才发重点！"

如果看到了"名校""留学"，他们自然能有针对性去应对。

可简单的"科班出身"，如果不是真实发生，他都不敢相信背后暗示的是学历造假这样的巨型炸弹。

"够了，"陆星寒哑声打断，侧脸刀刃般锋利，"我要你准备的两件事呢？"

袁孟敲打电脑："马上！正在传输！百分之六十多了！"

发来的，是打包的几段视频文件。

陆星寒仰头靠上椅背，闭起眼，手指松了又紧，腕上不明显地打战。

林知微眼睫垂落，怔怔地望着他的手。

上车后，他没再跟她说过话。

她知道要冷静，要一步步解决问题，也知道虽然吃了亏，但他早已有另外的准备，不会完全被动。

但看着他的样子，她还是难受得想哭。

在机场应急说的话，伤害到陆星寒了。

他那时候必定无所畏惧，不怕公开，不怕崩人设，不怕没未来，就怕她受伤。

林知微别开头，红着眼看向飞逝的街景，摒除杂念去想自己下一步该做什么，尽力忽略陆星寒的冷。

双手却突然被他一起抓紧。

她回过头。

陆星寒一眨不眨地盯着她，好像被割肉蚀骨了一般，嗓子沙哑："微微，这是最后一次，以后无论什么情况，全有我担着，你不许再推开我，不许像看陌生人一样看我。"

"我……"

“我知道你为我好，怕我被牵连，”他看似平静，“但我受不了。”

他把她拉近，牢牢搂进臂弯里，把袁孟当透明人，俯身亲掉她眼角的泪：“遇到任何麻烦，你只管保全自己，别的都交给我。”

袁孟埋头在电脑上，恰时惊叫一声：“好了！”

传过来的压缩文件里一共三段视频。

袁孟依次点开播放。

第一段，偷拍到的地下车库，一身大牌新款的陈令仪水蛇似的缠在某个中年男人身上，虽然听不到声音，但画面够清楚。

那男人，是以爱妻著称的一线大导演，陈令仪早年曾跟他合作过。

第二段，依然是偷拍，半开的门缝里，陈令仪看上去年轻不少，时间上明显更早，她正环胸冷斥着什么人。

“谁叫你没本事还不听话”“这圈里那么好混？你想从我手里跳槽去别家？别做梦了！”“到哪不要名声？你再折腾，别怪我对你不客气”等等尖声威胁。

第三段，是一段女孩的自拍。

袁孟指着屏幕：“小林老师，你记得她吗？”

林知微仔细辨认，猛然一惊：“如果我没认错，她不是……不是过世了？”

“对，”袁孟点头，“三年前，正好你进入工作室前不久，这女孩抑郁症的事件在网上闹得很大，后来莫名不了了之。”

他看了陆星寒一眼：“星寒在最开始着手起底陈令仪的时候，就不惜代价大力度深挖，那时候我还觉得他小题大做，现在看，做得太对了。当时陈令仪没防范，我们才有机会查到大事，这女孩，死前可是你们工作室的助理造型师。”

林知微急忙扳过电脑，陆星寒搂住她，在她背上一下下顺着。

视频里，女孩状态极差，走动了很久才坐下，对着镜头慢慢说话，声音虽然低弱，但和第二段视频中被威胁的对象一致。

她脸色苍白，精神恍惚，断断续续讲述了自己在陈令仪工作室一年里经历的事。

因为新人毕业，经验少，能力不够，签约后很快被陈令仪要求无休止加班，后她因长相漂亮，被明里暗里要求工作结束后陪同客户出游。

她拒绝多次，直到当面让一个投资商下不来台，被陈令仪雪藏，她想跳槽，陈令仪担心她出去乱说，于是败坏她的名声，并伪造虚假学历，对行内声称她是骗子。

离开工作室，她在行内处处遭冷，男友听信了被恶意散布的谣言与她分手，她从此严重抑郁。

最后她说，如果未来有人能够通过她的视频曝光陈令仪恶行，她千恩万谢。

至于她，有生之年撼不动陈令仪和她背后的大树，只能去地狱里等。

林知微按着电脑，视频重播第二遍，她还没有回过神。

袁孟唏嘘不已："她父母和网上舆论早被陈令仪和那个大导摆平了，我们暗中找证据，千辛万苦才从她姐姐手里挖出来这段视频。"

他眼睛有点湿，又有点胆战心惊："小林老师，你在悬崖边上，整整站了三年啊。"

就连何晚和整个小分队，恐怕也是因为跟了她，才能平平稳稳到今天。

林知微心脏乱跳，脸色白得像纸。

车内沉默片刻，陆星寒开口："袁哥，听到重点了吗？"

袁孟立即正色说："她说，陈令仪伪造学历，败坏她名声，看来是惯用手段。"

陆星寒略一点头："马上把两件事整合好，发出去，这次，必须让陈令仪死透。"

他满脸坚冰，把林知微压在胸前，如珍似宝般拥着。在机场里被她刺激的情绪终于缓过些许。

满腔的烦闷躁动变成了自责。

如果他能更早点想透陈令仪的手段该多好。如果他能更早点拿到这几段视频，在出机场前先一步发出去该多好。

都只差几分钟而已。

但就是这几分钟，已经让她受尽了伤害，而且他根本不知道，他做的这些，到底足不足够来弥补。

袁孟担心有媒体追车，不敢把陆星寒和林知微往其他地方送，让司机径直开回星上娱乐。

负责调查的各方团队以最快速度，把视频里的信息和其他可用细节糅合，确保逻辑缜密，图片、视频、文字客观明了，不留任何漏洞。前两段视频为偷拍，不便公开，团队计划只公开第三段视频，而将前两段的内容以文字形式呈现。

与此同时，陈令仪也没闲着。她当初全面崩盘，受刺激过大，突发性晕厥住了院，这些天一直没敢出去，她知道林知微背后有人帮忙，即使恨到想把她挫骨扬灰也没敢轻举妄动，苦熬到飞机起飞。

林知微消息闭塞的十六个小时里，陈令仪孤注一掷，誓要通过假学历让她一黑到底。

为了加码，陈令仪掀起大波后，一反之前避不见人的态度，主动声称有林知微的料要爆，吸引媒体来拍她。

医院病房里热闹非凡，里里外外挤了不少记者，医生护士过来管了多次也不起作用，“病人精神状况不稳定”这些警告全被淹没，长枪短炮对准陈令仪，大大小小的话筒往她嘴边伸。

陈令仪一张嘴把林知微贬得一无是处。

娱乐记者们当然爱听，只要是爆点，只要有关注，都一字不漏拍下来。

陈令仪过街老鼠似的躲躲藏藏多日，早就处在崩溃边缘，所有希望都寄托在了这一刻。

她过去总端着的高姿态没得彻底，急切地想要翻身，越说情绪越激烈，精神亢奋到有些异常。

病房门外又有人过来：“让一下让一下，我们直播平台的——”

陈令仪两眼发光：“快点让直播的进来！”

她已经黑到了那种程度，如果不借着唯一的机会扭转局势，变成虽然负面新闻缠身却具有话题度与流量的人，那日后再也没指望翻身了。

直播平台为了吸睛，把陆星寒和谢晗的名头挂出去，凡是能贴上边的明星全蹭上，风风火火开始，网友一边骂一边又按捺不住好奇心涌入，在线人数迅速破万，迅速攀升。

“真不知道现在的人都怎么想的，”陈令仪一身熨烫平整的病号服，化了个精致的妆，庆祝似的涂着大红唇，语气尖酸刻薄，“林知微也值得捧？我的问题你们挑了不少，她的呢？”

“造型师，你们知不知道什么最重要？眼界啊！”陈令仪用力拍着床，“一年不出国跟几场秀，不能第一时间参加各大奢牌发布会，衣柜里不塞满限量款，哪来的底气往明星们身上穿衣服？！”

“还有脸去参加国际电影节，那可都是大牌，奢侈品聚集的地方！她能懂多少？！”陈令仪讽刺地冷笑，“我告诉你们，林知微从进工作室那天起，身上穿的，脚下踩的，没有一件单价超过一百块人民币！”

记者们互相看看，不太敢相信。

陈令仪看到别人震惊，开心极了：“一双淘宝几十块包邮的高跟鞋，刮坏了还要补起来继续穿，你们要说勤俭是美德，我没意见，但也得分什么职业、什么圈子吧，当红明星的贴身造型师！她够资格吗？！”

直播评论“哗哗”刷新：“她在电影节穿的可全是大牌新款。”

“穿一次能改变穷酸？”陈令仪马上激烈地大声反驳，“常年穿廉价淘宝货，进造型圈几年第一次出国，骨子里就没见过市面！我用她是我可怜她！她凭着一点小聪明混到今天，学历造假，从来没接受过专业学习，这样的造型师，以后哪家的艺人敢用？！”

她情绪越发激动，怨恨和嫉妒一起涨高，歇斯底里：“谢晗这次成了又怎么样，那都是运气！以后她还敢带这样的人到处走？男团也不敢！男团刚出道用用她还行，现在这么红，以陆星寒的发展，以后可少不了高奢代言，我就不信公司能让个‘廉价货’继续跟！”

“以前我还奇怪，现在总算懂了，”她呼呼喘气，空口造谣，“林知微当初根本就是借了容瑞的光，走后门才能签上男团的约——”

尖厉的嗓音戛然而止。

直播突然之间被弹幕疯狂刷屏。现场所有记者和直播间所有网友同时被最新公开的爆炸性消息轰得头晕眼花。

陈令仪行为不检？！跟一线名导暧昧不清？！

三年前还曾用下作手段逼死年轻女孩，花钱堵嘴，逃脱法律责任？！

用的套路无比熟悉，居然也是学历作假！

超负荷工作，为潜规则牵绳拉线，遭到拒绝就毁人名声，三年前因为自杀被网友熟知的女孩再次被提起，字字句句全部对应上了之前陈令仪被曝光的那些恶行。

一石入水，掀起惊涛骇浪。

最后一条证据处理完成，袁孟匆忙切到人仰马翻的直播画面上。

直播并没有因为骤变的形势而停止，反而无比真实地记录着陈令仪此时此刻几乎呆傻的状态。

音响略有失真，她声音太刺耳，沙沙作响：“不可能——不可能！”

她从病床上跪坐起来，鞋也不穿，试图推开记者往外跑：“林知微你出来！你给我滚出来！”

林知微盯着屏幕，明暗光影映在素白的脸上。

陆星寒揽住她的腰，问袁孟：“报警了吗？”

因诽谤导致别人丧命，要接受调查，只要罪行被确认，必须要负刑事责任。

“报了！”

画面里，记者们水泄不通堵在病床前，话筒纷纷戳在陈令仪的脸上，尖锐问题层层堆上，比起林知微在机场里遭受的更要严重数倍。

陈令仪自己招来的记者，现在全成了索她命的“阎王”，还被直播镜头兢兢业业全部记录，一丝不漏地播放给所有观众看。

陆星寒抬眸：“那个导演还没有出面？”

袁孟一脸肃然：“放心，第一时间就找渠道让他知情了，估计正慌，再过几分钟肯定有动静。”

说完他深深吸气，陆星寒这根本就是在玩命。

如果陈令仪是根树杈，那这个跟她保持暧昧关系的大导，可就是圈子里真正根基深厚的大树。

陆星寒真敢招惹，一旦被追根溯源反查回来……

袁孟摇头叹气，他也疯了，把什么公司、前程全都置之脑后，帮着陆星寒捅破天，他能做的，就是把痕迹打扫彻底，绝不让危险发生。

不出所料，十分钟还没到，那个声名远播的赵姓大导愤怒出面，狠斥报道不实，坚称跟陈令仪只是合作关系，是陈令仪无耻纠缠，他从未跟她有过任何越界关系。

为了自证清白，他借着当前热点，把陈令仪的业务能力和人品狠狠贬斥，形容得不堪入目。

实力强劲的公关团队很快把他从丑闻里择出来。

直播仍没有断。

赵导的反应早被记者反馈给陈令仪。

屏幕上的陈令仪妆容全花，披头散发，愣愣地瞪着记者们，仿佛在听什么笑话，几秒后，她蓦地痛哭，发出变调的尖叫，不知哪来的力气拼命扯开人群往外冲："说等我工作室做大，等我红了就娶我！他保证过！保证等我红了就娶我！

"我做那些事！全是——"

镜头晃得人想吐。

陈令仪说话断续，疯疯癫癫往外冲，折腾得人仰马翻，谁也制不住她时，她一头撞在赶到的警察身上。

"找她主治医生过来，身体没有严重问题马上带走！"

身体的确没有，精神却恍惚失常。

警察挥手："带回去调查。"

直播追到警察押着人走进电梯，宣告结束。

网上腥风血雨，不必去看也能猜到盛况。

电脑屏幕变黑。

车里只剩呼吸声。

林知微保持着一样的姿势坐了许久，攥紧的十指缓缓松开，合起眼，向身后倒，依靠进陆星寒的怀里。

身体马上被他揽住，像罩起结界一样，毫无保留地把她保护在其中。

这么多准备，背后的复杂陆星寒从没跟她详细提起。

怕她担心，怕她被影响，怕她阻止。

事关她，他总有很多担忧。

她最开始涉足这个圈子，陆星寒还只是个普通的学生，可到今天，短短几年，他竟然成长到足以扭转局面。

林知微抬头，却看到陆星寒眉心拧着，表情丝毫没有放松，她很快明白过来："不是你预期的结果？"

陆星寒眼眸漆黑，喃喃说："她疯了。"

屏幕上的陈令仪，从头至尾的反应都有记录，不像是预谋。

医生虽然存在感极低，但也喊过好几句“她精神状况不稳定”。

袁孟问：“会不会是装的？”

陆星寒沉默片刻，交代袁孟：“随时盯着。如果是装疯，务必不能让她得逞；如果是真疯……”

如果是真疯，那么一切罪证，就将无法从她嘴里亲口说出。

他竭尽所能查到的所有证据，已经全部公开。

但并没有任何一条，能清楚直白地撕破“学历造假”这句污蔑。

视频里的女孩早已过世，就算父母能证明陈令仪有过封口行为，但“学历造假”的问题，仅有遗言，并无铁证。

他原计划等陈令仪落网，经审讯她一定能交代罪行，那个赵导脱不了干系，无论是遗言里“陈令仪和她背后的大树”，还是陈令仪直播时最后喊的几句话，足能判断出整个工作室坑害女孩的行为必定全和他有关。

全球前三的知名设计院，能让秦思思都分辨不出真假的学历证书，不可能是随便哪个小作坊能完成的。

三番五次的惯用手段，让人查不出来往痕迹，那位赵导绝对出力不少。

可如果陈令仪受不了刺激真的疯了，赵导趁机撇得一干二净，整条线将在收尾时断掉。

陆星寒脊背莫名有些发冷。

林知微感觉到了，也想通他在担心什么，温热的手掌垫在他冰凉的后颈上轻轻抚摸：“星寒，你做得够多了，剩下的，我去做。”

两天后，陈令仪整个事件发酵到极致。

所有她过去恶行的细节全被扒出公之于众，林知微的学历问题也随之不断被炒热，包括十六个小时里的营销过程，都找到了陈令仪操作的痕迹，开始有比例相当可观的网友选择相信林知微是被恶意陷害。

但余下其他人，仍在跳脚咒骂，唯恐天下不乱地坚称没实证就不能洗白。

警方也随后公布了案情进展，女孩父母承认陈令仪高价封口，但转账记录指向不够明确，女孩在视频中的控诉也无法查证，最重要的是，陈令仪经过各项检查，被确诊为强刺激后的精神分裂症，不能进行正常沟通。

陆星寒着人多次验证，结果也是一样。

陈令仪不是装的，是真疯了，而且据权威诊断，恢复可能极低，目前生活已经无法自理。

一切陷入僵局。

等所有风浪过了热度时效，渐渐遇冷，不再有重大变化刺激眼球时，留在中心的，只剩林知微。

追究不出结果的事很快被冷待，但林知微身上牵涉的全是当红明星和敏感问题，她又是一系列事件的当事人，正好成了所有媒体宣泄的出口。

太多问题等她回答，所有的关注都聚焦在她的身上。

只要还在这个圈子里，只要还继续工作，就别想逃脱。

即使陆星寒强烈反对，林知微还是决定独自接受媒体采访，她心里坦荡，不怕被任何人刨根问底。

陆星寒连续几天气压低到让人不敢靠近。

袁孟在他旁边呼吸都费力，林知微电话打过来的时候，他更是紧张得赶紧躲远了才敢小声接："小林老师，你确定没问题？"

林知微还在笑："没问题，我这边开始了。"

袁孟咬牙："好，我随时关注，有情况咱马上解决。"

"媒体直播……别让星寒看。"

"我尽量。"

刚挂断，袁孟就感觉到噬人视线，陆星寒面无表情低声说："时间到了，把直播打开。"

袁孟欲哭无泪。

小林老师，陆星寒这个状态，只有你能搞定，别怪我胆小。

电影节之前，林知微突击准备工作时，袁孟给她临时找了房子做工作室，她就把地点选在这里，认认真真打扮漂亮。

何晚眼睛通红："知微，我能做点什么？那些人肯定不怀好意，等着拿你挖新闻呢！"

林知微拍拍她："什么都不需要，我能应付。"

准点，她推门出去，一楼已人满为患，她平平稳稳从旋转楼梯下来，不畏各路镜头。

记者们对她不陌生了，知道是个温温婉婉的女孩子，来硬的肯定吃不消，说不准能逼出干货。

所以从一开始，所有问题都尖酸刻薄。

“林小姐，你学历造假的丑闻至今没有找到过硬实证，无法彻底澄清，你有什么话说？”

林知微勾唇，声音明朗：“事实就是事实，无论你什么时候提问，我还是那两句话，没有造假，全是恶意陷害，害我的人就算疯了，我也不会替她的恶行背锅。”

她字字铿锵：“更何况，我是国内重点大学毕业，在校四年从没有任何不良记录，所有课程和毕业答辩全部高分通过，我以母校为荣，也不认为半路改行有什么丢人，更不可能弄虚作假侮辱我自己。”

“但你从事这个行业，没有过专业学习经历是事实。”

林知微点头：“我从不否认，但工作的过程就是学习的过程，我的成绩证明一切。”

“成绩？可据陈令仪说，你连签约男团都是借了容瑞的关系。”

林知微目光冷冷刺过去：“请你去翻翻男团出道以来零失误造型的好评，再来问我这个问题。”

记者被噎得一愣，立刻有人不甘示弱地接上：“你工作以来，全身淘宝包邮，穿的全是便宜货，这件事总该是真的吧？”

林知微毫无惧色，扬起下巴：“是真的。”

记者满意地冷笑，上下打量她的衣服：“那现在怎么穿起大牌了？”

“现在？”林知微平静地跟她对视，“你说的是我身上这套？”

记者刚觉得不对劲，林知微已经回答：“上衣九十，裙子八十五，包邮，要不要把链接发你？”

现场止不住地发出惊呼。

大家天天见明星，自认为看衣服值不值钱都是火眼金睛，愣是没看出林知微这套的问题。

造型师就是造型师。

等等，不是这个节奏！

林知微眼神扫过全场：“继续。”

“穿着好又能证明什么？”有人针锋相对，“你为艺人服务，哪个明星需要你这些看起来很值钱的淘宝货？奢牌你认得清吗？每年巴黎、米兰的时装周你去过吗？”

林知微吸了口气：“我不穿，不代表我不懂，国际电影节我负责的两位，全程加起来十二套造型，无一出错，不够证明？”

她双眼清亮，剔透灼人：“我是没去过时装周，没跟过出国的大场，并不是我能力不够，是我在陈令仪的手里，被她阻拦了所有机会，作为媒体——不去追责真正做错事的人，却来向受害者咄咄逼人吗？！”

全场死寂。

直播画面前，袁孟心里堵得难受，小心翼翼去瞄陆星寒的反应。

从开始到现在，他动都没动过。

媒体发现林知微柔柔软软下的凌厉后有所收敛，看透了她并不好惹，类似的问题问下去恐怕没什么好效果。有人转移风向，问她：“男团里抛开容瑞不谈，林小姐跟陆星寒也很亲密，他已经两次公开维护你了，你们之间真的没有特殊关系吗？”

林知微睫毛颤了颤，笑了：“陆星寒对每个人都一样好，大家不知道吗？

“他善良，热心，看不惯周围有人被污蔑，我只是他身边一个最普通的工作人员，无论出事的是我，还是任何其他人。”

她坚定地说：“他都会做一样的选择。”

陆星寒再也撑不住，抬手合上电脑，站起身出去。袁孟急忙跟上他，看着他进了公司专给他们准备的健身房，顺手还把门给锁了。

袁孟觉得不太妙，赶紧找来钥匙轻手轻脚打开，扒着门缝悄悄观察。

陆星寒捡起手套戴上，一言不发，沉默地一下下狠撞房间中央垂下的沙袋。

沉闷声音让人心惊肉跳。

袁孟看得发慌，忍不住推门：“星寒，你别……”

“出去。”

低哑，吓人。

袁孟闭嘴，回到门口盯着他。陆星寒白色上衣完全被汗浸透，他一把扯下手套丢开，直接用手更狠地发泄。

这样下去得见血！

袁孟不小心把门弄出一点动静，陆星寒稍稍斜过来的眼神都让他差点没了半条命。

更别提进去拦着他。

袁孟气喘吁吁跑进楼道，正好林知微打来电话，声音强忍着颤抖："我这边结束了，很顺利，星寒没看吧？"

"星寒……"袁孟要哭了，"星寒不太好。"

林知微全副武装，坐上袁孟派来接她的车直奔星上娱乐，避着人飞奔到楼上时，袁孟满头是汗朝她招手："小林老师，你快点管管他，我看门，你放心没人打扰。"

敞开的门缝里，陆星寒全身像从水里捞出来似的，指骨隐隐见了红，机械地重复着动作。

林知微反手关上门，面对那么多逼问都平静自若的眼睛，看到陆星寒的时候终于湿了。

"星寒。"

陆星寒听不到。

林知微大步跑过去，从背后紧紧抱住他："星寒！"

沙袋猛烈摇晃。

陆星寒几乎没站稳，全身肌肉坚硬膨胀，滚下的汗水蜿蜒出层层叠叠的痕迹，他强忍着抖，粗重喘息割得人剧痛。

他低头，看着林知微紧箍在腰间的手。

那么小，那么白，应该得到最好的疼爱和呵护。

他喉咙里辛辣刺痛，张口只能咳出来，许久才勉强地发出声音："对不起。"

林知微的眼泪和他的汗混在一起："你胡说什么！"

"如果不是我……"

他牙关紧咬："如果不是我，你不会那么需要钱，不会那么累，也不会一直苦着自己，被人拿穿的衣服指指点点。"

林知微心如刀绞："别说了。"

“陈令仪的事，我没有做好，留了这么多后患让你去面对。”

“星寒……”

“甚至在关系上，你也只能把自己说成，最普通的，跟我最无关的人。”

“陆星寒！”

他的情绪破碎：“我什么都没做到。”

“微微……”他眼前一片模糊，手背上大片血迹，“我什么都没做到……我还有没有……有没有被你爱的资格。”

林知微五指一下子深陷进他的手臂里，硬是把他转过身，搂紧他湿透的后颈用力压下，踮起脚，狠狠吻上去。

他的唇是冰的，刚一相贴，刺得她轻颤，进而惩罚似的咬住。

陆星寒只僵了一瞬，马上将人揉进怀里，恨不能挤压到每一滴流动着的血液中，让她跟自己彻底融为一体。

他受不了被动承受，捧住她的脸深深缠吻，一遍遍去确定紧抱着的人是属于他的。

林知微脚步交错，不小心绊到陆星寒丢在地上的拳击手套，她膝盖一弯，被他紧张地扣住腰，两个人一起跌下去。

唇被迫分开，林知微干脆跪坐在地板上，捏着他的下巴，盯住他红透的眼睛：“陆星寒，你要是再敢说一次那种话，我就不亲你了。”

陆星寒定定地望她，嘶声说：“不行。”

“哪里不行？”

“不亲我……不行。”

林知微掐得更用力：“以后还说不说了？你没资格？”

她咬牙，故意气他：“那别人有资格？”

“什么别人！”他一下子被刺激到，抱住她按倒，“没有别人！”

林知微顺势躺在地板上，搂住他汗湿的背：“知道就好，我也告诉你，这是最后一次，不许再这么想，不许再说，记住没有？”

陆星寒埋在她颈窝里许久，带着鼻音闷闷地应着：“记住了……微微，再给我一点时间，我会把你受的委屈全讨回来。”

林知微胸口起伏，亲亲他的额角：“别做傻事，现在的局面已经是我们能做到的极限了。”

地板太硬，陆星寒平躺，把她搂到身上，不去辩驳是否到了极限。

他还能继续做更多。

等他情绪再平息些，林知微站起来跑到门口，悄悄把门打开一条缝，袁孟正蹲在不远处，一脸愁苦地抽烟。

“小林老师？星寒怎么样？”

林知微摇了下头：“没事，袁哥，可不可以帮我找个药箱？他手……”

“好好好，稍等。”

林知微捧着药箱回去，陆星寒还躺在原地，眸光闪动。

她蹲下身小心翼翼给他处理手上的伤，抹掉血迹，露出猩红擦伤，她心疼得直抽气，小心翼翼涂上药，刚把药箱合上，何晚打来电话。

她不确定是什么事，但直觉不太好，走远些接听：“晚姐。”

何晚有些慌：“知微，第五份撤单了。”

“嗯，”林知微垂下眼，“我知道了。”

意料之中的结果。

本已排到年底的预约正在锐减，但态度都算客气，碰到愿意多说的经纪人，还会为难地给她解释：“不是否定你的能力，但大家都在圈子里，你应该能理解我们，谁家的艺人也不愿意接触太有争议的造型师，何况你争议的点，确实有些敏感。”

是啊，敏感。

假学历无法完全澄清，不是科班出身的事又在大庭广众下被肆意渲染，如果正常曝光履历，林知微的经历或许能成为自学成才的励志美谈，但可惜，跟丑闻捆绑在了一起。

全变了味道，成绩和努力都被淡化，她的标签，成了“品性成谜”“艰苦出身”“没见过大场面”“封闭在井底”等等。

何晚叹气：“采访的时候媒体太过分了，陈令仪也真够恶心的，临死还要胡言乱语给你留麻烦！知微，记者问的那些，如果不承认会不会好一点？”

林知微说：“我承认的几点都不是秘密，否认的话更糟。晚姐，没事，会有出路的。”

陆星寒的声音在身后响起：“出什么事了？”

林知微挂断，调整呼吸，淡笑着转回身："之前预约的几份订单撤掉了，正常。"

陆星寒半晌没说话，慢慢上前攥住她的手："有我，你专门待在我身边，凡是撤过单的人，以后跪地上求也不接。"

林知微笑着摇了摇他的手臂："好，不接，专门负责把你打扮好，天天闪瞎别人的眼。"

她低头，藏住眼底的忧虑。

陈令仪有句话说得没错，以陆星寒的发展，以后高奢代言只多不少，而她跟星上娱乐的续约只有三个月。况且以她目前满身争议的情况，能不能继续留在陆星寒身边都不敢去想。

娱乐圈里经常互相跟风。

她红了，一下子全来排队；等她站在刀刃上，又一下子全都远离，生怕谁比谁晚了，被竞争对手拿去议论嚼舌根。

一周后，林知微接到最后一个撤单的电话。

她静静坐在临时的工作室里，这套袁孟租的房子，本来就是当初应急使用，很快也要到期了。

小分队的大家都聚在楼下，没人敢上来打扰她，生怕她受到更多伤害。

林知微满心歉疚。她们投奔她而来，她却让她们无家可归。

袁孟的声音隐约在外面响起，林知微回过神，起身迎出去："袁哥，你怎么有空过来？"

男团今天录新歌，她早上刚过去化过妆，这个时间，袁孟应该在忙。

袁孟脸色凝重："小林老师……"

林知微愣怔片刻，了然："公司高层要换人，对吗？"

袁孟握住拳。

林知微有一瞬的冲动，很想说她要去找星上娱乐的老板理论，别人可以不信任她，但唯独星上娱乐不应该！

袁孟脸颊肌肉绷得直抖："我吵过了，但他们……根本油盐不进，说什么争议太大，关系又复杂，粉丝会有意见，对男团后续发展不利。"

"全是废话！全是借口！"袁孟情绪激动，"我看他们就是故意雪上加霜！"

林知微忍耐着闭了闭眼："星寒还不知道吧？"

包括只续约三个月的事，陆星寒都不知道，否则早炸了。

袁孟默然："暂时不敢让他知道，但时间快到了，瞒不了多久。"

林知微目光转向窗外鼎盛的日光。

在国外时，想着回来撑起门户，挂起工作室的牌子，领着小分队努力打拼，守在陆星寒身边，跟他一起走到更高更远。

忽然之间，所有计划似乎都变得奢侈，遥远到难以企及。

因为采访时她不服软的应对，网上针对她的质疑声大多已偃旗息鼓，由她引起的争议很快被其他人的新话题取代，但真正受到影响的核心——圈内人的态度，才正要开始压在林知微的身上。

"袁哥，你先回去吧，"林知微脸上平静坚定，"能瞒几天是几天，我会尽快联系新的工作，这个困境，我必须走出去。"

她站得笔直："我也一定能走出去。"

直到傍晚，林知微把能找的团队全部找过一遍。地位高的顾虑多，婉拒的有，甚至还有不少说风凉话的；地位不高的，则想要她借着话题配合炒作赚一批关注。

夜幕降临时，变凉的手机乍然大响。

林知微从手臂间抬起头，重振精神，拿起来一看，居然是谢晗。

谢晗依然直来直去："我杀青了，你这几天有空没？"

她笑声扬起："有空的话，准备过来赴约！"

林知微茫然，问："赴什么约？"

"不是吧，宝贝儿你忘啦？"谢晗大叫，"从岛上离开前，说好了等忙完，安排你和许黛老师见面啊！"

林知微惊讶："以我目前的情况，许黛老师还要跟我见面？"

谢晗认真地说："见是必须要见的，但是情况可能比当初复杂一点，如果有考核过程的话，知微，你有没有自信通过？"

林知微毫不犹豫："有。"

谢晗笑："真好，这样才对，准备一下吧，许黛老师的意思，见面跟考核放在一起，下周她带团队去时装周，算你一个。"

"知微，你一定要全力以赴，"她郑重地叮嘱，"如果能凭实力进许黛的门下，整个造型圈，再也没人敢看低你。”

时装周，林知微因为它被拉出去明嘲暗讽无数次的，没去过的时装周。

事情刚一敲定，许黛的助手效率极高，立刻和她取得联系，目标人物和基本情况全部发到邮箱。

国内大公司新推出的五人女团，公司拼命力捧，出道不久就往时装周送，还托人情出重金请到许黛。

许黛正好要收徒，借着机会带五个她有意的年轻造型师同行，女团一人分一个，许黛亲自把关，放在同一环境里，完全拿实力说话。

分给林知微的，是女团里最不符合主流审美的一位。

皮肤黑，不够瘦，个子高，五官大气，在一众甜妹子中特立独行。

林知微迅速投入工作状态，深夜时，陆星寒收工打来电话，声音疲惫："微微，今晚能回家吗？我想你。”

她心口一抽，手上忽然没了力气，独自待在小台灯下，揉了揉酸涩的眼睛。

“谢晗帮忙联系的许黛老师你记得吗？我要跟她去时装周，大概四五天回来，这两天……恐怕都要加班，回不去了。”

听筒里只剩呼吸声。

林知微靠上椅背，夜深人静，想他想得难受。

本来没觉得委屈，但一听到他的声音，所有情绪都涌上来，抱着手机差点软弱地哭了。

陆星寒低声说："好，你别动，我来找你。”

“别，你千万别过来，”林知微吸吸鼻子，环视一下周围的凌乱，连忙阻止，“等我忙完回来，马上回家见你好不好，加起来就一个多星期，很快的。”

临时工作室租期要到了，东西正在打包收拾，乱七八糟堆得满地都是。

她不想让陆星寒看见，他那么聪明，很快就会想到她的困境。

能瞒一天是一天，也许时装周回来就会有转机呢。

“而且小队里的女孩子们都在，你这么晚过来也不方便，”她强行找借口，“你乖啊，等我回来就去找你。”

她又补充："这些天里，男团的造型我联系了以前同行的朋友帮忙，人品信得过，跟我风格有点类似，圈里少见的直男造型师。”

想逗他笑的，可他笑不出来。

陆星寒隔了好半天才应了一声：“我等你回来。”

林知微舒了口气，挂电话后，窝在椅子里点开相册，把陆星寒的照片翻了几张，爱怜地摸了摸他的脸，重新投入工作。

她离窗口很远，自然没看到楼下停着辆黑色越野车。

车窗半开着，陆星寒双眸低垂，摩挲着手机屏幕上林知微娇软的笑脸。

助理试探着问：“寒哥，走吗？”

陆星寒声音很轻：“再等等，我多陪陪她。”

从机场出发时，林知微正式和许黛见到面。

雷厉风行的优雅女人，虽然上了年纪，但气质风度反比年轻女孩更加迷人，对林知微的态度温雅客气，没有因为她最近的麻烦多问半句，完全一视同仁。

不算往返，时装周前后三天，秀场、品牌发布会外加采访和代言活动。女团每人四套造型，衣饰全由许黛提供，包括林知微在内的五个年轻造型师只负责搭配设计。

第一场对决，林知微就感觉到浓郁的火药味。

造型圈这个在乎出身在乎资历的地方，能入许黛的门下，多少人梦寐以求。

大家互相都把对方看成挤独木桥的仇人，尤其对林知微，她最近的窘境大家全都知情，明里暗里针对她，同时也觉得她毫无竞争力，根本就是来自取其辱的。

林知微从来不言语，只管做好分内事。

跟她搭档的女团成员照着镜子无奈地说：“小姐姐，分到我你倒霉了，那群萌妹子怎么打扮都美，我的话……”

林知微朝她一笑：“你比她们更美。”

事实证明，的确如此。

第一天全团公开亮相，平常看起来黑黑壮壮的姑娘，摇身一变帅气妩媚到让粉丝、路人大喊惊艳，一跃成为当天时装周票选出来的最佳搭配第一名。

往后三套，林知微场场让人惊喜，无一失手。

四个竞争者气到头昏眼花。

结束当天，许黛单独把林知微留下，意思已然明了。

幽香浮动的茶室里，许黛笑得很随和："知微，你比我想象的更优秀，天赋让我惊讶。"

林知微坐她对面，帮她斟了杯茶。

许黛柔声说："最近你的新闻很多，好的坏的我都了解过，亲身接触了几天后，也大概摸透了你的性格品质，我对你本人没有意见，但是有几句话，我必须要说。"

林知微点头。

"陈令仪再愚蠢恶毒，但不可否认，她有些观点是正确的，做造型这一行，游走的是娱乐圈和时尚圈，眼界很重要，尤其在天赋、灵气、勤奋全都具备的情况下，如果你停在原地，不吸收，只消耗，那就太可惜了。"

许黛抿了口茶："我以前收过三个徒弟，你应该很熟悉，现在她们个个是自己擅长领域里的顶尖人物，如果我们有缘做师徒，我希望你也是。"

有缘？那么就是还有其他条件。

这是她眼前唯一的机会，无论多难，她一定要抓紧。

林知微眼睛发亮："许老师，需要我做什么？"

许黛说："我年纪也不小了，退休前，只能再带最后一个，你各方面条件都很好，但自学成才虽然能应付现在，却不够应付以后更高的位置，而我许黛的徒弟，也绝不允许被人戳着脊梁，嘲讽不懂专业。"

林知微有些紧张。

"知微，你是谢晗跟我强烈推荐的，而我也的确很喜欢你，无论人，还是能力。所以，不管那个什么全球前三是真是假，我牵线，把你引荐到全球排名第一的设计院，跟我曾经的老师去学习。"许黛静静望着她，"课程非常复杂。如果有任何一门不通过，你会成为圈内笑柄；但如果，你能全部合格，结束那天，你就是我的关门弟子。"

林知微心里重重一震，搭在腿上的双手倏地攥起。

"我……"

"我就问你一件事，你想往更高的位置走吗？"许黛字字戳心，"除非你准备转行，彻底离开，否则你要突破眼前的困境，就必须迈出去，把所有短板全部补齐。到时候，能被人指摘的弱势消失，把优势坚固到不能撼动，你才无坚不摧。”

她慢慢说：“我给你考虑的余地，你自己决定，但我也很忙，最多只能等你三天，如果迟了，我会另找其他人选。”

林知微唇舌是麻的，过了好一会儿才问：“许老师，去设计院学习，要多长时间？”

许黛说：“这要看你的水平和努力程度，我送过去的人，最多的四年，最少的一年半，只要成绩通过就可以。但在这期间，我参加的一些大型活动，随时可能会叫你来做助手，落下的课程，也需要你自己消化。”

临别前，许黛淡淡地笑了，拍拍她的肩膀：“知微，不要埋没你自己，以前没机会才艰苦自学，但现在机会来了，全看你要不要，我很期待你能留在这个圈子里。”

许黛走后，林知微在茶室里坐了很久。

谢晗风风火火来问消息：“谈妥了吗？”

林知微简单复述，听筒里的谢晗提高音调：“你还犹豫？！多少人求不来的机会你居然还犹豫？！看来许黛是真的满意你，直接给你开这么优渥的条件，她当年的老师现在还是神话级人物好不好！”

谢晗连连感慨：“你那几个竞争对手肯定要羡慕死了，哎——”她美滋滋地说，“果然是我慧眼识英才。”

半天没听到回音，谢晗觉得不对头，“知微，你该不会不想去吧？这破圈子对你这样，你还有什么留恋舍不得走？钱不够吗，我给你拿啊，回来给我当御用造型师就行。”

林知微不跟她拐弯抹角，轻声说：“你知道我为什么舍不得走。”

谢晗一顿，片刻后恍然：“看我这脑子，忘了你拖家带口，不过星寒弟弟这么乖，又不会变心，你怕什么啊。”

林知微无奈，跟“单身狗”的思路简直没法正常对接。

最少一年半，最多四年，陆星寒他……

“许老师给我三天，三天后我答复她。”

谢晗强调：“知微，你别犯傻，”她语气变严肃，“作为朋友，我说句刺耳的，星寒弟弟走的可是上坡路，如果你停留不前甚至倒退，他放不下你，就只会被你拖累，你一时舍不得，以后要受的罪，可远不止这一点点。”

林知微精神一凛，所有缠绵旖旎冻结，只剩满心彻骨的凉。

是，陆星寒前途无限，顺着走下去，要不了几年就能登顶。

可现在，他每天过的是什么日子。

担惊受怕，为她无限付出却自我怀疑，睡不着吃不下，这么年轻的男孩子，应该肆意骄纵，他身上却背着两个人的负担。

她是女友，是爱人。

但被疼爱的时候，她更要为他着想。

只惦念着离开舍不下，难道就要一直萎靡在角落里，让陆星寒日夜为她担忧拼命，自毁前程才好吗？

林知微匆匆收拾行李，踏上回国的飞机。

一个多星期没有见到陆星寒了，她一刻都不愿意多等，迫不及待想要抱住他。

飞机刚停稳，袁孟就心急火燎找她：“小林老师，你回国了吗？！”

“马上下飞机，”林知微边顺着人流往外走边问，“出什么事了？”

“公司不肯续约的事，星寒刚知道了，”袁孟嗓子冒烟，语速飞快，呼呼喘气，“小兔崽子直接踹了老板的门！这下我总算明白了，这破公司全是阴谋！我就说找那些借口有问题吧，你猜怎么着——”

他大骂：“搞了半天，是想拿你当把柄，强迫星寒去接那些拒了八百回的狗血言情剧！”

“公司知道我们关系？！”

“肯定知道得不全，我估计，就是拿这事刺探呢！”袁孟怒道，“星寒这么激烈的反应，至少能证明单方面对你有心思，这一点就够了，公司的目的，就是让他拍剧多赚钱，再把梁忱带起来！”

他似乎在跑，喘气声刺得听筒里嘶嘶直响，忽地大声喝止：“星寒你给我回来！”

林知微抓紧手机。

“为什么天价片酬请你，你心里没谱？！那什么垃圾剧本垃圾人设，你敢接它，这大半年的口碑白攒了是吧？你接它你就毁了！跟外面那些没底线只会捞钱的没有任何区别！”

林知微胸口被心脏撞得生疼，听到袁孟继续急喊：“拍一个，换她一年合约，她知道了能接受吗？！什么时候才是个头？！”

陆星寒忍无可忍的低吼声模糊传来：“那就不让她知道！至少解决眼前的问题！”

林知微越过人潮，飞快往机场外跑，对着话筒喊了好几声，袁孟怒火冲头，完全忘记还在打电话，根本听不到。

她用力挂掉，手指抖着拨通陆星寒的电话。

打到第三遍快要自动挂断，陆星寒才接起来。

“微微，你回来了吗？”他的声音平和，除了有些哑，听不出任何异常。

如果不是亲耳听到，根本无法相信他刚才那么激动过。

想到为了瞒着她，刚才他是怎样极力克制情绪，才能在几串铃声的时间里平静下来装作天下太平，林知微只有死死咬着唇才能勉强平静。

“你在哪？”

“公司。”

“已经晚上九点了，你还没忙完？”

“马上，还有一点事，我安排车去接你了，晚点我就回家。”

林知微一字字说：“不行，你现在，马上，必须回家，什么都不许做！”

她深吸气：“星寒，听我的，不许做，我要见你。”

“微微……”

“我有解决的办法，”她笃定地说，“你不要签任何东西，我这边，已经有办法了！”

够了，真的够了。

再优柔寡断，她要把她爱的人，全搭进去了。

她能想到陆星寒的反应，也能想到自己的煎熬。

为了不留反悔的余地，她借着这时的决心，立刻找出许黛留给她的号码拨过去：“许老师。”

“知微，有决定了？”

林知微冲出机场，外面天幕漆黑，隐隐滚着闷雷，震得人眼眶发红，她的心一点点下沉，沉到无底的幽暗深渊里。

“决定了，我愿意去。”

城市太大，机场到家的距离，和星上娱乐到家的距离相差不多，在市郊不堵车的情况下，林知微还要更快。

她一路催着司机快开，赶到家时，陆星寒果然还没回来。

背靠着门在黑暗里站了几秒，林知微按住额头让自己冷静，她打开灯，简单准备两个不花时间的小菜，倒了红酒分摆两边，看上去一如七夕那晚。

她把头发别到耳后，进卧室换衣服。

衣柜里睡裙就有好几套，都是陆星寒买的，有的标签还没来得及拆。

她挑出一条黑色吊带短裙穿上，外面裹着长到膝弯的睡袍，坐在梳妆台前，定定地看向镜子里映着的人。

很年轻，温婉，没有攻击性，哪里看起来都柔柔软软，是陆星寒深深迷恋的模样。

眼里有水汽，要擦干。

脸颊是红的，有点可爱。

二十三岁了，她懂得自己要做什么。

她心甘情愿。

今晚，她想完全拥有他，也想彻底属于他。

第六章

巧 克 力 的 心

林知微看看时间，再看看陆星寒从公司回家的路况，整条线都显示严重拥堵的红色，猜测他还要再过十多分钟才到家。

她准备先去洗个澡，长途飞机坐太久，全身疲惫。

从卧室出来到浴室，七八米的距离，她朝里走时，顺手把外面披的睡袍脱掉搭在手臂上。

一只脚刚迈进浴室时，门突然响了。

林知微一惊，在原地怔了两秒，就在两秒的工夫里，陆星寒已经进门，高大的身影被玄关的灯光罩住，漆黑的眼睛一下子找到她，定定地落在她的身上。

安全的家里，暖光薄薄，她纤秀的手臂和双腿光裸，只穿一条细带睡裙，长发垂肩延至胸口，一张脸白白小小，杏眼里流着水和光，要命地勾缠住他。

前前后后，九天没有见面了。

陆星寒踢掉鞋，摘下所有伪装自己的障碍，一言不发大步走向她。

“星寒……”尾音消失，被他全部吞咽，她不由自主抬起手臂，踮脚搂住他的脖颈儿，搭着的睡袍掉在地上，悄无声息。

睡裙的绸缎光滑，陆星寒抚着她的腰，压抑住满腔怒火煎熬，只把沸腾的思念尽数传递给她。

林知微手滑下落到他的背上，意外触到微湿的布料，再感受着他格外急促的呼吸，才觉得不对，略微挣开些，离近看，他脸上发红，额头一层汗。再想到明明应该再堵十多分钟的人这么快出现……

“你怎么回来的？”

陆星寒指腹在她嘴角摩挲：“堵车严重，我等不下去，剩下一点从小路跑回来的。”

“你就不怕被人拍到？！”

“该戴的都戴了，”陆星寒把她搂起来，整个团进自己怀里，“而且我跑得快，没人能发现。”

他像抱小孩儿似的托着林知微，手和她滑腻的腿紧紧相贴。

林知微真担心这样下去会连好好沟通的机会都没有，忙推推他的肩：“吃饭了吗？我做了两个小菜，要不要吃点？”

陆星寒这才看见餐桌上有酒有菜，精心布置过，他笑，仰头亲亲她小巧的下巴：“好，你饿了吧？”

林知微以为能心平气和开始说话了，没想到陆星寒根本不打算放下她，单手拉开椅子，坐下后把她放在腿上，抱稳了，夹起一点菜喂进她嘴里。

她觉得应该严词拒绝，先好好把正事说完，但在他的目光下，再想到接下来要说的话，心里拧得疼，还是乖顺地张口接过。

“星寒，我有话跟你说。”

“嗯，我也有话说。”

林知微点头：“你先。”

陆星寒又喂她一口菜，露出笑容：“我看到新闻了，我家微微特别厉害，时装周大获全胜。”

林知微在时装周的表现，跟电影节时一样迅速传回国内，但她之前的传闻负面影响太大，且她负责的女团成员在团队中本身人气略低，哪怕一朝好评如潮，也不足以扭转什么，甚至还有竞争对手恶意散布负面评价。

陆星寒疼爱地蹭蹭她的鼻尖，语气看似平和，却固执坚硬：“你这么好，这么优秀，怎么能被埋没。”

林知微窝在他怀里，吸了口气，轻声问：“所以为了不埋没我，你就要搭上自己吗？”

陆星寒的动作顿住，放下筷子：“袁孟告诉你的？”

她默默攥起手，坦诚地承认：“你和袁孟争执的时候，他正在给我打电话，我全都听见了，”她抬了抬头，静静凝视他的侧脸，“星寒，你不能这样。”

“拍个剧而已。”

“而已？”袁孟怒喊的话全在耳边，对陆星寒多大的影响，不用细想也知道。林知微明白说别的没用，干脆拿出小女孩的姿态，故意找侧面的借口，揪住他的衣服咬牙说：“狗血言情剧，你要跟哪个小姑娘去拍？！”

陆星寒惊讶地看她，眼里升腾起柔光：“傻不傻啊，可能吗？我从头到脚，从里到外，无论哪里，全都是属于你一个人的，跟哪个拍戏也不行，拍广告也不行，什么都不行！”

林知微愣住，被他的反应弄得失笑，一时忘了刚才的质问，反而言不由衷，支支吾吾辩解：“陆星寒，时代早开放了，我可没有锁着你。”

“不用锁，”陆星寒小口咬她的唇，“以后也不用担心这种傻事，别说去想，稍微提一下我都受不了。”

他心满意足地揉揉她：“我所有的都只给你，你就当我是思想迂腐好了。”

林知微心脏酸软到不能言说：“那袁孟说的剧……”

陆星寒神色淡然：“不是非要让我拍吗？不是想让我带梁忱吗？那男一让梁忱去演多好，我宁愿给他做配，为了衬托他，我接没人爱演的全剧大反派，无脑无逻辑就是狠，跟女一最近的接触是派人把她扔河里淹死。”

“借我炒热度，做梦，”他说着，低低冷哼，眉目森森，“反正他们只想用我赚钱，想带红梁忱，不管公司还是片方，我做的选择对他们的好处会更多。”

林知微心口哗啦一塌，抱住他，靠进他的颈窝里。

以陆星寒的地位人气，怎么能在一个本就配不上他的剧里给梁忱做配，怎么能接这种堪称下三烂的角色。

比她之前想的更加不如。能让整个娱乐圈哗然的事，从他嘴里说出来，却这么简单无所谓。他不知道他有多珍贵。他什么也不知道，只会为了她无条件消耗自己。

林知微睫毛潮湿，原本就难以启齿的话，变得更加沉重，闷闷地堵在胸口。

陆星寒侧头吻她：“真的不想告诉你，可又没瞒住……你不喜欢听，我们不说这个了，许黛对你的表现一定满意吧？”

她艰难张了张口：“满意。”

陆星寒顺顺她的背：“你说有办法了，是许黛那边的进展吗？最近我找袁哥打听过，许黛收徒门槛很高，她是不是还有什么要求？难不难？”

她闭上眼：“难。”

陆星寒拧眉，把她扶起来摆正：“到底做什么？太难我们就不要了，我至少能给你换来一年合约，一年里，你会有更多机会。”

林知微喉咙艰涩地滚动，试了两次都无法说出口。

他的眼睛太柔太亮，刺到血肉里，搅得无比疼。陆星寒最害怕跟她分开，九天他尚且难熬，以后几年，怎么才能好好过去。

陆星寒抓着她的手渐渐收紧。他能感觉到。

“微微，到底什么事。”

家里很静，林知微耳朵里偏偏很多杂音，她环着手臂，指甲压进肉里，望着他一字字说：“星寒，我要出国一段时间。”

陆星寒眼都不眨，“这次是几天？”他眉心沟壑越来越深，有些预感撞上来，他尽力忽视，平静地问，“还是几个星期？”

林知微五脏六腑都像被撕扯，身体却定住般不能动，凝视他一点点漫上血色的眼，唇舌发僵，慢慢说：“最多四年，最少一年半，我会……我会尽最大努力，提早结束。”

陆星寒没有出声，仍旧那样望着她。

世界好像突然空了，到处白蒙蒙一片。家没有了，餐桌没有了，她准备的酒菜，全都没有了，只剩下腿上的重量，提醒着他她还在自己怀里，并不是梦一场。

看着他一瞬惨白的脸，林知微心疼得全身绷紧，脚尖都蜷曲起来，揪住他的衣角：“许黛推荐我到设计院，等我学成合格，她会正式收我到门下。是领域内全球最好的学校，教我的是也是曾经教过她的老师，我……”

那么多优渥条件，可她说不下去了，额头抵在他肩上。

不知道过了多久，陆星寒再次开口："你想去吗？"

林知微抬起脸。

他的目光终于转过来，直勾勾地看她："微微，你想去吗？"

不想去，不想跟你分开，不想留你一个人，想时时都在你的身边同进同退。

可必须去。

我想要站得更高，站到跟你并肩的位置，不做那个让你折损自己的负累。

林知微努力弯起眼睛，里面细细碎碎的光凝成水，含着不肯掉落："我想去，我确实没有接受过专业学习，去了，通过了，才能走出现在的桎梏，才能更好。"

许久后，陆星寒点了下头，小心地把她抱起，放在旁边的椅子上，按着桌沿站起身："微微乖，先吃，我出了很多汗，去洗个脸。"

他绕开餐桌，朝着浴室走过去，林知微急忙跟上。但他走得快，林知微追上时，他已经反手拧了门。

到了嘴边的话发不出声，她按着门板，紧握住把手，听到里面放大的哗哗水流，不是洗手台的水龙头，是花洒开到最大，冲击地面的声音。

巨大噪声里，偶尔泄露出他极其压抑忍耐的低喘和哭声。

林知微的眼泪一下子流下来。

比起预想中的抗拒争吵，她更害怕他这个样子。

她压下把手，门是锁住的，她用力拍门，颤声说："陆星寒，你出来！有什么话我们当面说！"

再听到他哭，她就要崩溃了。

林知微咬住牙关捶门，他不吭声，她干脆抬脚去踢，抽噎着大喊："陆星寒，我手疼！脚也疼！你还管不管！"

水声停了。

她僵直地立在门外，拖鞋掉到一边，赤着双脚站在地板上。

几秒后，门锁轻动，从里拉开，浴室里的白亮灯光被他的身影遮挡，他全身湿透，五官埋在暗影里，什么也看不清楚。

林知微瞪着他狼狈不堪的样子，胸前剧烈起伏，拽住他紧贴在身上的上衣扯下丢在地上，触手冰冷，他冲的是冷水，她更忍不住要哭：“你想生病是不是？！”

陆星寒低着头，一言不发蹲下身，攥着手把自己的指尖焐热，捡起拖鞋给她穿上。

林知微撑起的那一点强硬，被这个简单的动作击溃，她捂住眼：“你别这样。”

陆星寒慢慢直起身：“微微，我能怎么样？”

他终于抬头，通红的眼睛再也无处躲藏。

墙上的时钟嘀嗒作响。

陆星寒不知道他怎么还有力气站得稳。

他什么都明白，很清楚在知微说出口的一刻起，这件事就已经没有转圜的余地。

“我能怎么样？”他头发上的水顺着脸颊淌下，“我能不能说，求你再给我一点时间，我可以做得更好，我可以保护你？”

“我会想到办法，不让你受委屈、受冤枉，虽然我现在，”他喉结滚动，拼命吞咽，“我现在能力不够，很没有用，做的都是你眼里的傻事。”

林知微不忍听。

陆星寒湿淋淋的脚向她迈近一步：“这些话，我能说吗？是真的对你好吗？明明是我自私，我没能力护着你，却还想把你留在我身边。”

“如果拿你的感情当软肋，我求你，我不让你走，”他唇瓣颤抖，“你能可怜我吗？”

他眼里缠满血丝，身上透着冰冷水汽，刺骨的眼神死死箍着她：“微微，你知道我这九天怎么过的吗？我没有一天能正常睡得着，睁眼闭眼全是你辛苦的样子，后来，我太难受了，心里想，说不定睡了就能梦见你，能抱抱你。”

“想得多好，好不容易睡了，也梦见你了——”他一点点扯开笑，下一秒，眼眶蓄积的泪水瞬间涌出，“做的却还是那个梦！你说我长大了，你要离开我！我现在知道了，根本不是梦，是我对你的感应吧，早就意识到会有这么一天，却还天真地直到现在才肯相信！”

林知微用力闭上眼，几乎窒息。

陆星寒的心脏像被扯裂，再掉进泥里反复被鞭笞碾压，越知道无能为力，越要被掏空，空得全是四处乱窜的冷风，整个身体都只剩下空壳。

“可就算这样，我也不能求你可怜，我甚至连说一句让你别走的底气都没有！我把你困住，只能让你压抑受苦，我必须听话，懂事，放你走出去，你才能有想要的生活！”

林知微冲口而出：“我想要的生活就是跟你在一起！我想和你一样好，不要成为累赘！没错，你当初进圈是为了我，但已经走到现在了！没有回头路！”

“怎么没有！”陆星寒失控地低吼，“我做什么都可以！我可以退出，我做幕后，我做普通学生，不让你有负担，只要你别丢下我！”

“丢下”这个词对陆星寒来说太疼了，林知微扑上去抱住他：“我没有丢下你，星寒，我不会丢下你，可我更不能让你输。”

不能让你这么好的未来断送。

不能让你为了我灰头土脸被人嘲讽。

她流着泪大声地说：“我不愿意让你为我放弃任何东西！所有的，都是你通过努力换来的，凭什么要扔掉，凭什么退出放弃！”

“星寒，你多信任我一点好不好，”她仰起头，抓紧他的手臂，“你为我做的已经太多了，我们的关系是平等的，你让我做一点行吗？”

“是，我们从小一起长大，我们相爱，但我不只需要你的保护，我也能保护你！”她眼里全是泪水，目光灼灼，“我能自己站起来，我不想拖住你！”

陆星寒不堪忍受地要反驳她。

林知微抬手捂住他的嘴，凝视他：“别说不是拖累，对我来说，那就是！我不想因为从前为你付出过，就当成资本，心安理得把自己的期望完全压在你的身上！这样的女人我们太熟悉了不是吗？”

她大睁的眼里又哀又亮，挖出心底最深的执念，不容拒绝地告诉他：“我不要有朝一日变成奶奶那样，你是我的骄傲，我也有能力成为你的骄傲！如果让我拽着你一起下沉，陆星寒，我做不到！”

嗓音破了，声嘶力竭。她那么纤纤瘦瘦，但在此刻，强势到让人心颤。

陆星寒按着她的后颈，胸腔里疯狂叫嚣，震得耳膜嗡响。

要大吼着告诉她，不管这个世界给她多少伤害，他永远疼爱她。没有什么奶奶那样的女人。她也绝不会被当作负累。什么也不必做，她一直是他的骄傲。

可他无法再说，一个音节都发不出来，林知微的所有心情，他全部懂得。

因为他的心情同她一样。

不能出声的嘴唇，只能用来亲吻。眼泪交融到一起，碾压在紧紧交缠的唇齿间。

林知微僵硬的身体一寸寸被他亲软，含着的泪再次掉下来，哭着搂住他，哽咽说：“星寒，我舍不得你，所以我必须……必须变成更好的人，和你一起往上走，我能做到。”

“你当然能，”他抓着救命稻草一样揽紧她的腰，“你那么好……你那么好。”

她柔滑的睡裙贴在他的上身，绸缎沾湿，凝出星星点点深色。体温把湿意烘干，逐渐燃得更烫。手掌下，他的身体火热紧实，存在感无法忽视。

林知微有些口干舌燥，钩住他的脖子按下，盯着他的眼睛，切切望进漆黑潭水的最深处：“现在换我来说，给我一点时间，我不可能花四年那么久，会尽早回到你身边，好不好？”

陆星寒合住眼。

每一次的“好不好”，他都没有说“不好”的余地。再多难受，自己来咽。知微承受的够重了。

他牙关打战，把她揉在胸前，难过到极限也还是说出：“好。”

拥抱紧密无间，相贴的身体磨蹭出愈烧愈烈的暗火。直到陆星寒身上的冷水干透，他才动了动，把她打横抱起，哑声问：“什么时候走？”

林知微扶着他的肩，眼睛还略有红肿，有点紧张地关注着他的去向，小声说：“怎么也要一个月，等签证，许黛老师那边还有些准备工作。”

“中间，我能去看你吗？”

她咬咬唇，想说她出去后可能行踪不定，学习期间也会被许黛叫走满世界跑，参加各种活动，况且陆星寒的行程那么紧，抽出的空当，跟她能对上的机会必定少之又少。

但她不忍心再让他失望，点点头：“当然能。”

陆星寒走到沙发边，把她放在上面平躺，看着她发愣。

夜已深，到处都安谧。

林知微的长发有些凌乱，哭过的脸透着红，唇略张着，舌尖若隐若现，身上的吊带裙蹭起些许，无论是细长双腿还是领口露出的锁骨前胸，都细白绵软。被他看得呼吸发热，她忍不住牵住他的手。早有准备的小心思再次疯长。

陆星寒探身亲亲她的唇，低低问：“微微，你为什么倒酒？”

林知微手指收紧。

“这条睡裙，买来后你嫌短，标签一直没拆，为什么今天穿了？”

林知微脸色更红，连着耳根也隐隐发热。

因为她……心怀不轨。

从踏上回国的飞机起，她就控制不住自己，在念着某件事。

果然瞒不过他。

陆星寒顺顺她的头发，眼底滚着深黑暗潮，他勉强忍耐住，不再问了，转身朝厨房走。

男人的背影高大挺拔，肌理流畅坚实。

林知微一下子坐起来，追上去抱住他的腰：“你去哪？”

“给你做点东西吃，”他握握环过来的手，“刚才你就吃两口。”

他明明知道，明明想得不得了，竟然还避开！

可这时候的回避反而让林知微更加心潮泛滥，抱紧他不让走，磕磕巴巴说：“我倒酒，穿这条裙子，你明知故问！而且我……我那次，承诺等你回家后……现在已经回来了，再多的，你一定要问吗？”

陆星寒脊背发僵，沉声说：“我答应让你走，就不要你怜悯我。”

林知微怔住。

他嗓音晦涩：“我爱你，想要你，但绝对不能……在你冲动的情况下。”

他的心思林知微一下子明了。

当她是冲动？甚至当她因为出国的事在补偿他？

她绕到他面前，认真地瞪着他：“陆星寒，你看清楚，我还没喝酒，我没醉也不冲动！”

他目光幽暗："但之前，你都说要等我长大，哪怕在酒店里，你的答应也是在哄我。"

林知微眼眶顿时一酸，慢慢说："是啊，可你没发现吗？从今晚起，我的陆小崽，已经长大了。"

她要走。

"离开"这件事，对于从小最害怕她"丢下他""抛弃他"的陆星寒来说是致命的。但除去爆发的短短几分钟，所有情绪他都用最快的速度藏了起来，独自吞咽，没有再把半分难过传给她。

陆星寒在他自己都不曾发觉的时候，成熟到足以让她放下所有顾虑迟疑。

难道感情亲密时，只他一个有欲望吗？

她是个正常人，她同样也有。或许回来的路上，她坚定念头是借了离别的不舍和勇气，但走到现在，心里透彻得一眼望得到底，只剩下最单纯的渴望，爱他，想要离得更近，想把一切都交付给他。

深爱，渴求彼此，约定一生。

她不想等了。她也想放下包袱，简简单单遵从内心。

林知微垂下眼，倾身靠在他身上："我跟你之间，不存在那些复杂的东西。"

她唇舌红润，仰头轻吻，开始主动卸掉心上的负担："我想和我男朋友，和我爱的男人在一起，为了气氛更好，倒酒不对吗？我也爱漂亮，穿好看的裙子给你看，不对吗？"

陆星寒呼吸渐重。

她软软蹭着他，放下羞赧，对他坦诚："你以为，你撩拨我那么多次，我就真的毫无感觉？我不是石头，没那么大的定力，以前忍着，因为顾虑多，现在不打算再顾虑了。"

他握住她的腰："微微……"

林知微第一次，彻底解除心里所有残余的枷锁，把最真实的愿望轻声讲给他："我爱你，我也想要你，你不答应吗？"

她的唇滑到他的耳侧，在此时此刻，才真正抛掉了长久以来束缚着她的，所有姐姐责任和年龄大小的障碍。

她把陆星寒的身份一层层剥除掉，只当他是深爱的男人，吻着他的耳垂问：“你总说我是小姑娘，那今晚，你让我做女人，好吗？”

陆星寒绷到极致的理智几乎被扯断。

他当然想要她，无时无刻，不在发了疯地想要她。

一股热血直冲头顶，陆星寒手背上青筋隆起，恨不能立刻把她据为己有。但到底还是闭了闭眼，捧起她的脸，声音暗哑：“微微，不管有没有今晚，你都是我的女人。”

林知微的心被他的热度烘得要飘起来，又被他紧紧缚住。

慎重稳妥的外壳撑得实在太久，她不要了，她只想把自己交给她。

可她也隐约听出他话中的意思。

她小声告诉他：“星寒，我真的愿意……”

陆星寒掌心沁出了汗，把她狠狠地扣在怀里。“你能愿意，对我来说已经足够了，微微，你信我，我撑得住，我也等得起，我想等到有资格娶你的那一天，让你作为我的妻子，安心幸福地把自己给我。”

林知微愣了，眼眶缓缓发酸。

陆星寒将头埋在她的颈窝里，用力拥紧她，像是要把她融入骨血，他艰涩地说：“不是现在，让你流着眼泪的这个晚上。”

林知微本已止住的泪再次涌出，整个人像是坠入温柔云层，被满满的爱意包裹住。

她搂紧他，眼角泪水蹭上他的皮肤，内心苦涩燥乱都被他的疼惜抚平。

她听到自己颤声说：“好，我等你。”

为了安全，家里的窗帘终日拉紧，日光扬在上面，仅能透进浅薄一层绒雾。

干扰睡眠的不是光，是很低很轻的说话声。声音太熟稔撩耳，即使听不清，只凭音色语调，也能让林知微的心绵软地跳动起来，再也睡不下去。

林知微睁开眼，卧室里一片昏暗。

她被裹在被子里，盖得严严实实，生怕露出哪里着了凉。昨夜和衣相拥而眠，她已适应了陆星寒的体温，现在对方没有在身旁，虽然气温不低，可也本能地觉得冷。林知微喉咙里不禁发出一点气音，小到听不清。

但紧闭的房门还是立刻被推开。

陆星寒扔下电话，三两步赶到床边，把她连着被子拥住，低头亲亲她的眉心："微微。"

林知微脸颊红润，眸光水亮。

他掀被躺下，揽住她的腰，低声问："睡得好吗？"

他的手又移到她的小腹上，热烫的体温让林知微舒服得眯起眼，点点头，小声回应："好。"

她抬头亲亲他的下巴："几点了？"

"还不到十点，"他说，"再睡一会儿。"

林知微立刻清醒："十点？！你今天没行程吗？"

太阳高照了还能跟她挤在床上不走？陆星寒哪来的这么多时间。

"刚给袁哥打过电话了，下午再走，"陆星寒搂得更紧，声音渐低，"往后一个月，我都尽量回来。"

再过一个月，她就要离开了。

林知微眼睫垂下，想催他去忙的话咽了下去，蹭蹭他的胸口，默默合眼。

不管了，放纵一次吧，陆星寒会有分寸的，她也想和他腻在一起，时刻不分开才好。

洗漱都被他不容拒绝地一手包揽，林知微像小朋友似的被他搂着攥着挪来挪去，最后他在洗手台上铺了两层绵软浴巾，扶她坐在上面，挤出洗面奶揉在她脸上，一点点细心化开。

林知微被他蹭得痒，笑着往后躲，飘出一串香喷喷的小泡泡："就不能让我自己来吗？"

"你说呢？"

陆星寒扬着唇，怕她后背撞到镜子，伸臂护住她，随后用海绵沾了水，把她脸上的泡沫认真擦净，在两边脸颊分别亲过。

怎么才能满足一点。

怎么才能让时间再过慢一点。

陆星寒提前熬了糯糯的红糖小米粥，等把林知微照顾得香香软软，小锅正好响了提示音。

盛粥那么十几秒他也舍不得放下，牢牢抱着她，单手端碗，晾温了喂到她嘴里。

林知微从最开始的享受亲密、放任他照顾到现在，终于察觉到了他埋在最深处的情绪。

又幸福又怕，也正是因为幸福，所以才更害怕近在眼前的分别。

心里为他疼，疼的地方刚刚被清空，随即被深爱填满。

之后一周，林知微把申请签证的资料递交上去，而许黛布置的工作还没开始，时间基本可以自由支配。

陆星寒几乎用尽一切可能压缩的工作时间，经常一天中间临时回来三五次，随便得到一点空闲，也要跑回家跟她待在一起，哪怕只是看两眼也愿意。

晚上就更不用说了。

她总劝他不要这么辛苦。他不肯，坚持跑回家，只为了拥着她，好好珍惜挤出来的每分每秒。

到了下半个月时，许黛布置的几项前期准备陆续发到林知微手里，而同时，林知微通过时装周的表现赢得许黛青睐，在其引荐下即将出国深造学习的新闻也开始频频登上各大娱乐版面。

当初四个竞争对手的气还没消，看林知微有了热度，暗地里想带节奏，引导公众去翻旧账，拿那些本已平息的负面新闻去做文章。

陆星寒早有准备，这些苗头还在萌芽里，就被他直接连根掐断。

林知微经过之前的大风波洗礼，基本可以做到不受外界影响，专心准备许黛交代的任务。

白天做不完，夜里也要对着电脑忙碌，可她不管什么时候偶然抬头，总能对上陆星寒无声无息凝视她的眼睛。

陆星寒太怕跟她分开了。

双方父母意外过世那年，林知微还勉强有奶奶，小姑也能照顾一二，但陆星寒彻头彻尾成了孤儿，年纪又太小，监护权眼看着只能暂时落到居民委员会。

没想到等旅游公司的赔偿金下来时，他那个只见过两面的舅舅突然出现，一副善人面孔要带走他抚养。

陆星寒没有别的亲人了，舅舅理所应当成了最合适的监护人，还信誓旦旦瞧着林知微说："我可是他亲舅舅，还能比你一个邻居都不如吗？"

林知微马上要上大学，距离江城三四个小时的车程，不算远，可也不算近，想要像过去那样朝夕照顾他根本不可能。

她以为让陆星寒跟舅舅走是对他好，所以狠着心放了手。但直到现在，她都忘不掉陆星寒知情时的眼神。

他最开始没哭，就那么怔怔呆呆地望着她，煞白的嘴唇颤抖半天也说不出话。

林知微看他的小模样，心里绞得疼，蹲下身抱他："陆小崽，你听话。"

这句话一说，陆星寒就知道，没有希望了。

知微不要他了。

从此以后，就剩下他一个人，知微再也不会管他了。

他使出全身力气，哭着挣开她的怀抱，隔天就被舅舅带走。收拾东西时，陆星寒什么也没拿，他也什么都没有，只把知微这些年送给他的小东西，知微做给他的几件衣服装进小包，紧紧抱在胸前。

车在楼下等，陆星寒一步步慢慢挪。

林知微在楼道口站着，不太敢出去看，但陆星寒还是一眼看到她。

那天阳光很好，陆星寒却像个逐渐融化的小雪人。

舅舅不耐烦地下车来拽他时，他终于受不住了，大哭着返身朝林知微跑，跑到一半被舅舅扯走："闹什么闹，回去还有事忙呢！"

到最后，就剩几句话留在林知微耳朵里。

你不要我了吗？

我怎么样才能不跟你分开？

后来在那个深冬雪夜，接到陆星寒重病时打来的电话，得知他在舅舅家受那么多苦，林知微心要碎成碴儿，再也顾不上合适不合适，难不难，坚持把他带回身边。

可寒假就那么一两个月。

托小姑在学校的关系把陆星寒上学的事宜安顿好，林知微也差不多要返校了。

陆星寒重回她身边的安全感刚刚建立一点，再次面对分别，哪怕她承诺多回来看他，但学业繁忙，次数毕竟有限。

他日日夜夜渴望能跟她长久在一起，过最简单的日子就满足。

但偏偏生活总在漂浮，从寒假盼到暑假，再盼到第二年，从早到晚念着知微回来的日子，渴望能待在她的身边。

千辛万苦走到今天。

终于跟知微进了同一个圈子，霸占了她唯一深爱的那个位置，却还是逃不掉他最不能忍受的事。

林知微望着沙发上的陆星寒，他早就褪去了脆弱小孩儿的影子，如今满身强势的侵略性，可本质一点没变，甚至愈演愈烈，眼里什么也没有，只想跟她无限靠近，把她当作全世界的中心。

她眼底暗暗泛起潮湿，手机响了好几声她都没听到。

“微微？”

陆星寒开口问，她才恍然回神，匆忙拿起来一看，何晚打来的，她清清嗓子：“晚姐，是不是安顿好了？”

何晚长舒口气：“差不多了，这边环境很好，你放心吧，许黛老师的安排，肯定没错。”

林知微心里安定下来，不管陈令仪工作室有多少黑幕，但小分队是为了她才集体辞职的，现在她要走了，怎么能把她们弃之不顾。

跟星上娱乐的合约已经正式到期了，她本想联系从前关系比较好的几个同行，给大家安顿个好去处，意外的是许黛得知后，没要她多说，就给何晚她们各自提供了机会，小分队成员个个争气，全都稳妥过关。

许黛还答应，等林知微回国，只要默契还在，等正式开展新工作时，小分队的成员仍旧可以跟她在一起。

何晚叹了口气：“知微，我们都好说，你的挑战才最大。对了，你家小狼崽还好吧？挺久没见了，你这一走，以他对你那样子，估计打击不小。”

林知微垂下眼：“还好，别担心。”

何晚应了声：“机票买了吗？几号走？我们去送你。”

林知微下意识朝陆星寒看了一眼，到嘴边的数字临时转了个弯：“九号，别送了，你们一个比一个感性，到时候都被惹哭了怎么办，放心，我没问题的，到了马上跟你联系。”

电话挂断，客厅里安静了几秒，陆星寒定定地盯着她问：“我呢？你不会也不让我去送吧？”

林知微叹了口气：“星寒，你别忘了身份。”

陆星寒固执地说：“我不露面。”

林知微反驳不出口，不露面？默默待在角落里，目送她背影消失，亲眼看着飞机起飞再独自离开吗？

陆星寒执拗起来，几辆车也拉不回来。但她无论如何，不想那样的场景在陆星寒身上发生。

距离出发剩下不到一周，星上娱乐那边在袁孟的极力争取下，定下了林知微参加时装周时，临时借来的那个男造型师来负责日后男团的造型，新造型师风格跟林知微相似，人也守规矩，已经是最好的选择。

正式签约后，袁孟第一时间跟林知微联系：“小林老师，都交代好了，你放心去，等回来以后咱赶紧单起炉灶。”

林知微正在收拾行李，跟他叮嘱了些琐事，然后问：“星寒工作状态还好吧？”

袁孟提起这个就无奈：“何止好，简直玩儿命，之前把那破烂剧大反派推掉，公司对他不满着呢！但没办法，架不住咱星寒一路往上红啊！”

说着他不禁骄傲：“自从电影节回来，星寒时尚资源的路通了不少，杂志也变多了，好几个封面等他拍，代言的水准‘唰唰’往上涨，你放心，我会好好看着他的，谁也挡不住。”

林知微看看摊开的大行李箱，又问：“他今天应该一直忙吧？”

“忙，等这套图拍完怎么也得九点以后了。”

林知微稍稍放下心，收拾行李的场面，她不愿意陆星寒看见，最好等他回来时，她能弄好藏起来，免得他见了不好受。

这一走，还不知道什么时候才能回来，要带的必需品不少。

林知微列了清单，逐样整理起来，很快箱子装满大半。她走进客厅，想把最常用的那个马克杯带上，手刚碰到杯壁，还没来得及抓稳时，门突然被钥匙拧开，临时挤时间回家的陆星寒迈进来，正对上大大摊开的箱子，和家里明显变空的边边角角。

“你怎么——嗯——”

陆星寒疯了似的冲上来把她按在怀里，压进沙发不要命地吻，意乱情迷时，林知微迷迷糊糊想，她不能……不能让陆星寒看见她走的样子。

以年计算的时间，如果让他目送她走，他可怎么熬。

九号的机票买了，给陆星寒看，八号的机票也买了，是她真正要走的日子。

七号晚上，陆星寒缠着她到深夜，嗓子低哑磨人：“微微，我去送你，我想去机场，不管多少人，让我送你……”

林知微心里酸软成泥，抱紧他：“明天你拍广告是吗？”

陆星寒闷闷“嗯”了声：“回来可能会晚。”

“没事，晚点没事，”林知微眼角无声湿着，摸摸他的头，“我给你打电话。”

八号当天，陆星寒新代言的全球知名连锁餐厅要拍广告片，一大早离开，袁孟在楼下等。

他走到门口，林知微忍不住扑上去箍紧他的腰。

陆星寒低头亲她：“乖啊，等我。”

林知微望着他：“你也要等我。”

陆星寒一条广告拍到下午，中途尝遍了所有新推出的秋季甜点，提拉米苏口感最好，是知微会喜欢的味道。

他紧赶慢赶，比预期提早两个多小时结束，私下里单独买了一大盒没切块的提拉米苏，小心翼翼提着上车，要拿回去给知微吃。

到家门口时，下午五点多了。他之前告诉知微，五点刚能拍完，到家要七八点。这么早，她一定——

打开门，家里空空荡荡。

安静得过分，有些黑，窗帘都合着，朦朦胧胧看不清楚。

陆星寒站了两秒，知微并没有像往常一样出来抱他。

他换了鞋，轻声喊：“微微？”

没有回应。

他把蛋糕顺手放上茶几，各个房间找了一圈，不知道知微去了哪，等到想拿出手机给她打电话时，某个画面后知后觉，猛地冲进脑中，闷雷一样，轰隆炸开。

行李箱不见了。

一瞬捏紧的手机蓦地嗡响起来，来电人是微微。

林知微的声音从听筒里清晰传来，还伴随人潮吵嚷和机械冰冷的电子提示音：“星寒，你还没回家吧？”

陆星寒愣愣站着，发不出声音。

林知微走到机场里安静的地方，抬头望向巨大落地窗外渐黑的天空：“星寒，你不要回家了。”

陆星寒许久才张开口：“你在哪。”

“我在机场，马上登机，”林知微咬着唇，“我宁愿你生我的气，也不想让你眼睁睁看我走，你刚拍完广告是不是？别回家了，以后一段时间，也都别回家了，我跟袁孟打过招呼，他会给你安排住处，跟容瑞他们一起。”

听筒里一点回音也没有，连呼吸都没有。林知微指甲压进手心，眼睛红透。

广播在提示登机。

她哑声：“星寒……”

“是啊，我刚拍完广告，还没上车，”陆星寒的声音终于传来，没有埋怨，没有怪她，反而极尽温柔，“微微，我知道你是替我着想，我全听你的，不回家了，跟容瑞他们去住，你别担心我，路上把自己照顾好，到了以后，马上给我打电话。”

林知微刚才尚且能忍，但听到他这样说，眼泪“哗”地流下来，一颗为他跳动的心裹紧酸甜，碾成细沙。

她的陆小崽，怎么能这样好。

飞机准时起飞。

陆星寒仍旧一动不动呆立在客厅里。不记得过去多久，天早已黑透。他挪动僵直的腿，一步一步，缓缓踱到沙发边，打开知微最喜欢的那盏落地灯，手指发着抖，拆开提拉米苏的盒子。

圆圆一整块，想给她尝尝的。

他拿起盒里的小勺，舀了一点放进嘴里。过了几秒，他低头笑了。

这么苦，怎么能给微微吃呢？

太苦了。

苦到有泪水从眼眶里不断涌出，一滴滴掉在蛋糕上，冲开上面的图案。

他亲手，用巧克力画成的心形。

浅灰烟雾荡过脚腕儿，在偌大场地内静静铺开升高，林知微坐在前排位置，习惯性准备好相机和平板电脑，等待灯光转暗的一刻。

这种各大品牌主线副线发布会的秀场，大大小小算起来每个月都有十几次，她从最开始的紧张，已经变成如今的游刃有余。

“知微——这位置给我留的吧？”

林知微侧头，看到弯腰跑来的身影，笑着把包往身边收了收：“如果不留，你只能去坐最后一排了。”

女人连忙坐下，双手合十朝她亲昵地拜拜，中文说得有些生涩，但词汇量相当丰富：“你知道我热爱帅哥啊，那么多极品男模，不去后台近距离饱饱眼福简直太亏了吧。”

她兴致勃勃描述了几个，看林知微丝毫没有兴趣，清清嗓子小声说：“好吧我承认，其实也就一般般，没有特别出彩的，毕竟我眼光超高，你知道的。”

林知微选择不接这种话题。

她知道，太知道了，自从和这个蓝龄姐姐做了同学，她总算明白真正的狂热阿姨粉是什么样子。

在她捂住耳朵之前，蓝龄果然开始她的套路：“跟咱们寒寒差太远了，脸好看的身材不行，身材好气质又不够——”

林知微愁苦地闭眼，蓝龄迷谁不好，偏偏迷的就是陆星寒。自从她跟蓝龄相熟以来，每天过的都是这种堪称折磨的日子。

导师身边带的这批学生里，同期只有林知微和蓝龄是亚洲人，同为女人，自然很快变得亲近，尤其在确定林知微曾是陆星寒的造型师后，蓝龄更是兴奋得要哭，直接把她划到亲人范畴。

追星女人的世界就是这么简单热情。

场内灯光“唰”地转暗，气氛随之变化，迷幻音乐淡淡插入，开场模特已经露出长腿，林知微迅速进入状态，一丝不苟地记录重点关注对象的表现，直到整场秀走完。

华丽盛宴散场，林知微收整东西起身，蓝龄跟上她："直接去机场？"

林知微点头："走吧，再晚来不及了，明早回设计院还有任务。"

蓝龄哀叹："太累了，老头子简直伏地魔转世，明天是你们的除夕吧？这么大的节日也不说给你放个假。"

不但不放假，还加班加点。按她们那位全球造型圈内的神话级导师所言，放假是浪费生命，可耻。

去机场的路上，蓝龄瞧着林知微清丽的侧脸，轻声问："你出来到现在也没机会回国，连除夕都不能走，你男朋友对你没有意见吗？"

林知微低头靠向椅背。

意见？

这个词的程度，再无限累加几次方，也许能描述她男朋友的千万分之一？

她当时飞抵目的地，隔天到设计院报到，跟那位神级导师沟通之后，立刻就发现被许黛给"骗"了。

还说最快的一年半结束，按导师的说法，许黛推荐来的学生，的确有过一个一年半离开的，不过是熬不住临阵脱逃，根本不算合格，真正能得到他首肯的，最快也要两年以上。

林知微跟许黛汇报进展时忍不住问了，许黛轻声笑："我在圈里这些年，察言观色还是懂的，你一副不想走的样子，肯定有牵挂，不把时间说短点，你能乖乖去吗？你要不去，我可没徒弟了。"

专心学习尚需两年，而她隔三岔五还要随许黛的行程满世界打转。面对视频电话里陆星寒明显消瘦的样子，林知微根本不忍心说出口。

真要是远隔万里，面对屏幕，对他说"我回去的时间要推迟，比原计划长"，她真的害怕他关了视频就会偷偷哭，不管不顾追过来。

别管陆星寒看上去多强悍，可从小到大，在她面前一直是个小哭包，随便戳戳都要使劲儿掉眼泪。

林知微手肘撑在车窗边，蒙住眼睛。

蓝龄觉得自己问错话，惹知微伤心了，心里过意不去，纠结地想了半天，别无他法，把她手机里珍藏的视频拿出来，捅捅她："来来来，跟我一起看寒寒，寒寒这么帅，多看看就不难过了啊。"

林知微更想哭了。

每一次在她想陆星寒的时候，蓝龄都会适时拿出视频放给她！戳心也不带这么准的！

蓝龄还在自说自话："寒寒这小半年不知道怎么了，整个荷尔蒙大爆发，人也越来越文艺脱俗了，可是不笑的时候更帅啊，真担心让哪个小丫头给拐去，"她把手机捂在胸口，"哎，现在的小丫头都太坏了，我这做阿姨的真不放心。"

视频里陆星寒的声音近在耳畔，扰得人心要软弱死，林知微忍无可忍打开微信，手指飞快："在做什么？"

他的回复秒到："彩排休息，等你结束。"

马上就是除夕，他今年有春晚，彩排已经过了好几轮，林知微抿唇，新的一条没等发出，他又急忙问："我能看看你吗？"

车停了，机场已到，蓝龄拉她下车。林知微只能说："准备上飞机，等我回公寓。"

分开后的小半年，林知微无数次在各个节目的后台视频或照片里，看见陆星寒独自窝在角落，垂着眼睛对手机怔怔发呆的模样。

太清晰深刻，以至于这条一发，马上就能想到他此刻的表情。

蓝龄提起箱子，还在跟林知微继续刚刚的话题："现在娱乐圈的小丫头心思太重，寒寒多好啊，我可不放心她们，以后他要是能找个你这样的小姐姐就好了，"她捧心感慨，"像你这么温柔可爱的，我才能圆满啊——"

林知微幽幽叹气。

是，蓝龄不只是陆星寒的狂热阿姨粉，还对她相当满意，要不是知道她有"男朋友"，大概早就脑补她和陆星寒的无数浪漫情节了。

林知微托运好行李，拿着登机牌朝安检走时，蓝龄拽拽她："知微，有个男人好像在看你。"

没兴趣。林知微目不斜视："当不存在就好。"

至少在设计院里，肤白黑发娇小的东方女孩非常受欢迎，出来这么长时间，她差不多习惯频繁被搭讪再拒绝了，自有一套办法。

“这个不一样哎，”蓝龄小声，眼睛发直，“无敌帅好吗！就比寒寒差一点！知微知微，他朝你过来了！”

这下林知微不得不抬头，目光转过去，当场愣住。

逆着人流由远及近的男人身材高大，西装革履，虽然许久不见，但太熟悉了，不可能认错：“秦然？！”

秦然大步走到她面前，双眸灼灼：“知微，真是你！”

蓝龄超自觉，欣赏一下男人的外表后，自动飘远。

自从当初苗寨那期综艺之后，林知微再也没见过秦然，秦然也很懂分寸地没再联系她，她完全没想到，居然会在异国机场直接撞上。

秦然定定地看了她好几秒，低头笑了：“更漂亮了。”

林知微客气地道了句谢，一时不知道跟他说什么好。

“集团在这里有个重要项目，我刚忙完，准备回国……”秦然主动解释，然后目光闪了闪，“回国跟思思过个年，毕竟是我妹妹。”

林知微了然点头：“她还好吗？”

陈令仪疯了后，她还没关注过秦思思的消息。

秦然低声说：“比以前成熟不少，彻底接手了陈令仪的工作室，已经重新改头换面开始工作了。”

林知微想起秦思思最开始的幼稚，不禁有些欣慰。

秦然面对她，移不开视线，冷静片刻后，沉声道歉：“我家里的情况你大概知道了，对不起，为了躲思思我一直刻意回避国内的消息，中间你出了那么多事，我都没能及时帮到你。”

林知微一笑：“你没有义务帮我，而且所有事我们都能自己解决，现在不是都很好吗？”

我们。

秦然眼底黯淡：“真的跟他在一起了？”

林知微扬眉：“我以为秦思思早就告诉你了。”

“不太敢相信而已，”广播在催促秦然的航班登机，他无奈，“我要先走了，有没有什么需要我捎回国内的？给他。”

林知微觉得秦然是故意的。让秦然给陆星寒捎东西，要谁的命呢！

“好了，不开玩笑，我知道他没那么好惹，”秦然失笑，摇摇头，后退了一步，“下次见。”

林知微来不及说并不需要下次见，秦然已经快速通过安检，消失在回国航班的登机口。

她看了一会儿外面等待起飞的大型客机，垂下头，转身去找蓝龄。

回国。

做梦都想回国。

分开小半年了，她跟陆星寒一次都没有见过。

前两个月，陆星寒熬不过去，一门心思要来找她，但她的课程刚刚开始，被称作伏地魔的导师把她们所有人集中起来封闭训练，摸清每个人的真实能力，再重新分层。两个月后，又到另一个极端，导师要求她们这些上层的到处跟现场，有时一天之内要辗转好几个地方。

就算陆星寒能来，她也没法确定自己身在哪里。况且她走后，陆星寒完全用工作麻痹神经，有时行程紧张到睡眠都无法保证，想连续消失几天，基本不可能。

见面的事，他提了太多次，她反对了太多次，每次面对他的眼神心都要揉烂，他开始会哑声说“微微你骗我，你说我能经常去看你的”，到最近，他已经不再拿这个难为她。

飞机落地是当地时间深夜，林知微和蓝龄一起回到在设计院附近租的小公寓，为了有私人空间，两个人分租两套住隔壁，既能互相照应，也不至于打扰对方。

半夜一点，蓝龄打着哈欠，掏钥匙开门：“寒寒晚点好像有个直播节目，我等不了了，明天再看，你呢？要看吗？”

林知微表面超淡定：“不看。”

结果她锁上门第一件事，先打开直播软件。

现在已经是除夕当天了，她在夜里，国内的陆星寒则是上午九点，他和好几个参加春晚的当红“小鲜肉”一起。在央视有场拜年类的直播节目，各家粉丝们生怕被人比下去，早早就拉开宣传阵势。

林知微把手机屏幕投映到电视上，捏捏酸软的腿，聚精会神地盯着看。很晚了，她奔波了好几天，早已累到昏昏欲睡。但只要能见他一面，怎么都能坚持住。

过了二十分钟，节目准时开播，陆星寒长身玉立，纯黑长裤、暗红西装上衣，一张脸白玉一样，五官越发立体，无论跟谁站在一起都过分惹眼。

林知微忍不住走到电视旁，在他的特写镜头前，就好像面对面一样。

传统的拜年访谈类节目，流程大多无趣，主持人采访其他人时，他就安安静静站一旁，点到他，他又会立刻切到极佳状态。

要不是唇色太红是他生病的症状，可能连林知微都看不出他正感冒。

凌晨两点，节目流程进行到最后一项，煽情环节，播放嘉宾们各自的特别 VCR，外加现场给家人打电话。

VCR 里，拍的是几位嘉宾的和美家庭，老人小孩齐聚一堂，对着自家大明星花式夸奖，开心地说起祝福的话，之后再由嘉宾现场往家里打通视频电话，互相拜年。

林知微心口渐渐揪起。

果然，整个环节，陆星寒都一个人孤零零坐在椅子上，不言不语保持着标准微笑，后来主持人问到他，他面对镜头，黑眼睛幽幽深深，淡笑着回答："我家里人距离太远，不方便。"

别人都有家，可陆星寒没有，他的家，全在她身上。

林知微关掉电视，马上洗澡洗脸，用最快的速度重新化了个妆，换上他买给她的裙子，打开手机的摄像头对准自己，认认真真坐好，开始录制。

陆星寒结束直播，跟大家礼貌道别，袁孟陪着他回单独的休息室。

"快点再吃一遍药，"袁孟心急火燎张罗倒热水，"看你难受的，搞严重晚上唱不出来怎么办！"

他脸色发黑地骂脏话："这节目什么意思，我都打好招呼说最后的环节不要问你不要问你，故意的是吧！大过年的专找不痛快！"

陆星寒一言不发，吞了一把药片，闭眼靠在椅子上，手里还紧紧攥着手机。

外面天光大亮，可微微那边早就深夜。

太晚了，太累了，微微该睡了。

他等不到电话了。

意识逐渐昏沉时，手机蓦地振动。

陆星寒急忙坐直，意外发现竟然是她发来的一段视频。

“耳机，”他咳嗽两声，匆匆喊袁孟，“快给我个耳机！”

袁孟摸摸兜，又到处找一圈：“手头没有啊，我出去借一个。”

陆星寒等不了，摆了下手，起身挤进整个休息室最隐蔽的角落的位置，为了不让别人听见知微单独跟他讲的悄悄话，他面朝墙角蹲下身，戴上外套的帽子，迫不及待点开，调小音量捧到面前。

知微出现在屏幕中间，对他甜笑。房间里灯光很温柔，映着她弯弯的眼睛。

“陆小崽，新年快乐呀！

“长大一岁的你，虽然我还没有亲眼见过，但是我能想象。”

“今天突然想起重要的事，我是不是没有当面夸奖过——你的脸有多好看，你的身材有多标致，就连眼睫毛的长度，手背上的筋络，还有随便一个眼神，都让我，”她抿唇笑，有些不好意思地指指自己，“都让我特别心动。”

她捂了捂脸：“啊！说了这么直白的话。”

陆星寒连呼吸一下都舍不得，捧着手机一动不动。

她害羞劲儿过去，继续郑重其事地讲，“还有，我家陆小崽超级聪明，天分高又懂得努力，从小就对我特别好，能让我依赖，给我安全感——”

陆星寒眼角赤红，贪恋地死死盯着手机。

“别人都能被夸奖，我家陆小崽这么棒，当然更要夸，”她脸颊红润，凑近一点，“那新的一年里，希望英俊炫酷的陆星寒同学，身体要更好，不准再生病，喜欢的事业，要走得更远，你深爱的人，当然也一样地深爱着你。

“别人有家，你也有。

“别人被爱，你也是。

“别人被赞美被祝福，你更不能少了。”她杏眼剔透，闪起流动的水光，“但我最大的希望，是新的一年，能早一点见到面，让我亲口对你说，我有多想你。”

第七章

为你披荆斩棘

休息室的门轻轻一动，助理挤进来，看到陆星寒蜷在墙角吓了一大跳，心惊胆战地问袁孟：“寒哥没事吧？！”

袁孟抹抹泪：“好得不能再好了。”

助理震惊：“刚才明明还病得很重！”

袁孟斜他一眼：“药到病除懂不懂？”

不管陆星寒病多重，这世界上再也没有比林知微更管用的药了。

袁孟交代助理别吭声，把可能会打扰陆星寒的工作人员全部支出去，留给他自己消化的时间。

等了半个多小时，视频反复播放将近十遍，信息来往无数，他终于直起身，抬头时，除眼里的血丝外，其他情绪隐藏得一干二净。

袁孟默默叹口气，小林老师走了以后，星寒真是成长不少。

休息室就剩他们两个，袁孟没什么避讳，斟酌半天，咬咬牙小声说：“这一转眼四五个月了，要不等晚上唱完，趁着过年放假没人注意，我给你挤三天，你去一趟吧。”

看陆星寒这一天天煎熬的，他也一样不好受。

陆星寒坐在化妆椅上，双手用力交扣在一起，指骨泛白，手背上输液留下的几个针孔凝成一片暗红。

死寂半晌，他低声问：“试镜日期定了吗？”

袁孟点头：“大年初七。”

陆星寒双手扣得更紧，压下肩把头低垂，保持平静说：“我还有几套动作没练熟，时间不多了。”

袁孟心里憋了很久的话正好趁这个机会说出来：“星寒，咱们能不能想点别的办法？你真要拿自己去试吗？”

陆星寒面无表情：“没有别的办法，我也不放心别人。”

“就那赵导，”袁孟发愁，“不管人多垃圾，这些年根基是稳的，你看陈令仪现在多惨，对人家有一点影响吗？还不是旧片热映新片筹拍？整个电影圈，敢夸下海口不要流量明星的导演屈指可数吧？”

袁孟继续苦口婆心：“小林老师目前走向很好，等回国以后，以前的旧新闻早过去了，有许黛加持，没人敢乱嚼舌根，你就一定要把赵导身上的事翻出来？”

陆星寒抬起头，直直盯着他：“是，一定，不管她回国后什么风向，我必须把她身上学历造假的冤枉彻底洗脱。”

否则，永远是扎在知微身上的刺。无论以后多努力多优秀，总会有人跳出来，拿这个莫须有的罪名对她指指点点。更何况学历的问题，本身就是导致她离开的初因。

袁孟掐掐眉心：“我拿你没办法，不过这次新电影的试镜，姓赵的可说了，不要流量，你看上的还是那么个高难度的角色，真没问题？”

陆星寒眉眼森冷：“没问题。”

两个月前，赵导新电影开始筹拍，除主角团早已敲定几位影帝影后级别的人物外，剩下的重要配角，接受各公司的推荐。

陆星寒挑出其中一个戏份不多的年轻将军，残忍嗜血，阴森冷酷，大半都是打斗戏，却要求演员长相漂亮，他深知这种角色很难挑人，只要他打戏过关，又有本身地位加持，姓赵的必定动摇。

这两个月来，除正常的学习、写歌行程之外，他所有时间都用来磨炼演技，袁孟暗地里请两个武指给他加课，他身上添了不少新伤，但成绩突飞猛进。

“然后呢？”袁孟心里堵得慌，“角色拿下，你预备怎么办？”

陆星寒淡声说：“好好拍，总能接近他，一部不够，就再拍下一部。”

不亲身走到姓赵的身边，根本不可能有翻出真相的机会。

袁孟本身不想由着他乱来，但也曾仔细测评过，如果早晚要涉足影视圈，那么赵导电影里的出彩配角，可以说是高起点，就算挖不出什么，陆星寒也能凭演技站住脚；如果挖得出，更是一举两得。

“行吧行吧，听你的，只要你能保证安全就行，那小林老师那边……我可给你机会了，你真能忍住不去？”

陆星寒攥住椅子扶手：“等拍完正好四月，她生日，到时候我要一周。”

袁孟算算日子，默认：“那今晚呢？春晚结束你去哪过年？”

陆星寒静静地说：“回家。”

晚上的节目排在十点半，直播顺利结束后，陆星寒还要在台下嘉宾席继续露露脸，等到全部任务完成，早已过了午夜十二点。

新的一年。

大雪纷扬，地面被压出深深车辙，车停在楼下，袁孟从前排回身，想劝陆星寒跟他走，陆星寒摆了下手，干脆地下车。

知微离开后，他一直不敢回来。满屋全是她的身影、味道，他连面对的勇气都没有。但今天过年，他不想去其他地方，只想回家。

屋里漆黑，陆星寒背靠门站了几分钟，外面有人在放烟花，映亮了紧闭的窗帘。

他这里深夜，知微那里又是白天。电话也没办法打，她一定在忙。

陆星寒开灯，把家里角角落落打扫干净，将知微发给他的视频，投映到电视屏幕上不厌其烦地看。他抱着知微最喜欢的小靠枕，在沙发上呆坐到凌晨三点，好不容易有了困意，起身走进浴室里洗澡。

他拿过知微常用的那条浴巾，搂怀里上了床。

黑暗里，哪怕只是拥着她一点点残留的气息也觉得安慰，入睡前，他枕在浴巾上，哑声发了条说过千万次的语音：“微微，我想你。”

林知微和蓝龄到处跟秀场的生活终于在四月中旬时有了改变。

伏地魔导师给了阶段性高分，让她们有资格跳到下一环节，留在设计院攻克为期三个月的庞大理论知识库。

上课第一天，蓝龄吓呆，中文的音调更怪异：“三个月，学这么多？！电脑录入都录不完！”

林知微揉揉后颈，心不在焉想的是请假失败的事。

太想回国了。

导师却是有理有据："如果你留下，请假一周都没问题，但回国，不可能，一旦回去，你的意志力就溃败了。"

林知微想说，她现在已经溃败到不行了。

"为你男朋友心痛，哎，还是我安慰你吧！"

蓝龄怜爱地拍拍她，去找陆星寒的视频给林知微看，却在微博上意外看到一张最新出炉的路透图，当即惊叫出来："寒寒接戏了？！"

林知微精神一凛，忙接过来看。

图片明显是远景偷拍，修长挺拔的男人身穿铠甲，半身染血，侧着头，扑出屏幕的阴寒肃杀。

蓝龄抓着她问："是寒寒没错吧！"

林知微愣怔："没错。"

他接戏了？为什么从来没跟她提过？

网上消息也在持续爆炸中，陆星寒接戏的事，之前一点风声都没走漏过。

林知微快步走到避人的地方，打通袁孟的电话，不等她问，袁孟主动跪求原谅，一把鼻涕一把泪，生怕她误解陆星寒："特别出彩的反派将军，星寒做了不少努力，只要拍好了绝对加分，而且全程没女角，搭戏的全是男的！"

谁要问这个了！

林知微一听，更觉得有问题："那何必瞒着我？要不是有路人拍到照片，还要把消息封锁到什么时候？"

袁孟支支吾吾。

林知微深吸气："袁哥。"

袁孟放弃抵抗："是赵导的电影，星寒这两天就要杀青了。"

林知微脑中顿时一空，心像被人狠狠攥了一把，激出满额冷汗。

跟陈令仪有染的那个赵导？！陆星寒到底要干什么！

她坐立不安等到中午，其间在网上看到电影官博顺势官宣了陆星寒的出演，第一次古装，又是将军造型，可以想象的锐利锋芒，包括蓝龄在内的粉丝们都要原地爆炸了。

林知微嘴角却越绷越紧，眼眶发酸，强行忍耐。

又过半个小时，陆星寒的电话终于打过来，带着刚刚剧烈动作后的喘息：“微微。”

林知微一听他的声音，心里更难受，咬着唇说不出话。无数要问的话都堵在喉咙口。

陆星寒低声说：“微微，别担心我。”

林知微一下子受不住：“那你能不能也不要担心我？不要再为我搭上你自己了行吗？！别告诉我你只是单纯拍戏，你要接近赵导，揭他背后黑幕，找他伪造学历的证据是不是？！”

听筒里一片沉默。

林知微眼眶发红：“你现在发展这么好，别再涉险了，一旦目的暴露被发现，你怎么保全自己！我没关系，我可以用以后去证明！”

“不可以，”陆星寒蓦地沉声说，“对我来说，不可以，泼给你的脏水，不管要花多长时间，我必须把它洗干净。”

林知微捂住眼睛。

到今天，分开七个月零九天了。第一次争吵。

林知微挂断电话，难过地靠在墙边。

她不是生陆星寒的气，正好相反，她真的害怕他去冒险折损自己。但陆星寒的决定根本改变不了，为了瞒她，参演的消息一直压到现在，他的表现向来不会让人失望，中间付出多少辛苦想想也知道，现在必定已经得到赵导赞赏，走近了他身边。

蓝龄探头探脑出来找她：“跟男朋友吵架了？眼圈都红了。”

林知微摇头。

蓝龄拍拍她，掰手指算算，兴致高昂地转移话题：“再有五天你就过生日了，想想咱们怎么庆祝。”

庆祝？没有他，什么也不值得庆祝。

陆星寒正在赶最后的戏份儿，在片场不分昼夜，他忙，林知微也就干脆不给他发微信，心里七上八下浮沉着。

杀青当天，陆星寒脱了戏服马上找助理要手机。

没有她的消息。

他手指收紧，心往下沉。

袁孟张罗着收拾东西，扭头一看陆星寒脸色发白，吓得赶紧去问："怎么了？伤到的地方疼？"

陆星寒不说话，默默换衣服。

袁孟再一瞧他手机不离手，懂了，知道林知微这两天不怎么理他，他估计受不了了。

要不怎么说呢，感情这事就是磨人。

袁孟清清嗓子，倒不担心，美滋滋靠近他，压低声音："行啦小祖宗，机票搞定，行程保密，按你说的，给你一周，有什么话，尽管去当面跟她说吧。"

陆星寒霍然抬头。

林知微早上睁眼，想着昨晚梦里摸到了陆星寒的手，她抱着被子悄悄难受一小会儿，从枕头底下摸出手机。这两天因为拍电影的事闹了点小情绪，好像冷落他了。

林知微拨通他电话，没想到竟然关机。

心情更是落到谷底。

去设计院的路上，蓝龄挽着她问："明天你过生日，按你们的习惯，是不是要煮长寿面？我能吃吗？"

林知微笑笑："能，明早一起吃吧。"

上课前，她又给陆星寒打了一遍，还是关机，坚持熬到晚上课程结束，手机上依然没有任何他的消息。

林知微忍不住去问袁孟，袁孟言简意赅，不肯直说："星寒有特别重要的事。"

是吗？多重要，重要到联系不上？

外面天色已暗，蓝龄课上成绩不合格，被留下补课，林知微跟她道了别，独自先回公寓。

四月的晚风很温柔，设计院门口成片的甜樱桃树上刚有了白花，被拂动着微微摇晃。

林知微穿一件长至膝盖的薄风衣，目不斜视，路上不少人对她注目，她也浑然不在意。

她刚踏出大门准备往公寓的方向转弯，背后忽然响起了带笑的男声：“知微。”

林知微一惊，回头看到同样身穿风衣，匀步朝她走来的秦然。

她不得不站住：“秦然，你怎么会在这？”

秦然弯着眼：“在机场时说好了下次见面细聊，我过来这边开会，距离不远，正好看看你。”

林知微半点交谈的兴致也没有。可异国他乡，总算朋友一场，也不能当不认识。

秦然和她保持着适当距离，朝远处望望：“走吧，我送你回住处，边走边聊。”

林知微垂眸：“秦然，其实我们之间没什么可聊的。”

“我有，”秦然先往前走了一步，侧身等她，月色下，显得玉树临风，“就这一次，以后不会再来打扰你了。”

设计院到公寓，步行只要十五分钟。路上车流不多，整洁安静，偶有经过的同学。

林知微很少说话，手机始终攥在手里，秦然不时低头看她，心里闷闷的，更多的是无奈，笑着说：“其实我早就输了。”

他目光落在林知微的耳垂上：“骗你去相亲的那个晚上，你的头发挂住耳坠，当时我在想，你的人，就像那枚耳坠一样，或许不是什么名贵奢侈品，但偏偏特别吸引我。”

林知微不禁看向他。

秦然苦笑：“现在想想，从这样衡量你开始，我就是输的，骨子里还带着俯视的骄傲，如果换成陆星寒，他一定觉得你是连城至宝，不能跟任何东西相比。”

话音落下时，路也差不多走到尽头，离公寓只剩一二百米。林知微不想让他确切知道自己住哪一栋，于是停住脚步，不再走了。

她认真说：“他和你本来就完全不一样。”

秦然不得不承认，呼了口气，面对面站在她跟前，略微敞开怀抱：“知微，最后一次了，我不会再来，能不能像个普通朋友一样，给我个拥抱？”

林知微红唇扬起，淡笑着后退一小步：“你搞错了，我不会给任何异性朋友拥抱。”

秦然表情更苦，手臂还保持着张开的姿势不肯放下，定定地望着林知微。

他正要说话，余光猛地注意到有道存在感极强的高大身影，穿破夜色冲他直奔而来。

让人毛骨悚然的危险感一瞬间铺天盖地，疾冲到头顶。

秦然本能一抖，往后错步，一步尚未成功迈出，耳朵里就嗡地一震，脸被钢铸似的拳头狠狠砸中。

满嘴浓重血腥味一下子涌到鼻腔。

他身体一踉跄，肚子上紧接着重重挨了一下，他的平光镜“啪”一声掉在脚边，被来人一脚碾成碴儿。

秦然连声音都来不及发出，只看到一双噬人可怖的黑瞳。

下一拳冲着他的太阳穴落下，他拼尽力气抬手去挡。

但预想中的剧痛并没有传来。

索命的身影已被林知微扑上去死死箍住，哽咽着颤声大喊出两个字。

“星寒！”

林知微不敢相信眼前看见的，抱住了他也怀疑自己还在梦里。直到他热烫的体温穿透衣料，像以前一样紧密包裹住她，她才确定怀里的人是真实存在的。

比从前更加坚实鼓胀的肌肉蓄满力量，随时能把对面的人生吞活剥。

“星寒……星寒！”

陆星寒被她困死，打战的双手青筋暴起，眼底缠上的血丝大网一样，罩住他绷到极限的神经不断收紧。

但林知微的怀抱，是他最无力抵抗的。

日思夜想渴望了大半年的触感从背后拥着，他满心的狠戾无形中被打散磨平。

秦然的脸颊迅速肿起，吐出一口血沫，终于意识到来的人是谁。

他向来能做到冷静自持，但痛感激起了压在心底的不甘，用力扯下身上束缚的风衣丢在地上，大步抢上去攥住陆星寒肩上的衣服，想把他从林知微怀里拽出来。

陆星寒掐住他的手腕一把甩开。

秦然自认为体能不差，但跟小他一轮的陆星寒相比，竟然像是文弱书生，他三十多年的养尊处优被打得七零八落，失控低吼：“你疯了吗？是不是知微随便跟男人讲几句话你都要闹出人命？！”

陆星寒的嘶哑嗓音直接跟他撞上：“讲几句话？你要做什么你不清楚？需不需要我一件件说给你听？”

秦然眼神一闪。

陆星寒不给他开口的机会，厉声逼问：“敢拿她去遮掩你们兄妹之间的问题，你有什么资格反过来质问我！”

一句话让秦然脸色顿变。所有动作停住，一张温雅俊脸迅速发白转冷。

他胸口剧烈起伏，陆星寒的拳头太重，他舌头和口腔都被牙齿刮破，喉口甜腥，腹腔里翻搅了好一会儿才逐渐平稳。

他眯起眼，盯着陆星寒捍卫的样子，盯着林知微像抱着什么珍宝一样抱着他的样子。想豁出去跟陆星寒不要命打一架的念头忽然破裂，和手臂一起无力地垂下。

陆星寒说得没错。

春节里，他回国跟秦思思过年，相处的几天里，抵不住她痴缠，冲动接受了她的亲吻，后悔到无以复加，再次逃出国门想回到正轨。

他能想到的正轨，只有林知微。

又因为机场偶遇过一次，再来找她，顺理成章。

他迫不及待想跟林知微有更多接触，以此抹掉跟秦思思脱轨的关系。他并没有打算横刀夺爱，更深知林知微对他无感，认输的话也说得坦诚，但哪怕就一次……

一次也好，抱住她，借着对她的心动喜爱，把自己的感情扭回正途。

林知微稍稍松开陆星寒的腰，额头抵在他背上平复呼吸，轻声问：“什么意思？”

不等陆星寒回答，秦然先卸了力气，低下头：“是，我承认我目的不纯，说什么像朋友那样，都是为了哄你同情我而已，我其实就是想抱你，如果你真的一时心软答应了，我很可能……”他再次露出苦笑，神色复杂，对自己嫌恶至极，“很可能不止拥抱，还会得寸进尺。”

他望向陆星寒："男人的确了解男人，我趁你不在她身边，动了歪心，我不冤枉，活该被你打。"

陆星寒没动，但森冷的目光尖刀似的一下下捅在他身上。

秦然狼狈地退开一步："知微如果是我的女人，换别人对她有企图，我要是亲眼看见，也会恨不得杀人。"

"别说了！"

秦然抹抹嘴角的血迹："我设想一下你都受不了吗？"

最后，他的恶劣心思涌起，慢慢说："异地这么久，好不容易过来就看见我要抱她，能让你这么难受，我也算没白来。"

陆星寒全身再次绷紧，要冲上去揍他，被林知微拉住，把他冰凉的手覆在掌心里，跟他手指交扣。

秦然越过陆星寒，望向林知微，眼睛黯淡："知微，对不起，差一点伤害到你，你一直对我不留余地是对的，我根本不值得。"

"闭嘴！"陆星寒打断，一字字警告，"秦然，你再敢打她任何主意，我不管你什么位置，以后你都别想好过。"

"不用你说，我知道我该做什么，感情的问题，我回去面对，再也不会来打扰她，"秦然点点头，"我保证，这次说的是实话。"

"本来还窃喜，以为今天恰好和你穿了情侣款，"他吃力地俯身，拾起地上的风衣，自嘲地低笑，身体略微晃了晃，"结果被你男朋友撞见，是我自己找打，挺好，打醒我了。"

秦然在月色里又退两步，大家族继承人、集团董事长的气场零零落落，颓唐地打电话叫人来接他，他多看了林知微两眼，转过身，提着衣服停停走走，直至消失在路口转角。

夜渐深。

这里夜生活丰富，公寓区在十二点前都很少有人走动，到处安宁，只有风吹。但毕竟是在户外，亲密的话不能多说，亲密的动作更不能放肆，况且陆星寒只戴了一顶鸭舌帽，脸完完整整露着，不安全。

林知微忍耐住，放开他，低声说："跟我上楼。"

公寓门口放着行李箱，显然是陆星寒在这里等她回来，却见到秦然要抱她的场面，才不管不顾冲了出去。

陆星寒一声不吭跟在她身后。

走廊里灯光暖黄，林知微手臂有些抖，把钥匙攥得发烫，拧开门进去，陆星寒跟她隔着一步的距离，反手锁上门。

四十平方米的小公寓里，家具摆得满满当当，狭小玄关里站了两个成年人，再没有多余的空间。

七个多月了。近在咫尺。

林知微心跳震得头晕，满腔的话鼓噪耳膜，可对他的担心更占上风，趁着没开灯，看不清他的脸，她咬牙说："你太冲动了。"

她声音不稳："他重伤报警怎么办？他记恨报复你怎么办？明知道自己是个公众人物，不在国内就能随便用武力吗？"

陆星寒呼吸声很重，黑暗里，只有一个模糊的轮廓。

林知微指甲按进手心，深知随时可能说不下去，借着这一时短暂的严肃，一股脑把这些天的忧虑全倒给他："还有赵导的电影，拍完这一部，不管你计划的事有没有进展，到此为止，不要再和他接触，也不准再以身涉险！"

空气凝滞。

陆星寒沙哑地开口："还有吗？"

他抬起手臂，找到顶灯的开关："微微，还有别的话和我说吗？"

灯光亮起，汹涌思念再也无所遁形。

陆星寒靠在门上，帽子摘掉扔在一边，一双眼黑不见底，脸颊有滑下的水印，定定地看着她。

林知微一瞬溃不成军。

相隔不足两米，她仍然用跑的，一头扑进陆星寒怀里，紧紧拽住他背上的衣服："想你，星寒我想你……"

她忍不住喊出声，越抱越用力，想整个儿埋进他的身体里。

陆星寒把她狠狠压在胸前，喉咙深处不堪忍受地低低哽咽，抬起她的下巴，咬在她唇上，恨不能把她拆吞入腹，一口口吃下去。

林知微风衣的腰带松了，扣子也被他解开，扯下来团住远远丢掉。

情侣款。

什么情侣款。

她里面穿着分体的套装，他滚烫手掌探上腰际，眼里的红漫上，血似的要滴出来。

“微微，微微……”

缠绵的吻，研磨到嘴唇热烫微肿，林知微止不住战栗。

他的所有感情，都融在这些激烈失控的动作里。

浴室的门被撞开，狭小空间很快被水汽填满。

陆星寒不顾一切索取，她喘息着把分外难过的他搂到胸前，含泪说：“星寒，你别怕。”

“别怕，”林知微捧住他汗湿的脸，抬头连连吻他，“我是你的啊。”

陆星寒愣住，呆呆望进她的眼睛里，几个字，足以让再多恐慌难过轰然消失。

他抿紧的嘴角微颤，再也支撑不住，一头埋进她的颈窝里死命地蹭，委屈到死地嘶声控诉：“你好几天没有理我。

“我收不到你信息，一口饭都吃不下去。

“每天想你，梦里你还能亲亲我，醒过来你就凶我。”

“还有秦然，”他咬牙切齿，“他想抱你……想抱你！上周我在综艺后台见到秦思思，她说秦然为了避她出去找安慰！他把心思动在你身上，我亲眼看见，难道我能平心静气去讲道理吗？！

“姓赵的我也有分寸，我不是去自杀的，我要等你回来，跟你结婚过一辈子，还有下辈子，我怎么可能让自己随便栽到他手里！”

陆星寒抬起头，痴痴凝视她，狠厉凶悍、肆意掠夺全被最深处的脆弱挤开，他眼睛通红，随时要哭出来。

“微微，七个月，我熬不住了，你对我好点行吗，你多疼我一点，”他无助地央求，迷恋地舔吻她的嘴角，“你再抱抱我，亲亲我。”

林知微觉得心不见了，彻底融化在身体里，涌成泛滥的炙热潮水。

她主动覆上去，吞没他的声音。

夜色早已深沉。

床头亮着一盏灯，光线笼在陆星寒越发棱角分明的脸上，再清晰的照片和视频也不能相比。

林知微早该习惯了，但还是被他撩拨得心头火起，目光不由自主往下，猝不及防看清了他身上大大小小的伤口。

她心一揪，急忙坐起来：“怎么弄的？！”

他以前练舞最狠的时候也没伤成这样过。

她刚问完就反应过来，将军的角色一大半都是打斗戏，他没有演戏基础，一切从零开始，还要打消赵导本身对流量明星的轻视，片场拍摄的时候更要卖力，这几个月有多拼，不用说也能猜到。

陆星寒低头看看，不在意地说：“都快好了。”

他膝盖手臂的外伤最多，还有棍棒误伤的瘀青，有的已经凝成紫红色，林知微把他摁倒，翻来覆去细看，心疼得直抽气。

陆星寒眨眨眼睛，牵住她的手可怜巴巴说：“疼死了，没有人心疼我。”

林知微瞪他。

陆星寒小无赖似的笑，望着她重复：“没人心疼我。”

还要怎么心疼啊。

林知微在最重的几块伤上摸了摸，低下头软绵绵地吻。

陆星寒顿时全身一僵，一把扯住她的手腕把人带到怀里，压过去亲她。

再纠缠又不知道什么时候才能起来，林知微意志坚定地把他推开：“还说不说没人疼？”

“不说了，”他心满意足，尾音黏黏糯糯拖得老长，“微微疼我。”

傻样。

“赵导那边……”

陆星寒半睁开眼，老实交代：“这次的角色，他找不到比我更好的人选，我的表现也让他意外，到杀青的时候，他对我的苛刻已经没了，反倒挺热情，各种采访都在夸我，应该很快就有下次机会，而且咱们不亏，等电影上映，我能凭这个角色在电影圈站住脚。”

林知微拧眉，但叮嘱和反对的话说过太多了，反复强调根本没有意义，如果继续抗拒，只会增加陆星寒的失落感。

她不再争辩，揉揉他的头发，轻声说：“我相信你能把握好分寸。”

陆星寒的眼睛立刻明亮，拥着她笑眯眯说：“这才对，你放心，在你回国前，我一定把隐患铲除干净。”

林知微掐他的脸：“但是以后不准瞒着我，无论什么事，你要去做，必须让我知情，听到没有？”

陆星寒把她使劲儿往怀里揉：“听到了听到了。”

他趴在床上守着时间，等十二点一到，飞扑到林知微身上，抬起一张杀伤力满分的脸，眸光闪闪：“知微宝宝生日快乐。”

林知微忍不住笑：“有你这么大一件礼物，不快乐都不行。”

陆星寒连忙爬起来：“不光这一件，还有呢。”

他下床，把带来的行李箱摊开，林知微震惊地看着他变魔术似的往外掏东西，打包好的各种做蛋糕的模具和原材料摆成一大排。

“你要干吗？”

陆星寒理所当然地说：“给你做提拉米苏吃。”

林知微不敢相信：“你还有时间学做提拉米苏？”

他双眼弯弯：“只要是为你做的，我都有时间。”

箱子里的蛋糕用品拿得差不多了，陆星寒瞥到特意放在侧袋里的一个精致小盒，背过身挡住林知微的视线，努力往深处塞了塞，收拾好后，他起身去浴室洗手，洗手台边，搭着她洗好的一条……

深蓝蕾丝。

陆星寒耳根有点热，嗓子也干起来，他打开水龙头，把自己换下的也仔细洗干净，恩恩爱爱地和她的并排晾在衣架上。

林知微正好披着睡衣下床，迎头看见这个场景，莫名觉得熟悉。

目光相撞，她脸一红，想起某个关键场景。

当初知道这小狼崽子的心意，可不就是深夜撞见他做梦，隔天一大早悄悄起来清洗，挂窗口湿淋淋的迎风招展。

结果——那时候有多抗拒，现在就有多深爱。

林知微故作镇定清清嗓子，转身想跑，被陆星寒眼明手快拦住：“微微，你表情不对，想到什么了？”

“你呢，”她磕磕巴巴说，“你表情也不对，想什么呢？”

陆星寒幽幽说：“想到那时候你突然开始不理我，三番两次要把我扔下，为什么？因为看见我洗它，就断定我居心不良吗？”

原来他还不知道呢。

林知微扬眉反问：“还问我为什么？你干吗要早上洗它，不记得了？”

陆星寒一怔，气血上涌：“我梦到……”

他这才明白，原来是旖旎一梦被正主当场抓包，难怪知微反应会那么大，在那种没有缓冲的情况下，要是知微对他深恶痛绝，狠下心跟他老死不相往来，他真的只有绝望了。

陆星寒被假设闹得后怕，深夜不肯入睡，大半夜滚在被子里，拥着她翻来覆去。

林知微掐掐他的脸问：“你不需要倒时差吗？还想折腾到什么时候！”

“微微，宝宝——我七个多月没睡过一个好觉，”他声音里裹着沙砾，低沉撩耳，磨得人又涩又甜，“但是今晚肯定能，你就让我多醒一会儿，多缠你一会儿。”

他厮磨她的头发，迫不及待想要得到回应：“你睡得好吗？夜里会不会想我？”

“不好，想你……”林知微循着热源，仰头乖乖承认。随后静了静，温柔地补充，“每天都想。”

黑暗里，陆星寒眼底发热，手臂一揽：“睡吧，明早我要赖床——”

嘴里说着赖床，实际起得最早。

陆星寒对知微的作息时间倒背如流，提前一个半小时起来，按在家里的习惯轻手轻脚给她准备长寿面。

厨房虽然很小，但有道玻璃门，多少能隔绝声音。

他一个月之前开始抽晚上拍戏结束以后的时间学做面食，虽然最终成果已经相当成熟，但第一次当面做给知微吃，还是慌到频频发生小事故。

空间窄，他又高大，一转身就碰到了打鸡蛋的碗，差点摔了。陆星寒敏捷地赶紧扶住，手肘又险些撞翻油壶，惊得他心口直跳。

千辛万苦把面切好准备下锅，他打算出去喊知微起床，扭头看到娇娇俏俏的小女人长发垂胸，正靠着门笑眯眯看他。

“星寒，你的一天是不是至少有四十八个小时？”

当红大明星，原本那么多工作就不说了，这两个月拼死拼活拍戏，居然还能有空学会做提拉米苏和手擀面。

陆星寒站到她面前，手撑膝盖俯下身跟她平视：“那我大概活不到现在了。”

林知微拍他："说什么呢！"

"时间乘以二，四舍五入我跟你分开十五个月，怎么活？"

林知微点点他的眉心："好——那在一起的时间乘以二，分开的时间除以二。"

陆星寒垂垂眼，明知道不可能，也笑着点点头："乖啊，等我煮面。"

吃饭时候，陆星寒默默掰手指头算日子，状似无意地问："微微，等下是不是要去设计院？"

"是啊。"她喝一小口面汤，也假装不在意地回答。

"上课吗？"

"上。"

"几点回来？"

"应该是晚上七点。"

陆星寒吃不下去："我能一起去吗？"

林知微绷不住了，笑弯眼睛："跟我去干吗？"

陆星寒筷子捅着碗底，低下头："跟你去请一天假，如果有两天就更好了。"

"哦——"林知微逗他，"理由呢？设计院的请销假制度特别严格，没有正当理由通不过。"

陆星寒可怜兮兮地拧着眉："我来了，这个理由还不正当吗？"

要说不正当，陆小崽能委屈哭。

林知微舍不得逗他了："星寒，你能留几天？"

陆星寒马上说："一个星期。"

她点头："那咱们就请一个星期的假。"

伏地魔导师上次说的，回国不行，但只要留在本国，一星期也能请，管他是不是随口敷衍，说了就得算数。

陆星寒一下愣了。

林知微收拾面碗，拉他起来："寒哥，不走吗？"

陆星寒睫毛颤动，一把箍住她的腰，说："走走走！"

说走也没那么容易，陆星寒自从电影节首战告捷后，短短半年多里，时尚资源连跳几个大台阶，如今在国际上的存在感渐渐升高。

虽说设计院同期里东方人极少，且绝大多数同学混的是国际时尚圈，日常接触的是设计师、名模等等，除了脸熟的影帝影后，对国内明星称得上陌生，被认出概率极低，可还是小心为上。

好久没打扮他了，林知微手痒，拉开衣柜，陆星寒惊呆，半边都是崭新的男装，甚至鞋子配饰也一样不少，面面俱到。

林知微有点脸热，咳嗽一声，淡定地表示："天天混迹各种秀场里，看见特别适合你的，肯定忍不住。"

不知不觉就……攒了好多。

都是给陆星寒准备的私服，多数是小众品牌，没有是否新旧款受人质疑的顾虑，随时可以穿。

陆星寒扑上去把衣服全搂怀里，注意到其中有几件跟旁边挂的女装色调风格类似，他余光瞥到昨晚丢在墙角的风衣，想到秦然说的那句让他心绞痛的"情侣装"，水亮眸色转为黑沉，固执地看她："我想穿情侣装。"

林知微失笑："哪来的情侣装。"

陆星寒敛起嘴角："我想穿。"

林知微顺着他的目光看向墙角，恍然，搞半天醋劲儿还没过呢，她的反对绵绵塌了下去，情侣装嘛，有什么难的，搭搭就有了。这么点小要求而已。

她才不要让他难过。

半小时后，全副武装，准备出门。

幸亏是春天，还比较冷，可穿的衣服多，再加上陆星寒从头到脚的风格焕然一新，就算是袁孟、容瑞他们面对面站跟前，估计也得辨认个三秒钟。

他捂胸口，小粉丝一样摇旗呐喊："小林老师超棒！"

林知微笑着牵住他的手。

陆星寒拉着她在穿衣镜前连拍十多张照片，哪怕墨镜口罩一样不少，开心也能从头顶腾起来。

林知微拧开锁，准备开门前，再次认真叮嘱他："你要乖啊，少说话，绝对不准暴露。"

陆星寒乖巧保证："你把我牵好就行。"

林知微正正他的衣领，有种即将携带严重危险品出街的紧张感，她深吸一口气，攥住把手。

然而就在拉开的那瞬间，敲门声霍然响起。

门里门外的人全吓了一跳。

走廊昏暗，室内明亮。蓝龄跟林知微面面相觑。

陆星寒在林知微身后，站得比较隐蔽，蓝龄一时没看到，愕然把林知微上上下下打量两遍，夸张大叫："知微你这是要干吗？！是有男朋友的人好不好！平常那么低调已经快把设计院男人的魂儿都勾去了，今天突然打扮这么美，你知不知道后果？！"

林知微试图打断。但蓝龄说中文虽然语调生涩，速度和词汇量那是相当可以："我跟你说啊，你生日可不是秘密，我昨晚下课就听见咱们组那个超帅的意大利小哥哥给你订了花，还有上次追着你花式表白的——"

"别说啦！"

蓝龄刹不住车："以及那个比你小的瑞士美少年。"

林知微头皮发麻，不得已去捂她的嘴。

没等捂紧，陆星寒温度骤降的沉冷嗓音已经在身侧响起，人也随之从遮挡的墙壁后走出："还有谁。"

蓝龄呆滞片刻，蓦地瞪大眼睛。

林知微真心要哭了，小声咬牙："你一大早的不去上课，突然跑来干吗啊？"

蓝龄完全移不开眼睛，颤巍巍开口："说好了跟你吃长寿面。"

林知微抚额，可不是，她答应了蓝龄一起吃长寿面，可陆星寒一来，她忘得一干二净。

陆星寒立在门口，把背后的阳光遮挡得严严实实，五官没有一处露出，偏就无比慑人："追她的，还有谁。"

蓝龄不由自主立正站好，如实禀报："那可多了，整个院具体没数过，反正我们组里的，明确表示过的就三个，暗恋的不计其数。"

她可没说谎，院里各国美女的确不少，但林知微这一款格外受欢迎。

蓝龄话音落下，身上就被莫名的寒意激起一层鸡皮疙瘩，她后知后觉反应过来："等等——你是——"

陆星寒不再收敛，带上门，揽住林知微的腰绕开她径直往外走，冷冷扔下一句："她男朋友。"

蓝龄目瞪口呆地目送他们走远，却越看心跳越急，知微的男朋友初看只觉得身形、气场帅破天际，可这回再一细瞧背影，怎么就眼熟得过分呢。

像谁来着！

出了公寓楼，林知微先是自我安慰伪装成功，蓝龄这种狂热粉都没马上认出陆星寒，但很快，她顾不上想这个了，隐隐觉得要完。

腰上的手烫人，绕在身后的手臂简直像雕塑，再抬头看看下颌，很好，绷得像刀刻出来的。

她主动澄清："不管明恋还是暗恋，只要有打扰到我的，我都在第一时间拒绝了，平常他们的聚会我也从来不参加，说话都非常少，你不用担心啊。"

路程不长，很快接近设计院门口。

陆星寒再生气也清楚，在学校范围里太过亲密的举止可能会让知微不自在，他把手从腰移到肩膀，低声说："你可以去聚会，可以跟任何人说话，那是你在外面的正常权利，至于别人的歪心，不是你该费心的事，应该由我来处理。"

"星寒？"

林知微有些惊讶，她还以为……他会给她提要求的。

"怪我来得太少了，"他说，"没人见过我，才会那么多人有胆子纠缠。"

他把她揽得更近，眉心拧在一块："不用你一个一个辛苦去拒绝，有我在，今天过后，看谁还敢。"

设计院占地面积相当大，林知微小组的上课地点在西南小楼，从大门进去需要步行十来分钟。

林知微特意选了条隐蔽的小路，毕竟设计院整体人数众多，哪怕她那位伏地魔导师的学生里，除蓝龄之外没有人熟知陆星寒，但不代表整院都是安全的。

等顺利到达楼前时，蓝龄口中的超帅意大利小哥果然出现，他特意打扮亮眼，捧一大束花从罗马柱后面蹿出来，直奔林知微过去，没想到被一根手指顶住肩膀，扛不住连退三步。

比他高上小半头的黑头发东方男人煞神一样，惊得他呼吸一窒，用英语问："你跟她什么关系？！"

陆星寒摘掉口罩，只留着大墨镜，嘴角冷勾，回以他更加字正腔圆的一句："她是我的。"

意大利小哥难以置信地看向林知微，林知微笑着歪歪头，往陆星寒怀里超乖巧地一靠："我说过，我有男朋友。"

谁叫他们都不信。

上课的地点在二楼展厅，伏地魔导师向来到得比学生早。现在距离上课还有五分钟，里面已经熙熙攘攘聚了不少人。

设计院吸纳的基本是各国时尚圈上层的精英，圈子决定风气，日常相处里，大家的画风都相当开放，不拘什么小节。不过带着男人来请假这事，林知微还是有点不好意思。

陆星寒把她一牵，十指紧扣，大大方方走进去。一时间满厅惊诧，情侣装的两道身影实在吸睛，有人禁不住发出惊叹声，直接跳上桌子去看。

陆星寒背对学生，面对导师，礼貌地摘下墨镜，流利地提出给林知微请假一周的要求。

导师诧异地眯了下眼，想再仔细辨认时，陆星寒已经把墨镜重新戴好，遮住半张脸，淡笑说："我和她快一年没见了。"

林知微帮忙加码："您说只要在本国，能请假一周的。"

导师胡子要气歪，指着陆星寒，朝林知微叉腰："这就是你意志溃败的根源！"

林知微眨眨眼："但也是我坚持的根源啊。"

导师"哼"了声，板着脸摆摆手："一周就一周，从现在算，多一小时都不行。"

大事搞定，陆星寒搂着自己的女人转回身，朝一众国籍不同的男男女女扫视，随随便便就捕捉到好几道灼热目光，他手指不觉收紧，开口的音量并不高，但无形中让全场寂静。

"初次见面，"他略一点头，"这位非常漂亮的林小姐，是我的女朋友。"

他说的不是my girl friend(我的女友),而是简洁明了的,my girl(我的女孩)。

上课的展厅设计巧妙，日光斜透进来，跟室内灯光融为一体，参差光影集中在陆星寒和林知微身上，像精修杂志封面一样刺激着这群专业人士的眼球。

在有人下意识拿出手机想要拍照之前，陆星寒先一步对导师示意告别，众人面前，他毫不掩饰自己的占有欲，搂紧林知微，自然亲昵地在她头上摸摸，护着她稳步离开。

刚踏出展厅大门，就听到里面扑通乱响，似乎有几个人要追出来，伏地魔导师凶巴巴地咳嗽一声："都坐好！少见多怪，没谈过恋爱是吧！"

噪声渐渐消失，导师换了个语调，开始按部就班授课。

林知微脸颊发烫，用手当扇子，整幢小楼里里外外都是属于导师的个人地盘，除展厅外，此刻其他地方空无一人，她干脆拉着陆星寒到处逛逛。

"我们经常来这间临时开会，"她推开一扇造型复古艳丽的高大木门，"导师什么都喜欢华丽的，装饰是，人也是，要不然你以为他为什么轻易答应你。"

她不自觉笑得骄傲："因为你的长相就是符合他审美的华丽。"

夸他的，陆星寒知道，但还是笑不出。胸口要闷死了。

林知微挽住他臂弯，楼上楼下转过一圈，从小楼后门出去，绕过一个小弯后别有洞天，满眼葱郁绿叶，挤满的各色蔷薇花苞刚露出点色彩，还没到正式开放的季节。

头顶阳光被高大花架遮盖，垂下的粉白小花倒是开得早，风里都是淡香。

林知微回头倒退着走："小花园也是导师所有的，我们作为他的学生可以共享，现在别人不在——"

别人不在，可以放肆。

陆星寒自动解读，他摘下眼镜，随手收起，大步追上去把她拽进怀里，握住窄窄的腰身，不让她继续说，俯身含吻她的唇。

心脏酸胀得要炸掉。眼前充斥的全是各种热切恋慕的眼神，贪婪地落在他的女人身上。

道理他全都懂得，也深知知微不会因此有危险，他更不会真的受到威胁，但就是控制不住，像掉进翻腾岩浆里，被融得骨头都不剩。

吻越发急躁，林知微呼吸不畅，勉强错开，踮脚搂住他的脖颈儿：“刚才不是特别嚣张地宣示主权吗？怎么又不开心了。”

陆星寒揉着她的腰背往怀里拼命压，鼻音闷重地哼着，像生气又像撒娇。

林知微被他逗笑：“那意大利小哥是个传声筒，很快全院都会知道我男朋友又高又帅、武力值爆表，保证没人再敢惦记我了。”

那也不乐意，眉头快挤出印子了。

林知微已经非常知足：“你也就是仗着他们现在对你不熟，才能这么肆无忌惮，等以后更红，红到院里随便哪个国籍，混哪个圈的，见了你都能一眼认出的时候……”

就不能这么随心所欲了。

陆星寒却立刻说：“等到那个时候，我们公开。”

林知微停住，目光柔软地望着他。

他字字笃定：“等把你的冤屈洗脱，等你回国，到时候我一定足够好，公开也能护住你。”

第八章
缠 绵

花瓣落到陆星寒肩上，随着拥抱她的动作滑落，悄悄躲在花园入口偷瞄的蓝龄简直快死了，捂着心口无声号叫，恨不得原地打滚以发泄满腔狼血。

知微男朋友眼熟？能不眼熟吗！

她天天扒着照片视频疯狂看，认识知微后就默默脑补造型师和大明星的二三事，姐弟恋小段子层出不穷把自己萌得嗷嗷大叫，又碍于知微有主了不敢瞎说。

这下可好，瞒她骗她，被她逮到了吧！

自己脑补的人物配对居然是实际情侣的暴爽感觉谁能理解！

蓝龄抹了抹眼角，悄悄担当守门角色，实在心潮澎湃到不行，想拍个模糊身影当作私藏，不小心动作太大，瞬间接收到属于偶像本人的锋利杀气。

林知微本能地把陆星寒挡身后，急忙走过来一看，发现蓝龄正失态地抱着柱子，气若游丝地瞧着她："知微你藏得太深了！"

所有同学里，只有蓝龄这个韩日混血是跟林知微一样主攻娱乐圈的，二人又因为陆星寒而建立起坚固关系。林知微了解她的为人，不担心有麻烦，笑眯眯把陆星寒拉到跟前："好啦，以前他不在身边才没说的，现在人来了，给你看。"

陆星寒被打扰，没什么好表情，眉眼里全是凶。

蓝龄怯怯地瞄了两眼，泪眼汪汪扒住林知微，“帅到不敢看！可是说好的软萌呢？‘盐’也不能‘盐’成这样啊！”

林知微失笑，仰头对陆星寒轻声介绍：“这是我的同学，你的死忠粉，好像还是……我们的情侣粉，这大半年里，拜她所赐，你的所有行程我不用看都了如指掌，只要想你，她必定给我循环你的各种视频。”

陆星寒凌厉的气势收敛不少，点点头，把林知微一揽，低声说：“微微第一次自己走这么远，生活上我照顾不到的地方，多谢你费心。”

蓝龄捂嘴，片刻后涌出眼泪：“我萌的组合！当着我的面！专门给我发糖了！”

大圆满的蓝龄自动肩负起掩护重任，不惜旷课，坚持把他们送回公寓，林知微晃晃她的手：“他能留一周，过两天我们一起吃饭。”

蓝龄瞬间打鸡血：“不用做饭！拜托用狗粮撑死我！尺度不限！”

林知微耳根通红，推她回去上课。

午后下了大雨，天色黑沉，世界一片水迹。陆星寒连轴转的疲惫终于漫上来，拥着林知微昏沉入睡。

雨声太大，她睡不着，支起身撑着下巴，静静在黯淡光线里描摹他的五官，太好看，精致深刻，就连这么灰的天色，也被他染得绮丽缱绻。

他搁在床头的手机轻轻振动，林知微拾起来一看，是袁孟发来的信息：“国内不用担心，行程绝对保密，我也安排了容瑞今晚发你们聚会的微博，让公众都知道你人在国内，好好享受吧，随时可能暂停。”

林知微调成静音，给他回复：“暂停？”

袁孟飞速回：“你怎么有空理我，稀奇啊，公司对你什么样你心里有数，我这边得到消息，好像又额外接了个指名要你的破烂综艺，户外拼体力的那种，价码非常高，让你去挑大梁，这几天就开拍，恐怕你一周的假期要泡汤了。”

林知微把手机握到发热，慢慢发：“袁哥，是我。”

“小林老师？！”袁孟秒懂，他有点无措，忙把话题往回收，“星寒怎么样？我照顾得不错吧？”

林知微皱眉，直截了当：“星上娱乐还在压榨他？”

袁孟斟酌半天，决定实话实说，自己人，多的不用解释，只回四个字：“变本加厉。”

林知微看向身边安稳沉睡的男人，心里扯着疼。

袁孟又说：“小林老师，星寒身上背的太多了，没办法解约，咱承担不起，他跟你一样，熬过这段时间就好了，三年合约到期，你也能回来了，到时候咱们自立门户，至于这两天，你就多让他幸福点吧。”

最后他叮嘱：“我尽量不打扰你们，但记得听电话，下次我打过来，应该就是要走了。”

陆星寒醒过来时，窗外的雨还在下，他迷迷糊糊伸臂去搂，扑了空，身边的床单都是凉的。

神经蓦地抽紧，人一下子清醒过来。

他手忙脚乱下床，嗓子都变了调：“微微！微微！”

林知微正在厨房小心翼翼切菜，生怕吵醒他，听到喊声吓一跳，急忙冲出来，刚一露面，就被猛扑过来的男人一把按住，几乎窒息。

“星寒？”

他大口急喘，身上一层冷汗。

林知微温柔拍他的背：“星寒，我在呢。”

他许久才应了声：“我以为，做梦……”

太多次梦醒，怀里的她都不见了。

林知微亲亲他，软声说：“不是梦，是真的，我在你身边。”

舍不得让他继续多想，她转移话题：“不是说好给我做提拉米苏吗？还要不要做啦？”

陆星寒缓缓抬起身：“当然要。”

他的工具带得非常齐全，迅速上手，林知微小尾巴似的跟他身后，抱着他的腰，探身过去好奇看他纯熟的手法，连连惊叹：“你这是演习过多少次了？”

“不记得了，”陆星寒回头吻她额头，“我吃过一次特别苦的，难吃，想给你做个甜的。”

放冰箱前，陆星寒化好巧克力，拉着林知微的手一起握住容器把手，在表层画出一个大大的心形。

跟她离开那天，他亲手画的一模一样。

提拉米苏需要冷藏五个小时，正好等晚上吃，林知微先做了菜把他喂到半饱。天黑时，雨终于停了。

小公寓里打开融暖光源，陆星寒把林知微抱到小沙发上：“宝宝，该吃蛋糕了。”

他开冰箱，端出成品完美的提拉米苏，蜡烛插两排，前排两根，后排四根。

知微的二十四岁。

林知微盯着数量，勾勾他的手指，小声说：“我真的比你大很多……”

“如果年龄颠倒，你也会觉得我比你大很多吗？”陆星寒燃起火柴，把蜡烛一一点亮，“男女没有区别，四五岁怎么了，刚刚好。”

他蹲下身，深深地凝视着她，一首生日歌唱得轻轻缓缓，无限温柔。

“宝宝，你该许愿了。”

林知微闭上眼，唇抿着，睫毛间有泪水无声溢出。

再睁开眼时，陆星寒已经单膝点地，郑重地跪在她的面前。

林知微不禁坐直，怔怔跟他对视。

陆星寒在跳动的烛火里笑了，摊开紧握的右手，藏在行李箱里的精巧丝绒小盒在他掌心。

“星寒，你——”

“我还没资格求婚，我知道的，”陆星寒低下头，掀开盒盖，精心设计的细细戒指光泽一闪，含蓄的钻石光芒闪烁，“离二十二岁还有点距离，但是我等不及了，我要把你先套牢。”

他把戒指从盒里取出，手腕有些抖，仰起脸，双眼一眨不眨望向她：“这枚戒指是戴在中指的，如果你接受了，就代表愿意等我，等我足够成熟，给你戴上无名指的戒指。”

林知微眼眶湿透，双手无意识捏得发白。

陆星寒把手伸向她：“蜡烛燃尽之前，告诉我，你愿不愿意。”

燃什么尽，这辈子都燃不尽了。

林知微右手捂眼睛，用力抹了抹，左手稳稳当当递给他：“不准等，快点给我戴上！”

话还没说完，手就被他紧紧拉住，唇先贴上来吻了又吻，继而有凉凉的金属套着手指滑下，无比契合地圈住指根。

陆星寒双膝都落地，挪到跟前环抱她的腿，像以前一样把头垫在她膝上，眼尾濡湿她的睡裙，他很快不满足，起身把她搂起，疼爱地团在胸前。

“宝宝，吹蜡烛。”

六根蜡烛只剩一小节，林知微探身用力，一口气吹灭。

陆星寒摩挲着她手上的戒指，拿小勺舀起一块蛋糕喂进她的嘴里：“甜吗？”

林知微点头：“甜。”

他再舀一勺，送进自己嘴里，马上去吻她，味道交融，化在唇齿里，他哑声问：“这样呢？”

她笑着回答：“更甜。”

吻迫不及待加深，心和眼睛都湿湿热热，牵连着心底最柔软澎湃的珍爱疼惜。

陆星寒的手机已经振动很久了。

林知微猜到多半是袁孟，陆星寒也早就看到了那几条聊天记录。

想忽略它，可越来越频繁，再也忽略不掉。

林知微躲开他的唇，把手机摸过来直接点开免提，袁孟的声音急吼吼传来：“星寒，信息里的事小林老师跟你说了吧？你应该有心理准备，准确消息下来了，最迟后天一早你必须启程，我安排人去接你！”

等了几秒，他问：“星寒？在听吗？”

陆星寒靠在林知微颈窝里，喉结滚动，咬着牙不肯说话。

“袁哥，他听到了，”林知微尽量让语气正常，“我会准时送他走的。”

袁孟一窒，长叹一声，觉得自己残忍：“身不由己，再坚持坚持吧。”

小公寓里恢复安宁。

陆星寒关掉手机丢开，沉默地托起她去浴室，亲手照顾她洗漱，再一言不发把她抱到床上裹住被子，起身要走。

林知微忙抓住他：“你去哪？”

他断断续续说：“没收拾，桌子上乱，我——”

“不用收拾，明早再说，”林知微掀开被子，不由分说把他拽过来，

"别想跑，你得哄我睡觉。"

她眸子含水："你很久没哄我睡了。"

陆星寒一下子溃不成军，把她死死困在臂弯里，深呼吸几下，轻声问："唱歌好不好？"

林知微笑着说："小兔子乖乖吗？"

他抚着她的头垫在自己胸口："唱你以前哄我的那首。"

小时候他不好好睡，知微唱过很多歌哄他，他最喜欢这首，总缠着她唱，那时他还听不太懂意思，只是单纯喜欢里面的"繁星"和"星星"，觉得唱的就是他。

"黑黑的天空低垂，亮亮的繁星相随。"

在舅舅家的冬月，他蜷在门廊里打地铺，深夜冻得发抖，想着知微的声音，轻声哼唱给自己听。

"虫儿飞，虫儿飞，你在思念谁。"

好不容易跟知微回了家，惊惧不安的夜里，她坐在床头，一下下拍他，唱的也是这一首。

"天上的星星流泪，地上的玫瑰枯萎。"

熬到长大，心心念念渴求她爱慕她，苦等到她假期回来的日子，他撒娇卖萌，求她再唱这首歌。

"冷风吹，冷风吹，只要有你陪。"

他签约星上娱乐，被知微撞见的那天，晚上 KTV 里，她推开门，他嘴里的歌彻底跑了调。

"虫儿飞花儿睡，一双又一对才美。"

直到现在，他还没有好好给她唱过一次。

夜深人静。陆星寒的声音低柔缱绻。

才刚见面，又要跟她分开。

他侧着身，靠在她耳边，艰难克制着满心疯狂叫嚣的深爱眷恋，唱给她听。

"不怕天黑，只怕心碎，不管累不累，也不管东南西北。"

一个昼夜眨眼过去。

林知微整天没有离开公寓，甚至床都没怎么下，哪怕下了也脚不沾地，需要用水的被他抱到浴室，吃东西也全喂到嘴边。

无论醒着睡着，他寸步不离。

林知微不去纠结这样好不好，对不对，只知道陆星寒马上就要走了，下次见面根本不知道什么时候。

想用尽力气和他在一起。

天蒙蒙亮时，林知微在他怀里睁开眼，虽然身上酸涩，但睡眠格外充足，竟然是分开以来睡得最好的一晚。

袁孟再次发来信息，提醒来接陆星寒的人十分钟就到。

行李箱立在门边。陆星寒背靠门站着，眼睛盯住她打转。

林知微找出帮他搭配的帽子，踮起脚在他额头亲一下，戴好，然后打开墨镜，吻又移到眉心，再戴好。

只有口罩剩在手里。

她压下陆星寒的后颈，仰头亲亲他的唇，流连片刻放开，蒙住他的脸。

十分钟过得像一秒，陆星寒手机响了，来电人的号码跟袁孟交代的一致，林知微跑到窗口往下看，车已经来了。

“星寒，人到了，”林知微回过头，努力朝他笑，“你去吧，我在楼上看着。”

陆星寒不动，张开手臂：“宝宝过来。”

林知微咬唇，怨念地瞪着他，干吗用这样的语气惹她哭。

他扯掉口罩，固执地喊她：“宝宝。”

林知微眼眶酸到不行，双手攥攥，忍不住飞奔过去，狠扑到他身上，被他一把搂起，狠狠碾在唇上。

铃声接连不停地响。

陆星寒最后亲亲她的脸，压低帽檐，把表情全部遮住，提起行李箱出门，一门之隔，林知微弯腰缓了两秒，赶到窗边，陆星寒上车前，抬头望向她的位置。

车影消失在路口后，收到他发来的两个字：“等我。”

袁孟的保密工作确实到位，陆星寒从出发到落地，一点风声也没有，风平浪静得像是从来没离开过。

相聚太短，又要开始异地了。

反正假期还有好几天，林知微干脆放任自己躺在床上，拥着他盖过的被子生无可恋。

手机连续振动好几下，她才有气无力翻过身来看，目光渐渐凝住，翻身坐起，刚要回复，电话随之打来：“知微。”

“许老师。”

许黛的语气一如既往温和：“有没有到打扰你跟男朋友的甜蜜？”

“没……”林知微不知道许黛怎么知情的，但也没什么可避讳，乖乖回答，“他突发状况，今天回国了。”

许黛一顿，宽慰她两句，不想多谈引人伤心，立即转移话题：“说起来，你学习大半年了，该跟我出去实战实战了吧？”

林知微感到意外：“您是说……”

许黛解释：“我跟你们那位伏地魔老顽固打过招呼了，他对你评价很高，你抓紧把理论课赶一赶，接下来一段时间，先用助理造型师的身份跟我到处走走，让我看看你的进步。”

不等林知微应下，她继续补充，话音里添了丝年轻人的小俏皮：“还有，老顽固特意说，对你男朋友的印象很不错，我猜你当初不愿意出国，肯定也是为他吧？那今天我给你交个底，往后跟我出去的日子，如果是在邻国，效率又足够高的话，我可以给你争取回国的机会。”

林知微顿时脊背挺直。

许黛不禁含笑：“有动力了吗？”

林知微默默揪紧床单，不需要问啊，超有！现在马上，随时可以开始精神饱满地投入工作！

许黛继续跟林知微交代当月的出行计划时，国内首都机场外正暴雨瓢泼。

一辆黑色商务车驶出停车场，穿过雨帘，汇入拥堵的车海中。

袁孟坐在副驾驶，频频透过后视镜朝最后一排打量，角度问题，只能看到某人冰冷合紧的唇。

他朝容瑞使眼色，容瑞声都不敢吭，瞪大眼睛摊手，求助梁忱，梁忱咳嗽一声，假装没看见，一副“谁爱惹谁惹，反正我不敢惹”的样子。

指望不上！

袁孟没辙，咽咽口水，试探说：“那个，星寒……”

最后一排的人墨镜还没摘，听他点名，低低“嗯”了声。

袁孟叹气：“没有时间给你倒时差了，节目组那边铺开场面在等着，马上过去拍宣传照。”

“好，”陆星寒没意见，他终于把注意力转给容瑞和梁忱一些，“你们什么事？”

容瑞得到寒哥关爱，急忙转身面对他，支支吾吾说：“我明天就进组了，听说你今天回来，想跟袁哥过来看看，知微姐还好吗？”

陆星寒半晌才点了下头，转而面向梁忱。

梁忱脸色有些尴尬，捏了捏手指，斟酌着说：“我是想跟你说，这档综艺，我知道配不上你，是公司为了捞一笔，但真不是我的想法，我也改变不了。”

近半年来，男团的地位稳固，成员逐步开始各自发展，所谓的单飞不解散。

陆星寒坚守的领域一直没变，原创曲一首接一首，无一例外都大爆了，各大权威排行榜前几名几乎全被他的单曲稳固霸占，综艺、代言和时尚资源接到手软，也借由赵导的电影开始涉足影视。

而容瑞和尤嘉学的是表演，顺理成章接触电视剧，梁忱则略显尴尬，各方面都卡在不上不下的位置，经常被公司强行挂靠给陆星寒。

只要不是偶像剧，陆星寒基本不反对，能带梁忱的都带了。

陆星寒很清楚，在合约期内，他跟星上娱乐想和平共处，唯有在底线不可动摇的情况下，互相让步。

尽管他靠自身吸纳来的高端资源很多，但高端，不代表高价。

星上娱乐对他的态度一直很明确，并不珍惜他的羽毛，要的只是足够大的回报和收益以及对梁忱的带动作用。而且吃相越来越难看。

陆星寒摘下墨镜丢一边，眼眶的微红还未完全消退，面无表情盯向梁忱：“无所谓，一档综艺而已，你在中间扮演什么角色我也不在乎，我想知道的很简单，”

他目光锐利：“梁忱，你跟星上娱乐，到底什么关系。”

车内空气瞬时凝滞。

陆星寒不是第一次问了，袁孟和容瑞也明里暗里问过很多次，梁忱从不正面回答。

这一次，他依然神色复杂，欲言又止好半天，最终还是把头扭向车窗外："我不想说，也说不出口，但是我保证，我个人绝对没有利用你压榨你的意思。"

他说完，节目组拍宣传照的摄影棚已经到了，大雨中模糊不清。

袁孟明白问不出结果，适时打断："星寒，先做正事吧。"

公司没有给陆星寒留任何调整的空当，宣传照拍完，定好第一期录制的档期，马不停蹄给他在中间插入两档棚内综艺，外加好几个直播连轴转，后续还有赵导电影的系列宣传以及新歌录制。

整整一个月，陆星寒完整的睡眠可以忽略不计，多数只能蜷在车里或者窝在椅子上。

袁孟头发要愁白了，没事就苦着脸小声嘀咕："她要知道得心疼死。"

陆星寒在录节目间隙，回车上睡了不到二十分钟就醒过来，正好听到袁孟自言自语的话，哑声提醒他："别跟她多嘴。"

袁孟一张胖脸满是纠结："她那么疼你，你以为不说她就感觉不到啊。"

陆星寒淡淡地瞥他："那也不能说。"

袁孟看看他消瘦的样子，对着手机屏幕上林知微发来的信息挣扎半天，慢吞吞回复了一句："星寒吃得饱睡得好，状态超棒，没问题。"

唉，满口谎话，遭天谴。

袁孟以为等这一段忙完，陆星寒肯定能闲下一点把身体好好养养，没想到赵导倒成了业界劳模，新片拍完还没等上，迫不及待开始筹备起了下部电影。

一看到角色表，袁孟就知道完蛋了，热门的悬疑探险类，主角团里有个年轻考古队员的角色，没感情戏，冷静睿智，身手了得，人设讨喜。

陆星寒能放过才有鬼了。

试镜消息放出的时候，陆星寒已经连续工作三个月没歇过，可袁孟再担心也不敢瞒，老老实实把情况告诉他。

陆星寒惯常疏淡的眼睛难得亮起来："把我的资料递上去。"

通过将军的角色，赵导对他印象很好，但想真正走近还有距离，他等的就是这个机会。

试镜前一天，陆星寒在综艺里泡了一个多小时的冰水，晚上又给一部即将上映的爱情片赶插曲直到深夜，勉强睡了两个小时，起来时头晕了片刻，呼吸也隐隐发烫，他掐掐眉心没当回事，照常出发。

上车时，袁孟皱眉瞧他："星寒，你是不是发烧了？"

唇色那么红，明显标志。

陆星寒眼都不抬，反复背台词，淡淡地说："没有，是造型师不行，妆化得不好。"

袁孟无言以对，心却提起来，惴惴不安跟在他身后，尽量不让他离开自己的视线。

这次的角色戏份儿比重很大，竞争自然也大，试镜现场不乏一线"小鲜肉"。陆星寒是合作过的，有意被排在最后一个，等其他团队撤走，他才起身去试镜大厅。

再站起来时，头晕更明显，口干舌燥，手心里烫得厉害。

他闭眼调整状态，面色如常跟赵导点头示意，站上试镜特意准备的一截假山上，投入进角色情绪里。

袁孟坐立难安，把试镜大厅的门推开缝隙，扒着门聚精会神看，不觉满脸骄傲，连连赞叹星寒多厉害，一小段表演就能跟角色契合，动作戏也干脆利落，赵导看得眼睛都直了。

最后一幕完美收尾，袁孟忍不住要鼓掌，手还没等拍到一起，就见陆星寒明显摇晃了一下，险些从假山上栽下去。

他脸色顿变，急忙冲进去，叫救护车的电话都拨了出去，被陆星寒一把按住，脸色煞白还不忘冷冷瞪他："别打，我自己去医院。"

叫救护车，一定满城风雨。知微看到了会急死。

VIP 病房里，陆星寒手背插着针头，昏沉入睡，眉皱得死紧，手陡然抓着什么，扑空了又松开，落在雪白的被子上。

袁孟看得揪心不已，退出去，点开林知微的通话界面，犹豫不决，迟迟不忍拨。

与此同时，林知微刚跟许黛结束一场全球规模的发布会，正站在东京国际机场的出发大厅里，再次向她确认："我真的可以？"

许黛扬扬登机牌：“离登机就剩半个小时了，还不敢相信？”

林知微呼出一口气，苦笑。

虽然当初许黛说得很好，但实现起来太难，三个月随她走了七八个国家，直到今天，才轮到亚洲范围内的，眼看着距离回国只有四个小时的飞行时间，她心痒难耐，超水平发挥，提前达成工作目标。

许黛笑着拍拍她肩：“去吧，不过只能留两天，再多的话，我在你导师那里可没那么大面子。”

林知微重重点头，转身朝登机口疾跑。

陆星寒输完液，天色早黑透了，他身上忽冷忽热，一阵阵汗往上涌，咳嗽了好几声才嘶声说：“我要回家。”

袁孟气得想拍他：“知不知道你病多重！还回家？！”

陆星寒静静地看着他：“在医院住下去，这点毛病就闹大了，媒体一渲染，后续很多行程受影响，你确定公司会同意？”

袁孟哑口无言，心急火燎在病房踱了好几圈，不得不承认陆星寒是对的，医院是公共场合，再保密也不是长久之计。万般无奈，袁孟只能气急败坏去约靠谱的医生每天上门打针。

陆星寒一门心思想回家。

用忙碌麻痹自己的时候尚且能坚持不去多想，可一旦撑不住，思念和渴求只会无限疯长，回到家里，才能找到知微的味道和影子。

哪怕一点点，也可以安慰。

袁孟送陆星寒到家门口，想跟进去照顾他，结果被他挡回去：“你别进。”

“你病成这样，自己怎么行？！”

“行，”他低着头，五官埋进暗影，“别人进去，会把她的影子冲淡。”

又是三个多月，加在一起快满一年。

如果连这点都没有了，他不知道要怎么往下熬。

袁孟眼睁睁看着他独自进门，不用想也能猜到他这夜要过得多可怜。

他又把林知微的号码点出来，下定决心要按下去时，屏幕霍然一变，恰好有新来电进来，正好，就是林知微。

袁孟喜出望外，捂着嘴压低嗓音：“小林老师！”

林知微拖着行李箱在机场一路小跑：“星寒在忙吗？”

袁孟快哭了：“不忙不忙，他——”

林知微等不及他细讲，微喘着问：“我回国了，刚落地，我能不能见见他？”

袁孟愣住，这下真是热泪盈眶，坐台阶上抹了把眼睛：“太能了，你快点直接回家来！”

林知微坐的出租车堵在距离小区一条街外的路口，她放下整数车钱，拎起箱子一路往家里跑。

箱子很重，拖着也不算轻松，鞋跟还有些高度，可都忽略不计了。

她一秒都等不下去，恨不能立刻赶到他面前。

跑到家门口时，她按住熟悉的门板，俯下身大口呼吸，眼睛热乎乎的，心要怦怦跳到喉咙口。

手腕抖着找出钥匙，轻轻拧开锁。

门无声打开，渐宽的缝隙里，一丝光也没有，漆黑一片。

她轻手轻脚进去，站在阔别一年的玄关，看到卧室透出一点微弱亮度。

星寒。

她默念。

偌大的家里，安静无声。

林知微赤脚走向卧室，搭上门把手，心跳如擂鼓。

灯是灭的。

光源是亮着的手机屏，停在她的照片上。

陆星寒的被子盖到腰，半张脸陷进枕头，呼吸沉重吃力，睡得极不安稳，而他的怀里，正紧紧抱着她曾贴身围过的那条浴巾。

林知微害怕自己忍不住出声吵到他，捂住嘴定了定神才靠近床边。

手机屏苍白的冷光晃着陆星寒的侧脸，他眉心紧拧，汗把额发湿透，唇色虽殷红，却因干燥而裂开了细细的口子。

林知微心被碾成泥，弯腰想把揉得皱巴巴的浴巾从他怀里抽出来，刚扯动一点，他就难受地闷哼，抱得更用力，怎么也不肯放。

嘴里还模糊地喃喃：“微微不走……”

半句呓语，足能听出嗓子哑透，估计肿得厉害，发声都不容易。

林知微松开手，眼泪打转，摸摸他的脸，再摸摸额头，温度烫人。她把被子拉高，左右压紧，一直盖到他的下巴，转身蹭蹭眼睛，去浴室里接冷水。

毛巾浸凉拧干，小心翼翼压在陆星寒额头上。

他好像在做什么噩梦，裹在被子里躺不住，来回翻身，毛巾总是歪。

林知微爬上床，半靠在他枕边，把他的头温柔搂住："星寒，我回来了，是我，别乱动。"

最贪恋的声音和味道让他逐渐平静，下意识往她身上使劲儿贴，手臂也抬起来，本能地用力箍在她腰间，还是重复："微微不走……"

"不走，"林知微心口疼得要炸掉，俯身亲他滚烫的脸，"我不走。"

陆星寒仰起头，梦里还在努力朝她够，喉结滚动着想要亲亲。

林知微把他抱更紧，从眼帘亲到嘴唇，软软厮磨。

陆星寒彻底安稳了，似乎从噩梦里解脱了出来，眉头舒展开，呼吸也不再那么艰难，老老实实靠在她怀里。

到了后半夜，他的体温终于开始下降，不再烫得吓人。

林知微稍微松了口气，小心地把浴巾拽出来叠在床头，下床去换水，端着水盆要走时，他长睫颤动，眼睛略微睁开一点，茫然地望了望她，没有焦距，很快又闭上。

她安抚地拍他两下，顺便把手机也揣上，进浴室关上门。

袁孟五分钟前发过微信，问陆星寒的情况。

林知微给他回复一句，确定他没睡，直接把电话打过去："袁哥，他好转了。"

袁孟声音里透着浓浓疲惫，听林知微这么一说，放下心来，连声叹气："幸亏有你在，要不然他今晚可怎么熬，想想我都不忍心。"

林知微额角直跳，厉声问："到底怎么回事？他身体那么好！"

袁孟语气发苦："再好也禁不住折腾，从你那回来以后，他三个多月连轴转，一个完整的觉都没睡过，每天都是高强度工作，撑到现在才倒已经算是奇迹了。"

他有满肚子的话要说，但转念想到林知微一样不容易，一个女孩子只身在国外，各种艰难辛苦不说也能猜到七七八八。他蔫了，低声问："你是不是很快又要走？”

林知微反问：“星寒能休息几天？他休几天，我留几天。”

至于许黛说的两天，是在没有特殊情况的前提下。现在陆星寒病成这样，她无论如何也没办法撇下他走。

不用许黛费心，她自己去跟导师讲条件。

提起这个，袁孟火气蹿上来，按捺半天才忍着气开口：“我刚跟公司交涉完，最多争取到三天。”

“三天？！”林知微失声，“他嗓子快说不出话了，不说痊愈，恢复八成也要一周吧？他这个月的日程表我看过，综艺刚录完，应该没有紧急行程了！”

“现在是没有，可随时能加啊，”袁孟咬牙切齿，“星上娱乐完全疯了，一点下限都没有，你知道刚才我汇报病情的时候，老板跟我说什么吗？”

他深吸口气，尽量挑温和的词语复述：“老板说，小感冒，至于吗？嗓子肿，咳嗽又怎么了，能露脸就行，还能顺便虐虐粉，要是干脆把嗓子毁了更好，以后就不用老想着唱歌，专心演戏，多赚钱。”

林知微差点把水盆打翻。

她扶住洗手台，手臂直抖。

袁孟吸吸鼻子：“公司知道他不打算续约，剩下这一年多，肯定要往死里消耗他，除了挺住没别的办法，好在星寒争气，自己足够强，身上价值够大，有和公司周旋的本钱，再说我会护着他，你不用太担心，在感情上把他照料好就行，他实在太想你了。”

他认真地说：“而且咱们要相信星寒，哪怕他没背景，是普通学生，跟那些后台硬的比吃着大亏，但是用不了多久，他肯定有能力把这破公司踩到脚底下。”

跟袁孟说完，林知微又在浴室里靠了一会儿，重新接好冷水准备出去时，隐约听到卧室里传出一点闷闷的声音，她刚要跑出去看，微信提示音随之一响。

她余光扫了下，惊呆，居然是陆星寒发来的。

一段不长的语音，她赶忙点开放到耳边，听筒里，陆星寒不太清醒的嘶哑嗓音轻咳了一下，染上丝丝哭腔，慢慢说：“微微，我又梦见你回来了……梦见你抱着我……醒来就没有了。”

林知微马上把手机一扔，快步冲进卧室。

门“砰”地推开，陆星寒正拥着那条浴巾，脸通红，泪眼婆娑埋在枕头里。

听到声音，他蓦地僵住，匆匆抬起头。

目光相撞。

陆星寒一动不动，彻底呆了。

林知微脚步不停，踢掉拖鞋爬上床，扑到他身上，把他连着被子一起抱紧：“星寒，没做梦，我回来了。”

陆星寒眼睛都不会眨，傻了片刻，身上的重量还没消失。

他有点信了，急得要搂，可双手都裹在被子里伸不出来，他话也说不完整，喉咙里滚着暗哑的气音，费了好大力气扯开被子，捧住她的脸仔细看，凑上去用炙热的唇亲亲舔舔。

再看看，她还在，脸颊粉粉的，双眼红得像小兔子，真的是他的宝宝。

陆星寒眼尾垂下，扛不住呜咽了一声，翻身把她压住，拼命挤进她颈窝里又咬又蹭：“你怎么会在，我烧出幻觉了是不是？”

他掀开被子，把她纳入里面，身体无缝紧贴，含混不清说：“发烧原来这么好，能看见你。”

林知微心疼死了，搂住他的脖子：“好什么好，不发烧我也回来看你。”

她抬起他的下巴，揉揉他的头：“看清楚，不是幻觉，不是梦，是我。”

隔着勉强拉开的一点距离，陆星寒痴痴地盯着她，又狠掐自己几下，他眼里终于迸出狂喜，却忽然扭开头，鼻音闷重地说：“不行，我病了，不能传染给你。”

他急忙侧躺下，把林知微转过身，让她背对自己，死死往胸前一扣，抱得密不可分，将头埋在她后颈，不断吻她头发：“这样不传染，宝宝你回来了——”

陆星寒烧得迷迷糊糊，小狗崽本性再也兜不住，放纵得彻彻底底，他暗哑的嗓音拖得软绵绵，手臂不断往里收，勒住她的腰：“我想你，我刚才，刚才是不是给你发微信了？我不是故意的，没想让你知道，可是我忍不住。”

他委屈极了地咬她，怕她跑了，夹住她的腿："我昨天在节目里泡冰水，特别冷，难受的时候想你，晚上回来写歌也想你，这一年，所有歌都是给你写的，我做什么都想你——"

林知微实在忍无可忍，要在他怀里回身。

偏偏陆星寒力气特别大，困着她不让动，继续死命地缠着撒娇，胸腔起伏一下下震动她的后背，语无伦次说："姓赵的拍新电影了，我试镜表现很好，肯定能过，要是最后不晕就更好了，没关系，我能——能找到他的把柄，我也能摆脱星上娱乐，你信我。"

"我信我信，"林知微强行掰开他的手臂，艰难地转过去面对他，在他背上轻拍，"乖，你还病着，明天再说，先睡好不好？"

陆星寒双眸灼灼："不好，趁我睡着你要走了。"

"我不走。"

他意识不清，奶声奶气地说："骗人的宝宝不是好宝宝。"

自从做了她男朋友，陆星寒日渐成熟，撒娇的次数明显减少，很久没这么软糯过了。

林知微快要被他的甜给腻死，耐不住把他按过来揉揉："那宝宝怎么说，陆小崽才肯听话？"

他眨眨眼："说你再也不离开我。"

林知微把手伸到枕头下，摸到她提前塞进去的小盒子，掀开，拿出里面她精挑细选很久的戒指，郑重地套在他左手的中指上，轻声保证："星寒，等学习结束，我再也不离开你。"

陆星寒感觉到手指一凉，伸到眼前看，金属光泽含蓄温暖："戒指……"

"嗯，戒指，"林知微埋到他胸口，"套牢你。"

从他在公寓里跪地给她戴上戒指开始，她就在惦念这件事。

被套牢的陆小崽像被扣上了紧箍咒，一下子乖得不像样，全身力气卸掉，软绵绵窝在被子里，右手严严实实搭在左手上，黑眸水汪汪望着她："我听话，我睡，你别反悔，不能要回去。"

林知微戳戳他的脸："那就闭眼睛。"

他照做。

"睡觉。"

他假装呼吸绵长。

可睫毛颤巍巍，总试图偷看她，还以为她没发现呢。

林知微又心酸又好笑，亲亲他还有余热的额头，靠在他肩上："睡吧，明早醒来，我一定在。"

早上林知微是被亲醒的，脸上唇上到处麻麻痒痒，被小狗舌头轻舔似的。

她睡眼蒙眬地睁开眼，就看到陆星寒贴近的精致脸蛋儿，高烧的红消退不少，又变回白白净净一块"糯米糕"。

"糯米糕"鼻尖蹭着她，满足享受地小声感叹，哼哼唧唧缠人得不行。

林知微对上他水洗过般的柔亮眼睛，手贴上额头摸摸，还有点烫，不严重了。

"你没走。"他整个人压下来，阴影超大一块。

"说了不走的，"林知微眼明手快撑住他，阻止下一步行为，警惕地问，"你要干吗？"

陆星寒耳根红通通的，抓住她的手移开，成功覆上去抱住，喉咙虽然出声困难，依然努力说："想要你。"

林知微知道他还迷糊着，又觉得他生病的时候简直无比可爱，贴过去安抚地哄哄，音调放软说："不行，病还没好呢！"

陆星寒眨巴眨巴眼睛，但还是乖乖听话，默默放弃了高要求，把她拥到怀里锁住，低声说："你能回来，能在我身边，比什么都好。"

林知微不禁眼角一湿，乖巧地依偎在他胸前。

等躁动平息下去，陆星寒下了床才觉得全身酸痛，到处被汗浸透，他揽着她央求："微微，帮我洗洗。"

林知微把浴室温度调高，浴缸里放好热水，确保他不会二次感冒。

陆星寒乖乖躺进去，小声问："你急着走吗？"

"不急，"林知微把他头发沾湿，"你休三天，等你开始忙了我再走。"

陆星寒不说话了，头低下去，手按着浴缸边沿，隐隐绷紧。

林知微揉上奶香的洗发乳，给他细细按摩，声音放轻："目前的阶段，我跟许黛每个月都会出来两三次，近期安排里，周边国家有好几场，就像这次一样，只要有一点可能，我都会回来看你。"

陆星寒闷闷地问："你要回来，就会加倍辛苦是不是？"

林知微一时没回答出来，他懂了，生硬地说："那我宁愿……宁愿……"

宁愿什么，又哽着说不出口。

"辛苦才会有更好的成绩，我应该的，回来是因为我想你，都是我心甘情愿，"林知微把他头上的奶香泡沫冲掉，抚摸着他的湿发，"你要做的比我更不容易，星上娱乐的态度，袁哥都跟我说了，你以后只会越来越难。"

说起星上娱乐，陆星寒沉默少许，神色转为凝重："微微，有件事你不觉得奇怪吗？我们成团快两年，各方面早就稳定了，公司却一个新人都没签过。"

按理说，星上娱乐这样的新公司，在男团爆红后必然会借势广招新人，现在他们的师弟师妹应该已经一箩筐，等着他们去带动。

然而一个都没有，不止出道的没有，连练习生预备役都是零。

陆星寒语速缓慢："梁忱的资源倾向太明显，但凡公司能争取到的都在往他身上堆，但他本人带不动，适得其反，即使是这样，公司也从来没有过公平分配的打算，就像是——"

就像是，整个公司，包括他们三个成员在内，都只为梁忱一人奔忙。

容瑞和尤嘉的路线相似，未来走的是演技派正剧小生，影响不算大。但陆星寒跟梁忱的重叠领域多，基本成了梁忱专门挂靠的工具。

最初以团体形式活动时，公司希望陆星寒大红，所以从他的人气稳固、遥遥领先开始，真正的意图便不再掩饰，几乎就是在直白地告诉他，他的存在，完全是梁忱的垫脚石。

林知微蹙眉，莫名想起当初在陈令仪的工作室，刚跟男团签约时，自己曾向何晚随口打听过，星上娱乐到底什么来头。

当时何晚把听来的爆料讲给她，说星上娱乐的老板曾是某家领头传媒的副总，擅长打造男团，跟原公司理念不合才出来单干，所以自带人脉资源。

但现在看来，目的性这么明确，出道又快又急，《今夜无眠》的阵容也绝不是一个解约副总能够负担得起的。步入正轨后，又放着最大的摇钱树置之不理，硬要一门心思捧红梁忱，肯定不是爆料里那么简单。

再加上梁忱故意给陆星寒代购假货时，怒极了冲口而出的那半句“陆星寒什么也不是，他对我来说只是——”

林知微垂下眼，把沐浴乳微微焐热，手抚在陆星寒的腰腹：“梁忱的背景，高于星上娱乐。”

陆星寒点头，随着她的动作眸色转暗：“恐怕星上娱乐根本是个幌子，背后还有藏得更深的人在掌舵。”

梁忱不肯多说，再多痕迹暂时也捕捉不到。

能做的就是守住自己。

陆星寒如今拥有的全是靠自身努力得来的，只要位置够高，影响够大，不管星上娱乐是被谁操控，也不敢随便动他。

绝对实力，是以后直面冲突的唯一底气。

浴室里温度很高，水也是暖的，林知微手中触摸到的身体更是这个世界上唯一属于她的热源。

明知道外面很多风雨在等着，可她心里格外安宁。

陆星寒抓起她的手放在唇边亲亲，仰脸凝视她：“别担心，我有你，什么都能解决，什么都不怕。”

他眼里别无其他，全是她的影子。

林知微浅笑：“我也是。”

三天时间，林知微整理了各种养护嗓子的方法，给陆星寒炖了好几种温补无害的小偏方，挑拣出口味、效果最好的交给袁孟，要他坚持给陆星寒准备。

唱歌是他喜欢的事业，也是他立足的根本，怎么可能用到“毁掉”这种词。

第三天晚上，陆星寒和林知微从家里同时出发。

一个航程两小时，去参加品牌活动；一个航程十四个小时，回学校去继续课程。

袁孟先接上陆星寒，谨慎地去公司地下车库换一辆不常开的新车，再返回家里接上林知微，中间隔了半个小时，陆星寒就像半年没见似的，马上把她扯到怀里。

家里到机场，不堵车一个小时。

袁孟笑着说："我是空气，当我不存在。"

一个小时里，陆星寒拥着她低声说话，偶尔笑笑，笑声磁性悦耳，撩拨鼓震着耳膜。

窗外无数霓虹流光闪过，是这繁华都市最奢靡的夜景。但再多，也不及他手臂圈出的小小一隅。

林知微最开始有些不好意思，但很快将这种情绪抛到脑后，她放松地靠向他，讲讲这三个月来学校的事，跟许黛出去的见闻，哪怕随便一件在秀场看到的配饰，也能描述出有多么适合他。

机场临近，车速减慢。

袁孟把车开到地下车库，国际出发和国内出发是两个不同的入口，他熟练地转弯，先停在国际出发附近。

林知微从陆星寒身上一点点抬起，坐直，戴上口罩，杏眼弯弯："我走啦。"

陆星寒不言不语。

她牵起他的手晃晃："星寒。"

他缓缓点头。

林知微呼了口气，手指搭上车门，刚要推开时，他猛地搂过她，隔着口罩重重吻上去。

袁孟趴在方向盘上不敢看，悄悄叹息。

林知微心潮涌到头顶，下意识想去摘口罩，被他压住手，贴在耳畔哑声说："别摘，摘了我更没办法让你走。"

厮磨到袁孟不得不轻敲方向盘提醒时间。

林知微按着陆星寒的肩把他扳正，转过身不再看他。

车门将推未推。

他再次侵袭过来，从背后把人搂紧，声音轻不可闻，偏就字字敲在心里："微微，我爱你。"

林知微口罩戴严，帽子压低，拖着行李箱走出很远，回头时，车还停在那里，就算隔着漆黑玻璃，隔着鳞次栉比的车海，她也能感觉到落在身上的炙热目光。

热到距离再远，也无所畏惧。

又要分别，可心却像被柔软手掌怜惜地托起。

她从没想过，有一天，她会这样深爱一个人，也被人这样深爱着。

林知微回去后，许黛的行程临时变动，原计划近期亚洲范围内的活动全换成了欧洲国家。

想多看两次陆星寒的愿望随之搁浅。

她忍下失落，除了跟许黛出去的时间，都留在设计院里不分昼夜地突击课程，她的进度本来就比同学快很多，天赋又突出，这样加班加点刻苦学习，自然出类拔萃。

伏地魔导师本来总把她偷跑回国的事挂嘴边，等两个多月过去，看她仍然不知疲倦地努力，彻底偃旗息鼓，别别扭扭地承认："你很好，一定能刷新纪录，成为最快毕业的学生。"

夸完还私下里问她："你男朋友什么时候再来？"

林知微意外："您有事？"

导师顺顺胡子，一脸傲娇："长得好，看见他有灵感而已。"

言下之意，迫不及待想再见见。

林知微举手保证："等他来，一定带来见您。"

话是这么说，心里忍不住笑，小妖孽到处让人念念不忘还不自知，导师这么难搞的老顽固都被他一张脸收服了。

等导师走后，她习惯性点开相册，翻到分开那天陆星寒在机场的照片，帽子、墨镜、口罩全副武装，把情绪藏得一丝不漏，一如往常高大淡然，却在登机时悄悄打电话给她，声音温柔低软。

她看得入神时，蓝龄端杯奶茶递给她，探头瞧瞧，连声啧啧："又看，你小心哦，现在设计院可不安全，寒寒的粉丝越来越多了，当心她们以为你是同类，真情实感跑过来分享对你男朋友深深的爱。"

林知微被她逗得一乐："这种行为你不是早做过了？"

"我可是死忠情侣粉，跟她们不一样，"蓝龄连连摆手，她坐在林知微身边，悠然舒了口气，"说起来寒寒真是争气啊，才多长时间，已经接到一线奢牌的全球代言了，官网和门店的大图全线替换，设计院这群人，这下想不认识他都难。"

半个月前，某如雷贯耳的一线奢牌高调官宣新一季全球代言人，陆星寒是目前为止最年轻的一位，以前高高在上鼻孔看人的品牌负责人，多次公开把陆星寒夸到天上有地下无，看得出对他是真心满意。

陆星寒的表现也从不会让人失望，仅目前贴出的两套宣传图就吸粉无数，连设计院里这些专业人士都抵挡不住沦陷了不少。

蓝龄感慨："我看寒寒粉丝团最近总在讨伐公司，说待遇不公，这种档次的高奢代言，肯定是靠他自身赢来的，真不容易，咱们都知道，这牌子眼光高毛病多，不合适的人再红也不用，合适的就死缠烂打，等这次之后，寒寒的路是彻底通了，谁也挡不住。"

林知微摩挲着中指的戒指，低头笑："是啊，他那么好，谁也挡不住。"

她想起那个雪夜，陆星寒伏在腿边，流着泪说要留在这个圈子里，和她近一点。

谁也不会想到，当时穿着朴素羽绒服的少年，用两年时间，靠自身的优越条件和拼命付出，在以原创歌手为主业的情况下，跻身国内娱乐圈顶端，隐隐有超过一众当红流量"小生"的势头。

就连袁孟口中的那档垃圾综艺，也在他的出色表现下起死回生，出乎所有人意料地跃居当季度播放量和讨论度第一位置。

这两年，星上娱乐不管给陆星寒塞了什么，陆星寒都没有过丝毫敷衍懈怠，反而带着一起翻盘，回头再看，他交给公众和粉丝的无一例外全是满分答卷。

蓝龄一脸老阿姨似的欣慰："最有本钱靠脸吃饭的男人拼成这样，做他的粉丝真是太幸福太省心了——"

她手攥成拳伸到林知微面前："采访一下，身为寒寒的女人，最大的感想？"

林知微喝了口奶茶，幽幽叹口气，眨巴水淋淋的杏仁眼："想他。"

"哎哟，可怜死了，"蓝龄拉她起来，"走吧，很晚了，回去咱们煮个意大利面，吃饱就不难受了。"

又到了秋天，回公寓的路上满地落叶。

蓝龄边走边安慰她："想的话好办，你跟寒寒视频嘛，撒个娇让他哄你啊。"

林知微清清嗓子："我很成熟好吗？"

撒娇是陆小崽的专利。

公寓区近在眼前，蓝龄哈哈笑，倒退着走："恋爱中的小女人有多成熟？"

林知微一本正经："大多数时候要冷静，情绪不能太外放，如果我软弱，他一定会——"

话音戛然而止。林知微生生停在原地。

蓝龄看她骤变的表情吓一大跳："怎么啦？！"

她下意识回过身，顺着林知微的目光朝公寓楼门口望过去，惊得一把捂住嘴。

水亮月色里，身形修长的男人穿一身黑色，缓缓抬高帽檐，摘掉遮脸的大墨镜，露出足以让周遭风景全部失色的熟悉五官。

他双眼笔直望过来，热切的目光里燃着暗火，张开双臂。

目瞪口呆的蓝龄只感觉到一阵风从身边掠过。

刚才还口口声声说着要成熟，要冷静的知微小姐姐，正急扑向男人怀里，被紧紧搂住，双脚离地抱起，甚至还原地转了个圈！

等会儿——等会儿！照顾一下情侣粉被当面发糖的冲击好吗！拥吻的角度可以更好一点！

她就说嘛，恋爱中的小女人说什么成熟，全是骗人的！

林知微顾不上蓝龄，身体意志全被陆星寒的温度和气息裹住，勉强记起环境不安全，恋恋不舍退开寸许，轻声问："你怎么会突然过来？"

陆星寒抚摸她的头发："在邻国有活动，我怕出不来，没敢提前和你说。"

他低低地问："想我吗？"

林知微点头，攥紧他的手："想。"

"先上楼，"她余光瞥到身后有个怨念的人影，这才把蓝龄想起来，耳根不禁红透，"我们还欠蓝龄一顿饭呢。"

上次说好一起吃饭，没等兑现陆星寒就提前走了。

陆星寒朝蓝龄简单点头示意，一手提起行李箱，一手抱紧朝思暮想的女人："这次请。"

"还有导师也想见你。"

“好，明天去见，”他亲亲她，“还有什么？”

“还有——”林知微心里翻涌得停不下来，干脆放飞自我，捂脸说，“想你想得要哭了。”

微微今天终于不用想到要哭，她的所有心情都有人妥帖地安抚。

陆星寒留了两天，前一天赖床到中午，如约请蓝龄吃饭，被狂热阿姨全程盯，听了快两个小时的隐忍尖叫、怪笑声。

下午到设计院见导师，被伏地魔双眼放光地拉住当模特，边欣赏边朝林知微竖大拇指：“不愧是我学生，眼光好。”

林知微跟他混熟了，不再那么拘束，托着下巴直说：“我们难得一见，拜托快点好吗？”

导师吹胡子瞪眼睛：“给你放假！”

他不满的眼神转回陆星寒身上时，又变得发亮，随手拍了几组照片后连连点头自语：“好人选。”

林知微不禁坐直：“什么好人选？”

导师扬扬眉毛，哼了声：“不告诉你。”

当晚陆星寒就接到袁孟电话，问他跑出来见老婆顺便干了啥，好几个当红“小生”抢破头的某大牌手表居然主动找上门，盛情请他面谈，说是有大师级人物强烈推荐。

林知微消化完，默默给导师发了个谢谢。

导师矜持半天，回了句不知道从哪学来的中文：“好好学习，天天恋爱。”

陆星寒丢开手机把她压住，贴在耳边说：“宝宝，遵师命，快点怜爱怜爱我。”

隔天足不出户，从早到晚黏在一起。

第九章

你一笑，我神魂颠倒

陆星寒启程离开时，他和林知微分开的时间已经超过一年。

许黛的亚洲区域活动终于启动，在林知微第三次超额完成工作任务，抓紧机会回国时，许黛在机场神秘兮兮捂着嘴，悄声问她："经过我多方验证，让你这么心心念念的男朋友……"

林知微屏息。

许黛咳嗽一声，扬起下巴指指国际机场墙壁上巨大的奢牌手表宣传照："他？"

照片上，二十岁的陆星寒俊丽晃眼。

林知微抚额："您……"

"谢晗说的，伏地魔老顽固也说了，"许黛笑得温柔体贴，"是他的话，以前很多事我都懂了，这种极品，不惦记才怪，去吧去吧，多见见面，以他的走势，未来合作的机会只多不少。"

亚洲活动的小半年里，林知微回去见了陆星寒十多次。直接导致陆小崽幸福指数飙升，粉丝抱头痛哭惊叹曾经的甜糯弟弟又回来了，这一年多简直"盐"到冒汗。

亚洲区结束前，林知微最后一次以这种方式回家，含笑钻进早在等她的车里，被陆星寒一把抱住。

不管见得多勤，他永远迫不及待。

陆星寒亲昵地靠在她肩上，搂着腰："先不回家，有个地方要去。"

林知微无条件跟他走，到了才发现，他包了个位置偏僻的小电影院，灯光转暗，偌大屏幕上播放的，是他参演的第一部电影。

年轻将军。

陆星寒跟她坐在最后一排，端着爆米花、果汁，还有准备的各种小零食，穿插着喂进她嘴里。

电影上映有段时间了，林知微都数不清看过多少遍。

正如陆星寒所说，他当初的血汗没有白流，凭借这个角色，在这部口碑并不太好的大片巨制里，得到盖过主角的超高好评，挽回了不少评分。

放映厅不大，屏幕很近。他一身带血戎装，长发高束，眉目深浓昳丽，如出鞘的上古宝刃，锐利噬人，又勾魂摄魄。

林知微心怦怦直跳，侧头看他。黑暗里，他的侧脸如描似画。

"星寒，过来。"

陆星寒笑着看她，听话凑近，自动闭上眼睛。

乖巧等亲亲。

林知微心软又心动到不行，抬着他的下巴深深吻上去。

但她没想到，这次一别，很久都没能再相见。

许黛的亚洲区活动正式告一段落，走的国家越来越远，而林知微在设计院的理论学习课程也提前高分完成，进入随导师深入现场的最终阶段。

林知微几乎没在同一个地方停留超过三天。不是跟许黛，就是跟导师，成了各大品牌秀场发布会、各大片场的熟脸，她也从最初的"助理造型师"，成为两位大人物的左膀右臂。不管走去哪，都有人用敬称恭敬地喊她。

何晚隔三岔五就给她打电话，每次语气都很激动："现在是名副其实的小林老师好吧！圈内谁不知道你啊，完全标杆楷模，我超骄傲！"

林知微刚跟完一场秀，累得靠在秀场外的长廊上，低头笑："你们都好吗？"

"特别好，放心，"何晚热情地说，"昨天刚刚结伴去看寒哥新电影，这次又要口碑爆炸一回了，啧啧，真是没办法。"

说完她压低声音，转为郑重："我看到新闻，他参演赵导第三部片子了，而且这次是赵导主动盛情邀请的，小狼崽子翻盘也太快了，第一部赵导还吵着不要流量，你看现在，快拿他当票房保证了。”

“演技突飞猛进大家都看得见，要说在娱乐圈如日中天，除了他目前压根儿没别人了，不过在这么好的势头下，他一根筋执着于赵导，”何晚认真，“是不是有目的？你不担心吗？”

陈令仪的事，别人或许忘了，何晚可没忘。就连如今知微在圈里名声大噪，还会有人三不五时拿出当初假学历的问题明里暗里嘲讽。

林知微望向长廊里衣冠楚楚的男男女女。

目的？他从没放弃，已经在无限接近了。

担心？太多太重，反而不能表露。

有千言万语梗在喉咙，最后都被林知微咽了回去。她轻声说：“不能改变他的时候，我要做的，就是完全相信。”

片场。

陆星寒换上皱巴巴的衬衣，头发略微揉乱，闭眼再睁开，清亮眸光自然变得迟钝无助，怯怯不敢看人。

赵导笑逐颜开，上前拍拍他的肩膀：“就是这个感觉，小陆不错，越来越扎实了。”

陆星寒勾唇：“您别夸我。”

赵导更高兴：“该夸该夸。”

新片拍的是现实向，反映社会黑暗面，双男主。陆星寒的角色算是二番，在学校遭到霸凌，半路辍学精神失常的大学生，一番男主是老牌影帝，演他父亲，带着儿子一路艰难讨公道的故事。

第一场顺利拍完，赵导更满意了，招呼陆星寒过去说戏，三言两语说完，瞧着周围没人，赵导有些百无聊赖，瞄着陆星寒低声说：“这次的片子连年轻女演员都没几个，无聊吧？”

陆星寒神色不动：“不无聊，跟前辈们合作很好。”

赵导呵呵笑，三部电影下来，这么红的陆星寒态度一直努力恭敬，他很满意，自认为推心置腹了，说：“你可不小了，该开窍了吧。”

陆星寒纯良无害地回答：“我才二十。”

“现在十来岁的小孩儿什么都懂，二十可是大人了，”赵导摸下巴，“就算你不无聊，有人可无聊着呢，瞧见那边的没，大投资商，等着上菜呢。”

“上菜？”

赵导一脸暧昧，离他更近，压低声音：“就那档子事嘛，他们挑剔，不爱找圈里演戏的，怕麻烦，喜欢边缘人。”

陆星寒顺着他问：“什么是边缘人？”

赵导“嗨”了声：“你还真什么都不懂。”

他勾勾手指，目光朝片场一扫：“化妆的，做造型的，服装道具的，不少涉世不深的小姑娘，跟娱乐圈瓜葛少，好善后，懂了吧？”

陆星寒身侧的手暗暗抓紧座椅边沿，肌肉绷到僵直。

赵导毫无察觉：“尤其做造型的，漂亮的多，小姑娘水灵，随便搭搭线，大家都高兴嘛。”

陆星寒心口像被巨石压住，一时呼吸缓慢。

远处过来个妆容精致的中年女人，满身大牌，搭配考究，熟稔地跟赵导打招呼，手势非常含蓄地朝那投资商指指，陆星寒低头看剧本，装作不知道。

这女人，态度模样，在中间扮演的角色，跟当初的陈令仪何其相似。

赵导简单两句跟她聊完，兴致还没散，瞧着陆星寒干干净净的样子想笑，重新坐下，问他：“小陆，你也别太格格不入，想走得高，总得跟大家融合，你再开窍点，下部电影一番给你。”

陆星寒慢慢抬头，表情如常，还有些遗憾失落：“下部估计不行了，我得回学校去上课。”

完全超乎赵导预料。

合作已久，他不知不觉对陆星寒的表现力和高口碑有了某种依赖，但凡年轻男性角色，几乎非他莫属。这回准备量身打造的一番，没想到被拒了？！

“上什么课，”赵导皱眉，“我知道你那音乐学院，就一国内学校，至于吗？有上学那时间，你都赚多少了！”

陆星寒叹气，无形引导：“没办法，毕业证要拿的。”

赵导嗤笑出声，满不在乎地说：“就那破毕业证，值得？你要哪个学校，我给你弄来一筐。”

陆星寒惊诧：“您开玩笑吧？”

"玩笑？"赵导最享受小年轻被镇住的表情，在他肩上一拍，小声说，"要我说，你那学也别上了，抽空让你公司发个声明，说出去进个修，全球音乐学院从高往低数，哪个证都是我一句话的事，遮掩好了，没人深究。"

陆星寒盯着他，嘴上说着"不敢不敢"，眸中却光芒灼人。

这根引线，他终于攥住了。

电影拍摄接近尾声时，陆星寒跟林知微足有八个月没能见面。

但八个月，也意味着他跟星上娱乐的合约即将到期，而林知微的学习，同时到了最后的冲刺。

深夜，袁孟开车送他回家，不敢出声打扰，知道他各方面都已经绷到了极限。

现在的陆星寒，可不是跟小林老师刚分开时候的样子。

身上背着十余个个人代言，国内的不说，光是全球高奢品牌就占一半，理所当然成了时尚圈新宠，一年下来男刊封面大满贯，"90后"的所有男星他是唯一一个。

歌写满了两张专辑，最近到了年终盘点，陆星寒光是颁奖礼就去了五六场，但凡原创相关，唱歌相关，数据相关，全是他。

综艺只要他上的，都能火爆整个播出期。

电影剧本也多得要爆炸，陆星寒只接不用炒绯闻的戏的条件圈内无人不知，精挑细选的角色等他一个个筛过，两场电影节最佳年度新人的提名都发来了邀请函，等着他去现场。

袁孟觉得自己什么都没做。身为经纪人，当初在音乐学院捡到他，糊里糊涂就带出了巨星。但巨星本人对这些似乎毫无感觉，随时都要崩溃。

"袁哥，今天几号了。"

袁孟回神，忙说："八号。"

陆星寒半合着眼，嗓音沙哑地说："她走两年零两个月了。"

袁孟心要酸死，刚想安慰他几句，熟悉的手机铃声蓦地大响。

陆星寒明明筋疲力尽，听到声音一下子坐直，捧着手机："微微。"

林知微深吸口气，一字字清晰地说："星寒，我这边定了，只剩最后一个月。"

陆星寒张了张嘴，半天没说话，身体的反应更直接，眼睛一下子红了。

被她哄着迷迷糊糊挂了电话，陆星寒后知后觉往座椅上一倒:“袁哥！她要回来了！你听见了吗！”

袁孟嘴角要扯到耳朵：“听见了听见了！”

陆星寒坐立不安，又爬起来：“不行，我还得努力，对了，巡演，巡演要开始了，明天不休了，去排练。”

“星寒——”

他完全不听，孩子气地拍着袁孟的靠背：“排练排练！我有力气！”

十二场个人全国巡演，是他在星上娱乐合约期内，最后的工作。

微微要回来了。

他还需要更好，让自己更加无可挑剔，去迎接往后要给她的——

洗刷冤屈，公开关系。

“好好好，你说了算，”袁孟无奈，“不过十二场的巡演分成，你真要全捐了？”

陆星寒点头，说:“星上娱乐想再拿我捞一大笔，才把票价定那么高，能花钱参加巡演的都是真正的粉丝，大家够辛苦了，这份钱本来就花得冤枉，我没法退回去，至少要用到值得的地方。”

袁孟哭唧唧：“星寒你真好，超爱你！”

陆星寒冷着脸：“免了。”

袁孟受伤：“行吧行吧，你二十一岁生日要到了，正好当天是首都场，结束了咱们庆祝，想要什么礼物，哥给你买。”

陆星寒垂下眼，又蔫了。

他什么都不要，只要她。

陆星寒生日前一天，林知微赶去设计院。

导师难得柔和：“要走了？”

林知微深深鞠一躬：“谢谢您。”

导师胡子颤巍巍，傲娇地扭头：“别以为完事了，还有最后一项实践分数呢，这个不达标，别想拿证书。”

林知微乖巧地说：“知道啦，我和许黛老师说好了，过几天跟她去一次加拿大，正好是符合您要求的极限自然环境，一定让您满意。”

导师“哼”了声：“别太自信，卡在这一关落马的学生可多着呢。”

他又叹了口气：“还是先回国谈恋爱去吧，帮我问候你男朋友，告诉他，歌很好听，等你加拿大的毕业任务结束，叫上他，我们一起喝个茶。”

跟陆星寒约好的一个月，她又成功提前了。

林知微办理完相关手续，一刻不停赶去机场。

在路上时就飘了大雪，她不禁忐忑，办理登机牌时果然被告知航班延误，需要等待。

这个时候又接到何晚电话，她叽叽喳喳喊：“票拿到啦！知微你简直小天使！当初说好了寒哥演唱会给我们弄票，一张不差，位置超好！”

林知微看着窗外天色，欲哭无泪：“你们是很好，我要延误了。”

何晚看看时间，安慰：“还有余地，先别急，你只要十二点能回来就行，陪他过生日嘛，我们可都没透露哦。”

林知微只有干着急。

生日当天的演唱会晚八点正式开场，容纳近两万人的体育馆里座无虚席。

何晚跟造型小分队的大家坐在内场，齐刷刷穿着陆星寒应援色的上衣，手举灯牌、荧光棒，跟旁边无数小姑娘排山倒海地尖叫欢呼。

“知微你加油啊！你男人太受欢迎了，啊啊啊——挤死我了！”她不停戳手机，不时转头大吼，“别挤我！我可是家属！”

个人演唱会遵从陆星寒的个人喜好，安排了大量的原创慢歌，轮到稀少的快歌和几段纯舞蹈时，气氛尤为热烈。

体育馆里疯狂至极，声浪冲天，屋顶要被掀翻。

何晚和小分队成员们紧紧抱团，越看越想哭，当初摄影棚里的青涩美少年，好像一下子就成了站在娱乐圈顶端睥睨天下的王者。

背后多少苦，只有他和知微最清楚。

林知微落地时，晚上九点四十，航班足足延误了十个小时。

她飞奔出机场打车赶往体育馆，急得一路催促司机加速，司机忍不住笑：“你也是陆星寒的粉丝啊？我今天载了好多，你这刚下飞机就去，不会是特意赶来的吧？”

林知微承认：“是啊，特意赶来的。”

司机担忧地说：“照这速度，等你到了也快结束了。”

“没关系，”林知微深吸气，“看一眼也行。”

司机惊叹：“真是死忠粉。”

林知微望向车窗外辉煌夜景，莞尔一笑：“没错，他最死忠的粉丝，就是我。”

十点二十。离演唱会结束还有十分钟。

林知微匆忙下车，拿着票好说歹说被放入场，才一踏入，就被层层叠叠的人潮震得呼吸困难。

舞台上空，震耳欲聋的“安可”声。

她不可能找到座位了，挑了个能看清楚全景的位置，扶着栏杆站稳，被热情粉丝塞来亮着“寒寒”两个字的发卡。

林知微把口罩调整好，遮住脸，戴上发卡。此时此刻，她不是别人，只是陆星寒的粉丝。

从小时候第一次听他唱歌，到如今，他站在万人体育馆里。

灯光再次亮起，色调温柔，柔软细腻的米粉色。

陆星寒坐在钢琴前，从升降台缓缓出现在舞台中间。

一瞬间全场尖叫，林知微咬住唇，目不转睛。

陆星寒拨过话筒，浅笑着说：“还有最后三分钟。”

大家狂喊着不舍得。

陆星寒“嘘”了一声，顿时安静。

他穿米色毛衣，黑发简单抓向额后，褪去满身锋芒，眉眼分外温柔。

“今天是我生日，我对大家有一个小请求，”他骨节明晰的手指滑出轻缓音节，在笑着，“最后三分钟，留给我自己。”

他目光转向人潮：“留给那个不在这里的人。”

林知微隔着涌动的声浪望着他，轻声说：“我在这里。”

他再次说：“留给她。”

粉丝们大喊：“她是谁——”

陆星寒弯着嘴角，语气坚定：“下次，介绍给你们认识。”

他按下琴键，嗓音一如曾经剔透。

为她写下的无数情歌，字字句句都是每个深夜里磨骨噬心的思念。

现场督导指挥摄像机转向观众席，投映到陆星寒对面的大屏幕上。

陆星寒看着一一闪过的脸。

万千人海，没有她。

林知微站在最高处，屋顶垂下的摄像机转到她的方向，她不闪不躲，直视镜头，眼睛通红。

钢琴流畅。

陆星寒唱到“你一笑，我神魂颠倒”，猛然间断了音。

他面前的屏幕上，有个纤纤瘦瘦的人影，手扶栏杆，蒙着大口罩，头上戴着小发卡，眼里含满水光，却弯成两道月牙。

在哭，也在笑。

陆星寒双手发抖。

全场寂静。

他知道，微微在等他唱。

琴键重新按响，他哽咽地开口，把刚才那一句重唱。

无论你在哪里，做多少伪装，哪怕只出现一秒，我也能准确无误，找到你，认出你。

浅浅一笑，就让我为你神魂颠倒。

最后一点琴音的余韵消失，陆星寒自钢琴前站起，目光克制又急切地在四周观众席寻找。

摄像机拍到的范围有限，根本看不出她站在哪里。

人太多太密，他离得太远站得太低。

明知道找不到，可胸中的热意剧烈灼烧骨骼皮肉，恨不能马上对着话筒大喊，让她走过来，出现在眼前。

林知微被身边的粉丝们挤得摇摇晃晃，看见直到升降台落下，陆星寒仍在到处张望的样子，心被浸得甜甜软软，她抹抹眼角，匆忙回身往馆外走。

馆内现在人满为患，想从里面去后台基本不可能。

这时候顶灯依次亮起，整个体育馆灯光通明，宣告演唱会正式落幕，粉丝们大喊着不舍得，迟迟不愿离开原位，各层保安开始行动，有序疏散人群。

林知微也混在其中，前后左右的几个姑娘应该是同一个应援站的成员，怀抱着巨型横幅和软灯牌，穿着同款定做的上衣，情绪还没平息，说话都带着抽噎。

“你们看到没，寒寒刚才好像哭了！他说的什么意思？‘她’到底是谁？”

“总不可能是谈恋爱了吧？！千万不要啊！”

“别闹了，谁不知道寒寒一心只有工作，都成劳模了，哪有空恋爱！”

“怎么可能有女人配得上寒寒！”

林知微被夹在中间，眼帘垂下，提包的手指不觉收紧些许。

突然有道声音从斜后方插进来：“别这么说，寒寒二十一岁了，就算谈恋爱也正常。”

大家开始哀号，林知微下意识扭头，看到说话的女孩，比其他人略成熟些，口气也笃定，很有威信，应该是站长之类的管理层。

她很淡定地朝几个成员扬眉：“粉上寒寒这三年轻松死了，没黑料，人上进，零绯闻，颜粉、事业粉全都躺赢，咱们除了应援拍图，花痴舔屏，还干了啥？他是靠自己走到今天的，连个恋爱自由都没有吗？”

“话是这么说，可是——”

“没可是，”她打断，“寒寒长得好，但也别忘了咱们粉的可是个绝对实力派，他不欠粉丝的，有资格做选择，幸福就好。再说寒寒那么拎得清，喜欢的人肯定不会差，行了不说了，快点出去，要赶不上飞机了！”

到了出口，人群各自散开。

林知微站了几秒，不知怎么有些鼻酸。那句“幸福就好”始终盘旋在耳边，柔软地戳着心口。

她跟陆星寒，想要的就是最简单的幸福而已。

手机开始不间断地嗡响，比平常的频率都要紧迫一些，她跑到避人的地方接起，不等说话，陆星寒的声音急促传来：“微微你在哪！”

林知微心跳不觉加速：“体育馆外面……”

“等着，别动。”

过了不到两分钟，熟悉的矮胖身影狂奔而来，在她面前刹住脚，喘得口罩来回起伏：“小林老师，快快，跟我走！要不是我反应快，那小祖宗差点自己冲出来，再见不着你他要原地爆炸了。”

林知微一路跟着袁孟绕到体育馆后面，从工作通道进入，拐了几个弯，站到一扇门前。

不远处人声鼎沸，说话声、搬运器械声混杂，这里却格外清静。

袁孟笑着示意：“这是星寒专用的休息室，他在里面，我去周围看着，放心。”

林知微手贴上门板，呼吸难以自控地发烫。

九个月没有见到面了，分开以来，相隔最久的一次。

就在停顿的半秒钟里，里面脚步声骤然接近，门被“哗”地拉开，忍无可忍的陆星寒拧眉要往外跑，一下子看到想疯了的人近在眼前，反而呆怔在原地。

袁孟赶紧捂眼睛。

陆星寒的眼眶迅速红了，一把搂住林知微往里一带，门“砰”一声甩上。

林知微彻底晕了。

他的怀抱紧得要把人勒断，胸口起伏，擂鼓般的心跳，全都严密贴着她，震得她头昏目眩。

腰随之被滚烫的手掌掐住，头也被迫不及待地抬起。

他连口罩都来不及去摘，吐息炙热地压下。

先吻她，先确定她的存在。

林知微踮脚抱住他，不满足于中间的障碍。

“星寒……”

口罩下传出的软声也是闷闷的。

陆星寒喉结滚动，勉强离开少许，指腹摩挲过她的耳郭，扯掉口罩扔开。

魂牵梦萦的脸终于露出来，他再也熬不住，把她压向背后门板。

林知微腻在他怀里，力气流空也不愿完全被动承受，她仰起脸，主动去纠缠他。

爱欲渴求，切骨思念。她和他一样。

外面的喧嚣更甚，一墙之隔，无数工作人员在说笑走动。

她跨山越海赶回来，在这间小屋里，被他们眼中上天入地无所不能的大明星不顾一切缠着拥吻。

直到杂音渐渐远离减弱，陆星寒才略微收敛："你提前回来都没有告诉我。"

林知微睫毛颤抖，喘得厉害。

"九个月……我九个月没见到你。"

"我说了，不管你在什么地方，哪怕见一面就要走，我也想去找你，你就是不让我去。"

无比可怜，无比委屈，对比刚才的强势简直不是一个人。

林知微亲亲他的颈侧："我心疼你。"

陆星寒有多累，没人比她更清楚。

"那也不高兴。"

"看你比什么都重要。"

"九个月不让见面，你知不知道我要难受死了——"

林知微拥住他。

侵略性满分，甜糯度也满分，还自由切换半点不矛盾，全世界也就只有一个陆星寒。

袁孟在外面咳嗽两声，试探地敲门："星寒，媒体都到了。"

演唱会结束，按惯例有段群访。

林知微努力端正神色，抬起陆星寒的脸看看，头发被她弄乱了一点，眼尾有一点晕开，血丝也多。

休息室里有化妆台，工具齐全，她推他坐下，像以前无数次做过的那样，给他仔细打理妆容。

陆星寒目不转睛望她，不满分开的距离，手臂一揽把她抱到腿上，双手轻轻环着腰，正好能空出让她做动作的余地。

"喂——哪有这样化妆的？"

陆星寒无赖得很："现在就有了啊！"

林知微戳他脸："闭眼睛。"

他的声音拖得老长："舍不得，要看你。"

她有办法让他听话，忍着笑贴近他，故意放轻语气，音调甜软："星寒乖啊，晚上回家让你随便看。"

陆星寒身上顿时一热，咬牙合上眼："我让袁哥送你回去，在家等我，我很快的。"

袁孟第二次敲门时，陆星寒牵着她到门口，要开门时，他又停住，紧张地问："是不是完全结束了？不用再走了吧？"

林知微如实说："课程结束了，证书还没拿到，剩下最后一项实践分，过几天我跟许黛老师再去一次加拿大，大概为期一周，通过以后就真正毕业了。"

陆星寒神情迅速转暗，林知微忙抱抱他，举手保证："真的是最后一项了，你就当我临时出去看场秀，一眨眼就回来。"

他抿唇："我的一眨眼可没有那么快。"

别说一周，再分开一天都不愿意。

可是能怎么办，他就是个没有反驳机会的小可怜，微微说的话，他只能听。

当晚林知微说到做到，把自己当生日礼物送给他，任他看，任他以行动倾诉思念，桌上备好的晚餐食材也没来得及做，全塞进冰箱。清晨陆星寒起得早，端出来依次下锅，很快有香味飘出，明显厨艺又进步不少。

林知微爬起来穿好衣服，挨近他身边，已经出锅的两道菜色泽浓郁，勾得人食欲大动，还在锅里翻炒的正噼里啪啦爆香，看着就饿。

她惊奇："你还有空练厨艺。"

陆星寒添了半勺醋，侧身亲她："老公的必备技能，比你做得好吃才行。"

她笑："这有什么好比的。"

"这样你才能放心把做饭的事交给我，"陆星寒扬眉，他看着锅里，不觉认真地说，"从小到大，你做饭的次数太多了，以后我来。"

小时候她被当作小保姆一样照顾全家人，长大一点后又捡回了他。这些年，她实在太过辛苦。

林知微忍不住环紧他的腰，怀里抱着才过完生日的他，不禁想起三年前，他十八岁的第二天，心脏猛一跳，正色说："星寒，你跟星上娱乐的合约到今天期满了。"

陆星寒点头："是期满了，但巡演还剩两场没结束，真正斩断关系要等半个月后。”

他语气转冷：“故意安排的，就想多拖延半个月，越临近到期，公司态度变得越离谱，现在居然开始挽留我，拿着他们所谓的好资源来卖人情。可惜，我想要什么都能靠自己拿到，早就不需要了。”

当初需要的时候，却被踢在一边。

以为他没背景、没后台，肯定走投无路，只能乖乖被踩进尘埃里做垫脚石。等到发现他的前路无法阻挡，出乎意料地踏破层层阻碍直接跃到了金字塔顶，转眼间解约在即，公司又换了嘴脸，不愿意放人，妄图拿点甜头将过去的行为一笔勾销。

陆星寒把最后一盘菜盛出，回身揽着林知微去餐桌：“公司一直以为，三年时间足够让我带红梁忱，再把我变成炮灰销声匿迹，没想到梁忱扶不起来，而我却能赢到最后，到了合约期满我要走，他们才真正觉得慌神。”

“更重要的是，”他把筷子递到她手里，“星上娱乐背后的主公司近期好像出了问题，袁哥打听到的情况，是他们的两个顶梁柱相继曝丑闻，损失巨大，所以这个时候，我突然变得重要了。”

林知微拧眉：“如果他们打定主意不想放你走，软的没用，恐怕下一步——”

陆星寒抬头一笑：“来硬的吗？我走的路他们伸不上手，其他能威胁人的无非就是黑料，我没有见不得人的事，不怕他们。”

见不得人的……

林知微垂眸，戳了戳碗里的饭。

陆星寒将她的反应尽收眼里，把两把椅子拉到无缝对接，一手搂住她的腰，一手夹了菜喂给她，目光温柔：“还有件事要告诉你，赵导那边进展很大，只差一点了，等我需要的证据全部到手，我会马上让袁哥安排正式曝光，把你受的冤屈彻底洗脱干净。”

他探身吮掉她嘴角的酱汁：“到时候，我们公开，没人再能拿任何借口质疑你伤害你。”

林知微睁大眼，她懂他的心，但仍旧盯着他强调：“星寒，现在是你的事业高峰期。”

甚至是顶峰，能走到这一步的，谁不是力求稳妥，生怕出错。

她不急。

“你想护着我，可我更想光明正大护着你，”陆星寒笑着，“我坚持熬到今天，要的就是现在的事业高峰，拿来配你。”

“所以不用担心，我们的关系不会变成星上娱乐利用的工具，还有其他可能被歪曲的细节，我都会提前做好防备，你什么也不需要担心，承认我就好。”

他眼尾可怜地垂下，攥紧她的手：“你要是不答应，明天我就罢工了。”

林知微满腹的话被他最后两个字挡住：“罢工？”

“嗯！”他重重点头，“老婆不给公开，生无可恋！”

陆星寒才是软硬兼施，生怕她迟疑。

林知微失笑，心蓦地松开，到了这个关头还迟疑什么，坦坦荡荡在一起，是她和他唯一想要的。

忍耐过的煎熬过的，够多了。

她不再犹豫，捏捏他的脸：“好好好，公开，但稳住，必须一步步来。”

陆星寒眼眸瞬时亮了，扑上去一把抱紧她，激动地喊：“我叫老婆你没有反对！”

等等！这个是重点吗？！

陆星寒巡演的倒数第二场是六天后，地点在飞行三个半小时的沿海城市，林知微避开大部队，暗中跟随。

原本的那个“直男”造型师被临时放假，林知微没露脸，戴着帽子、口罩，叫来何晚和小分队全员顶替。

大家分工默契十足，一切贴身工作都由林知微完成。

陆星寒饶有兴致看着熨烫好挂在活动衣架上的某件上衣，满含期待地问：“微微，那件衣服真是你亲手做的？”

林知微正给他系扣子，顺着看过去，点点头：“课程中途接触了一部分服装设计，当时做好的成品里，其他的都很一般，就这件完成度最高，很适合你。”

陆星寒不满她对自己的评价：“哪有一般的，你就算不学也做得很好，小时候给我做的那些衣服，我根本舍不得穿。”

“你这是眼中带了滤镜。”

“是真的好，我到现在还小心收着，和新的一样，除了——”

他说得忘情，忽然顿住，唇抿成线，睫毛垂下。

除了……被扯坏的那件。

知微给他做的所有衣服里，有件冬天的短大衣他爱不释手。

当初在舅舅家时，他夜里抱着它，汲取着知微残留在上面的气息才能勉强入睡，每天起来叠得板板正正压在枕头底下，没想到被表弟注意到，故意偷走去穿。

他发现时，表弟套着他珍爱无比的衣服，随便滚在雪地里打雪仗，旁边小孩儿问他：“你这外衣好看，你妈给你新买的？”

表弟满不在乎嗤笑：“什么啊，我妈能买这破衣服吗？我家那个拖油瓶的，天天宝贝似的搂着，我偏要给他弄脏。”

说着往灰突突的脏雪里一靠，衣服立马脏污大片。

他眼睛充了血，不要命地冲上去把表弟摁倒，骑在身子底下发了疯地狠狠揍，边揍边流泪，哭着要把衣服抢回来，可拉扯的时候太用力太着急，传来了缝线破裂的可怕声音。

舅舅听说打架了，领着好几个大人赶过来，一脚把他踢到旁边，抱起自己儿子心疼地哄慰。

陆星寒搂着坏掉的衣服，身上挨了好几下，小兽似的见谁打谁，后来被拳打脚踢没了反抗力气，颤抖着窝在雪里蜷成一团，还不忘把衣服紧紧护在怀中。

从那天起他就病了，高烧得神志不清，舅舅怕他死了要负责，把他丢到不正规的小诊所里，他梦里总看见知微在他旁边，醒来就什么也没有，熬了两天实在想得受不住，鼓起勇气打电话给她。

他不奢望见到她，更不敢设想跟她走。

只要能听她说一句“我也想你”就满足了。

但他太怕了，如果电话里，知微说“别找我，我一点也不想你”，他一定会马上死掉。

可是电话接通后，知微说的是：“别怕，我现在就去找你。”

浑浑噩噩撑到深夜，看到知微披霜挂雪进来的身影，他连滚带爬冲上去死死抱住，哭都哭不出声音。

他那时虽然还不懂爱情，一无所有，但他也想用尽未来的一切，去换跟知微再也不分离。

林知微看看左右没人，担心地摸摸他的脸：“星寒？想什么呢？”

陆星寒回神，睫毛动了动，上前一步，俯身抱紧她：“这次跟许黛走，早点回来。”

“你在想这个啊，好——”林知微神色一松，拍拍他，“肯定早回。”

一周而已，跟两年多比起来，短到可以忽略不计。

陆星寒软下嗓音，指着衣架：“我要先穿你亲手做的那件。”

林知微给他理好配饰，笑着答应：“可以，等开场结束，第一轮就给你穿。”

演唱会中间，林知微偷溜到前方舞台边，小粉丝一样看他唱歌，跟别人一起尖叫大喊，等一段快结束，她再跑回去准备下段的换装，多次往返也不觉得累，反而精力充沛，乐在其中。

最后一场演唱会间隔的时间和之前相同，也是六天。

但演出当天，是林知微跟随许黛启程去往加拿大的日子。

陆星寒没办法去送，开场前的准备阶段里，一直坐在角落抱着手机给她打电话：“微微，你要去的地方我了解过了，这个季节能看极光。”

“我们落地就要开始忙，”林知微刚托运完行李，边走边说，有些喘，“不知道有没有机会看到。”

她笑着补充：“如果看到了，一定拍照片给你。”

想到她现在跟自己远隔千里，陆星寒胸口窒闷，喃喃说：“照片怎么够……”

照片不够，视频不够，所有美好的，他都想和她一起看。

林知微要过安检，不能继续打电话，轻声说：“星寒，我挂啦。”

陆星寒正要说话，休息室门板一动，袁孟神色复杂地走进来，让开一点，露出踟蹰在门口的，一张熟悉的脸——梁忱。

今天是巡演收尾，男团毕竟还没正式解散，队友仍是队友，合情合理来给他做嘉宾。

袁孟斟酌说：“梁忱说有急事找你。”

梁忱眉心紧锁，配合袁孟的话郑重地点头。

谈话间，林知微的电话已经挂了。

陆星寒看了梁忱一眼，慢慢起身，问：“什么事？”

门口总有人经过。梁忱欲言又止，虽然怵他，还是咬咬牙走了进来。

“星寒，你跟我出来一下，”梁忱想拽他又不太敢，压低声音，“我真有重要的事，不耽误你多少时间，就几句话！”

陆星寒跟袁孟稍一对视，抬手示意一下。

袁孟明了，快步退出休息室，把门关紧，顺便支开附近的工作人员，留给他绝对安静的空间。

陆星寒淡声说：“不用出去，这里就可以。”

真剩他们俩，梁忱反而更紧张，额上直冒汗，心里头七上八下，一时想不起该从哪说起。

陆星寒也不催促，低头解开手机锁，点出林知微的微信对话框，给她发了一条语音：“等我结束过去接你，我想和你一起看极光。”

一分半钟过去，陆星寒的手机自动锁屏。

梁忱双手握住，试了好几次，盘旋在嘴边的话仍然没能说出来。

陆星寒扫了眼墙上的钟，耐心耗尽：“离开场还剩十五分钟。”

梁忱又抹了下汗：“我……”

“队长，你已经说过七八个‘我’了，”陆星寒打断，“如果真的这么难以启齿，你可以不说。”

梁忱面对他本来就没底气，现下听出“送客”的意思，更慌了，想好的措辞一下子忘干净，急急忙忙冲口而出：“你跟公司续约吧！”

休息室里霎时安静。

梁忱觉得温度都跟着骤降了不少，他吞吞口水，硬着头皮重复：“星寒，你听我劝，续约吧。”

陆星寒仿佛听到什么天方夜谭，低低冷笑了一声。

梁忱蹭蹭手臂上连片的鸡皮疙瘩，坚持说：“我承认以前有段时间嫉妒你，不服气，但是后来我都想通了，是真心拿你当队友、当朋友的，现在找你说这些是为你好，你和公司对着干只能吃亏，星上娱乐不是表面上那么简单！”

“队友？朋友？”陆星寒目光冰冷无波，冷冷地望着他，“我在星上娱乐做了三年垫脚石、挡箭牌，最后能换你这两个词也算值了，至于其他的，免了吧，你所谓的为我好，我消受不起。”

梁忱脸色一白，对敏感问题避而不谈，执着地追着问：“公司不是挽留你了吗？还答应以后给你好资源，肯定不会压榨你了，大家就各退一步，你顺水推舟续约留下不好吗？”

陆星寒眼中寒霜堆积，争辩都懒得，直截了当：“那我问你，续约多久？”

梁忱噎住，吞吞吐吐说：“八……八年。”

陆星寒上前一步：“八年？这八年打算让我过什么日子？”

梁忱不自觉往后退：“就和……和现在一样，接戏，唱歌，上综艺……”

“是吗？”

“是……是。”

“是继续垫在你脚下吧！”陆星寒蓦地提高声音，“接戏给你做配，唱歌分你半首，上综艺替你做脏的苦的活儿，给你推人设，对吗？！”

梁忱的汗顺着脸颊淌下，徒然张着嘴，牙关直打战。

陆星寒紧盯着他：“队长，要你承认我们真正走过的路，有那么困难吗？这种情况下，你跑来劝我续约八年，还口口声声说把我当朋友，你怎么说得出口。”

梁忱呼呼喘气，喉咙里犹如拉着风箱：“是，我承认我一直踩着你，消耗你，吸你的血，要不是你自己争气，早被公司榨得骨头都不剩！”

他眼睛通红，双拳颤抖：“但现在不一样了！你这么红，风头正盛，公司需要你，而你也输不起！你要是配合，公司能改正态度优待你；你要是不配合，公司一样能想阴招毁了你！”

“什么阴招？说出来！”

“你跟知微姐的事，你以为公司完全不知道吗！”梁忱瞪圆眼睛，“先说好，我可从来没透露过，但是他们总能找到蛛丝马迹，就算没实证，放出去说你们关系暧昧就够你受的！以你现在的地位，你不怕曝光？！”

陆星寒看着他歇斯底里自认有理的样子，怒火逐渐变成淡淡的怜悯。

“曝光？你用错词了，”他嘴角冷冷勾起，“那叫公开。”

梁忱愣住。

陆星寒再也不想跟他对话，绕过他朝门口走。

梁忱终于反应过来陆星寒是什么意思，神经一抽："你要公开？"

"你疯了吧！"他激动地大喊，"你不是当初那个小明星了，你现在多红自己不知道吗？！公开恋情可是大忌！尤其她还比你大好几岁，粉丝会怎么想！"

陆星寒站住了。

"梁忱，对你来说，为了红可以没下限，炒绯闻，心安理得依附队友，把前途摆得比天高，但对我来说不是，"他眸光利如冰刃，"有些东西，远比红不红重要太多，根本不能相提并论。"

梁忱愕然地喘气，当初陆星寒毫不犹豫抱着林知微从六层坠下的画面再次回到眼前。

他以为人总会变的，毕竟过去两年多了，林知微身在异地，陆星寒如今又风头无两，怎么可能再把一段感情放在首位。

可看陆星寒的样子，根本就是有增无减，比以前更执着。

"好，就算这个你不在乎，别的呢？"梁忱转而追问，"你确定没有任何黑料能叫人利用？！"

"没有。"

"不可能！"

"你怎么知道？"

"我听见了！"梁忱激动得声音沙哑，"我亲耳听见他说的，你要是坚持走，他不止抓着你一件事，绝对能让你混不下去！"

陆星寒紧跟逼问："'他'是谁！"

"他——"梁忱瞬间哽住，面如白纸。

"到现在你还不敢明说吗！星上娱乐是个幌子，背后有主公司在操控，我们从最开始就是工具，全是为了抬高你，我已经替你说到这里，你连继续下去的胆子都没有？！"

"我爸！"梁忱被他激得额上青筋暴起，忍无可忍低吼，"是我爸！全国数一数二的传媒公司是我爸开的，整个星上娱乐就是他给我专门打造的后花园，你只是被选中的陪跑、书童，这下你懂了吧！"

梁忱吼完，陆星寒一个字都没说，他却突然崩溃，捂住双眼呜呜哭起来。

“我也不想这样，我不想天天在不擅长的领域里垂死挣扎，让你的粉丝嘲讽，让别人评价是吊车尾、累赘！”梁忱用手臂挡着脸，“我十岁开始做童星，通过我爸安排，拍过那么多广告、电视剧，可就是不受欢迎，我有什么办法！”

陆星寒面无表情，等他发泄。

梁忱哭得更委屈：“我起早贪黑学声乐、学舞蹈、练演技，要怎么笑，露几颗牙都有标准，我拼命了，但我学不好能怎么办！我五音不全，肢体不协调，容易怯场，我很努力了，有今天的普通水平已经是我最好的成绩，结果还是连你的脚印都踩不上！”

他抬起通红的眼睛：“我就是我爸摆布的木偶，替他圆梦，我哪有说不的余地！”

梁忱长到二十一岁，每天过得都是固定节奏的生活，学、练、少休息、被批评。

他是家里第三个儿子，最小的，原本应该无忧无虑备受宠爱，无奈成了梁父寄托可笑梦想的容器。

梁父天生有明星梦，无奈外貌不好，受过不少嘲笑，屈辱愤怒反而成了斗志，加上商业头脑优越，在最好的时代涉足娱乐圈，成了手握一众明星命脉的传媒公司掌权者。

地位超然，欲望增大，让人辗转反侧的执念则日夜挠心。

既然自己不能做明星享受簇拥追捧，那就让孩子替他完成。

为了生出个好看的孩子，梁父先后离婚三次，跟第四任漂亮妻子才有了梁忱，对比哥哥姐姐，已经是惊人之貌。

梁忱成了梁父塑造的目标，像装进模具的水果，只能按着固定形状生长。

然而梁忱骨子里温暾，不喜欢也不擅长娱乐圈那些事，从小资源堆上去没有半点水花，眼看着即将成年，再不红就彻底过了“美少年”的阶段，以后要红更难，梁父安排手下一个忠心的副总出去单立门户，顶起了星上娱乐的门楣。

为了防止梁忱背上大少爷这种不讨喜的人设，连经纪人袁孟都是特意雇来的生人，在袁孟完全不知情的情况下，安排他去物色有潜力、好控制的优秀男孩，组成当下热门的男团，成为梁忱的垫脚石。

陆星寒原本就是一块临时的踏板，不管他付出多少，成绩多大，在公司眼里，永远做不成主角，只是赚钱工具、少爷陪读。

但梁父怎么也想不到，巧合选中的踏板，竟然冲破所有屏障，成了如今站在圈内最顶端的那个人。到此时此刻解约关头，位置颠倒，他公司的艺人频频出事，遭遇危机，陆星寒却反过来高高在上。

这份出色和骄傲，既让梁父迫切需要，又让他咬牙切齿。

“所以我爸，我爸肯定不会放过你，”梁忱抽噎，“我也没办法……”

陆星寒看了他许久，移开目光，寒意逐渐收敛：“队长，你很喜欢说这句话。”

梁忱迷茫。

“不想，没办法……你天天挂在嘴边，”陆星寒静静地说，“你一辈子就打算这么过了吗？”

“我……我也不……”梁忱刚习惯性想说“不想”，赶紧闭上嘴，脸色纠结。

陆星寒笔直地望着他：“做别人的儿子之前，你首先是个人，想要什么，喜欢什么，总该心里有数，反抗真有那么恐怖吗？小时候的模具是你父亲放的，现在的模具，是你自己放的，你不是想红，你是想要肯定。”

梁忱的眼妆花成一片。

“把你那些努力刻苦放到真正合适的地方，你早就不是现在这副弱势的可怜相了，”陆星寒扯扯嘴角，“到此为止，我不想给你讲什么大道理，我知道你是来提醒我的，不管有没有用，谢了。”

“星寒……”

陆星寒转身，手搭上门把时，回头扫了他一眼：“快点补妆，别耽误演出，还有，被你当成洪水猛兽的父亲，在我眼里，连威胁都算不上。”

他走出休息室，顺手带上门。

袁孟正在外面绕圈圈，看他出来赶紧迎上来：“没事吧？”

陆星寒摇头：“走吧，最后一场。”

袁孟亦步亦趋跟着他，忍不住摩拳擦掌：“这场结束，跟星上娱乐就彻底断了，星寒你别担心，不管公司作什么妖，哥全力护着你，你想到任何需要我准备的尽快说。”

陆星寒眸中染上一点暖意，低声说：“确实有几件，过后再告诉你，先帮我订三天后去加拿大的机票，我把微微接回来。”

当天晚八点整，演唱会引爆寒冬夜晚时，飞往加拿大的航班在轰鸣声中起飞。

林知微关门弟子的身份很快就要坐实，理所当然跟许黛同坐，团队其他人分散在后排，时间不算晚，机舱里的交谈声还透着热闹。

她接过空姐送来的薄毯，帮许黛盖在腿上，许黛正翻着机上提供的电影杂志，没几页就看到了陆星寒的特写，旁边配一篇知名影评人写的短文，把陆星寒作为演员出道以来的表现全方位夸奖，但在末尾一段，对陆星寒成为赵导专业户有些可惜。

赵导虽然位置高，可近年的片子早已没了从前的诚意。价值和潜力巨大的年轻演员被他捆绑，行内人不免觉得浪费。

许黛碰一下林知微的手臂，指给她看。

林知微看完，把杂志合起，等许黛下一步要说的话。

大家都是明白人，许黛既然特意这么强调，自然有她的用意。

许黛放轻声音：“陆星寒不是真的欣赏赵导吧？”

林知微淡笑，一时没回答。

许黛知道赵导曾经跟陈令仪相关的绯闻，想到某种可能，安抚地拍拍她的手：“我多少明白一点，没有别的意思，如果可以，想帮忙给他牵条线而已。”

“您说。”

许黛难得有些俏皮地把手肘垫在扶手上，托着下巴，慢悠悠说了个如雷贯耳的大人物名字。

国内导演第一人。被他看中过的演员，无一例外都在影视圈飞升了。

“他呀，”许黛弯着眼睛，“新筹备的悬疑片里有个角色，很看好陆星寒，要我有空替他问问，我跟陆星寒本人不熟，只好先来问家属。”

林知微震惊：“这种机会当然好，可是您——”

许黛知道她奇怪什么，靠近她耳边，挡着嘴小声说：“他是我老公。”

这种大新闻随随便便就说给她真的好吗！

“是我不愿意公开的，不想被他的名气影响我工作，”许黛笑得甜甜蜜蜜，“但你是自己人，等正式到我门下，以后跟我家里人免不了经常见面，早晚都要说。”

林知微屏息，心口怦怦跳：“星寒可以的，他能胜任。”

许黛愉快地点头：“那就这么说定了，让他们俩单线联系，咱们不用多参与。”

林知微眸光明亮：“好，等下飞机我马上告诉星寒，让他跟您先生沟通。”

她落地后第一时间换上手机卡，拨电话前及时忍住了，飞机延误了一些，算算时间刚好是国内的晚上，陆星寒跟她说过，演唱会结束隔天，他会参加赵导新片的庆功宴，现在应该正在现场。

犹豫片刻，她按捺住满心忐忑，发了条信息：“安全第一。”

陆星寒感觉到衣兜里的振动，没办法拿出来看，他正被赵导按着肩膀，听他有些大舌头地吹嘘。

所谓庆功宴，这是第二场了，第一场在两小时前，给媒体和公众看的，冠冕堂皇一结束，赵导小圈子内部的人全部转移到他的这处私人别墅里，酒精调笑混在一起，随着越来越多眼熟面孔的出现，渐渐露出一张张人皮下的真实面目，堪称群魔乱舞。

“小陆，我跟你说，以后你就好好跟我拍电影，前途无限你懂吧，”赵导招呼了一圈，早就醉眼蒙眬，“听说你跟原来那小公司合约到期了？梁先生——梁先生你肯定知道，国内数一数二的大公司，想签你，说你不大愿意，找我搭个桥，我的面子管不管用！”

陆星寒回答得痛快：“当然管用。”

赵导满意，嘿嘿笑了两声：“梁先生跟我私交很好，你签他没错。”

他语气暧昧：“今天这是个小场，算是我特地给你办的，把你给咱小圈儿里的人正式引荐引荐，改天带你去个大场见见世面，瞧见厅里那帮小丫头没，都是新入行的化妆师和服装师，够嫩吧。”

陆星寒眼都不抬。

赵导以为他不好意思，推他一把：“也不看看混的是哪圈，别总那么纯，今天放开了玩玩，自家地盘，在场随便哪个丫头，都有把柄在我手里，敢纠缠你就让她活不下去，不用怕麻烦。”

说着端酒给他。

陆星寒自然地拢过手边那杯酒：“我这杯还是满的，不过我酒量非常差。”

“能有多差？”赵导虽然醉，但也特意看了他杯里的颜色，确定跟别人一样，才哈哈笑，“干了干了！喝完带你过去。”

陆星寒面露难色，赵导见状更高兴，连声催促。

非喝不可。

陆星寒的唇碰到杯沿，微合眼，慢慢咽下。

几秒钟里，他余光掠过别墅里分散在各处的几个人，看似随意不起眼，但都在微不可察地朝他点头示意。

陆星寒的眼帘放心落下。

热辣酒精强烈刺激喉咙和胃，但心是安的，整晚，他没碰过这别墅里任何吃喝的东西，这杯里的酒是自带的，趁着开场没人留意，他偷偷换上，一直等着派上用场。

赵导看他听话，眉开眼笑，揽着他要走，但陆星寒明显站不住了，扶着桌沿摇摇晃晃。

“不是吧，这就醉了？蒙我呢！”

陆星寒脸色煞白，捂住嘴。

赵导还是不信，皱眉：“小陆，你可别跟我玩演技啊。”

陆星寒晃了下头，状态更糟，艰难退了一步，吃力地问：“洗手间……”

赵导“啧”了声，扬手想叫人带他去，话到嘴边又改了：“我跟你去！别想骗我！”

洗手间里，陆星寒吐得昏天黑地，酒气熏人，赵导将信将疑凑近了瞧，看到他嘴边竟挂了鲜红的血迹，这下是不得不当真了，再看他极差的表情，有点怕搞出大事，皱眉挥挥手：“扫兴，行了行了，我叫你的人过来接你，下次啊，别想再跑！”

袁孟扶着陆星寒从别墅后门先行离开，赵导要玩、要闹的事情还多，没太当回事，交代两句就醉醺醺地转身回去了。

进到车里，袁孟立刻猛踩油门，开到绝对安全的区域才刹车，急急忙忙钻到后排。

“星寒！星寒！”

陆星寒睁开眼，眸中虽然充血，但目光清明：“没事，我要的东西呢？”

袁孟鼻酸：“全到手了！咱们的人都安全，没暴露。”

陆星寒肩膀松下，扯掉外衣给他：“扔了，被姓赵的勾肩搭背，恶心。”

袁孟拼命点头：“以后再也不用跟他接触了，星寒，咱成了！星上娱乐，姓赵的，谁也妨碍不到你们俩！”

陆星寒花了两年一寸寸看似无害地逼近赵导，今天——被赵导正式拉入秘密小团体，并打算彻底把他同化的这个日子，他终于成功收网。

袁孟瞧着陆星寒的样子心口直抽，从前一口就倒，为了应付最后的脱身，不知道逼自己练了多久，才能到现在吞下满杯再强行吐净，还能保持神志清醒。

“咱快去医院吧，你那血……”

陆星寒蹭了下嘴唇，指腹染红：“去是必须去，小范围编个胃出血的通稿给姓赵的看，但我身体好着呢，没吐血，故意咬的，不吓人怎么出得来。”

袁孟终于好过了一点。

陆星寒不想聊这个，立刻说：“梁忱父亲跟他有关，这条线也盯上，先收集着备用。”

他紧接着问：“东西基本全了，什么时候能正式抛出去？”

“给我几天时间，”袁孟语气凝重，“星寒，这次跟陈令仪不同，是件要地震的大事，我的底线是绝不能把你俩牵扯进去，必须准备万全。”

陆星寒跟他对视片刻，眼一闭：“行行，听你的。”

袁孟让他放心，又不禁低叹着自言自语嘀咕：“有时候做梦想想，这种地动山摇的事，要是能有个圈内大佬牵头该多好，就不信搞不死那群渣滓……”

“袁哥。”陆星寒眼瞳漆黑。简单两个字，口气不复温和，冰得袁孟直哆嗦。

不做梦了，不做梦了还不行嘛！自力更生，丰衣足食！他只是唠叨唠叨，干吗这么凶啦！

袁孟正打算抱紧自己时，陆星寒手机响了，摸出来一看，国外号码，他秒秒钟变了脸，浑身冷厉消失一空，直接化成一摊甜软小果酱。

“微——微——”

两个字恨不得揉尽了爱意。

林知微总算舒了口气：“该结束了吧？你一直没有给我回信息。”

陆星寒哪敢回啊，就怕微微打过来发现他异常。

只要微微打来，他是一定要接的。

“结束了，刚出来在车里——”

一句没说完，果然声音里的不对劲被她听出：“怎么了？喝酒了是不是？！”

“喝完都吐出去了，”陆星寒扒着座椅，冷静凛然撑不住了，满腔柔情无处安放，只能可怜地靠着冰凉车窗，他手指蹭着窗上融出的水雾，柔柔地拖着尾音，“难受，吐的时候不小心把舌头咬破了，特别疼。”

袁孟在旁边有点窒息。

几句话既坦诚了实情，又淡化了艰难危险，还能顺便拿伤口讨疼爱。

星寒厉害！

陆星寒旁若无人，低低糯糯撒着娇：“我想做的事都达成了，保证安全，别担心，现在没有其他要求，就想麻烦微微辛苦点，好好哄我一下。”

袁孟忍不住捂脸，受到的伤害成吨计算。

刚才那么凶，那么冷，谁来着？！差别待遇真是太戳心了吧！

袁孟听不清林知微具体说了什么，只能看到陆星寒脸上的血色飞快恢复，长睫颤巍巍，笑意深得晃眼睛，连指尖都快闪出恋爱光辉。

药到病除，立马满血复活。

“好——你把导演联系方式给我，我去沟通，”陆星寒额头抵着车窗勉强降温，慢慢说，“不过具体哄我的事，不用等回来那么久，我后天就出发去接你。”

“我是自由身了，没人管得了我的行程，”他心里甜得厉害，“我要亲自把老婆接回家。”

第十章
风 雪 中 找 寻

出发之前，陆星寒跟许黛的爱人成功取得联系，聊得不多，但意外投缘，地位超然的大导丝毫没架子，气氛相当融洽。但一个在片场忙碌，一个即将出国，约好等忙完这几天后，带许黛和林知微一起，四个人坐下来吃饭面谈。

这边敲定，陆星寒转而去跟进袁孟的进度，袁孟给他打包票：“交给我，比起陈令仪时期，咱们的人马可是质的飞跃，等你们回来保证搞定。”

陆星寒强调：“还有江城和——”

不用他说完，袁孟都懂：“两个地方已经安排人过去了，星上娱乐可能钻的空子，一个一个全给他堵上。”

陆星寒顺手递给他一瓶橙汁：“辛苦了，随时联系。”

袁孟泪汪汪：“老大，不给橙汁我也为你肝脑涂地！”

陆星寒手一伸，把橙汁拿走：“那省了。”

“我就是客气一下……”

陆星寒扬眉：“往后自己开工作室了，省点没坏处。”

他选在深夜，按袁孟的安排走特殊通道，神不知鬼不觉上了飞机，十几个小时里完全不困，聚精会神把知微在的地方研究了个底朝天。

加拿大西北部的城市，冬天里以雪景和极光闻名，陆星寒的资料收集齐全，把地形气候，风土人情，在哪看极光，有什么好的约会去处尽在掌握之中。

等到飞机降落时，他精力充沛去换了全套防寒装备，清晨继续转机赶往，他迫不及待给林知微打电话：“微微，我八点左右就能到了！”

林知微刚从酒店房间出来，怀里抱着大围巾、护目镜，肩膀和耳朵夹着手机，脚步放缓，有点低落：“我们七点半出发……”

她顿了顿，重振精神：“下午五点前肯定回来，你等我。”

陆星寒看看表：“我尽量快点，赶在你走前先见一面。”

“别急，这边气温很低，你刚到不适应，”林知微忙说，“乖乖把状态调整好，不要受寒。”

陆星寒蔫蔫的：“不乖行不行啊——”

林知微轻笑，软声说：“乖的话，有小礼物给你。”

她说完，正好经过走廊窗边，朝酒店后院打量一眼，她的小礼物还完好无损待在那。

许黛全副武装在楼下喊她：“知微，好了吗？”

“好了，这就下来！”

林知微戴好围巾，快步下楼，她一出现，自然又吸引了一楼大堂里不少目光。

东方女孩黑发雪肤，小小一张脸几乎全被藏进围巾里，露出白玉似的鼻尖和明媚的杏眼，身上穿了几层厚重防寒服，反而衬得格外纤瘦漂亮。

这次的任务是许黛参与的一个奢牌冬装宣传大片拍摄，需要进入雪地深处。正好符合了导师对她毕业实践考核的要求，极限自然环境下的着装和妆容。

抵达以后，林知微已经随大队人马去过两次，都是半天返回，今天是第三次，需要走得更远，耗时更长。

除许黛团队的华人之外，在场的全是品牌方、拍摄方和模特们，男人居多，打量林知微的目光更是大胆直白。林知微在设计院两年早习惯了，淡定地视而不见，直奔许黛。

许黛简单检查了一下她的装备，叮嘱：“这几天气温低得不正常，千万注意保暖，不要病倒。”

出行方式依然是载人的雪地摩托。

林知微出酒店后，寒风扑脸，她不知道具体温度，但总觉得比前两天更冷了一点，不禁担心陆星寒穿得够不够多，可惜手机在室外的低温里基本等于报废，打电话是难题。

她跟许黛坐好出发时，在轮胎压过厚雪的噪声里，隐约看见远处公路有车过来，多半是陆星寒赶到了。

心要飞了，可是还得落回来。

想哭。

陆星寒到达酒店门口，视野里细雪轻扬，童话似的小楼林立，再往前是杂乱交缠的车辙，更远处松林成片，白雪无垠。极目远眺的尽头，还能看见一点移动的小黑点。

小黑点里有他的微微！

就差几分钟，陆星寒也想哭了。

直到小黑点彻底消失，他才转身走进酒店，递交证件时，前台的小哥核对身份，负责地问："先生，请问林小姐您认识吗？"

说着他拿出一张林知微留下当信物的名片，交给陆星寒。

陆星寒差点冲口而出"这是我老婆"，压了压躁动的心情，才矜持地点头："认识。"

小哥笑出一口白牙："她给您留了礼物，在酒店后院花园，让您收到后好好休息，等她回来。"

陆星寒哪还忍得住，办完入住直接拖着行李去后院。

说是花园，花早没了，完全被雪覆盖，更显得角落里某个东西格外扎眼。

陆星寒定定地看着。

淡灰天空下，圆润可爱朝他傻笑的，是个雪人？

他快步走近，雪人到他腰际那么高，头顶扣着带毛球的毛线帽，眼睛弯弯，身子上端端正正写了一个字，"崽"。

是他哎！

陆星寒忙蹲下细看，想碰碰又舍不得，生怕弄坏，他前后左右观察半天，想象知微在这里忙碌的样子，心口热气烘得手心都暖起来。

不行，怎么能放陆小崽一个人在这里。

他学着知微的手法，紧挨在旁边堆起一个稍小些的，仔仔细细塑形、画五官，把自己头上的帽子给它戴好。

他摘下手套，用指尖在同样的位置，写下一个超好看的“微”。

陆星寒越看越满意，舍不得走了，干脆蹲跪在雪人旁边，没一会儿睫毛就凝成了一层雪雾。

雪人成对了，可他只能等啊。

陆星寒垂下头，呼出一口微弱的白气。真是……

孤独，可怜，想微微。

陆星寒找来不少五颜六色的小零件装饰在雪人身上，“微”用不上的才给“崽”用，他还特别注重颜色搭配，不能丢了微微造型师的脸面。

不知不觉间，细雪逐渐变密，结成碎小冰片，落在防寒服上沙沙作响。

他没觉得时间过多久，可再抬头时，天空颜色深了不少，像浅灰里泼了薄墨，混混沌沌还没来得及搅匀。

风也开始隐隐刮脸，气温在持续降低。

不太对。

陆星寒本能地拿出手机想给林知微打电话，按了几下没反应，才想起来天气太冷，手机自带的低温保护启动，开不开机。

他有些不安，虽然来之前把这里的气候了解了不少，但毕竟没亲身经历过，况且目前的体感温度已经远远低于资料上给出的往年平均气温，他心里没底。

陆星寒起身回到酒店大堂，想找当地人问问情况，前台小哥看到他身上的落雪，主动提醒：“先生，建议暂时减少室外活动。”

“是不是要变天了？”

小哥笑笑：“最近确实不太稳定，经常有些突发的小风雪，不过都属于正常范围，很快会过去的，不用担心。”

陆星寒拧眉问：“确定？”

小哥毫不迟疑：“放心吧，不出半个小时太阳肯定出来。”

陆星寒回头望向窗外，雪没有继续变大，他点了下头，注意到墙边置物架上有两种小手册，一种是低温生活常识，一种是雪地遇险的自救和救援。

他一样拿一本，回楼上房间，先把手机充电，准备再下楼冲去花园里，在手机失灵前快点把两个雪人拍下来。

万一被风损坏多可惜。堆好的情侣款，等微微回来的时候，至少要有照片给她看。

等待充电的时间里，陆星寒仔细通读两本手册。他聚精会神，一时没注意到外面的雪势忽然猛增，大团雪花棉絮般扬下，被风吹得狂舞。

大雪劈头盖脸，迅速在林知微身上覆了一层。许黛在她旁边，没太系紧的围巾被风呼啦吹起，差点掀飞，林知微急忙按住，飞快给她扎好，蒙着口鼻大声说："老师，天气太不正常了！"

喊出来的话一大半淹没在呼啸声里。

话音刚落，拍摄团队那边两台架设稳固的摄像机一起被吹翻，"砰砰"栽进雪堆，惊呼咒骂全被噪声淹没。

前两天也有短时风雪，但程度轻微、持续很短，稍微坚持一下就过去了，目前的势头明显不对。

许黛抬头看看越来越黑的天色，摇摇晃晃拽住林知微的手臂："跟紧我！"

今天的拍摄任务刚启动不久，模特们衣服才换到第二套，此时大家都意识到不安全，纷纷往身上套棉衣，猛挥手朝宣传片的总导演示意。

"先回去吧——"

"风雪太大了没办法拍！避一下不可以吗？"

"再等下去恐怕有危险！"

总导演有点不甘心中途刹车，每天的工作量是固定的，今天耽误了，意味着整个进度都要拖延，他掏出全组唯一一台极地环境专用的电话，想打给酒店里留守的同事问问情况。

没等接通，又一阵更强劲的烈风袭来，导演二百多斤的彪悍身体被刮得一踉跄，电话脱手甩出老远，顷刻就被雪盖住。他脸色彻底变了，连滚带爬去找，然而雪地飞速被风抹平，连痕迹都没留下。

下一秒，组里携带的几个GPS定位器先后闪起刺眼的红灯，这种定位器雪地专用，能感知温度和雪量压感，在突破限度时会报警提醒。

导演惊慌地大吼："走——快走！去乘车点！"

一声令下，全组各团队尽可能收整还没被刮跑的东西，用最快速度往四五百米外的乘车点赶。

林知微努力控制着呼吸频率，不让自己体力消耗太大，同时不忘护着许黛。

许黛今年四十过半，健康状况一般，本身又不耐寒，没有风雪都不太好过，何况在这种恶劣天气下。

“你顾好自己！”许黛喘着朝她喊。

林知微说不出话，拉住她加快脚步，凭记忆直奔她和许黛来时坐的那辆雪地摩托的停放位置。

这个时候，她们隔着护目镜已经看不清天地的分界。

狂风卷着刀片似的雪遮天蔽日，整个世界罩入昏沉，末日一般的场景震得所有人头晕目眩。

酒店周边的情况没有旷野里严重，但所有窗户和门都开始咯吱作响。

陆星寒疾速冲下楼，经过楼梯转角时，一眼瞥到后院花园里并排的两个雪人，眼瞳当即一缩。

七零八落，两顶帽子交叠着埋在斑驳雪地里，只有大红的毛球露在外面。

酒店大堂里乱作一团，各种肤色的住客聚在门边张望，电话铃此起彼伏，人人言语里都透着焦躁。

前台小哥被指使着来回跑，险些迎头撞到陆星寒身上，他转身想溜，被陆星寒一把抓住肩：“现在什么情况！”

小哥面无血色，支支吾吾说：“恐怕是暴……暴风雪……”

陆星寒五指钢铸似的收紧：“刚才不是说正常范围？！”

“我也是今年才来这边工作的，以前没经历过不清楚，可是最近几天确实很快就好了！”小哥解释，“连电视台的天气预报也是五分钟前发布明确预警的，这次暴风雪是突然袭击，谁也没想到会这么急这么可怕。”

陆星寒甩开他：“进雪地的团队是不是有留下的人？在哪！”

小哥迅速给他指了指：“听他们说GPS信号往回移动了，应该没事。”

留在酒店的以品牌方的人居多，造型团队剩一个年轻男孩留守，他正在紧张地来回踱圈，一眼看到陆星寒，完全惊呆：“陆……陆星寒？！”

陆星寒看到华人面孔，直接冲他过去："她们返程了吗？"

男孩抬起定位监控器，愣愣地回答："分给咱们造型组的 GPS 在知微姐手里，信号动了，肯定——"

陆星寒抢过来看，心跳轰然一空："没动！停住了！"

男孩不相信地凑过去一看："哎，怎么停了！"

陆星寒一秒也等不下去，攥紧监控器，戴上护具直接大步往门口走，顺手在门边悬挂的摩托车钥匙里摘下一把。

旁边掌握其他定位信号的品牌方负责人也认出陆星寒，他们曾经建立过服装赞助关系，有过一面之缘，他立刻跟上去阻止："陆，你怎么会在这里？这是要干什么？"

陆星寒侧头冷瞥："救人。"

负责人不解，扯他手臂："我们的拍摄组有你认识的人？现在外面能死人的你知道吗！"

"我当然知道！"陆星寒一把推开，眼底血色狂涌，厉声低吼，"我爱人在里面！"

整个嘈杂的大堂顷刻死寂。

"等等——等等！"有人举起同样的监控器高喊，"不止一个，所有人身上带的信号都停了！说不定是他们太匆忙携带不方便，或者落在了雪地里，不一定是出事！摩托车自带的信号是在往回移动的，而且其中还有几辆更快，已经要到了！"

"先别冲动，至少等车回来！很可能都安全！"

负责人忙说："是啊，我不清楚你爱人是哪位，但等她平安回来，你却跟她错开，到时候怎么办？"

陆星寒五脏六腑火烧一样。

燃成灰烬，滚在泥里，再被狠狠碾压踩烂，掉进万丈深渊也不够此刻折磨的万分之一。

紧握的摩托车钥匙深深硌进皮肉里，他一动不动盯着窗外肆虐的风雪，守着微微会回来的方向，用尽力气才能站得稳。

他不能失控，他还有必须要做的事。

陆星寒勉强保持冷静："有没有救援队？"

负责人面露难色，“有是有，不过官方的距离远，这里是私人救援队，现在是最危险的时候，而且大家是否遇险也不确定，不适合马上去，他们也在观望中。”

“好，不救援，”陆星寒牙关咬紧，“教学总能做吧？”

“你……”

“所有需要做的事，现在教给我，需要用的东西，卖给我，”陆星寒一字一字，带血的双瞳扫过大堂内所有人，“如果她有任何危险，你们做什么决定与我无关，我去找她！”

人身上带的信号都停了。

林知微弓着身，把GPS定位器吃力地塞进贴身衣兜，稳妥地放好。

开远的摩托车队伍很快消失在前方昏天暗地的风雪中。

几分钟前，她们到达乘车点，发现来时的摩托车居然少了三辆。问过才知道，是有些下步拍摄的必需品落在酒店，安排了人返回去取。没想到危机瞬息到来。

等车回来根本不可能，目前只能带尽可能多的人先走。

摩托车是专门载人用的，算上驾驶员，一辆最多能挤四个人。生死关头，没人再谦让收敛，不要命地往车边爬，生怕被落下。

许黛喘得太厉害，林知微拉着她走得略慢些，等赶到车边时，位置几乎全被占满，男人们避开视线，半点没有帮她们的意思。

林知微理解，这时候谁都要保命，她也没把希望寄托给任何人，拽紧许黛挨个车摸过去，终于找到一辆只坐两个人的，但这两人体型偏胖，生怕重量超标，谁都没吭声叫她们。

她先把许黛推上去，车上已经很满了，驾驶员在风雪中大吼：“快点快点！要走了！”

许黛怕她掉队，赶紧把她拉到前面。

车队缓慢开拔。

天地融成一片。

然而开出一百米，摩托车就纷纷罢工，寸步难行，驾驶员急得死命喊：“太重了！雪深开不动！先来后到，最晚上车的下去！要不然都得完蛋！”

尖叫声顿时炸起，驾驶员马上补充：“没有GPS的说话，给你们一人留一个！我们把人送到就回来接应，直着往前不远有个避难屋，你们去那等！”

许黛只迟疑了一瞬。

就在这一瞬里，林知微按住她，护目镜后的双眼柔亮依旧，她的声音本该吹散在风里，但却字字扎进许黛耳朵：“老师，你坐着，我下去。”

许黛一下子受不住了，用力攥住她的手：“不行！你才多大年纪！我……我近半百的人，比你见过的多，比你经验足，我留下没问题。”

林知微望了望回程的方向，心缩成一团。

造型小组的GPS原本就在她手中，她不再耽搁，果断跳下车：“老师，就是因为您年纪比我大，我不能把您留在这。”

“快走吧，你们安全到了，他们才能返回接应，”林知微语气坚定，嗓子却忽地哽住，顿了顿才大喊，“星寒……星寒来了！他在酒店里！”

许黛愣住。

说话的工夫，摩托车重新启动。林知微不敢流泪，朝许黛嘶声吼：“告诉他！我不会有事！我一定平安回到他身边！”

除了林知微，剩下的几个人都是被强行踢下来的。大家抱团凑在一起，在漫天风雪里犹如渺小的沙尘。

雪深盖过小腿，林知微收好GPS，努力把身上的护具整理扣紧，俯下身迎上暴雪，回头招呼绝望的同伴：“快点去避难屋，我们谁都不会出事！”

绝对不会。

她跟星寒的生活才刚刚开始，怎么可能结束在雪地里。

她还有很多话没跟他说。

他辛苦赶来，她还没来得及给他拥抱，告诉他以后不再分开。

说好的哄慰，一点都没有实现。

她必须毫发无损，赶回他的面前。

避难屋的距离不算远，林知微在来的路上留意过，基本的自救常识她也在酒店的科普小册子上学了不少，情绪很快稳住。

千万不能慌。

另外几个人都是被强行留下的，还处在绝望里，不乏崩溃大骂的。林知微不希望同伴把体力浪费在没用的地方，连喊了好几声提醒，这些人才相继平静，撑着口气互相拉扯着，千辛万苦往避难屋赶。

然而所有努力聚起的希望，在看到避难屋的全貌时彻底崩塌。本就年头有些久远的老式小屋，材质不够结实，又不知道经历过多少场风雪，早已不堪重负，经过这一役，只剩下残垣断壁。

不愿意接受现实的几个人蹚着雪冲过去，屋门刮飞了，屋顶掀翻大半，仅有一个墙角算是比较完整，勉强能够遮挡一二。

林知微到处看看，当机立断："这里不行，我们继续往前走。"

有人马上大叫着反对。

"走去哪！他们说好来这儿接应的！"

林知微反驳："约定之前谁也不知道这里的现状，他们往返最少需要一个半小时，我们如果不能保温又不走动，有生命危险！"

"反正我是没力气了，你问问谁还有力气！出去也是死，我宁愿待在这！"

剩下的一点屋顶也发出了松动的异响，随时要被吹走，林知微拿出GPS查看："往前还有另外一个避难屋，酒店手册上标注是新建的，肯定坚固，定位器上有定点显示，不会迷路，而且信号跟着人走，他们能找到，快出发吧！"

几个人略微动摇："要走多长时间？"

林知微简单算算距离："如果风雪保持这个强度不变，大概四五十分钟。"

一听这么远，大家全部死心，说什么也不肯动了。

说话间十分钟过去了，林知微明显觉得四肢开始僵硬，远没有走动时灵活，精神也逐渐倦息，有了困意。

这里几乎露天，除了墙角一无所有，再一动不动躲下去，如果救援不及时，很大可能会冻死。但她不是专业的，只能凭着少量学到的知识以及直觉和本能，去决定自己生存的走向。

不能强迫别人必须听她的。因为她也无法确定每一个抉择到底是对是错，最终会指向哪里。

林知微站起来，挨着墙走动两圈让血液流动，抬头看看天色，丝毫没有好转的迹象，她下定决心："我最后问一次，你们走不走？以我的判断，离开这里的生存概率更大。”

这句话反倒换来不领情的埋怨，说她什么也不懂，随便出去要害死人。

林知微点点头，把GPS紧紧绑在手腕上，整理衣物每处接口防止进雪："好，那我走了，不管谁的决定更对，我们都不需要为对方负责，保重。”

说完，她放慢呼吸频率，绕过墙壁，再次扎进遮天蔽日的风雪里。

酒店的大门即使关紧，也挡不住缝隙里透进的寒风碎雪，“咯吱咯吱”的响动搅得人头皮发麻。

门口聚了不少人，不约而同看着唯一站在外面的陆星寒，谁也不敢喊他进来。从之前阴差阳错先行回来取东西的几辆空摩托车抵达起，他就变得跟外面的暴风雪一样可怕。

忽地有叫声响起："快到了！”

摩托车队的信号显示只剩不到两百米。

模糊大雪里，很快有车灯闪烁，轰隆靠近。

等不及车停稳，陆星寒狂奔过去，变了调的嗓音不断大吼着“微微”，挨个车检查。

不是，不是，哪个也不是！

直到有个相对瘦小的身影从后面的车上颤巍巍下来，几步赶到他面前，扯下挡脸的围巾，许黛。

陆星寒看到她，绷死的神经当即炸开，不好的预感直冲眼前。

许黛气喘吁吁："车不够，知微……知微为了让我先走，留在雪地里，快点让人去找她！”

等在大堂里的众人纷纷出来，许黛跑过去大喊："还有人在里面，马上安排救援队跟着驾驶员去救！他们知道路，能最快到！”

却一片死寂，空剩呼啸风声。

不止救援队不说话，连拉他们回来的驾驶员也没吭声。

许黛呆了："你们……你们什么意思！多待一分钟都有危险，快——”

她话音未落，陆星寒攥烫的摩托车钥匙拧开打火，一言不发启动，飞快掉头要往前方能见度极低的雪原里开。

许黛大惊失色，她拽不到陆星寒，勉强扯住摩托车的后座护栏拦他，眼里见了泪，朝无动于衷的人群质问："你们把人留下的时候答应好的！”

“是答应好的，可也得考虑实际吧，说得轻松，你看看这天，万一人没救到，我们也搭进去怎么办？”

“是啊，再说不是有避难屋吗？一小时也是躲，两小时也是躲，为了安全，等风雪小点再进去更好。”

“谁的命不是命呢，我们也怕出事，遇上自然灾害，先保住自己总没错吧？”

“都闭嘴！”陆星寒蓦地出声，略微侧过头，“你们的决定是你们的事，谁也不用多说，其他我不管，我去里面找我的人。”

救援队的脸上挂不住：“现在去死路一条，别到时候拖累我们再多背一个——”

用的不是“救”，是“背”。

意思不言而喻。

陆星寒怒吼声暴起，雪崩一样劈头盖脸狠砸向他：“她活我带她出来！她死我和她死在一起！我跟她的命，不需要任何人负责！”

所有人噤声。

他和微微一无所有，有的只是彼此。

如果出不来，他就抱着她，不让她冷，不让她害怕，永远留在雪地里。

风势稍减，但雪比之前更大，气温还在持续降低。

摩托车受的阻力太大，车速受限，朝着迷蒙深处一点点靠近。

陆星寒一手控制方向，一手攥紧信号监视器，他心脏堵在喉咙口，身体里全是空的，到处是“轰轰”的回声。

他的眼睛在前路和屏幕上来回转换，近乎痴狂地盯着监视器上那个代表着微微的小小红点。

虽然极其缓慢，但确实在动着，一点一点，拼命努力地朝他靠近。

陆星寒的情绪早已到了极限，强忍着保持理智。但小红点每前进一下，他都面临崩溃。

避难屋肯定出了问题。此时此刻，微微正徒步在雪地里穿行，随时可能遇到危险。

陆星寒牙关磨得生疼，想在无垠旷野里嘶喊她的名字，让她听见他来了。

林知微的体力飞快流失，但头脑始终保持清醒。

太冷了。

她贴身穿了两层保温衣，外面还有非常保暖的防寒服，各种护具也齐全，但在极端气候里，全像纸糊的一样脆弱。

前半段路程，她一直直立行走，但到后半段时，力气不够，反应不及，容易被风刮偏方向，她几乎完全俯下身，半趴在雪里前行。

慢，却稳定。

她始终没有偏离GPS上的路线，第二间避难屋已经肉眼可见。

又吃力地前进了一小段，林知微抬起头，看到她的目的地近在咫尺。

果然跟她猜想的一样，新建的房子坚固很多，虽然屋顶也被损坏了一部分，正在风里摇摇晃晃，但四周墙壁和门板都完整，比之前那间好上太多。

她用尽最后的力气稍微直起身，重喘着扑过去，一头扎进扇动的门里，直接跌跪到地面上。

是地面，不是雪。即使也被盖了一层，但比起外面，简直浅到可以忽略不计。

脚踏实地的感觉让林知微恍如隔世。

她摘掉护目镜，扯开围巾露出口鼻，伏在地上大口呼吸，就算屋顶损坏了不能保温，但至少能遮风挡雪，给她喘一口气的时间。

GPS信号正常，她的小红点，一定正在某个屏幕上显示着，会有人找到她的。

她不能让星寒白等。

陆星寒眼睁睁看着监控器上的小红点停住不动了。他的心脏也跟着同时停跳。

距离已经非常接近。

苍茫暴雪里，他猛一抬头，看到立在不远处的小屋，还算完好地提供着屏障。

陆星寒反复确认微微停下的位置，确定跟小屋落在同处，他立即跳下摩托车，踉跄着蹚过深深的积雪，全身战栗着疾跑向那扇关上的门。

林知微不知道在屋里趴了多久。

她只想喘一口气歇歇的，但困顿猛烈侵袭，她使用到极限的四肢彻底僵住，连起身都变得困难。

不行啊，不能睡。

心里这么想，可行动不受控制。

林知微费尽气力才撑着地坐起，想挪去门边，扶着把手起来走动走动，再下去要冻僵了。

每动一下，骨节都钻心地疼。

她咬紧唇，艰难挨到门边，刚站起一些，膝盖承受不住，眼看着要栽到地上。

紧闭的门却被人从外面猛地拉开。

林知微站不住，马上要跌跪下去，被来人扑上来一把搂住，她跪倒，他也跪，死命地把她搂紧，喉咙出不来声，不断发出模糊沉暗的气音。

她完全呆住了，根本不敢相信。

气音终于变成快要揉碎的“微微”两个字，一遍遍横冲直撞，闯进她的耳朵里。

林知微的声音还不如他，哑到听不清：“星寒……”

她想拽着他仔细看看，可使不上一点力，虚虚地攥住他的衣袖微弱地问：“你怎么，怎么……”

陆星寒艰难吞咽两下，深知林知微状态很不好。

他把满腔爆炸的情绪勉力压下，抱住她从冰冷的地上起来，把门重新关紧。

带来的救援包里有简单几样必需品，他单手紧搂着人，挑一块离破裂屋顶最远的位置扫开积雪，铺上防潮垫，找出小型取暖器，打开后发现温度太低，它也失灵，只是温的。

温的也比凉的好。

陆星寒靠墙坐下，把林知微团在自己胸前，将取暖器塞进她手里。

他脱下带着一点体温的外衣裹在她身上，把里面的衣服尽可能敞开，让她紧贴着，手臂收拢，把她完全圈在怀里。

“微微，好一点吗？”

林知微感觉到最贪恋的温度，本能地使劲儿往他胸口蹭，醒了一些的头脑又迷糊了，小声喃喃：“冷……星寒我冷……”

陆星寒忙抱得更紧，冰块似的嘴唇不敢多碰，浅浅亲一下她更凉的眉心：“不怕不怕，再休息一下，我们回去。”

外面的暴风雪到达极致。破掉的屋顶一角往里猛灌着花白的雪。

现在不能走，微微明显有些冻僵了，要先给她恢复一点体温，何况风雪太大，这里还算安全，要避一避。

他已经找到她了，只要在一起，哪都无所谓。

取暖器和陆星寒的身体都在发挥作用，林知微迷迷糊糊睡了过去，一点噩梦都没有，舒服安稳得如同在家。

再睁眼时，理智逐渐找回些许，她总算想起自己身在哪里。

陆星寒含笑的低哑嗓音在头顶传来：“醒了？”

林知微费力地仰起脸，一眼看到他苍白脸色和发青的嘴唇。

陆星寒团住她抱稳，低头用唇碰碰她的唇：“风雪小了，咱们可以走了。”

“我……睡了多久？”

“才半个小时。”

半个小时，他就一直这样动都不动。

林知微傻傻地看他，反应有点跟不上，想说的话说不出来，急得眼圈要红，越着急越无力，精神随之萎靡，眼帘也跟着变沉。

陆星寒揉揉她的脸：“别急，回去说。”

他动了动，吃力地起身，托着她走到门边，稍打开一条小缝：“微微你看，没那么可怕了。”

林知微抬了抬眼睛，确实平息了很多，不再疯狂肆虐。

终于过去了。

陆星寒看她困，放心不下，出去还有好长一段路要走，要逗她多说话，让她多恢复些精神才行。

否则之前缓解的冻伤很可能变本加厉找回来。

“宝宝——”

“嗯。”

“你今天特别勇敢，特别厉害。”

“我知道你在等我——”

“真乖，”陆星寒抱着她在屋里走，“有没有害怕？”

林知微趴在他肩上小小点头：“有，害怕见不到你了。”

陆星寒手指收紧，忍下哽咽：“现在还怕吗？”

她乖巧摇头：“不怕了，找到你了。”

陆星寒隔着几层衣服慢慢顺她的背，蹭蹭她，故意问：“想不想回家？”

小脑袋用力点点，依然蔫蔫的。

还得强力刺激一下才行。

陆星寒抿抿唇，忍了几下没忍住，贴在她耳边轻声说：“乖宝宝，叫声老公，老公带你回家啊。”

林知微脑袋还蒙着，完全听陆星寒的话，顺着就微弱地嗫嚅了一声：“老公……”

两个字让陆星寒胸中鼓胀得厉害，轻轻摇晃她，亲亲她的鼻尖：“宝宝精神点，老公没听清，再叫一声。”

好的，超乖巧。

她张开口，老老实实正要再喊，突然觉得不太对，脑筋迟缓地转了转，努力仰起头看他，一双眼水洗过似的清澈。

清澈、可怜巴巴。

陆星寒低叹，贴上她的脸蹭蹭，心软到不行，舍不得趁她虚弱欺负她，柔声哄慰：“要是不叫，就努力打起精神，回到酒店前不睡了，好不好？”

林知微鼻音闷闷的：“好。”

其实不是不愿意叫，就是还没准备好……

外面风雪的势头继续平稳，但气温仍旧没有回升，陆星寒把她放到防潮垫上，整理好各种护具，要背她起来。

林知微舍不得，推了一下想站起身：“我自己走。”

她咬牙撑着他的肩，双腿打战，刚试探着站直一点，冻僵的膝盖就传来剧痛，再被他反手一揽，无力地软倒在他背上。

陆星寒扣紧她的膝弯：“有我在，不用走，乖乖趴着。”

门推开，厚雪夹着冰凌扑面，天色亮了少许，灰蒙里包着微光。

眼前白茫无垠。

摩托车原本停在几十米外，可等出来再一看，早被之前那阵最激烈的暴风雪推出百米，侧翻在雪窝里，要不是露出一片鲜亮的颜色，很难被发现。

陆星寒攥攥林知微的手："搂好了。"

说完这句，感觉到她的手臂在尽可能用力，他深吸口气，踩进深雪里，修长的小腿不停歇地破开略有硬度的浩瀚雪海，径直朝摩托车跑过去。

林知微很想睁眼，但颠簸加上越来越强烈的疲倦蚕食意志，只能迷迷糊糊趴在他身上，耳边是他粗重的喘息声，她忧心地挑开眼帘，看到他单手护她，保持背着的姿势不变，另一只手正在雪里吃力地拽起摩托车。

她精神一凛："星寒！你放我下来。"

陆星寒不听，猛一蓄力，摩托车冲开积雪，重新立住，他马上去打火，前两次没反应，第三次时终于传出声音，响了十来秒后成功启动。

"突突突"的噪声，这时犹如天籁。

他拂掉座位上的雪，把林知微抱到后座，认真叮嘱："这车不太稳，一定要抱紧我。"

林知微双手扣牢，低头埋在他宽阔后背："稳不稳我也会抱紧的。"

雪色旷野仿佛没有边际，连远处的松林都被纯白的雪压满。

风虽然小了很多，但凛冽不减，割着每一寸露在外面的皮肤，除了风声，还有车轮下轧空的积雪，不断发出"咯吱咯吱"的响声。

陆星寒视线有些受阻时，才想起之前跳下车太心急，又怕武装太严微微一下会认不出他，顺手把挡脸的护目镜扯下丢在了摩托车上，但被大雪一埋，早不知丢到哪里。

好在现在只是飘雪，还不至于影响视物。

他怕微微会睡着，抓着她的手一直说话，她都在尽可能给他回应。

GPS 上的路线显示还剩下一半时，风势更弱了，雪差不多完全停下，天际隐隐透出亮光，是要出太阳的征兆。

陆星寒计算着距离和车速，刚以为二十分钟内肯定到达时，始终气若游丝的摩托车蓦地卡顿，他忙拧到最大速度，但也只是往前疾冲两下，陷进雪里再也不动了。

林知微不安地动了动："星寒？"

陆星寒安抚地拍拍她，反复尝试多次，确定这车被刮翻掩埋之后，确实受了某种表面看不出来的损坏，彻底罢工了。

他迅速定住神。

GPS 和监视器是一对一的，出发前每个小组分一个专用，造型组的这一对现在全在他的手里。

而且这里和之前拍摄地点临近的第一个避难屋是两个方向，即使后续有人进来救援，也不可能中途遇见他们。

别人要想知道他们的位置，只能通过摩托车的信号去定位。

陆星寒握紧林知微的手，结着雪雾的睫毛颤了颤。

没有办法联系外界，要么守在车边死等，等着有人发现他们停住不动过来营救；要么完全靠自己，徒步走回去。

显而易见，他不可能坐以待毙，把微微的命寄托给其他任何人。

她已经接近极限了。

陆星寒果断迈下摩托车，简单活动四肢，小心翼翼把林知微再次背起来："不要睡，跟我说说话。"

林知微所有关节僵硬疼痛，简单起身的动作都让她难受得闷哼了一声，她努力睁眼："去……哪？"

陆星寒怕她乍然改变姿势会不适应，脚步放缓，承担着她的手臂腰背稳如泰山，语气自然，甚至还带点笑："骑车人累了，咱们找个地方中途歇歇，晚点再走。"

"还有……休息的地方吗？"

"有啊，"陆星寒哄她，"而且能保温，有热水，住一晚都没问题。"

"远不远？"林知微没有精力去分辨他话里的真假，本能关心最直接的问题，"你背着我太累了。"

陆星寒核对好方向，靴子一下下深深扎进雪里，稳步朝前迈进，"不远，特别近，"他温柔地说，"但是我一个人走会很可怜，你要陪我聊天啊。"

微微绝对不能睡。这样的速度回程，到达酒店要一个多小时，一旦中途睡着很难叫醒。

"星寒，"林知微伏在他背上，吐字有些含糊，"我害你担心了，我让老师先回去，你有没有……生我的气？"

她甚至不敢设想暴风雪发生以来，等在酒店的陆星寒会是什么反应。

“我对你不存在生气这个词，”陆星寒摇头，“不管你救了谁，把自己留在哪，我都能找到你。”

他一双桃花眼弯了弯，笑得很甜：“然后把我的小媳妇背回家，洗白白，一口吃下去。”

林知微环着他的脖子，轻轻笑，笑得胸腔后背都疼，委屈地说：“我真的困了，睁不开眼睛。”

陆星寒身后已经留下长长一串踩出的坑洞。

有一线阳光破开厚重云层，撕出璀璨的细细裂口。

天要晴了。

陆星寒小腿长时间埋在雪里，隐约传来针刺似的麻木酸痛，但声音依旧保持轻快，微微地摇她一下：“眼睛不能闭，乖乖睁开，给你讲故事。”

“还是以前那些睡前童话故事吗？”

“不是，今天给你讲陆小崽暗恋的故事。”

林知微长睫扇动，还真的清醒不少。

陆星寒低头，脚下的积雪持续被他的双腿荡开：“从再也不愿意叫你知微姐开始吧——分不清是从哪天起，心里把姐姐这个词拉进了禁区，在我眼里，你不是姐姐，单纯只是林知微。”

他顿了顿，无奈地笑：“你肯定不知道，我只是完整念念你的名字，心都会颤一下。”

她嗫嚅：“星寒……”

眼前的雪原漫无边际。

陆星寒钩紧她的腿：“每天看你看不够，不敢当面说，偷偷把你夸上几千几万遍，怎么会有知微那么漂亮，那么可爱的小姑娘——那时候同学都喜欢女明星，我看都不看，只是想，不管谁，连知微一根头发丝也及不上。”

林知微轻声喘气，脸贴在他肩上。

“确定自己喜欢你的时候，先是很自卑，”他略仰起头，望着天色，“你那么好，我怎么才能配得上，又难过又害怕，可是也很甜，看见你心就胀得要爆炸，最担心的就是你不等我，不等我长大，你就选择别人。”

说到“别人”，根本不存在的假想敌，他也忍不住咬咬牙：“你上大学的时候，我有次回家整理东西，在你某本不常用的习题册里，发现一封没拆的情书，看见的时候简直要疯了，你那年暑假比我放假晚，我心慌，想你想得受不了，就买了车票去你的学校，想接你回来。”

林知微抓着他的衣服：“我不知道……”

“想给你惊喜，赶到你的校门口，却正好看到你在参加学校活动，穿很美的裙子，在阳光底下好看得发光，很多男生围在你身边献殷勤……”陆星寒抿唇，低声说，“不怕你笑话，我那天是哭着回家的，除了嫉妒，更怕自己永远也够不上你，永远只被你当弟弟。”

她艰难地转过头，隔着厚厚围巾亲吻他的颈侧。

陆星寒的脚完全麻了，近乎机械地往前移动，头顶的太阳钻出更多，光芒还不算热烈，照在雪面上反射出微光：“从那天起，我拼命地想要变好，想离你更近，有资格并肩站在你的身边……盼望着有朝一日能拥有你，所以你发现我的心思，疏远我，不要我的时候，我的世界完全塌了。”

明明体力大幅流失，接近精疲力竭，腿也早就没多少知觉，可他依然保持着速度，不允许一点拖拉。

“那时候……”她眼眶酸得厉害，尽最大力气抱着他，“你是小狼崽子，”

陆星寒无声笑：“小狼崽子还是把你叼回窝里了，你想跑都跑不掉。”

“不想跑……”

“不想也跑了，”陆星寒眯起眼，阳光越来越烈，气温虽然略有回升，但没有风吹的广袤雪面俨然成了一面白花花的镜子，反射出强光，他的声音平稳不变，“跑去学习两年多，又跑来雪地，现在你该知道了，不管跑去哪，我都能把你安安稳稳叼回来。”

“狼一样。”

“狼多好啊，”他甩了下头，尽力回避光照直射，可还是被四面八方小刀子似的白亮晃进眼睛，“能保护你，驮着你到处跑，还能给你暖被窝，你去哪，我去哪，从今以后，你再也别想把我丢下。”

膝盖要扛不住了，持续发抖。视线越来越模糊，眼眶酸痛，控制不住要流泪。

陆星寒提着一口气，一步不停："怎么不理我？不能睡啊，我们快到了，睁开眼，微微你看，太阳都出来了。"

林知微隔着护目镜，看不太清阳光有多强，只知道风雪停止，天地安静得只剩他沉重的呼吸声。

她意识涣散，喃喃："你骗我……你走了好久好久……根本不是去休息……"

最后几个字，微弱到听不出。

陆星寒哑声喊："微微，微微！"

快了！很快就到了！

他急得拼命往前冲，双腿不听使唤差点摔倒，勉强站住，继续忍着疼迈开步，大片反光直刺进他没有任何保护屏障的眼里，眼前像瞬间蒙上一只大手，视野被完全遮挡住。

看不到了。

不远处似乎有车声和喊叫声传来。

陆星寒完全失去视力前，看到的是逼近的模糊车影，首先扑过来的，好像是许黛。

不行，谁也不行。

他不能把微微交出去。

陆星寒用尽剩余的力气把林知微从背上放下，搂在怀中护住，膝盖弯折，重重跪倒在雪地里。

许黛吓得魂飞魄散，身后跟着的众人手忙脚乱聚上来，试图把两个人分开，赶紧带上车。

陆星寒手臂却如钢铸的一样纹丝不动。

人都半昏迷了，还丝毫不放松。

林知微也紧搂着他的腰，一寸也不肯让。

许黛满脸是泪，心急火燎大喊："知微！快放开！星寒受伤了，我们要救他！"

林知微手指颤了颤。

许黛趁机试着把她往外拖，继续嘶声喊："知微冻僵了，再不快点暖过来会有危险，陆星寒你到底放不放！"

陆星寒眼睛看不见，喉咙滚动着说不出句子，但听得到许黛的话。

彻底昏迷前，他感觉到手臂被很多人掰开。

他们回来了。

微微得救了。

壁炉里的火噼啪轻响，房间里温暖宜人，空气里浮动着淡淡木料清香。

林知微脸色红润，长发披散，身上穿着卡通毛绒的睡衣，半蜷着窝在陆星寒怀里，呼吸匀称。

陆星寒眉心紧蹙，忽然动了两下，哑声呢喃什么，慌得转身，险些从床上掉下去，被惊醒的林知微一把揽住。

“星寒？”

他还没醒，沉在梦里。

林知微撑起身，扳过他的肩，把他放平，蹭过去靠上他的胸口，伸手在他眼睛的纱布上摸摸，轻声念：“星寒。”

他昏睡一天了。

她恢复意识时，跟陆星寒是分开两个房间的，许黛当时正在她床边，耐心地给她解释：“你们两个伤都不轻，担心躺在一起互相碰到会误伤，所以——”

林知微根本听不下去，跌撞着爬下床。

许黛无奈，扶她到隔壁。

他的伤已经被处理好，就那么孤零零躺在床上。

看见他眼前缠着纱布时，林知微一下子吓哭，被许黛告知只是雪盲症，恢复三四天就会痊愈后，才手脚并用地爬上床，紧紧贴在他身边再也不肯走了。

可到现在星寒都不醒。

再睡下去她要害怕了。

林知微的冻伤不算太严重，做过复温处理后就没有大碍，余下的是慢慢恢复，她的手脚还不太灵活，但在舒适的床上撑起身，凑上去做坏事还是足够的。

她往上蹭了蹭，温软的嘴唇先碰碰他的下巴。

没反应。

她继续进攻，伸出湿润舌尖舔舔他的唇，贴合覆盖，轻轻咬住。

他的手似乎动了动。

她得到鼓励，进而去欺压他的牙关，温柔顶开，辗转深入，亲得自己面红耳赤。

他的呼吸节奏变了。

林知微搂过他的头："陆小崽，该起床了，你再不起来我要哭了哦。"

陆星寒不安地动了动，似乎猛地从噩梦里挣脱出来，上身起伏一下，手臂本能地去揽，温软的身体立刻蜷在怀里。

"微微！微微！"

嗓子沙得变调。

"我在。"林知微够到床头桌的水杯，想喂他喝几口水，但他完全不配合，一门心思困着她，她干脆吞下一口，俯身贴上他的唇，一点点喂进去。

看到他唇瓣湿红，她总算放心，超乖巧地趴到他胸前。

陆星寒摸到被子，把她裹紧，翻身按到身下压着，用力抱住，过了半晌才不太相信地摸着仍在刺痛的眼睛："我……看不见。"

"是雪盲症，你在户外直视雪面太久，伤到眼睛了。"林知微摸摸他的头，心口疼得直抽，"护目镜丢了为什么不说，我戴着那个有什么用！如果给你，你就不会……"

"我怕你昏睡，不让你闭眼睛，你必须戴着，"他俯身，追着温度埋进她颈窝里，"我没事，你不疼就好。"

敲门声轻响。

林知微喊了声"稍等"，揉揉眼角爬起来，理顺长发，扶陆星寒靠在床头，把被子盖到他腰间，才说："请进。"

许黛端着煮沸后又凉透的牛奶进来，惊喜地问："星寒醒了？"

陆星寒循声转过头，略微颔首。

林知微轻声说："星寒，你先躺下，我给你眼睛上药。"

雪盲症治疗期间，常用牛奶滴入，再配合当地医生的药水，注意避光，三五天就可以恢复。

纱布一层层拆开，他紧闭的眼眶通红，不自觉渗出的药和泪把睫毛粘在一起，疼得睁不开眼。

他唇线敛着，手攥了攥床单。

林知微注意到他下意识的小动作，揪心不已，他没经历过看不见的情况，是在悄悄地紧张害怕。

她不在乎许黛在不在场，低头亲亲他，温柔地哄：“乖啊，没事，很快就好了。”

纱布重新缠好，这一天里她做过好多次了，动作快而熟练。

许黛接过用剩下的牛奶，没有马上走，反而在床边椅子上坐下来，正色道：“知微、星寒，虽然这个时候不该打扰你们休息，但有件事似乎迫在眉睫，我想跟你们谈谈。”

林知微点头：“老师您说。”

“我先道个歉，”许黛叹了口气，“知微，我不小心偷听到了你跟星寒经纪人的电话。”

林知微一脸惊讶。

她醒来后，看到陆星寒的电话快被袁孟打爆了，于是新电话再一次进来时，她赶紧接了。把这边遇险的情况避重就轻说了说后，询问袁孟是不是有急事。

袁孟毫无保留，把陆星寒临走前交代的种种大事一一给她汇报一遍：“星上娱乐能抓到的漏洞都堵好了，到时候但凡他们敢动歪心，绝对反杀，姓赵的那些证据也整理齐全，随时能揭了他老底，我现在唯一担心的……”

“你说。”

袁孟迟疑：“虽然可能杞人忧天，但我还是不能完全放心，怕姓赵的那边查出是星寒在背后操作。”

林知微当机立断：“千万别急，等我们这边情况稳定再商量下一步。”

后续还说了很多，她具体记不清了，却没想到被许黛听了去。

“从上次飞机上聊起星寒变成赵导专业户，我就隐约猜到了你们要做什么，”许黛不再避讳，目光透彻，挺了挺脊背，坦白地直指重点，“星寒，我知道你已经准备足够了，现在唯一缺少的，大概就是一道能护着你放手一搏的屏障。”

她字字清晰：“如果可以，我希望我，还有我的丈夫，能有幸担起这个身份。”

林知微睁大眼：“老师？！”

许黛眼眶不禁含泪：“知微，我们连正式的师徒都还不算，生死关头你却能把活路留给我。我明白，你的性格就是这样的，但并不影响我对你的感激，咱们组里那么多人，整个团队那么多人，哪个不是只顾自己，生怕被连累，唯独你……”

“我承认，以前我只是觉得你专业过硬，能力够强，跟我秉性相和，哪怕知道你冤屈没有洗脱，也不曾多上心，”许黛认真地看她，“但现在，我跟星寒是一条战线的，我想帮你们一起打赢这场仗。”

“许老师，多谢你的好意，但我手里的证据已经足够了，至于屏障。”陆星寒蒙着眼，沉声开口。他嘴角微扬，“我既然敢做，就想到了一切后果，我跟微微都是这圈子里没背景的小人物，只想凭自己，不敢贪图什么保护。”

许黛看他的目光更为赞赏，苦笑着摇摇头：“我都懂，但我跟知微的关系不可能斩得断了，我是她的老师，对她有这份责任。”

她按了按心口，声音微颤：“尤其在看到你冒死把她从雪地背回来的时候，我更扛不住了，我是真心想要帮你们，不能给我这个机会吗？”

“更何况——”她郑重地说，“我丈夫要我带话给你，作为国内影视圈的所谓领军人物，揭开圈内恶臭黑幕这样的事他本身责无旁贷，现下却把危险全压在一个优秀的年轻后辈身上，他良心不安。”

许黛站起身，终于显露出多年身处上位之人不容拒绝的气场：“不该插手的，我们保证绝不插手。星寒，你努力了两年，接下来也尽管放手去做，无论捅破多大的天，我们夫妻俩都要让你们这对小情侣平安落地。”

三秒钟，没人说话。

许黛迫不及待双手一击：“这事定了！”

过后，许黛要求陆星寒再给她两天时间，她想到一些可能会有用处的证据，会尽快拿到实证。

既然达成一条战线，林知微也不扭捏，点头答应。

正好陆星寒的眼睛和冻伤疲劳也要再过三天左右恢复，等他身体全部恢复，再正式推进刚刚好。

“星寒，我刚才看见跟我一起留在雪地的那几个人——”

林知微的体力不知不觉好了很多，第二天开始就能正常下床走动，一日三餐她都端到房间，照顾陆星寒吃。

没想到这才端了晚饭进来，想给他讲讲见闻，竟正撞见他紧抿着唇，扶着墙边柜子慢慢走。

听到她的声音，他反射性地想快点过来，腿却狠狠撞到柜边上，脸色当时白了几分。

林知微急忙把托盘放下，冲过去一把抱住他："你乱动什么！"

他唇动了动，没说话。

林知微搂着他扶到床边坐下，不舍地揉他的腿："撞青了，你乖乖等我啊，别随便下床，想走我陪你。"

好半天没听见他说话，她抬头，看到他低垂着脸，纱布在一点点润湿。

林知微心脏差点停跳。

手刚伸上去，被他抓住，哑声说："是药水流出来了。"

他声音小小的："微微，你抱抱我。"

抱抱抱。

林知微坐到他腿上，环住他的脖颈儿，在他脸颊轻吻一下："别怕，很快就好了。"

可林知微发现陆星寒太不对劲儿了。

强悍头狼瞬间成了超敏感的小兔子，能对劲儿吗？

撞了腿以后，他一步都不能离开她，连去端饭也要像小朋友似的牵着一起。

开始时她不答应，怕他磕磕碰碰伤到，他蔫蔫地靠在墙角，唇都白了，失落得要命："别把我一个人留房间里。"

小模样能把林知微的心戳烂。

能怎么办，牵着，领着，走到哪带到哪。

托盘由他端，她只负责时刻抱他，给他指指方向。

吃饭也要她一口口喂，有时候明明边吃边笑，他却突然不吭声，桌子底下的手攥在一起："宝宝……"

多少次欲言又止。

晚上睡觉更是黏黏糯糯赖着她，把她紧紧搂在怀里，有时深夜醒来发现怀抱松开，她不小心睡远了，他一定会满头汗地把她拉过来，仔仔细细亲过一遍才能安稳。

林知微不记得说了多少次“我们安全了”“眼睛很快会好的”“别怕，我在你身边”，可他的状况并没有明显好转。

直到三天后，他的眼睛可以拆掉纱布，逐步适应光线了。

林知微得到医生首肯，兴高采烈跑回房间准备动手拆纱布。

她这一去最多十分钟，陆星寒一动不动守在门口，等她一进门马上拉住她，把她的手团进掌心揉了几下才定下心。

林知微推他到床上，手按在他纱布的接口，不等解释，陆星寒先说：“宝宝，我要跟你说件事。”

“什么？”她柔声问着，打算解开。

陆星寒用力按着床沿，手背筋络凸起：“我就算……就算眼睛一直不好，以后都看不见，我也能学着自理，不占用你太多精力。”

林知微的手不禁停住：“星寒？”

陆星寒喉结滚动，嘴角绷着，微微发颤：“我保证很快就能学好，尽早像个正常人一样生活，就算可能会拖累你，我也……”

他抬起头，明明看不见，还是努力朝林知微望着，咬着字句：“我也绝对不能跟你分开，一小时，一分钟都不行。”

林知微怔怔看到他的纱布又润湿了，眼泪顺着脸颊迷蒙地淌下来。

他身上僵得厉害。

她也终于知道，原来心脏可以为了一个人，瞬间火热翻滚，疼痛怜惜，到这种程度。

陆星寒并不了解雪盲症，不确定会有多严重的后果，他看不到，又没办法上网去查，他潜意识里一直以为“很快会好”是哄他安慰他的。

他在害怕自己失明，以后会拖累她。

难怪走哪都跟着，唯独她去医生那里，他肯乖乖留在房间，说什么也不愿意亲耳去听。

林知微蒙住眼，涌出的湿热顺着指缝溢出。

他可真是——

什么都敢乱想！居然胆敢把“拖累”这种词往自己身上套！

必须接受一点惩罚！

林知微咬着唇，纱布不拆了，哽着嗓子说："你的冻伤已经好了。"

陆星寒茫然点了一下头。

她转身去锁门，拉窗帘，回床边把他往里推推，踢掉鞋上床，点着肩膀直接把人推倒。

"可以做该做的事了。"

她抹掉脸上的泪，细白长腿抬起，跨坐在他身上，故意跟他轻轻相碰。

好多天未曾亲密触碰的身体顷刻被撩起火苗。

陆星寒的呼吸顿时加重："宝宝……"

"叫我也没用，"林知微垂下的发梢蹭着他的脸，她温软的手指捏住他的下巴，慢慢低头，唇印上去，"你想这种傻事，要接受惩罚。"

她轻啄一下，接着吻细细密密的落下来，待他张开口时，唇却马上离开寸许，偏不让他如愿深吻。

陆星寒手指不禁收紧，胸口快速起伏，难耐地压着她搂向自己。

林知微反手扣住他的手腕，不让他动，转而主动贴近她，声音低柔："说了是惩罚，你不能随便动，得听我的话。"

她想想陆星寒暗自担心的那些就心酸得要命，不能轻易原谅他，按着他的手腕压在身侧。

目光再往下描摹，俊美无双的男人，眼睛被雪白的纱布遮挡，露出的额头饱满，鼻骨高挺笔直，嘴唇刚被她润湿过，正泛着柔软的潮红，任她欺压。

陆星寒一定不知道他有多诱人。

他也一定还不清楚，她到底有多爱他。

"今晚，你要听我的话啊。"林知微合上眼，贴在他的耳边听到他越发浓重的呼吸，继而主动地、绵软地开口，轻柔裹着热浪，叫了他最想听的那两个字，"老公——"

第十一章

向全世界说爱你

等到惩罚够了，天也黑透了。林知微披着陆星寒的衣服坐起来，把他的头垫在腿上，调暗室内光线，一圈圈拆掉他的纱布。

他眼圈的红肿完全消了，小扇子似的睫毛不安地轻抖，林知微用指尖拨了拨，含笑逗他："睁开看看，你家宝宝是不是还那么可爱。"

陆星寒屏息，慢慢抬起眼帘，柔和浅淡的光透入，没有刺激，只是明亮的视野，勾勒出她的轮廓。

他一眨不眨望着她，半晌说："有点变了。"

"变了？"

陆星寒一本正经点头："变得更可爱了。"

林知微捏他鼻尖："别以为嘴甜就会放过你，我跟你说了那么多次，三五天会好，没有后遗症，不影响视力，你还敢自己瞎想！"

"我告诉你，就算这次你真看不见了，受伤不能动了，出再大的事，我都不会骗你，更不会离开你半步，"她用了力，把他冷白的皮肤捏红，"瞒着我偷偷胡思乱想，你说你该不该受罚？知不知道错了？"

陆星寒眨巴眼睛，贪婪地盯住她看，默默恐慌好几天的小心思彻底消散，眼睛恢复的事实终于在心里扎了根，他忍不住转身搂紧她的腰："我错了——那我还想受罚行不行？"

他仰起脸，一双明澈剔透的眼汪着水，央求她："还想。"

林知微红着脸拍他头："想什么想，袁孟等你回电话呢！"

"放心，"他安抚她，"我心里有数。"

陆星寒说了心里有数，那就是已经面面俱到，连各种时间点和细节都妥善安排好了。

当天深夜，是国内的中午，他拥着林知微轻轻拍，电话给袁孟拨过去，语气肯定："后天星期五，是姓赵的结婚纪念日，他一直标榜爱妻，按惯例肯定会发微博，还会总结他们夫妻情深的事迹推上微博热搜。"

袁孟听了就生气："这人太恶心了，谁能想到这副脸面背后，动不动就家暴，他老婆根本没有人身自由。"

陆星寒冷声说："所以就选在这一天，把引线点了，让他不用花钱动水军，真正因为个人感情上一次热门头条。"

上次和陈令仪的私情被姓赵的给压了，这次，看谁还有本事压得下去。

星期五深夜十二点半，国内的午休时间。

酒店房间里，三台电脑同时开启，陆星寒和林知微紧挨着坐在沙发上，许黛靠在窗边严阵以待，不断刷新页面，忽地轻呼："好了！最后一段，我马上给袁孟传过去，锦上添个花。"

凌晨一点，国内这时大部分人刚吃完午饭，处在短暂的休闲空当。

赵导不出陆星寒所料，和前几年一样，选在这个流量较好的间隙，发了条真情实感的微博，配上妻子结婚到如今的照片，口吻相当恩爱甜蜜。

早买好的营销号们兢兢业业跟上，图文并茂总结赵导多么深情厚谊，在娱乐圈里多么珍贵难得，底下粉丝路人一片感动，纷纷表示"又相信爱情了"。

十五分钟后，赵导的名字跳上热搜，热门里也全是他的爱妻事迹，连带着新电影宣传，整个中午时段被他霸屏。

陆星寒拾起手机："袁哥，五分钟。"

袁孟秒回一个 OK。

五分钟后，一个不知根底的空白小号横空出世，发布了一段类似恐怖片一样的短视频，几个有影响力的大 V 争先转发，立刻引起广泛关注。

视频中剪辑了几个片段，场景都在同一间病房里，一个过分消瘦的中年女人坐在床边，垂着头神经质地喃喃自语，哭哭笑笑，多次猝不及防抬起头，对着空气嘶喊："赵显宁！你说了娶我的！

"说好等我红了，等我工作室大了……你离婚！娶我！"

"你要是敢骗我，"她狰狞地咬牙切齿，"我要你下地狱！"

网友们震惊过后，迅速有人指出："如果没认错，是两年多前疯了的那个……陈什么仪吗？"

对，陈令仪。

这一提醒，用不着袁孟动手，看热闹不嫌事大的大有人在。当初陈令仪闹大的种种事件哗啦被掀起，她神经错乱，大吼着赵导的名字被警察带走的画面再次被翻出。

如果真的如赵导当时所说，全是空口污蔑的抹黑，何至于一个疯子时隔两年多，还一口咬定念念不忘。

陆星寒对着话筒说："继续。"

小号随之抛出真材实料的炸弹。

新的短视频分三段发布，拍的全是赵导和陈令仪私下幽会的场景。其中两段是陆星寒潜心挖掘到的，另一段让人观感不适的拥吻，则是靠许黛的关系找来的。车库、KTV 后门甚至片场树林里，两人五官录得清清楚楚，氛围堪比某种劣质小电影。陆星寒他们虽然知道偷拍不合法，但情急之下管不了那么多了，就算事后被追责也要揭露这个衣冠禽兽。

够硬的证据砸下来，话题顿时引爆。

林知微有些紧张地攥着手，手被陆星寒攥住，拉到腿上轻抚："这才刚开始。"

她深呼吸，点头："比预想的程度更激烈。"

要放平常，或许不至于群情激动，但偏就卡在赵导每年一次猛秀恩爱的点儿上，热门里跟妻子的照片的热度未消，这边和陈令仪的婚外情已然烧出大火，两方对照，无比讽刺。

林知微时刻关注赵导的动向："他还没反应。"

许黛笑眯眯地把手机屏给她看："座谈会的下半场刚开始，这可是绝对官方的，他再大胆也不敢动。"

许黛丈夫身兼电影协会主席，特意挑在今天，响应号召，集合同行开了场整风肃纪的大会，无数媒体在场外等待采访这些圈内大咖。

赵导人就在会场内，时刻受着管控。

与此同时，在袁孟了无痕迹的推波助澜下，陈令仪当时犯下的恶事被一件件拎出来铺在公众面前，包括赵导那些宛如亲自打脸的撇清声明，到现在再看，俨然急于斩断关系。

有心人都看得出，这不单单是一段私情。

陈令仪身上可还背着悬而未决的命案以及她造型工作室旗下数个女孩的安危清白。

陆星寒扫了眼时间，再次通知："下一步。"

袁孟时刻待命。

小号的粉丝数正在持续暴涨，一旦有新的内容发布，随即被推上高潮。

这次发布的内容，更叫人跌破眼镜。连续四段视频，男主角不变，暧昧情事不变，女主角却是四个不同的女人。

吃瓜网友们打了鸡血似的群情澎湃，其中自然有火眼金睛，没用多久，纷纷扒出四个女人的身份背景，无一例外，居然全是游走在各大剧组的造型、服装、化妆、道具等职位的负责人，陈令仪，只能算其中一个。

这下是彻底炸了锅。

各大APP紧急推送最火爆新闻，标题怎么惊悚怎么起，赵导维持多年的爱妻人设，一下子塌得满地狼藉。

林知微手心都是汗，问陆星寒："还有是吗？"

陆星寒顺顺她的背："还有一段，把这第一轮暂时收尾。"

赵导的微博完全沦陷，铺天盖地的骂声要让服务器瘫痪。

陆星寒勾勾嘴角，这才哪到哪。

又过十分钟，舆论发酵到新的顶峰时，小号适时送上热辣新料。这次图片、视频齐全，热门上那个还在被赵导拉着卖人设的女人，他所谓的深爱妻子，脸色晦暗，长发披散，在半遮半掩的窗帘后，被丈夫拽着头发甩开。

远景镜头拍摄，虽然没有声音，但画面足够鲜活。

家暴证据确凿。

窗帘开口里，赵导的脸偶尔闪过，似能把人生吞活剥。

如果之前还只是八卦范畴，部分人不感兴趣，那么现在，则是引起了真正的滔天公愤。

陆星寒通知袁孟："这一轮先到这里，下线，控制好舆论，后天继续。"说着朝许黛略扬手，许黛收到信号，马上给自家老公发信息。

首战收尾时间已到。

三台电脑同时切换到座谈会会场之外的直播页面。

这是首次正式会议接受媒体群访和允许同步直播，记者来得非常多，和镜头一起等着大门开启的一刻。

之前大家准备了不少关于各位大导新作品的提问，现下全被爆炸新闻冲花了眼，一股脑聚在门前，蓄势待发等着困住当事人。

时间到，座谈会准点结束。

外面的噪声已经大到不能忽视。赵导的座位安排得离门最近，按惯例和礼仪，都该他先走。各位导演个个消息灵通，会议刚一落幕，纷纷知晓，更不可能出去替他挡枪，默契地留在原位不动。

大门缓缓开启，长枪短炮齐刷刷对准无路可退的赵导。

直播画面里，他面无血色地刚一露头，立刻被如狼似虎的记者们包围淹没。画面乱成一锅粥，不用看也知道他的惨状。

陆星寒盯了两秒，合上电脑，淡笑着搂住林知微："乖，咱不看了，没意思，后天那场更好玩。"

他耐心接近姓赵的两年多，温和无声地渗透进他的生活。秉性、恶习、交际圈、做的无数龌龊事……

在姓赵的以为他纯良无害、懵懂无知时，他已经一点点将把柄握在掌中。这才只是一小半，他还要等后天那个更重要的时间点。

人做过的恶事，欺辱过的无辜生命，总要付出应有的代价，不论早晚。

许黛长舒口气，莫名兴奋，有种打了胜仗的激动，她小声把赵导骂了一遍，优雅起身，一看不知不觉天快亮了，于是问："大家的伤都好了，今天宣传片正式复拍，知微，你能去吗？"

不止林知微和陆星寒，那天跟林知微一起留在雪地的几个人也算在内。暴风雪时，陆星寒怒而离开，留下的救援队遭到群起攻之，加上被陆星寒的选择震动，良心发现，在半小时后进去第一个避难屋救援。

留下的几个人差点送了命，回来时最轻的也是重度冻伤，好在没出人命。

“能去，”林知微举手，“说实际的，成绩还挂钩呢，我要是再不毕业——”

“你再不毕业，我真熬不住了，”陆星寒揉揉她的头发，朝许黛笑笑，“我眼睛没事了，陪她一起去。”

睡了两个小时，天亮后，陆星寒扫了眼袁孟的实时汇报，一切都比预期中好。

他把手机关机收好，换了台低温专用的电话以备联系，又带上这次进雪地专门配备的对讲机。

出发时，陆星寒想骑车带她，被严词拒绝：“你眼睛刚好，闹什么，不准。”

“微——微——”

“不——准。”

好吧，听老婆的才有好日子过。

天很晴，温度比前些天回升不少，趋于每年同季节的稳定温度。雪原里的大片松林恢复原貌，苍翠点缀，不再那么白茫单调。

摩托车轧雪飞驰，陆星寒乖乖做乘客，林知微从背后搂住他的腰，双手被他紧攥住，半点不敢放松。

深入雪地以后，各团队迅速进入工作状态。

经历过生死危机，当时暴露的本性都成了大家不愿启齿的痛，林知微她们也没有再提，合作而已，拿出成绩就够了。

林知微挑了块最安全、视野最好的地方给陆星寒：“陆小崽听话在这儿自己玩，我先去忙。”

陆星寒失笑：“我八岁之前，你总这么跟我说。”

林知微踮起脚戳戳他额头：“那怎么啦，八十岁你也是我陆小崽。”

忙是去忙了，可是某道目光越过杂乱人潮紧迫盯她，即使隔着镜片也不影响存在感。

林知微努力不去关注他，跟许黛全心投入工作。找到状态后的林知微效率极高，寻着空才远远地偷看一眼，结果发现不少人都在偷看陆星寒。

不乐意。

而且仔细瞧瞧，陆星寒正蹲地上，不知道在干吗。

林知微心里痒，趁着打理好一个模特后的短暂两分钟，一路小跑到陆星寒身边，俯身一看，他居然堆了一圈小雪人。

一个长头发小姑娘配一个小兔子，动作表情还都不一样，娇憨可爱得不行。

陆星寒仰脸笑："小兔子像不像我。"

林知微蹲到他身边，小心翼翼碰了下兔子耳朵："像。"

陆星寒认真点头，委屈巴巴："宝宝你看，人家小姑娘都把自己的小兔子带身边的……"

好的，懂了。

林知微安慰地蹭蹭他的脸，拍拍雪起身，张望一下进度："等把这几个模特的衣服配完，那边清净了就喊你过去。"

她说到做到，手上的活儿刚忙完，马上要朝陆星寒招手。但揣在怀中的对讲机却先一步响了。

耳机里沙沙轻响过后，陆星寒的声音清晰地传来，干净低柔的声音，字字带着笑意拂过耳朵："准备好了吗？属于你的小兔子，马上要朝你——飞奔过去了。"

林知微敞开怀抱，接住飞奔扑来的巨型"小兔子"，当随身挂件带身边。

"小兔子"不甘只做吉祥物，没一会儿就把她的工作套路摸清，眼明手快地直接顶替了助手，配合战打得相当到位。

许黛都忍不住抽空给他竖大拇指，逗林知微："你这贴身助理身价可太高了。"

陆星寒像小尾巴似的贴在林知微后面，纯良地表示："我很便宜的。"

许黛故意说："哦——大明星，既然便宜，那边品牌商可垂涎着跟你合作呢。"

"那可贵了，"陆星寒面不改色，眉梢微扬，"他们请不起。"

林知微捂嘴笑，朝他勾手指："走吧大明星，咱们要换场地了。"

陆星寒勤快地背起工具箱，亦步亦趋贴着她，有点什么沟沟壑壑雪深雪浅，都轻松把她拦腰抱起，看得全组女生眼热得嗷嗷叫。

宣传片的剩余内容用一天半拍完，到隔天午后，导演宣布任务圆满完成。许黛当时就以第三方的身份，整理了几天来的工作日志报给林知微的伏地魔导师，导师那边更快，回了一个超高分。

林知微盯着分数看了两秒：“这个意思是，我毕业了对吗？”

许黛笑着抱她一下：“老顽固说证书会快递给你，要你有空领着星寒多去看他，恭喜，我真正的关门弟子。”

好不容易，总算是跨过了这道坎。分隔两地的酸楚想念，以后再也不要沾染。

林知微心里胀满，说不上想哭还是想笑，自然地想拉陆星寒的手，扑了空才发现他不知道什么时候不见了。

她转头四处找时，陆星寒踩着酒店的木质楼梯上来，下午的阳光和煦柔软，越过窗棂拂在他平直有力的肩上。

那么高大，也那么温柔。

他拿出藏在背后的一束假花：“祝贺我家宝宝毕业。”

她惊讶：“花哪来的？”

陆星寒有点羞涩：“楼下大堂的花瓶里借的……”

他低头瞧瞧：“样子确实有点丑，来不及去买更好的。”

“你好看就够了。”林知微笑着退了一小步，又退了一小步，歪歪头，“星寒，你撑住啊，我可要过去了——”

哎？

陆星寒本能地张开手臂，林知微已经开始加速，飞着眼泪跳到他怀里，被他一把搂住托起。

许黛赶紧捂眼睛。

林知微埋进他颈窝里，眼角潮热沾湿他的衣领，哽咽着说：“星寒，我再也不会离开你了。”

陆星寒双臂收紧，喉咙里堵了好半天，最后只挤出一个字：“好。”

晚饭的时候，酒店的服务生通知大家晚上八点以后有极光，应该是近段时间以来观赏效果最好的一晚，如果想看，可以去距离酒店不远的露营区里等，有保暖的小帐篷，透明顶，可以躺着看。

陆星寒双眼亮闪闪，在桌子底下够林知微的手指。

七点刚到，陆星寒要提前去占位，许黛惦念着明天赵导的后续，有些不安地来问：“后面到底是什么安排，让我定定心好不好？”

陆星寒和林知微相视，酒店里的住客在走廊里来往频繁，门板也挡不住嘈杂，林知微突发奇想：“我们不如去帐篷里说吧。”

露营区人还不多，每个帐篷里都亮着暖黄小灯，衬得夜幕更深，星辰遥远。

拉紧帐篷门后，陆星寒干脆把袁孟的电话也拨通，来个全体座谈。

袁孟训练有素地先行汇报目前进展：“姓赵的完全焦头烂额，一起捅出来的问题太多，证据太硬，而且事发突然，他没有准备，所有可能挽回的时机都错过了，到现在他的公关团队也没琢磨出什么应对办法，倒是他老婆这次挺勇敢的，站出来添了不少火。”

他说完不禁忧心：“星寒，以他的现状，你确定他明晚还能组局？”

陆星寒冷笑：“越是风口浪尖，他越需要保持核心小圈子的关系，别人也就越想拿他寻寻乐子，局不但不会散，还会更准时，铺得更大。”

“说到底，是第一次对他的威胁只卡在了男女关系上，我们故意空了一两天没动作，他会断定要曝的只是私生活而已，”陆星寒眉目森森，“他精神放松了，反而容易放纵。”

许黛听得着急，实在忍不住问：“到底什么局？”

陆星寒抓着林知微的手攥紧，回忆着两年来的所见所知，沉默片刻，拧眉说：“姓赵的有一个近身小圈子，左边是陈令仪那群跟他关系亲密的幕后团队领导者，右边是大投资商和某些圈内人，他像个皮条客一样在中间，拿造型、服装、化妆那些新入行且容易摆平的新人女孩做交换，换取关系和大额投资。”

许黛目瞪口呆。

林知微虽然大致清楚，但陆星寒一直不忍和她细说，到现在才算彻底明白。

要不是陈令仪怀着“工作室做大，以后能红”的梦，需要利用她的工作能力去打拼，林知微或许也难逃厄运。

陆星寒不敢深想，后怕得心口战栗，艰涩地说：“听话配合的都想要名利，不听话的更容不下，姓赵的一一掌握她们的弱点，没有弱点的，就去制造，假学历、毁名声、被逐出圈混不下去，是最常用的办法。”

他闭了闭眼，把林知微揽得更近：“他造假学历轻车熟路，还为了操控别人都专门留了底，有次他喝得太醉，怕我不相信，忘乎所以跟我炫耀，亮出来一部分，随手翻的时候，我看到知微的就在里面，当时真的——”

想杀人。

想把那个渣滓挫骨扬灰。

手心硬生生硌出血口才勉强忍住。

林知微连忙环住他的腰，安抚地反复轻揉，心里酸得软烂。星寒这条路走得多艰难，她知道的或许连万分之一都不到。

许黛脸色苍白地喃喃：“你太不容易了，如果我能早点帮你们，唉，”她叹气，“时间有限，我找到的那段赵导和陈令仪私下传递学历证书的照片，只拍到封皮，远没有真正带有知微名字的底版内页效果好。”

陆星寒调整呼吸，摇了下头：“非常有用，他们经手的过程我一直没找到，现在能补足，万无一失。”

他抬头望了望透明棚顶外的夜空：“他们小圈子每个月初一、十五大聚，人齐全，群魔乱舞，明天正好是十五，铺垫全部做完了，等聚会开场，证据一起抛出去，警方会及时去敲门。”

袁孟在电话里沉声保证：“放心，我这边都妥当，后顾之忧也没了，许老师的先生跟我联系过，警方那边的行动绝对迅速，一视同仁，不会出纰漏，也不会让你受到任何牵连。”

八点到了。露营区的人逐渐多起来，跟袁孟的通话结束。

许黛深吸口气：“你们小情侣再聊聊悄悄话，我心里有谱了，换个帐篷去看。”

陆星寒却搂着林知微先行站起来：“许老师，您在这吧，我带微微去个特别的地方。”

这一望无际大雪原，会有什么特别的地方。但林知微不在意，去哪都好，反正跟着他。

露营区斜前方有间管理员用的斜顶小屋，外形像童话故事里的一样，不算太高，侧面还有梯子，以便平常上屋顶除雪。

陆星寒给她把围巾裹好，拉链拉到最高，指指上面：“怕不怕冷？”

林知微眼睛闪闪："不怕，我们上去。"

她穿得圆滚滚，慢腾腾顺着梯子爬高，就看到深红屋顶坡度不大，有一小块平台，上面连超厚的棉垫子都摆好了。

陆星寒骄傲地指指自己："我准备的，这地方是不是比帐篷好多了？"

林知微踮脚亲亲他冻红的鼻尖："你最厉害了。"

两个人在垫子上紧挨着坐下，忽然又不说话，偷眼瞧着对方，各有心思。

夜幕依然是黑的。

三秒还没到，陆星寒先受不了了，拽拽她："想什么呢。"

林知微把手伸进宽大的衣兜里，攥住一个玻璃盒，轻声说："有个小东西想送你。"

陆星寒睁大眼："我也有个小东西想送你！"

怔怔对视一下，一起傻笑。

林知微摩挲着焐热的东西，朝他眨眼："我的在兜里。"

"我的也是！"

她笑弯了眼："那我数三二一啊，同时拿出来。"

三个数字数完，两只手分别捧出来的东西在半空中轻轻一碰，同样质地的玻璃罩发出悦耳的轻响。

林知微和陆星寒的目光交会。

玻璃罩里是两个依偎在一起的小雪人，一个高大些，一个娇小些，圆圆的肚子上分别刻着"崽"和"微"，连表情和头上戴的帽子都如出一辙。就是酒店后院里，被暴风雪吹坏的那一对。

可明明是特殊定做的东西，居然相像得如同复刻。

陆星寒好一会儿没眨眼："你没见过我堆的那个。"

林知微笑出声："可是听都听了几百次，不看也知道长什么样子。"

她脸颊上洒着星光，眼瞳如水："怎么办，撞礼物了。"

"我做主了，"他低笑，"让它们俩赶紧成婚。"

说话时，后方的露营区里蓦地传来连续的大声惊呼。

天地在不知不觉时全然变色，软绸般轻扬的巨大光缎铺满天幕，碎钻似的繁星随之黯然，世界停止呼吸，仅为此刻的昳丽夺目。从前存在于传说里的景致，近得仿佛触手可及。

陆星寒转过头，目光回到林知微的侧脸。

怎么办，连极光也吸引不了他，什么都及不上微微好看。

他动作轻柔地把她围巾拨开一些，露出血色充盈的唇，倾身过去软软地吻上。

林知微搂住他，扬了扬头，加深。

唇舌贴合，陆星寒的声音杂糅着苦等许久的沙哑：“宝宝，我们公开吧。”

许黛站在帐篷门口，含笑张望着不远处屋顶上相拥的两个身影。漫天极光下，画面美好得让她捂胸口。

少女心这东西，哪个年龄的女人都有嘛。

她拿出相机，镜头拉近，取最好的角度连拍数张，心满意足提前离开，按约好的时间去找整个片区监控摄像的负责人，调取陆星寒背着林知微从雪地回来时拍到的录像。

那时陆星寒骑走的摩托车信号突然消失，无法取得任何联系，救援队又全体去营救其他人，她急得要死。等到人马回来，天也晴了，决定沿路去找时，负责盯监控的人传来消息，说在架设最远的那台预防兽袭的监控探头下，出现了他们的身影。

许黛立刻带人带车冲过去。事后才清楚摩托车坏在中途，而陆星寒并不知道信号消失，如果傻等在原地，必定损伤惨重，还好他当机立断，又足够坚韧。

许黛想要的就是陆星寒背着林知微，刚刚蹒跚出现时的片段。

要是她预料的没错，等赵导落网，小情侣眼看着要公开了，到时候肯定全网爆炸，她这个做老师的帮不上大忙，但有些能够推波助澜的细节工作，她一定要提前准备好。

赵导惯例开局的深夜，是加拿大当地时间上午八点。

拍摄结束后，团队里各组成员先后离开，这个时段正好是出行高峰，酒店里楼上楼下声音纷杂，谁也不知道某间看似寻常的客房里，有人正手攥着即将扭转无数人命运的引线。

一门之隔，房中气氛凝固，三个人的位置和上次相同，各守一台电脑。

扩音器里，袁孟语气严肃：“别墅大门关了。”

关门，意味着开局。

初一、十五的核心小圈大场，陆星寒从没有亲眼去见过，但凭赵导平常透露出的种种，足以知道多么不堪入目。

他握住林知微发凉的手，问袁孟：“人数多吗？”

袁孟惊叹：“和你预料的一样，比上次的多，可惜梁忱父亲露个脸就匆匆走了。”

陆星寒嘴角微勾，“露脸就能拍到照片，不亏，他早晚跑不掉，”他扫了眼时间，“等别墅里灯光调暗，马上把第二批曝出去，发酵到里面的人知情时——”

等他们知情时，前门后门全被警方守住，一个也别想跑。

三十分钟后，北京时间深夜十一点半，新的炸弹毫无预警地引燃抛出，瞬间引爆了国内娱乐圈近年来最为地动山摇的不眠夜晚。

警方的行动风驰电掣。

据说还有提前嗅到内部消息的媒体埋伏在附近，冒险拍到了别墅内荒淫一角，甚至还有遗落在地上的多支注射器，随后被押解出大门送上警车的一个个身影，哪个都是平常呼风唤雨的圈内大人物，俱是神色迷离的丑态。

许黛的丈夫作为电影协会主席，以官方名义第一时间出面高度关注，把舆论推向顶峰。

他暗中帮忙把控走向，借着连夜搜查赵导各处私宅，寻找藏匿违法品的机会，按陆星寒提供的地点，将赵导伪造的所有学历底本翻出，配合着袁孟提前公开的种种证据，将赵导暗箱操作多年的整条钱色交易线，完完整整公之于众。

林知微禁不住肩膀绷直，紧盯着屏幕上的一叠叠证书，镜头特写拍到了印着她名字的那一个本，另一段曝光视频里，有赵导和陈令仪私下传递“全球排名前三设计院”证书的画面，两者完全一致，证明就是同一本，陈令仪甚至还在视频中亲口说：“这女孩能力很强，我要留着用，别动她。”

从电影节回国的飞机上起，重压在她身上的脏水，在此刻终于彻底洗清。

她反手攥住陆星寒的手指，张了张口却不知该说什么。

“星寒，你做到了……”

她低头揉揉眼睛，皱眉看他：“我到现在也不敢相信。”

当初觉得天方夜谭一样的计划，对他们而言参天大树似的存在，竟然真的被他连根锯断。

陆星寒托着下巴，乖巧地侧头朝她眨眨眼：“快亲我一下奖励。”

林知微被逗得一下子破涕为笑，捏着他的鼻尖晃晃，凑近了轻吻，小声说：“老师还在呢。”

许黛忙挡脸：“喀，你们继续，我可没看见啊——”

警方连夜审讯，到国内天亮时，当年赵导和陈令仪联手毁掉的女孩，多年来坑害过的无数行内新人以及跟他有过交易的圈内人士们再也遮掩不住，真相相继浮出水面。

影视圈几乎一夜洗牌，连塌几座大山，还在持续震出更多裂痕。

陆星寒揽着眼圈红红的小媳妇站起身，帮她舒展筋骨：“剩下的戏让他们继续唱，咱们该准备回家办大事了。”

“昨晚上你说公开……”林知微戳戳他，“真的？”

陆星寒开心地扬眉，撑着膝盖低下身，贴近瞧她：“是不是迫不及待？”

林知微原意是想说等这次风波过去，稳妥啊、循序渐进啊，被他这么一闹，干脆不顾忌了，眸光流转，背着手倾身，把距离拉更近，音调婉转：“是啊，迫不及待——赶紧把你据为己有。”

陆星寒耳根一热，忍不住要亲她，被她敏捷地躲开，闪去许黛身边。

许黛大叫着拿电脑挡：“秀恩爱的千万不要误伤我——我正忙着给我乖徒弟正名呢！”

黄金时段，风口浪尖。

许黛微博正式宣布林知微成为自己的关门弟子，并多图晒出林知微这两年多来极其漂亮的优异成绩，怒斥赵导和陈令仪给她带来污蔑和误解委屈。

袁孟配合完美，把当初林知微遭受的种种逼迫不公以及临危时的镇定果敢全盘翻出。

容瑞如今算是当红“小生”了，第一个跳出来给姐姐抱不平，接下来谢晗也不甘寂寞出场，有他们带动，加上如今林知微的身份地位截然不同，一大群合作过的明星纷纷出现帮忙发声。

许黛美滋滋看半天，忽然指着屏幕说：“星寒，我发现知微粉丝对你的要求很严格啊。”

林知微吃惊：“我还有粉丝？”

“当然有啊。”陆星寒摸摸她的头，好奇地过去看内容。

许黛微博底下有条评论很快被顶到前头——“一直都坚信知微清清白白，不过当初最维护知微的陆星寒哪去了？现在地位高了，人红到飞升了，真是连心也变了，容瑞那么快站出来，他连句话都不说，还不知道在哪逍遥自在呢。”

下面回复“唰唰”新增。

不少骂他乱带节奏乱攀关系的，也有几个表示赞同，纷纷摇头叹息：“唉，人家陆星寒多红啊，早忘了最开始陪他出道的小姐姐了。”

陆星寒看得一脸幸福。

林知微不解：“你这表情也太得意了吧？”

陆星寒变脸超快，转过头秒变可怜巴巴，眼睛水盈盈地望着她：“虽然很高兴他们承认我‘最维护知微’，但还是委屈——微微，他们冤枉我，你快哄哄我——”

林知微忍笑，揽住他拍拍：“乖啦，等回家再哄。”

到当天晚上，林知微遭受的污蔑彻底洗清，粉丝激增，另一方面，赵导小团体则接连有人落马。

陆星寒对赵导大厦崩塌的惨状毫无兴趣，他关注的只剩下梁忱父亲。

由于被“恰好”拍到在赵导别墅露面又匆匆离开，虽然没被现场抓包，但也受了不小波及，他本来就饱受丑闻困扰的偌大公司更是岌岌可危。

袁孟打来电话提醒：“星寒，他情况越惨，越急着跟你续约翻盘，可能会加快针对你的动作。”

陆星寒笑笑：“随他，早点更好，况且他惦念着签我，暂时不敢动真格。”

袁孟想想也是，准备完全担心什么，也跟着笑：“公开的事，你怎么打算的？”

打算来次大的。

发个微博？太简单了。

来场新闻发布会？太死板了。

直接人前求婚领证一条龙？他倒是做梦都想，可无奈时候还不到，现在求婚，那是空话，只会给知微带来不好影响。

陆星寒摩挲着中指上的戒指，低声说：“在国外应对不方便，先回国，看时机和麻烦哪个先来。”

许黛走得早些，等她离开后，酒店里剩下的除了陆星寒和林知微，仅剩这次宣传片拍摄的品牌方。

临行前，品牌方负责人主动来找，他还深刻记着林知微生死未卜时，陆星寒濒临疯狂的样子，每次见面都要激动地跟林知微绘声绘色描述一遍，来回戳她的心窝。

陆星寒受不了地打断：“我们也要走了。”

负责人动情地抹眼泪：“陆，我们这次是条副线，肯定跟你不相配，但今早刚接到上面电话，要我当面跟你沟通，主线品牌那边新一年的全系代言人，请你务必考虑。”

林知微敏感地竖起耳朵，主线可是如雷贯耳，过去的代言是两任百亿影帝，含金量相当高。

陆星寒神色不动，跟他淡然地握手：“我会考虑，还要谢谢你帮我封锁了消息。”

官方和媒体是在所有人脱险以后才介入的，上了新闻的也是冻得住院重伤那几个。陆星寒和林知微单线行走，被救起后没有露面，而全组所有人的行为都在品牌方的主控下，这个负责人相当殷勤地主动担起了保密工作，才让小情侣关系半点没走漏风声。

负责人安排车，一路随行把他们送到机场。

气温还是很低，行人大多武装严实，谁也看不出谁的五官发色。

陆星寒格外轻松，搂着小媳妇一路在人群中大方穿行，登机前还给她买了块当地特色的小奶糕。

头等舱最前排，林知微坐在靠窗位置，陆星寒习惯性地给她系紧安全带。

飞机上温度适宜，她扒下围巾，脱掉厚外衣，挖起奶糕刚吃一口。

收整好衣服重新坐下的陆星寒就眼馋地凑上来，不声不响眨着桃花眼看她。

“想尝尝？”

“想。”

林知微把勺子递到他嘴边。

他不接，盯着她说：“你先吃一点，我要你剩下的。”

林知微听话地含住，舌尖沾过，嘴角留了一些，正想再喂给他时，他手臂一揽，压过去在她唇上轻舔，嗓音低沉，意犹未尽：“好吃。”

十一个小时的飞行。

其间陆星寒完全不困，在林知微睡着时，光是指尖绕着她长发玩也津津有味。

落地时，林知微醒来，望着窗外熟悉的场景心跳莫名有些加速，她本能找出化妆包：“稳妥起见，我要补个妆。”

陆星寒笑弯眼，给她举着小镜子。

她简单几下整理好自己，飞机正好停稳，手机随之开机。

下一秒，一切都好像时光倒流，无数信息和来电提醒一股脑喷薄出来，昭示着有事发生。

袁孟的电话抢先第一个打进来，背景杂乱吵嚷，他嗓子变了调：“星寒！这次航班号没瞒住，现在机场里全是记者和粉丝！我安排了保安暂时把局面控制住了，你有个心理准备！”

“出什么事了？”

袁孟低喊：“中午星上娱乐放出消息，说你跟小林老师关系暧昧！现在知道你俩同机回来更疯了，都是专程来堵你们的！”

陆星寒乐了：“只是暧昧？”

袁孟一愣：“对。”

陆星寒淡淡嗤笑：“我说了他想签我，不敢太强硬，所以才搞这一出来吓我，我要是害怕服软，他再澄清说是误会，多好的算盘。”

袁孟从焦头烂额的情绪里抽离出来，迅速平复呼吸，郑重地说：“目前接机大厅的情况，比上次电影节返回时要严重三四倍，你们有两条路，要么走VIP，绕过他们，我去出口等，绝对能护着你们安全上车。”

陆星寒替他继续：“要么直接迎上去，把想说的话全说了。”

袁孟卡壳：“是……不过，星寒，这应该算是‘麻烦’先来了吧？”

陆星寒心里无比踏实安定，他目光落在林知微脸上，轻声问：“人多怕不怕？”

林知微知道他要做什么，跟他对视两秒，摇头：“不怕。”

该来的总要来。

有些事既然注定发生，与其平淡退让，不如直面冲撞。

陆星寒安抚地摸摸她的头发，对袁孟说：“‘麻烦’就是‘时机’，我选第二条路。”

“不是暧昧吗？不是觉得我怕吗？”他笑得倜傥，“那我可就不客气了，亲手打打梁先生的脸。”

等到机上乘客基本走完，陆星寒搂着林知微停在出口。

外面的吵嚷声清晰可闻。

林知微抬头看他：“这场面太熟悉了。”

上次被记者以学历的问题围堵，包围中她为了不牵连他，故意撇清跟陆星寒的关系，让他受伤难过。

这次——

陆星寒在她额角上亲一下：“所以我喜欢，一样的地方，把上次不好的记忆覆盖掉。”

他握着她的肩，帮她把长发顺到耳后：“微微，准备好了吗？从这门出去，所有人都会知道你是我的女人了。”

林知微含笑瞧着他一脸期待的样子：“好——我的男人，请吧。”

绕过转角，两道身影同时踏出。

高大男人紧拥着怀里的女人，口罩墨镜什么也没戴，坦坦荡荡直面一瞬间狂拥上来的人潮和“长枪短炮”。

袁孟安排的安保非常得力，以最快速度捕捉到目标人物，筑成保护圈把陆星寒和林知微护在其中。

粉丝们还在外围，看不太真切，最内圈的记者们全要疯了，个个通红着眼睛扑上来嘶喊发问。

“你们到底是什么关系？！”

“为什么会跟林知微同时回国？巡回演唱会结束后，你是去专程找她的吗？”

“你们是不是一直没有断过联系？”

“寒寒！有消息称你跟林知微关系暧昧，是不是真的！”

七嘴八舌，震耳欲聋，但“暧昧”两个字出现的概率最高。

陆星寒揽着林知微停住脚步。

他目光平静扫视，人群里不自觉安静，全部死等着他的回答。

“暧昧？”

记者们无不屏息。

“错了，”陆星寒扬唇，一笑颠倒众生，“不是暧昧，是我爱她。”

死寂。

窒息。

即将掀起狂浪时。

林知微略显不满地看看他，到这时候了他还要把可能的麻烦都揽给自己，她直视镜头，柔声更正：“准确地说，是我们相爱。”

不是单方面的谁爱谁，而是相爱。

林知微清清甜甜一句话镇住了四周所有媒体，也把陆星寒的心揉满了蜜，他双手抱紧她，眸光灿似流霞，认真地点头重复：“对，我们相爱。”

五个字，字字掏心，掷地有声。

最善口舌的记者们全体呆住。

等等——什么情况？！

跟说好的不一样啊！

根本不是他们事先以为的抓包现场慌乱否认，从业这么久，拍过的真假情侣不计其数，可就没见过比这俩人更镇定大方的！

一个如日中天的顶级流量，一个备受关注的造型圈新贵，严格算算俩人还差着四岁半的年纪，居然就……柔情蜜意地公开了？！

袁孟领着几个忠心小助理灵活地挤到近前，个个表情激动，站成两排，凛然挺着脊背侧身开道。

陆星寒把林知微往身前一护，轻轻推着走。

他可没空陪着记者们慢慢消化。

袁孟快步引路，低声说："车在门口呢，咱们先离开机场，后续的事情再另找别的渠道细说。"

媒体的诸多疑问，适当解释就好，如果说得过多，容易被他们断章取义，不能给他们可乘之机。

目前的位置到大门还有五十米，趁他们反应不及，先走为上。

成功移动十米，震惊过去之后，人潮随之急涌，更混乱的提问和尖叫声充斥整个大厅，无数话筒、镜头越过被挤到摇晃的安保，直愣愣往里伸，凡是可能触碰到林知微的，全被陆星寒提前挡掉。

"林小姐以前的访谈里不是承认有青梅竹马的男朋友吗？"

"是分手才跟寒寒在一起？还是中途劈腿？"

"当初说过跟再帅的男明星合作都不会被动摇，是不是没有做到？"

林知微正要澄清，陆星寒已然朝声音最大的记者清晰地回答："不好意思，她青梅竹马的男朋友，就是我本人。"

全场再次愕然，他护着她继续顺利地前进了十米。

记者们心脏病要犯了："寒寒，那你还说过跟她男朋友认识，觉得优秀相配——"

陆星寒甜甜地承认："啊，没错，我说的是我自己。"

记者差点倒地。

再移动五米。

"寒寒，你亲口说过你的理想型是温柔漂亮的小姑娘，不论性格外貌，林小姐首先年龄就不符合吧？"

"还是说你曾经另有所爱？只是没有公开？"

"那么为什么会改变口味，喜欢比自己大很多的姐姐？是林小姐主动追求你的吗？"

陆星寒冷冷瞥一眼，无比清晰地回答："跟年龄无关，自始至终，她是我唯一一个小姑娘，我没有理想型，没有口味，所有喜爱全是她。"

"还有，"他唇一勾，露出一点冷森森的小白牙，"她可是我辛辛苦苦追来的，您别太大声，当心吓着她。"

这是什么超出大纲的剧情！

要不要句句回答都让人心脏病发作！

陆星寒扬扬眉，好得很，又一次惊吓，成功移动十米。

还剩十五米。

袁孟在前，已经破开最外圈防线，迎面等着他们的，不再是狂热的记者，而是无数难以置信的粉丝们。

陆星寒脚步不停，护着怀里的人紧跟袁孟，粉丝们看到他接近，冲击画面直轰眼前，有些承受不住尖叫出声，本能喊着她们私下对陆星寒的称呼："哥哥——"

一声发出，千万响应，一时间声浪如潮，震得人耳中嗡鸣。

林知微反射性攥住陆星寒的手。

陆星寒安抚地握紧她的手，非常平和地笑笑，他左右看过，朝大家招了下手，食指竖起，抵在嘴边。

粉丝们本能地全体噤声，紧盯着他。

陆星寒揉揉林知微的头发，笑容甜蜜，自然流露的深爱让人感同身受，不忍打扰。

他声音温和，对她们说："我在巡演时说过，会介绍给你们认识的，那现在——

"来，叫嫂子。"

最后十五米，安然通过。

袁孟和助理们筑好人墙护着小情侣上车，后面媒体和粉丝紧跟，声势排山倒海似的，袁孟眼明手快，闪身蹿进车门，"哗啦"一声迅速关上："开车！去新家！"

司机斗志昂扬应了声，方向盘一打，"唰"地冲出去，过关斩将飞速地飙到机场高速，把尾随的车辆甩干净，在提前准备好的地点先后换了两辆车，世界彻底清净。

自从林知微出国后，陆星寒简直变成全能刻苦小劳模，袁孟省心得不像样，好久没经历过这种生死时速的现场冲击，好半天了还在喘，但他莫名兴奋，热血澎湃想跟两位主角感慨一下，一回头——

得了，少儿不宜。

后排座上，陆星寒身子一歪，靠在林知微肩上，牵起她的手十指紧扣，中指上的戒指轻碰出微响，他眼眶发热："终于……终于公开了。"

他蹭了蹭，回想刚才的情景兀自心跳，仰起脸望着她，轻声说："微微，我有名分了！"

"什么名分，小古董，"林知微戳戳他的脸，却也忍不住眼底潮湿，收拢五指跟他扣得更用力，轻喃，"我们再也不用躲任何人了。"

陆星寒抱着她腻了好一会儿，稍稍过了做陆小崽的瘾，又忍不住反手把她压怀里，转换角度做老公："不用躲，以后无论工作还是休息，我们都在一起，管别人爱看不爱看，闪花他们的眼。"

林知微看他由软到强毫无违和感，好笑地点头，但心口还是压着，公开后真正的风波还没到来，现在网上估计早炸了，而且星上娱乐一招不成，必然马上就有后手。

正想着，陆星寒快被打爆的手机又响了，他扫了一眼，眸中浮出些许冷然："微微，你猜这次是谁？"

林知微脑筋转了转，从他的反应里试探着猜测："梁忱？"

陆星寒扬眉，亲她一下："真聪明。"

第一通他没接，转而问袁孟："这段时间梁忱来找过你吗？"

袁孟憋了半天，总算有机会开话匣子，赶紧说："联系过我好几次问你的情况，我都没见他，找借口敷衍过去了。"

说话间第二通紧接着打来，陆星寒按开免提，梁忱喘着气的声音急吼吼传来："星寒，你就这么直接公开，是不是太冲动了？我爸放出的消息只是说暧昧，有挽回余地的。"

陆星寒一言不发。

梁忱顿了顿，主动转移话题："我打电话是想提醒你，我爸手里捏着你的把柄，既然恋情的事捅大了，他没如愿，你就要有个心理准——"

"还有事吗？"

梁忱卡住，支吾两秒。

陆星寒跟林知微对视，都听到了听筒里响起的某些杂声，似乎梁忱身边还有其他人。

梁忱吞吞吐吐地说："我看袁哥最近很忙……他是不是在帮你筹谋什么事？赵导宴会的晚上，是我觉得不安心，临时劝我爸离场的，我爸是无辜的，他也不清楚赵导是那样的人！结果没想到，当晚出那么大的事，我……该不会不小心撞上了你的计划吧？”

陆星寒目光凌厉。

袁孟一捶腿，无声喊：“果然是这小子！要不然直接一网打尽了！”

居然说他爸无辜，还有脸跑来刺探，听这动静，搞不好他爸就在旁边守着，等着抓陆星寒字里行间的把柄。

陆星寒调整语气，疑惑地反问：“你说什么呢，我的计划？我筹备着自立门户，忙都忙不过来，不过说起来，真感谢让赵导落网的人，否则我还不知道他就是害了知微的罪魁祸首。”

“至于你爸，”他不再给梁忱机会，淡声冷笑，只有轻蔑，“我等着他。”

话音落下，有瓷器怒而砸地的声响传出。

正主果然在场。

陆星寒懒得听，直接挂断，林知微满腹的话要问，可一眼瞥到窗外陌生的风景，惊讶地问：“我们要去哪？”

“新家。”

第十二章
绝地反击

车转眼停下，林知微有点迷茫，照陆星寒说，新家不止一个，这里只是第一站。

车门拉开，林知微左右辨认一下，认出这里是圈内各位明星大咖们的个人工作室聚集地，包括顶尖的造型、服装、化妆工作室都在周边不远，整个片区算得上寸土寸金。

而在她眼前，是幢造型复古的米咖色三层小楼，大门敞开，里面隐约站着不少人影。

陆星寒先一步下车，夕阳披了他满身华彩，他眉目含光，朝她伸出手："我的老板，跟我进去吧。"

他的……老板？！

林知微抓住他手晃晃："什么情况？"

陆星寒手臂一揽把她抱下车，舍不得撒手了，干脆把人抱进去，边走边说："小林老师的工作室一切准备就绪，就等老板回国正式入主，我又是个没人要的自由身，当然想求收留啊。"

他低头亲亲她："再也不要跟你分家了，以后我就是你的艺人，你让我容身，我给你打拼。"

林知微要是再不懂他的意思就是傻瓜。

她一下子鼻酸得不行，泪湿着搂住他的脖颈儿。

直到咳嗽声连响，她才惊觉已经进了门，再扭头一看，一楼大厅里满当当的人，何晚为首的造型小分队是一拨，袁孟为首的星上娱乐旧部又一拨。

两方人马分离许久，再次凑齐，竟然一个都不少。

何晚哽咽地扯着嗓子："哎哟喂，伤眼睛——我看到了啥！瞎了我的单身狗眼！"

林知微从额头红到锁骨，连忙推着陆星寒放下她，扑上去跟小分队的姑娘们一一拥抱，姑娘们一个个地情绪失控，哭得凶猛。

陆星寒怕知微被惹难过，清清嗓子："叫老板。"

"好的寒哥！"大家整齐划一，抹抹泪超听话，"小林老板——"

林知微脸更红了，抬头环视四周，处处是她喜欢的设计风格。

陆星寒眼神示意大家散开去忙，走过去搂住她的腰："都是我弄的，喜欢吗？"

他低声说："一二楼是工作区，三楼跟下面隔离开，可以休息，是我们专用的，上去看看？"

工作区走的是明快简洁风，但一到三楼，入眼的全是暖粉奶黄，简直清新小蛋糕，生活所需应有尽有。

林知微心里的潮涌始终没能落下，眼里热辣一阵一阵高涨。

陆星寒的体温从身后笼罩下来，把她包进怀里，嗓音沉而暖："这里是临时休息用的，我们还有真正的新家，是你亲手挑的那套，晚点带你回去。"

他闭上眼，手臂用力："从小到大，十几年了，我一直做梦能有那么一个地方，靠自己得来，里面没有其他任何人，只属于你和我。"

林知微想起在国外时，有次陆星寒曾让她选户型，发来好多小别墅的设计图。

那时他说是开玩笑，提前看看，原来根本不是。

他给她看的，承诺做的，希望有的，没有一件食言。

林知微回身搂住他的腰。

脚步声从一楼径直往上传来，频率急促，林知微意识到短暂的温软结束，公开恋情后的诸多问题就在路上。

她抓紧时间踮起脚亲了陆星寒一下，将积攒的疑虑抛出：“星寒，梁忱说了好几次抓住你的把柄，你到底有什么可抓的？”

这圈里哪有比陆星寒更干净的人。

陆星寒拍拍她，想起一直没来得及和她细说，笑着提醒：“你想想我以前的缺点。”

林知微不解：“缺点？”

这个词离陆星寒未免太远。

陆星寒一下子美得不行，无形的大尾巴拼命甩，扑过去压住她乱蹭：“宝宝你是不是特别爱我——我在你眼里没有缺点——”

“是是是，”林知微捏他的脸，“快说正事。”

陆星寒低头笑：“我第一次在你面前崩形象，你还记得吗？”

不等林知微回答，敲门声响起。是袁孟。

“星寒，知微，来了！”袁孟神色凝重，“跟你想的一样，那次回江城时和体校篮球队起冲突的视频，刚刚曝光了。”

林知微神情一凛。

陆星寒安慰地环着她往楼下走：“带你去看十八岁的寒哥打架，比现在上映的那些青春电影可好看多了。”

林知微急死了：“哪还有闲心看？”

陆星寒凑近她耳边：“别担心，这段视频，是我专门给星上娱乐准备的。”

林知微心里接连猛跳几下，渐渐想通关窍。

工作室一楼，大门紧闭，全员聚集。

墙面偌大的电视屏幕上，定格着一段时长三分半的视频，等陆星寒牵着林知微坐下后，袁孟按下播放。

视频画面一开始有些晃，拍摄的是傍晚街角残破的墙壁，拍摄者喘气声很重，在不停地咽口水，显然处在高度紧张中。很快地镜头开始移动，画面一一闪过八九个人高马大的体校男生，然后定格在站到对立面的那道修长身影上。

十八岁的陆星寒，身穿江城三中校服，戴着黑色鸭舌帽，眉眼遮在阴影里，嘴角冷凝，缓缓挑起一道不屑的弧线。

轻晃的画面上，陆星寒森冷声音里还有些许青涩：“我只给你们三分钟。”

体校篮球队抓起墙角堆放的棍棒，被这么一激当即炸了，大步冲向他。

陆星寒不疾不徐把鸭舌帽反扣，露出一双黑沉结冰的桃花眼，扯开校服外衣看似随便一扬，正好搭在不远的墙头上，他拿出口罩戴好，简单活动腕骨，正好体校队长逼到眼前，锋利的铁棍顶端朝着他太阳穴重重挥下来。

林知微脊背僵直，她记得太清楚了，那天晚上她苦等不到陆星寒，担心地出去找时，他一身狼狈游荡回来，孤伶得像只脏兮兮的小流浪猫，额角还流着血。

是这个时候受伤的吗？

她牙关咬紧，目不转睛。

陆星寒忙把她搂住轻抚，屏幕中情势瞬息万变，挥下的铁棍被他一把抓住，反手一拽抽走，猛地抬高，另一端直直捅在体校队长胸口，再携着气流横向扫过，一排壮硕男生竟无一幸免，全被撂倒。

赤手空拳的陆星寒，第一时间完成首轮反杀。

工作室里惊呼声此起彼伏，大家几乎忘了这是麻烦，比看电影还入神，中途有人阴招偷袭致使陆星寒受了几处轻伤时，满屋全是哀叫。

从动手算起，三分钟一到，体校篮球队九个人全部趴地，没一个站得起来。

陆星寒拾起校服搭在肩头，目光噬人地盯着他们，凶狠的语句砸得人头都不敢抬，“从今以后，要是再有人敢打林知微的主意，”他逆光而立，气势无比骇人，唇间狠狠吐出两个字，“等死。”

视频至此结束。

林知微呼吸不畅，心口轰轰乱跳，好半天说不出话来。

原来那场冲突，是为她而起的。

何晚也迟迟回不过神，想起当时她还极力反对知微跟他在一起，现在再看这深情片段，她简直蠢哭了，不禁问：“打架确实不对，可毕竟事出有因，舆论方面应该能补救吧？”

袁孟严肃地切换页面，调出另一段刚被发布的视频。

“如果只是这些当然不至于，但要看跟什么连在一起。”他转头看向陆星寒，陆星寒攥着林知微的手，略一点头，示意他播放。

这段画质明显好了不少，是一长段分节的采访，出现的人数众多，大部分林知微都眼熟，除体校篮球队外，还有三中和旁边技校的学生，看着比当年长大不少，是最近拍的。

星上娱乐就怕别人质疑，功课做得相当足，每个出现的人都严格证实了身份，以表明绝无作假，确实都曾是陆星寒身边的同学。

所有人众口一词——

“陆星寒最喜欢用暴力！上学时我们都挨过他的打！”

“整个江城的高中谁提起陆星寒不害怕，他就是校园霸凌！欺负同学！他做明星那么好的性格全是假的！”

“对，校园暴力，校园霸凌！专门欺负弱小！”

当年的技校小混混也出了镜，详细描述他在校门口的小巷子里怎么被陆星寒摁在地上揍。

体校队长如今更高更壮，但控诉起陆星寒来义愤填膺，直言当年那场架是陆星寒赛后故意挑事，他不得不带队员迎战，身上现在还留着疤，幸亏当年有人看不惯，悄悄拍摄视频，留了证据。

“校园霸凌”是个让人谈之色变的词，别说当红巨星，就算是个普通人，被曝光到网上也免不掉被骂死。

而第一段视频，正把陆星寒爆表的武力值表现得淋漓尽致。

一时间气氛凝滞。

陆星寒刚要开口，林知微比他更快，按着他的肩膀站起身，环视所有人：“正式应对之前，我有几句话想说，今天算是工作室运营的第一天，在场的你们也都是自己人，星上娱乐的挑衅已经逼到家门口了，大家应该清楚怎么做。”

她声音明朗，字字清晰：“既然我是老板，那就趁现在先把原则讲清，从今以后，陆星寒的事高于一切，无论你们曾经隶属哪里，既然决定留下，那就请大家不遗余力维护他，如果谁有二心，我绝不姑息。”

林知微清楚，这几天必定风波不断，是应对的关键时期。

而陆星寒一直在推高她，她更不能容许工作室里任何人有对他心存懈怠或不敬的可能。

工作室加起来二十余人，俱是神色端正，腰背挺得笔直，郑重地点头回应。

陆星寒张了张口，仰头怔怔地望她，眼里禁不住发热，幸福地一把环住她的腰搂紧，喃喃喊她："微微——"

林知微揉了他一下。

被温柔"顺毛"，陆星寒心口绵软得一碰就要化，他忍不住轻声唤："宝宝——"

能保护她真好。

能被她保护也真好。

林知微拍拍他，跟袁孟略一对视，袁孟了然颔首，招呼大家迅速各司其职。

网上早就翻天了，只有尚未曝光的工作室这一隅还算安静。

林知微蹙眉刷新了一下页面，冲到眼前的内容都不堪入目，越看身上绷得越紧，陆星寒接过她的手机放到一边。

她难受地望向陆星寒："我能做什么？"

陆星寒把她拉到身边，看她脸色发白，轻哄："什么都不需要，该做的准备我已经提前做好了，现在时机不到，先让某些人高兴高兴，等骂声再大点，让全网陪他一起看真相。"

真相？

林知微眨眨眼，吸了口气："你是说，视频里那些同学……"

陆星寒笑得轻松，眸光却灼人："最开始有苗头的时候，我刚派人过去，他们就主动联系了我，说公司花钱黑我，要我有所提防，既然星上娱乐非要抓到把柄不可，那不如将计就计。"

他扬着唇："他们刚才说的所有话，可都是我亲手写的台本。"

林知微知道他有准备，但没想到能这么彻底，再看他尽在掌握的样子，原本的忧虑跟着消失一空。

陆星寒还要给她详细解释，林知微手一抬，心潮澎湃："不要剧透——我也要等着看真相！"

恋情刚刚公开，粉丝们备受打击，正是战斗力微弱的时候。

选在这个时候曝出校园霸凌的黑料，一直嫉妒陆星寒的别家粉丝简直狂欢，配合星上娱乐大价钱买的水军，不到一个小时，出道以来零负面的陆星寒遭到全网唾弃。

无数“跟风黑”如火如荼，在很多人以为他这次必然崩盘无可挽回的时候——

国内某领军媒体紧抓热门，即刻派出各地驻扎的外景小分队，分别探访视频中接受采访的那些陆星寒的同学们，并特意采取全程直播，现场采访。

直播一开，涌入人数过多，系统瘫痪三次才勉强维持稳定。

群情激动的网友、粉丝以为会是陆星寒人设崩塌的灾难性场面。

谁也没想到，绝大多数人看到的第一帧画面，就是挨揍的体校队长站在国内有名的体育大学操场上，纠结地问来采访的记者：“如果我说实话，你能保证我的安全吗？”

记者似乎一愣，敏感地抓到重点：“你的安全受到威胁？”

体校队长拧着浓眉，左右看看，欲言又止。

记者连忙说：“是不是有什么秘密？你的安全我们负责！”

体校队长咬咬牙，面对镜头，一抹脸，粗嗓门扯开：“全是星上娱乐那孙子强迫老子说的！老子是寒哥死忠歌迷好吗！上个月刚领全宿舍去看巡演，你瞧瞧——”

他一掏兜，拽出一沓皱巴巴的票根，真是陆星寒演唱会的门票。“到现在都没舍得扔！就因为跟寒哥是旧交，追我的女生都比别人多多了！”

记者惊呆了，赶紧追问：“你说视频里的采访是假的？”

“全是假的！”体校队长喘粗气，“当年打架怪我，我比赛输不起，故意挑衅寒哥那个心肝宝贝儿，挨揍还不活该？打完就没事了，我心服口服把寒哥当老大，星上娱乐硬是找上门拿我家人威胁，让我黑他，我没办法才昧着良心说瞎话。”

他一抱拳：“寒哥，林姐姐，你们在看吗？我是被迫的，要不你再揍我一顿吧！”

评论“唰唰”滚过——“满地男粉陆星寒，心肝宝贝儿林知微”。

直播切到技校小混混，小混混如今在江城美发界可是首屈一指，他站在灯火通明的理发店门口，手一伸，指着三中的方向，泪眼汪汪："星上娱乐恐吓我，我胆子小，不得已黑了寒哥，后悔死了！"

他真情实感，声泪俱下："以前我上学不懂事，总想截三中的好学生抢劫，次次都叫寒哥给拦住，要不是他，我估计早进局子了，哪还能开这么大的店！我知道你跟美女姐姐在一起了，祝你幸福啊——"

评论再次点题——"人生导师陆星寒，美女姐姐林知微。"

网上舆论一时陷入无比尴尬的境地。

等等，刚才还全网黑呢？

天翻地覆要不要来得这么快？！

袁孟领团队不着痕迹介入，一点点拉回失控的风向，缜密谨慎地逐渐扭转局势。

林知微守着电脑看得跌宕起伏，心跳就没稳过，陆星寒在旁边喂果汁喂蛋糕，时刻注意她是不是会吃到脸上。

一经发现，立刻舔掉。

"记者也是咱们的人？"林知微紧张地回头问他。

陆星寒应着："这家媒体是站在咱们这边的，采访也是我安排好的，"

他说着，看到奶油蹭到她的嘴角，粉粉白白沾了一小片，他心头激动得不行，按住她的腰用舌尖勾掉，嗓音低沉："放心看戏吧，所有你担心害怕的事，以后再也不会发生。"

直播绕了一大圈，视频里每个露脸的同学都出了场，所有人态度一致，给陆星寒道歉，强烈控诉星上娱乐，希望媒体能保证大家安全，并真正为真相撑腰。

全网哗然。

最后采访到的是如今小有名气的某一流大学学神，获国家奖项无数，他在镜头前推推眼镜，亮出一张校园合影，指着上面的自己和陆星寒，说："我比寒哥小一届，虽然成绩是年级第一，但我那时很软弱，总被人欺负，是寒哥一次次帮我解围，我才能专心学习考上大学。"

"校园霸凌？"他目光澄澈，"恰恰相反，三中可能存在的校园霸凌，全被寒哥亲手遏制了，寒哥的厉害是用在正途上的，他在校期间，全校都安全。"

末了，学神微微一笑："还有，林姐姐特别漂亮哦，寒哥超迷她，不管在外面多强，只要她一来，他就会变很乖，我们全校都知道。"

评论再次有气无力飞过："嗷——寒哥迷姐姐，强势变奶狗。"

这下不止全校知道，全网都知道了。

直播结束。

舆论彻底爆炸。

公开的风波被星上娱乐的龌龊行为压过，粉丝们怒火滔天，被恶意引导的吃瓜群众也挂不住面子，群情愤慨，一举攻陷星上娱乐，霸气声讨。

陆星寒本身路人缘就很好，这一下过后，被原公司陷害冤枉的心疼铺天盖地，加上一直以来他受到的不公正待遇，全化成粉丝数和热门推荐数"哗哗"上涨。

工作室还处在高强度集中的状态里，要压好后续的阵，再为下一轮做准备。

陆星寒把吃的喝的给林知微喂完，接到体校队长的电话，比直播里嗓门更大："寒哥，我表现还行吧？"

林知微凑过来听。

"挺好，"陆星寒低笑，"下次请你看演唱会。"

体校队长哈哈大笑，有点不好意思："当年我找人藏起来拍那段打架的视频，还以为我能赢呢，想留着嘲讽你，没想到输那么惨，幸亏没删，这回用上了，多少帮到你一点。"

"谢谢你。"

体校队长更难为情了："谢啥，我对你服气的，星上娱乐那孙子还想拿钱收买，也不看看咱俩关系多牢靠，好了我知道你时间珍贵，不耽误了，那什么，"他补充，"你跟林姐姐好好的啊，当年我说过的混账话，我给你们道歉。"

过去那些不堪入耳的话，被陆星寒用拳头和时间，彻彻底底击碎。

晚上十点以后，风向完全稳定，不但"校园霸凌"的风波彻底扭转，连恋情的接受度都歪打正着，跟着推进不少，越来越多人对陆星寒和林知微过去的羁绊好奇。何晚刷着页面，咂着嘴点评："我跟你们说，现在好奇的，全是未来情侣粉预备役。"

这一轮结束，下一轮还没来。

陆星寒让袁孟安排全体出去吃个夜宵，转头问林知微："微微，我们今晚住这里好吗？"

太晚了，风口浪尖，随便转移阵地多少有风险。

林知微连连点头："当然好。"

楼上她才看了几眼，还没看够，况且真有突发状况，在工作室里好解决。

袁孟带人离开，今晚如果太平，他们各自回住处，明早上班时间再过来。

陆星寒先把林知微送上楼，下来仔细落了锁，检查好各处后迫不及待往上面跑。

刚踏上二楼拐角时，手机响起，显示固定电话，陌生号。

但一看到号码所在地，他立刻猜到是谁。

陆星寒背靠墙壁，面无表情滑向接听，沉默以对，一言不发。

对方粗哑的声音透过听筒，变了调似的传进他的耳朵："我再问你一次，你给不给钱？"

"不给。"

"陆星寒！我告诉你，星上娱乐可早就找上我了，我出去随便说几句话就能叫你身败名裂！"

"随便。"

"你——你只要价码开得比他们高一点，我保证不吭声，我好歹是你亲舅舅——"

陆星寒按下挂断。

他攥着手机低下头，楼梯上暖色灯光薄薄扑洒在他身上，凝成黯淡的影子，他静了静，再一抬头，看到林知微正站在几级台阶以上。

她换了灰蓝色的睡衣，长发垂下，眼里柔润温存，深深望着他。

陆星寒抵挡不住，快步冲上去把她打横抱起："等急了是不是？"

林知微乖乖待在他怀里，轻声问："是你舅舅吗？"

陆星寒长睫低垂，把她放到沙发上，挤过去拥住，靠近她馨甜的颈窝里眷恋地吸气，汲取着深爱的温度，他心满意足，低低"嗯"了声："还是那些陈词滥调，不过这回有星上娱乐撑腰，底气足了不少，胆子也大了。”

他抬了抬头，笑着说：“你看吧，星上娱乐有这种猪队友，主动上门留证据，能斗得过我才怪了。”

语气闲适，浑然不当回事。

林知微却心疼地搂住他。

当年为了赔偿金，舅舅以抚养的名义带走陆星寒之后极尽苛待，让他深冬重病，差点命都没了。她带他离开那么多年，舅舅都不闻不问，等到陆星寒红了，名气大了，又跳出来想谋好处。

所谓舅舅，所谓亲人。

陆星寒这么好的孩子，却连一点点温暖也不愿给，自始至终，眼里看到的全是利益。

林知微手脚并用爬到他身上，贴在他胸口：“星寒，他不会再伤害到你了。”

“当然，”陆星寒爱惜地亲亲她头发，“我有的是办法应对他，更何况，只要你爱我，任何人都不可能伤害到我。”

睡下时已经深夜。

一天里经历的起伏太大，林知微格外困倦，不知道过了多久，迷糊中感觉到手机振动，陆星寒起床，用被子把她裹紧轻吻了几下，她眼都睁不开，在他的安抚里随即又睡过去。

再睁眼天早就亮了，窗帘缝隙里透进一线鼎盛日光。

林知微转了转身，床上没人，她摸过手机，发现调成了静音，通知栏的消息堆积如山，滑了好几下还没到底。

最新一条微信是何晚发的：“小祖宗，醒了记得下楼，你不在，寒哥气压太低我们好怕怕。”

林知微顿时清醒，坐起穿衣服时，抓紧时间刷了一下微博，最新的话题彻底翻了新，冲入眼帘的是一大堆大同小异的截图，图上表情过分悲戚的是个头发花白的中年男人，底下配着一行行关键性字幕——

“陆星寒的妈可不是个正经女人，跟好几个人厮混生了他，看她怀孕人全跑了，正主是哪个都不知道，等他长大点，他妈更不正常，三天两头换男人。

“以他这种身世，谁愿意要他，他妈妈死后，是我看他可怜，好心收留他，给他吃穿，供他上学，精心照顾他，尽到了做舅舅的责任。”

他还特意拍了老房子的照片，把最大的房间装修成豪华男孩卧室的样子，口口声声说：“这就是我给陆星寒住的地方，我自己的儿子打地铺。”

“我对他这么大的恩情，谁知道他狼心狗肺忘恩负义，”男人的模样变得有些狰狞，“我今年得了重病，想问他凑一点零头救命，说好了我儿子三个月内一定还给他，他却冷血地说我死了才好。

“他还对我儿子、他的亲表弟拳打脚踢，现在身上还带着伤，我跪地求他也不留情面。

“你们追捧的大明星，出身下贱，为人狠毒，我要是不公开出来，死都不能瞑目——”

林知微脸色惨白，狠狠关掉屏幕。

心脏紧紧皱缩，疼得战栗。

她用最快速度换衣洗漱，飞奔下楼，刚跑下两三级台阶，熟悉的脚步声迎面而来。

楼梯上，阳光斜洒，四目相对。

林知微松开扶手，冲下去扑进他怀里：“别难过。”

陆星寒一把抱住她：“他算什么，没资格让我难过，但我不能忍受颠倒黑白，我是你养大的，我从三岁起就在你的身边，跟其他人没有关系。”

楼下，工作室全员处在战斗状态。

陆星寒的舅舅是早八点时发声的，现在是上午九点多，星上娱乐经过昨天的全面溃败，把赌注全压在这一役上，铆足了力气雇水军带节奏，拼了命也要把陆星寒一黑到底。

星上娱乐既然扣不下他，公司名声也毁了，那就一定要同归于尽，断了他的前程。

林知微手指攥得青白：“大众习惯性同情弱者，再任他这么说下去，别管合理不合理，你都要伤元气，可是快过去十年的事要怎么澄清？”

“别急，我说过他是猪队友，成不了气候，”陆星寒把她牵到墙边的小茶几，保温盒里盛着温度适宜的粥和面点，“安心吃东西，看我怎么反击。”

听到林知微答应，陆星寒满足地笑开，将筷子递到她手里，再转身，满眼温柔藏起，全身披霜挂雪，走向蓄势待发的袁孟。

上午十点整，舅舅再次得到星上娱乐暗中许诺的金钱鼓励，黑陆星寒黑得越来越顺手时，他和儿子因赌博欠下巨额高利贷的证据毫无预兆地砸下，让他措手不及。

紧接着医院证明亮出，清楚表示这个“被陆星寒打伤的亲表弟”因身背债务酒后滋事，被人用啤酒瓶打中了头，进看守所刚出来不久，毫无经济来源，更别提“三个月还钱”。

时间再往前推，所谓重病也是子虚乌有，表弟根本身体健康、四体健全，整日沉迷大小赌场，多次给陆星寒打电话索要钱财，虽然号码各不相同，但声音语调与视频里别无二致。

最近的一次，就在昨晚，这个舅舅亲口说：“星上娱乐可早就找上我了，你只要价码比他们高一点，我保证不吭声——”

袁孟用力敲着键盘，“呸”了一声：“星寒，亏了你想得周到，准备得够早，否则这些证据全被星上娱乐收拾干净了，再想找门儿都没有！只能吃哑巴亏！”

陆星寒冷笑：“我能被人抓的把柄就这么两个。”

他冷冷盯着在记者中间夸夸其谈的男人彻底六神无主的狼狈样子，周身温度持续降低，站他附近的人都忍不住退开，不敢招惹他。

陆星寒生气起来很可怕。

他冰凉的手忽然被温柔地握住，腰也被纤细的手臂揽过，冷戾不禁一消，扭头看到林知微的脸。

“微微，”陆星寒拧眉，“再往下，会涉及你了。”

林知微点头：“尽管做。”

网上争论得不可开交时，一个摄影师账号发布了几段录像，被一举推送到热门，配的文字是“多年前，竟然无意中拍到了惊人画面”。

镜头角度平视，拍的是对面的楼房四层。

显然摄影师住得很近，无意中发现异常，遂拍摄记录。

录像里的主角是同一个人，或者说，同一个孩子。

十岁出头的小男孩，瘦胳膊瘦腿，五官分外精致，寒冬腊月里，被关在老式的阳台上，除了一圈围墙和防盗网，连窗户都没有，四处敞开透风。

阳台地上铺着一层单薄的被子，大概就是他的住所，录像里，阳台的铁门偶尔被推开，递进来半碗剩饭，菜少得可怜，毫无热气。

很快那个满口谎言的舅舅露了脸，进阳台凶狠训斥什么，一脚踢翻饭碗，拽着男孩搡搡几下，男孩攥着拳不吭声。

等人走后，男孩总蜷在墙角，抱住他枕头下叠得整整齐齐的一件衣服，如珍似宝地搂在怀里，轻轻抖动肩膀。

整个工作室鸦雀无声。

林知微犹如被冰水从头泼下，一层层冷汗漫成钻心刺骨的疼，她手指抠紧桌沿，指腹由白变红，陆星寒掰不开她的手指，心疼地低声喊她："微微！"

她胸口猛烈起伏，死死凝视屏幕，眼泪顺着脸颊汩汩涌出。

那是她的陆小崽。

她心爱的，疼惜的，以为跟着舅舅能过好日子的崽崽。

却只能在角落里抱着她做的衣服取暖。

知道他受了苦，可从没有这样直接地面对过。

录像还在更新，日期一直在变动，天气越来越冷，男孩像被遗忘在了阳台上，他也不吭声，靠着小书包默默翻课本，上学的机会也没有，冷得受不了了，就再把衣服抱起来，舍不得穿。

到这个时候，网上终于炸了。

在日期最近的一段视频里，拍到了男孩清晰端正的近脸，哪怕冻得青紫，哪怕瘦骨嶙峋，但五官那么扎眼，绝不可能被认错。

陆星寒。

所谓"住着最大的卧室""供他吃穿，让他上学""得到精心照顾"的陆星寒。

所有看客惊呆。

再往后，摄影师拍他成了每天的习惯，录像里开始出现画外音："现在是三九第二天，到了最冷的时候，我很担心那个孩子能不能撑得住。

"通过他们家人声音够大的咒骂，我知道他是寄养的，带他回来，全是为了什么赔偿金，这孩子最心爱的衣服被表弟抢走了，还遭了舅舅和一群大人的打，好几天没回来了。

“会死吗？”

粉丝们已经完全崩溃。

林知微撑着桌面俯下身，眼泪大滴落下，死咬着唇。

陆星寒急得慌神，搂着她手忙脚乱安抚：“我没事，都过去了。”

林知微揪紧他的衣服，脑中全是那个雪夜，她冲进小诊所里，看到他满手冻疮，病得昏沉，对她怔怔流泪的样子。

摄影师的声音温和稳定，最后一段录像跳到了几天后。

“我今天很开心，看到那个孩子被接走了，就是现在——”

画面里，阳台是空的，镜头转到楼下，小男孩身上穿了厚厚的新衣，年纪大些的女孩站在他身边。

女孩不经意扬起脸，柔婉秀美，那么熟悉。

她一手提着属于他的那个小包，一手紧紧牵着他的手，寒冬清晨很静，没有杂音，隐约听得到她说：“陆小崽，我们回家。”

“回家！”小男孩跳着去搂她，小狗崽似的绕前绕后缠着她，“我们回家！”

他又问：“以后不分开好不好？”

女孩拍着他的头，搂住：“不分开。”

两道稚嫩的身影在镜头里渐远，直至消失在转角，再也看不到。

摄影师沉默许久，对着空茫风景叹了口气，然后笑了：“真好啊，希望以后还能看见他们俩，希望孩子的愿望能实现，跟她不分开。”

所有录像发布完毕。

摄影师在微博里留了一段话：“没想到当年无意拍到的孩子，会以这种方式重新认识，他寄养期间所有经历我亲眼所见，作为全程目击者，不能允许事实被歪曲，我能做的很少，仅以这些，送给当年的小孩，和接他离开的姐姐。”

铁证如山，粉丝们疯狂痛哭，路人震惊心疼，水军和“跟风黑”们彻底冻结。

袁孟抹了抹眼角，偷眼瞧瞧无声相拥的两个人，沉默地以工作室的名义公开最后的部分。

林知微和陆星寒过去在江城的邻居们，叽叽喳喳凑在镜头前，你一言我一语互相补充。

“陆星寒是跟林家的小闺女一起长大的！他那个妈一年回不来两次，根本不管他，要不是林家小闺女住隔壁，多半饿死了！”

“他妈作孽呦，林家那个奶奶也作孽，两个孩子都苦得不行，以前我们还看不惯，看他俩在一块儿传过不少闲话，回头再想想后悔啊。”

“可不是，那时候就知道茶余饭后乱嚼舌头，两个小孩现在这么有出息，多不容易。”

“这俩孩子跟没爹没妈一样，抱在一起长大，最可怜，”大妈想了想，叹着气补了一句，“最单纯，最干净。”

这场烟花炸到最大最亮，伴随而来的，是尘埃落定。

工作室里充斥忙碌的电话声、键盘声，搅成乱麻的舆论风向被一条条拉回正轨。

两次能把人黑到底的蓄谋，都在最合适的时机中顶风逆转，条理清晰，不多言语，直白透彻地直指核心，快狠准地粉碎所有谎言污蔑。

泼过来的脏水在陆星寒身上滚下，落满一地，点滴不沾。

陆星寒闭了闭眼，怀里的人终于逐渐平稳，靠在他腰间轻轻地吸气，不希望他发现。

他的心被碾成碴儿，又掺了蜜聚起，团成只为她跳动的存在。

“再哭眼睛要肿了，”陆星寒抬起她的脸仔细看，“肿成小桃子。”

林知微瞪着他：“肿就肿，我为我陆小崽哭的。”

陆星寒蹲在她面前：“那不就是我。”

林知微抿唇：“是那时候那个小小的人，你——你是大的。”

陆星寒一把抱住她的腿：“不行，这么说我要吃醋了！”

他皱眉控诉：“就我一个。”

何晚正好端咖啡在旁边悠然闪过，事情解决她心里畅快，又为他俩酸楚得不行，听到这话，忍不住嘴欠小声说：“等我们微微给你生了儿子咋办，更小的崽——”

陆星寒和林知微同时一愣，同时抬头瞪过去。

何晚一身冷汗，缩着脖子赶紧溜走。

陆星寒唇动了动，要说些什么，工作室里忽然有人惊叫：“许黛？许黛老师刚发了条微博！”

袁孟直接把界面切到墙上的大屏幕。

一分钟前，许黛发了一条配视频的长微博，冷静客观地讲述了她在加拿大遇险的详细经过。

“我以为一场暴风雪，让我见到了爱情最好的样子。

“刚刚才知道，原来比我看到的那些更不易和珍贵，如果是石缝里辛苦开出的花，那么我希望，不要再有人去狠心打击。

“毕竟——她陪他长大，他要疼她一生，不会被任何困难改变。”

视频里，监控探头拍到的情景强烈冲击眼球。

陆星寒背着林知微跪倒在雪地里，昏迷时还紧紧相拥不放。

很快有人把两张照片分别从视频里截出。

一张是舅舅家楼下，纤瘦的林知微牵着陆星寒离开。

一张是无垠雪海里，高大的陆星寒背着林知微回来。

只配一句话，化用了许黛的——

“她陪他长大，他疼她一生。”

这场从公开恋情引起的浩瀚风波，在此刻达到顶峰。

陆星寒起身，说：“该收尾了，我唯一需要给出回应的，是粉丝们。”

他回头一笑，伸出手：“微微，帮我掌镜。”

林知微选了光线很好的窗边，认真给陆星寒上了淡妆，精心搭配衣服，越看越好看，低头亲一口，拍拍他：“开始吧。”

镜头灯亮起。

陆星寒的表情丝毫没有改变，还和刚才一样放松，望着她笑：“把我打扮这么好。”

林知微轻声说：“不是给粉丝录视频吗？要郑重点。”

陆星寒双手搭在膝上，直视镜头，缓缓地说：“出道三年，谢谢大家的喜爱，我的幸福，我有过的痛苦，你们都已经知道了。

“出道到今天，这应该是第一次给你们添这么大的麻烦，但我保证是最后一次。

“我对我自己的要求始终不变，不想成为什么幻想的对象，而是能带给你们变好的希望。”

他眼神柔亮，望着站在镜头后的人：“连我这样的人，不被期待地出生，不受待见地生存，都能得到全世界最好的女人，能被她爱。”

“你们更应该幸福。”

林知微一眨不眨和他对视。

陆星寒弯起唇，伸手：“微微，过来。”

林知微睁大眼，不禁踟蹰。

他声音笃定：“来我身边。”

林知微攥攥手，慢慢走入镜头，被他迎上牵住，紧挨着他坐下。

工作室所有人停住手中的忙碌，齐刷刷朝这边看过来。

陆星寒把她的长发拨到耳后，痴痴盯着看两眼，重新面对镜头：“给大家正式介绍一下，这是我家的小公主。”

“无论接受或是不接受，你们不要伤害她，也不要伤害自己，”他眸光明澈坦荡，“有任何不满，全都冲我来。”

第十三章

微 微 寒 星

袁孟把拍好的视频调光调色简单处理，准备发布，被陆星寒拦下，他翻出手机上的老皇历查查：“现在时辰不够好，十分钟以后是吉时，到时候发。”

林知微心里酸酸甜甜翻滚着：“说你是小古董，你还真是。”

陆星寒倾身贴贴她的脸。

他就是小古董怎么了，跟知微有关的事都要考虑周全，这条视频相当于书面公开关系，当然要选黄道吉日，良辰吉时。

袁孟应承，设置了发布时间。

工作室数台电脑同时运转，林知微放眼看过去，负责引导舆论的几个屏幕上有的还在循环播放陆星寒在舅舅家的那些录像，截取重点片段以备需要，画面上的小家伙捅着她的心，让她移不开目光，又不忍再看。

陆星寒注意到，马上遮住她的视线，推着她走远：“乖啊，咱不看了。”

林知微被按在沙发上，眼前总闪着他抱着衣服取暖的模样，她蒙着眼睛镇定片刻，抬头看到陆星寒紧拧着眉，蹲在她面前。

她眼眶酸得厉害：“对不起。”

如果自己当时不让陆星寒被带走，如果自己当时更自信能照顾好他，就不会……

她摸摸他的脸，指腹轻柔摩挲：“当时是不是联系不上我？你走前我给你买的手机，你说丢了，其实也被他们拿走了吧？”

陆星寒垂眸，伏在她的膝盖上闷闷“嗯”了声：“不想你太生气才一直没说，他们家人那时候谨慎，不会对我下狠手，伤痕很少，刚去的时候天气又不算太冷，冻疮也是后来才有的。”

“那个摄影师住在对面楼里，楼距很近，他无意中发现了我，趁没人偶尔跟我喊话，帮忙找过居委会反应。居委会来过一次，舅舅把我拉回屋里，等人走了再关进阳台。”

他双眼半合，眼神虚空：“他还去找派出所，过程差不多，就算拿出照片，别人也不爱管家长里短的事，后来还说，多少人家把年迈的父母都丢到外面，我一个寄养来的，有口饭吃不错了。”

世态炎凉。

没有明显虐待重伤，没闹出人命，没扔大街，谁会在意这种全天下枚举不清的渺小苦难，连上个当地新闻都不够资格。

林知微一下下摸他的头发，手腕发抖。

陆星寒在她腿上依恋地蹭蹭，低声说：“找得多了，更会惹人烦，我唯一一次回应他的喊话，是告诉他别管了，以后他想拍就拍，想看就看，但不要再为我白费力气。”

“本来走后再没联系，等红了一点，星上娱乐那边露了苗头，舅舅开始找我要钱，我猜到早晚会被当成把柄，”他静静地说，“提前很久就让袁孟关注他们，能用的证据随时收集，其间想找这个摄影师的时候，他也入了圈，先和我取得了联系，一直到今天才派上用场。”

“每个为我们说话的人，我都给了足够合适的回报，”他轻声道，“我明白，谁也没义务来为我们冒险。”

陆星寒箍住她的腰。“微微，那时你人在国外，这些小事我没有和你说，你别生我的气。”

“不生气，”林知微喉咙里堵得苦涩，俯身亲他，“怎么会生气。”

爱都来不及。

怎么哄着疼着也觉得不够。

为了此时此刻的顺利，陆星寒做的实在太多了。

“星寒，知微！”袁孟盯着电脑上传输的进度条，等完毕第一时间双手一击，“剩下的全搞定了，姓赵的那边等着宣判，姓梁的也别想跑，他俩交往过密，几条罪状姓梁的全有参与，加上这两天的事件，还有星上娱乐压榨星寒三年的恶行，他这辈子也别想翻身！”

陆星寒神色平稳：“无论曝光还是给警方提供，记得藏好身份，别暴露。”

“放心吧，”袁孟斗志昂扬拍胸脯，“跟咱们有关的，只有爱情——”他捧起大脸，“那些龌龊事绝不会沾边。”

他手指一动，正要操作时，陆星寒的手机骤然大响，来电人显示梁忱。

陆星寒没有马上接，梁忱却是等不及，转而打给林知微，得不到回应，继续打给袁孟。

袁孟得到陆星寒首肯，接通后开了免提。

“袁哥，袁哥，星寒在你身边吗？你帮忙传传话！”梁忱带着哭腔，“我错了，上次是我蠢，没搞懂我爸的用意，还帮着他打电话胡乱试探星寒，是我的错！”

陆星寒敛眸：“然后呢？”

梁忱听到他的声音犹如抓到救命稻草，连声喊：“我全知道了！我爸和那个姓赵的是一起的！我，我在家翻到了有用的东西，能证明他们——”

“不用了，”陆星寒淡淡地说，“我不需要。”

梁忱愣住，讷讷地说：“我知道你厉害，很多人在帮你，大家都为你说话，我爸那些手段没有一个难得住你，你要扳倒他了是吗？可是我……”

他咬咬牙：“我没替他做过坏事，还好几次来提醒过你，何况我本来也是受害者，你不要迁怒我，星寒，你……你不要让我以后在圈里待不下去。”

陆星寒扯开一点无声的笑。

袁孟有些难过地别开头，梁忱是他带过的孩子，也曾有过并肩作战的时光。

他不清楚梁忱是怎么看待陆星寒的，但他知道，从头到尾，无论陆星寒再怎么筹谋，从来没有打算把梁忱推出去。

陆星寒截断他的话：“队长，别说了，以后好自为之，希望你星途坦荡。”

紧接着，袁孟继续之前停顿的工作。

所谓的圈内顶层大人物梁先生，架设星上娱乐这个目的不纯的公司，压榨陆星寒三年尚不满足，合约期满，扣留不成污蔑陷害，企图把他毁掉，同时自身品性卑劣，身后丑事恶臭，条条肮脏线索逐一暴露，摊开在公众面前。

随着星上娱乐的坍塌，红极一时的男团，也在这个时候真正解散。

陆星寒自立门户。

容瑞和尤嘉作为新晋小生签约圈内知名的成意影视，前途大好。

队长梁忱走向不明，但借着三年来捆绑陆星寒的余热，总能有个不错的去处。

各家媒体简直要忙断腿，一边背地里埋怨陆星寒话题实在太多，一边紧赶慢赶生怕被同行落下，分头派出小分队盯紧各方进展。

之前陆星寒舅舅的线也没被遗忘，证实了他们一家欠巨额贷款被追责后，一大群记者继而找上了录像的摄影师，问题铺天盖地，好奇、质疑、求证都有。

摄影师毫无保留，把亲身经历的事实和盘托出。

他对着镜头面有愧色："我承认，当年我不够努力，尝试几次帮他失败后就放弃了，只能以拍摄的方式留下影像资料，虽然最终起到了作用，但心里还是歉疚。

"他红了以后，我更不敢出声，直到这个让我忍无可忍的契机——"

"如果能回到当初，"他眼睛湿润，"我一定不遗余力。"

工作室里，陆星寒揽着林知微站起，环视忙碌后初歇的大家："下面是不是该进行更重要的事了？"

大家累得要死，但一听这话还是打了鸡血一样个个精神抖擞等着寒哥指示。

寒哥点点头，朝袁孟说："吃饭，订外卖。"

大家呆怔，随即哈哈大笑，瘫倒在各自的位置上。

寒哥出手就是大手笔，外卖铺了整个会议桌，吃饭期间，舆论风向也尽在掌控，何晚喝着奶茶指指屏幕："瞧瞧，这帮跳脚的对家粉还不消停，趁机嘲讽呢。"

"不管怎么说，陆星寒这回人设彻底崩了吧？什么软萌小奶狗，简直是凶神恶煞！肯定掉粉掉得他媳妇都不认！”

陆星寒他媳妇刷刷微博，哦，昨天到现在，她家陆小崽涨粉十多万了。

“公开恋情是流量明星大忌，别管感情深不深，等着丢代言吧！”

林知微托着下巴：“星寒，上次在加拿大那品牌商……”

陆星寒把酱汁亲到她唇上，说：“刚联系过，马上官宣。”

五分钟后，著名奢牌主线官博高调公开新一季的全球代言人，字眼用得华丽又美好，真情实意把陆星寒夸上天。

其他正在合作期的品牌商也纷纷出面，或明或暗维护。

“行，代言有了，电影这次滑铁卢了吧？赵导倒台，看他接下来——”

这个话题还没等骂起来，国内导演第一人出马，公开陆星寒加盟新片，再看二番的位置，重视程度直逼一番影帝。

许黛及时发来微信：“我老公动作够快吧！”

林知微笑眯眯挨个去点赞，当天下午，《今夜无眠》第二季也宣布启动，首发阵容第一个还是陆星寒，随着热度爆炸，他去年写的几首老歌相继爬上各大榜单前列，新歌始终稳居榜首。

对家粉和黑子们累得够呛，最后发现这事情实在难搞。

陆星寒根本哪个也没丢，还潜移默化把有媳妇儿这事给操办好了。

地下恋情，姐弟恋，女方比他大四岁半，怎么看都是满满的黑点，可偏就一边倒地斩获支持，连粉丝们都倒戈了。

怎么黑？全网忙着心疼他俩，怎么黑！

舆论风向稳如泰山，窜出来的几缕歪风全被飞速镇压，该受惩罚的受惩罚，该岁月静好的正……

忙着秀恩爱。

“宝宝回头——”

大局已定，陆星寒迫不及待要回新家，林知微收拾东西刚到门口就被他喊住，本能地转身，“咔嚓”轻响，被拍了。

陆星寒美滋滋地看着拍好的照片，她发梢微扬，笑眼弯弯。

又美又可爱，简直要命。

他编辑微博，把照片配上，写了句“终于能带我宝回家了”，不去管这些内容能引起什么喧嚣，手机一收，跑过去搂起林知微上车。

新的住所在城南别墅区，离工作室不到半小时的车程，住的多数是圈内人，私密度高，安保够好。

车直接开进车库，袁孟临走前想起大事，忙降下车窗朝腻歪到不行的一对身影喊：“别忘了把咱工作室大名定下！”

林知微倒是忘了这个，想问问陆星寒的意见，还没说出口，进户大门推开，她的所有注意力全被崭新的家吸引住。

她亲手挑选的户型，她最喜欢的色调。

明明是第一次看见，没有参与任何设计，但因为涂满了陆星寒的心，各处都亲切熟悉得一如居住许久。

天黑了，门关上了，窗帘都紧紧合着，灯光软如纱绸。

这里不是暂时的，不是租来的，是真正属于她和陆星寒的家。

“微微，你喜欢吗？”

陆星寒领着她到处转，沿着楼梯跑上跑下，明明好到不能再好了，他还是有点忐忑，绕着她打转，到每个房间都要问一遍。

“喜欢——超喜欢——”

陆星寒搂着她的腰认真问：“最喜欢哪个？”

林知微抬头轻吻：“最喜欢你。”

陆星寒喉结滑动，把她往怀中一抱，神秘兮兮说：“还有个小秘密要告诉你。”

她红着耳根笑：“什么秘密？”

“床——”

他附在耳边，声音低低的：“特别软。”

后半夜，林知微趴在陆星寒怀里半睡半醒时，忽然想起袁孟临走前喊的那句话，瞬间精神不少：“工作室的名字还没定吗？”

“等你定。”

“不行，我困了，想不出来——”她不自觉撒娇，“我想让你定。”

陆星寒可受不住她这样，压过去轻咬几口，含住耳垂时，缓缓说了四个字——

“微微寒星。”

三天后是陆星寒精挑细选的好日子，微微寒星工作室正式挂牌运营，新注册的官博挂上显眼大V，袁孟跑前跑后给陆星寒和林知微抓拍合照，在上百张里挑出一张相视而笑的，满意地挂上去，宣告开张大吉。

微博上立马掀起祝福潮，横跨娱乐圈、造型圈，还混着多国语言，有的袁孟也不认识，他摸着下巴感慨："这怎么跟宣布结婚了似的，就差恭祝百年好合了。"

何晚刷着转评悠然说："这边工作室刚出场，那边情侣粉直接把话题都建起来了，据说是'圈内分手率趋近于零的顶配情侣'，买一股稳赚不赔。"

不但分手率等于零，简直甜度超高，有挖不完的宝藏。

就连陆星寒出道时的直播视频都被人重新翻出来，指出那个让他从高冷转软萌的幕后小姐姐，就是林知微。

往后朝夕相处的合作更不用说了，随便看看过去的经历就能翻出一堆明明暗暗的酒心糖。

为啥是酒心？

又甜又醉啊！

除陆星寒数量庞大的女友粉们扎心得要死要活以外，大多数人都沉浸在挖掘新糖的乐趣里。

巨星配上造型师，从小到大的深爱，专一热情死心塌地，简直神作好吧。

粉丝也省心，再不用担心陆星寒以后有绯闻有黑料，小姐姐又温柔又优秀招人疼，姐弟恋不畏险阻激流勇进多刺激啊。

女友粉们一开始纷纷狂吼着脱粉再见一生黑，刷一堆墙头表明决心，没几天就抓心挠肝被陆星寒对媳妇儿的宠爱给勾回来，毫无底线地抹泪喊着"嗷嗷好甜"！

说到底，粉丝们最开始的刺激过后，冷静了，清醒了。

陆星寒自身的出色和几年来给予大家的东西，早已远远超过流量偶像，就算抛开外表和幻想，圈里也没有人能够替代他。

他想要的仅仅是光明正大的幸福，而最不该阻挠的，就是曾被他照亮过的粉丝。

工作室开张后，排着队的行程纷至沓来。

林知微接单到手软，连容瑞和谢晗都要往后排，何况别人，她工作中的第一身份永恒不变，是陆星寒的专属造型师。

每次出行，袁孟带一拨，何晚带一拨，中间拥着陆星寒和林知微，看着似乎少言内敛不张扬，实际比谁都打眼。

《今夜无眠》第二季开拍后，主创团队全是老熟人，导演提起当年害得小情侣掉下六层的事还连连道歉，顺便凭着过去的关系死皮赖脸给他俩拍甜蜜小段子放花絮，话题度和播放率连连破纪录。

综艺的间隙里，新的时装周如期到来。

“星寒——”林知微琢磨着怎么跟陆星寒说，某崽的异地阴影还非常深厚，根本不是一朝一夕能扭回来的，只要她出门，他虽然不反对，但总是难过低落眼巴巴，小模样可怜得要命，“我算过了，就一周！”

后台化妆间，陆星寒坐在镜子前，听到这话，汪水的眸子盈盈望向她。

里面沉甸甸的光快要坠下来。

林知微嘴软心也软，无奈抚额：“五……五天。”

陆星寒抿唇，头低下去，手指绞在一起。

头顶小乌云聚成团，随时要打雷闪电下起雨，淋成落汤小狗崽。

林知微抬起他下巴，弯下身瞧他：“好，我不去了。”

陆星寒眸光闪了闪，闷声闷气说：“不行，不能耽误你工作，可是五天不太好，要不——”

他的笑意快要藏不住了：“十天吧。”

林知微惊讶。

他终于明媚地笑开，张开手臂把她拦腰一搂：“我跟你一起去！多出的时间我们去约会！”

林知微揉揉他：“电影不是开拍了吗？你怎么能出得去？”

陆星寒的桃花眼弯成桥：“导演也要陪许黛老师去，开机推迟，正好两个代言都是这次时装周的主要赞助，专程请我去走秀。”

走秀当天，国内国外通稿满天飞，陆星寒被一众金发碧眼的品牌商和设计师团团围着，淡定自若，林知微却紧张得不行。

时间临近，陆星寒作为开场，盛装等在薄烟缥缈的入口，林知微要从后台跑去下面的坐席看他，刚走出几步，他的声音响起：“微微。”

林知微回眸。

雾气里，他修长的身影和昳丽的五官若隐若现，眸光仿佛揉碎的繁星，直勾勾晃进人心底。

他嘴角翘着，专注地看她：“别紧张，相信我。”

林知微心口“怦怦”乱跳。

她回到坐席，灯光随之转暗，T台边蹿起细小火苗，氛围烘托得如梦如画，陆星寒稳步踏出，身后迤逦披风荡起波纹，满身锋芒。

全场为他屏息。

无数媒体镜头对准，直接把林知微小粉丝捧心似的瞬间一起定格。

开场秀结束，陆星寒第一时间赶到坐席，坐在林知微身边留好的位置。

林知微心脏还不太好，小声问：“你忙完了？”

陆星寒点头，凑过去跟她耳语：“老婆的工作排首位，我可是你的贴身小助理。”

接下来的整场秀，陆星寒当着对焦过来的众多“长枪短炮”，自然地给林知微捧电脑、递相机，默契十足帮她记录，偶尔还插上吸管喂点水，看她长发垂落，再细心撩起别到背后。

坐对面的一群国内记者纷纷心律不齐。

“这跟刚才走秀是一个人吗？！台上帅炸天，台下小妻奴啊！”

“陆星寒能不能对自己的身价有点认知！”

“单人图都拍不到，哭了。”

“天啊好虐！我可是单身！”

秀结束，媒体们一拥而上，艰难要求给陆星寒拍几张单人照。

林知微给陆星寒检查衣妆，自动退开，在旁边笑眯眯看着，陆星寒往镜头前一站秒秒钟切换模式，宽肩长腿完美比例，没表情随便侧个身就是精修男刊封面，等镜头一撤，他马上伸手把林知微牵过，十指紧扣，软糯成一块小糖糕。

又甜，又黏。

媒体们赶紧抓拍，这反差对比，话题妥妥的。

时装周的几天里，陆星寒除自己的活动行程外，以家属身份陪着林知微看了七八场秀，最后一场时迎面撞上了许久不见的蓝龄。

蓝龄激动得差点跳到林知微身上："宝贝儿我可想死你了！"

中文进步不少。

陆星寒抵唇轻咳。

蓝龄怯怯地退开："看在我是'微微寒星'情侣粉领军人物的面子上，给点宽限呗。"

"你？"林知微以为她闹着玩。

蓝龄骄傲挺胸："就是我，粉头知道吧？引领风向怒刷话题！有我在，保你们大旗永不倒！"

平稳顺遂下，有那么多人在默默为他们努力。

林知微抱住她拍拍。

蓝龄矜持地表示："那个，我是情侣粉，你俩抱一下，我会更开心。"

林知微笑着推推蓝龄，约好了晚上和她一起吃饭。蓝龄刚被别人叫走，就有高跟鞋声从身后传来，熟悉的女声微扬："幸福着哪？"

一回头，妆容精致的脸带着习惯性的别扭倨傲，眼神却清澈不少。

秦思思。

陆星寒手臂护在林知微肩上，冷眼问："有事？"

秦思思气死了，一下子破功："能别把我当仇人吗？"

林知微可不想剑拔弩张被谁给拍到，忙缓和气氛："你最近还好吧？"

"还行，"秦思思目光转向林知微，声音轻了些，"自己打拼，挺充实的，"她抬起手上的大钻戒晃晃，"而且我快结婚了。"

看似炫耀，却更像证明什么。

林知微斟酌着问："跟……"

"不是跟我哥，别瞎想，"秦思思淡笑，"他不乐意要我，我还看不上他呢，我男朋友比他好一万倍。"

她幽幽扫了眼陆星寒紧扣的手："我没你弟弟厉害，两情相悦，得偿所愿。"

本来也是。

这世上能有几段爱情是两情相悦，得偿所愿。

时装周的行程结束，留在当地过了几天没羞没臊的小假期，回国后，陆星寒真正忙碌起来，电影进组，新歌待录，一堆新季度广告片排着档期，偶尔穿插着综艺和杂志。

但陆星寒就是淡定。

老婆经常在身边，看得见摸得着，疲惫受伤的时候还能得到爱的抚慰，再忙也是享受。

至于老婆不在的时候，只能孤独可怜地默默舔伤口。

林知微正在跟谢晗出席活动。手机“叮零”一响，林知微点开图片差点心律不齐，仔细一看，半厘米的小口子被他拍得超近，显得又长又深。

“微微，我好疼。”

谢晗一眼瞄到，险些喷血：“星寒弟弟小题大做。”

林知微本能护着：“小伤也疼。”

她赶紧回复，哄他一长串：“乖啦，伤口快点处理好，回去给你吹吹。”

谢晗默默以头碰墙。

不好意思，“单身狗”打扰了。

到年底的时候，娱乐圈的盛宴拉开帷幕，各大颁奖礼红毯相继排上日程。

别管地位多高的大明星，在这种场合，穿错衣服照样会遭嘲讽，几个知名的造型团队自然而然被抢破头，尤其林知微，再高的价码也有人心甘情愿加钱请。

工作室里负责接洽的电话几天来快被打爆，给出的回应无一例外都是林知微没档期，有些渠道多的辗转打听到她的私人号码，得到的依然是相同答案。

“一套红毯造型的时间也没有吗？”来问的经纪人不死心，自家艺人可是多少人想攀交情的年轻影帝。

林知微温和地反问：“您是不是还没看官宣？那场红毯，陆星寒也参加。”

一众颁奖礼，无论唱歌的、影视的还是纯拼人气流量的，都把陆星寒摆在宣发图最显眼的那一块，明明白白横扫奖项的气势。

管他什么影帝不影帝，只要陆星寒出席，林知微哪来的档期去接别人的单。

红毯结束的后台休息室里，陆星寒顺手刷刷微博上的造型盘点，他毫无意外收获超高好评，被摆在“神仙哥哥”那一栏，不禁骄傲地扬扬眉：“最近我挨的骂估计不少。”

林知微正给他补妆：“哪有啊，都是夸你的。”

“网上是夸的，圈里是骂的，”他亲亲林知微忙碌的手背，“骂我霸占你，他们一点机会也没有。”

说着他眸光狡黠地问：“我更气人一点好不好？”

林知微戳他脸，想着还能怎么更气人，转头陆星寒去了前面颁奖礼现场，登台领奖时，冠冕堂皇的感谢词说完，他大大方方加了一句：“最要感谢的，当然是我的造型师。”

底下粉丝们尖叫，嘉宾席上造型水平参差不齐的大明星们却恨不能死命嘘他。

拿奖就算了，秀恩爱就算了，还扎心！

从这场以后，陆星寒但凡拿奖，这句话成了标配。

无论感谢多少人，最要感谢的，永远是他的造型师。

大家都知道造型师是你亲媳妇儿！别人多少钱也请不动行了吧！

亲媳妇儿林知微最近有点发愁，颁奖礼这一热潮眼看着接近尾声，天气也越来越冷，意味着陆星寒的生日快要到了。

想当初他十八，能送个手机做礼物。

现在……二十二岁生日，他想要的都有了，礼物就成了难题。

春节前最后一场盛典参加完，返程的车上，林知微手肘垫在车窗边，还在专心地苦思冥想，陆星寒钩住她的手指：“宝宝，有两件事跟你申请。”

这么郑重？

林知微坐直。

陆星寒把她揽近：“我需要用点钱。”

林知微怔了怔，忍不住失笑：“这也要申请？钱不都是给你花的。”

陆星寒别管是曾经的男团阶段，还是如今天文数字的身价，所有账户全部交给林知微。

近年他又涉及了不少圈外投资，无一失败，都在持续稳定地大额进账，再加上林知微自身的高收入，钱对于她来说快要成了不断添零的虚拟数字。

“你不问我做什么用吗？”

“干吗要问，”她握住他的手，“你想说肯定会说，何况，你做什么我都支持。”

陆星寒轻轻咬她一口：“不问不行，你不关心我。”

林知微捏他鼻尖：“要闹是吧？那你说——”

“不说，”他开心了，腻着她蹭蹭，“现在不能说，等下周回江城再告诉你。”

下周回江城？

林知微提醒他：“星寒，下周是你生日。”

“这是第二件要跟你申请的事，”他兴致昂扬，“我想回江城过生日。”

陆星寒和林知微分头把手上的工作处理完，赶在生日前一天排出三天的闲暇，到江城机场时天已经黑了，有不少消息灵通的粉丝守在外面，看到亲密的身影出现，没有随便喊叫拍照，安安静静陪他们出去上车。

关车门前，林知微回身和她们挥手，粉丝们热情回应：“提前祝寒哥生日快乐，小寒嫂跟寒哥一起好好享受假期！”

等等！小寒嫂？！

林知微有点窒息。

粉丝们笑着哄慰她：“多可爱啊，我们超喜欢，现在大家都这么叫！”

林知微坐车里默默念了几遍，居然真的觉出可爱来，她耳根止不住有点泛红，跟陆星寒说：“都是你当时那句‘叫嫂子’闹的。”

陆星寒无辜眨眼：“那我发个微博，澄清一下，她们嫂子不喜欢这个称呼。”

“别呀，”林知微瞪着他，脸也热了，“我……我挺喜欢的！”

小寒嫂就……小寒嫂嘛。

谁让他是寒哥呢。

江城的冬天要更冷些，一月已经下了好几场大雪，回到老房子附近时，林知微透过车窗看到外面积雪皑皑，斑驳的小区围墙挂上了巨大醒目的规划图。

看样子要拆迁了。

这片旧城区位处边缘，设施老化，房屋破旧，早已和时代格格不入。

两个人武装严实，天又飘着雪，来往邻居没多注意，陆星寒给她裹紧围巾，搂着往楼上走。

楼道里比上次回来时更杂乱，林知微心里却漫上说不出的伤感。

好生活过得再多，这里也是她跟陆星寒一步步长大的地方，每层楼梯都有他跑过跳过的痕迹，就连门口昏暗的小墙角，也曾被他无数次可怜兮兮蹲过，在数不清的日日夜夜里，傻乎乎蜷在这等她。

她眼帘垂下，情绪低落时，听到陆星寒说："等冬天过去，整片老城区要重新开发了。"

哦……应该的。

她咬着唇，慢吞吞掏钥匙。

陆星寒环住她的腰，声调冷了些，继续说："原本打主意的开发商是个我连名字都不想提的人。"

林知微警觉地抬头，一下子记起那年篮球赛，在小区外遇见秦然时，他好像的确说过，有意向在江城这片老城区开发什么大型商业中心，难道不是随口说说？！

如果承载了过去那么多时光的家是被秦然铲平的，那真的……

门打开，里面陈设依旧，陆星寒拥着她进去，后背一靠，关紧，四下安宁。

"星寒……"

陆星寒把她搂在胸前，抚开她拧住的眉心："我知道你也不愿意。"

理智告诉林知微不应该意气用事，情感又喧嚣个没完，喊着不愿意，她犹豫地问："我怎么才能拒绝？不同意拆迁可以吗？"

陆星寒笑着把她往上一抱。

林知微更纠结，沉浸在难题里："可要是不同意，会给别人添麻烦，影响江城发展，心里过意不去。"

而且不见得有作用。

陆星寒瞧着她左右为难的模样，小巧的鼻子皱着，饱满的唇咬红一片，让他只想把能让她开心的全部捧给她。

他揉揉她的背，低声诱哄："这么大的事，我可能让你失望吗？"

林知微惊讶地看他。

陆星寒认真地说："再远的地方我不管，但这个小区，包括周边我们长大的范围，我从秦然手里抢来了。"

林知微僵住，下意识抓紧他的手臂，心跳一瞬加速。

他凝视她："我一直在关注江城这边的消息，就是不想错过，按照新的规划，这一块刚好是商用的娱乐区域，我已经争取到，手续很快就能办好，等拆迁结束，建座游乐场。"

游乐场。

从前他天天好奇的，向往的，盼望有朝一日能带知微去玩的游乐场。

小时候，江城南边唯一一座游乐场在孩子的眼里无限神秘，有谁要是去玩过，足够炫耀一个星期。

陆星寒的小学离知微的中学不远，放学时他总会提前跑到回家的必经之路上等，牵着知微的手一起走。他还记得那天傍晚，知微身旁同行的女孩大声说："游乐场你都没去过？"

知微很乖巧地摇头。

女孩咯咯笑："那你也太没见识了。"

知微性格温柔，从不会跟人在小事上争辩，静静听着她炫耀玩得如何开心，里面多么光怪陆离让人眼花缭乱。

女孩又说："让你爸妈带你去啊。"

知微声音软软的："不了。"

她攥着手，轻声说："我不想去。"

哪有小孩不想去。

他默默在后面跟着，小小的手握成拳，等知微跟那女孩在路口分开，他冲上去拉住她，大声说："以后，以后我一定让你有自己的游乐场！"

知微笑着拍他的头："别闹了。"

"我说真的！"

"好——真的真的，"她眉眼特别柔，搭着他的肩，"我们一起玩，在哪都很开心，不用去那么贵的地方。"

陆星寒想起知微当时乖顺懂事的表情，胸口疼起来，俯身亲亲她的额头："这是我们的家，以后是你的游乐场。"

林知微当然记得他那个傍晚的童言无忌。

却没想到，这么多年还刻在他的心里，让它成了真。

“明明是你的生日……”她心口松软塌陷，踮脚埋进他颈窝里。

陆星寒把她托起走进客厅：“钱是跟你申请来的，就算是你满足我的生日愿望啊。”

“这个不算，”林知微湿着眼，“还有没有别的愿望？我能实现。”

陆星寒眸色深深：“当然有。”

被他压在小沙发里亲了一阵，林知微手机振动，才想起订的蛋糕该送了，接起来却得到意外消息：“不好意思林小姐，我们的员工出了点差错，记错了您的订单，预定时间不能配送了，您多等我们两个小时，或者给您双倍退款可以吗？”

电话里连连道歉，听声音要哭了。

林知微也不好计较，看看时间，现在已经晚上十点，再等两个小时十二点都过了，怎么可以。

挂了电话，她拎起大衣：“再订来不及了，我出去买个蛋糕。”

陆星寒赶紧拉住她：“一起去。”

林知微点点他的肩膀：“这点伪装根本不够用，马上又是你生日，出去要上头条啦。”

“那就不买了，”陆星寒当机立断，“我们在家做一个。”

“材料太少了！”

“少有少的做法，”陆星寒把她抱到橱柜的台板上，底下铺个小垫子，“乖乖坐着。”

“那我做什么？”

“做啦啦队啊，”陆星寒挑眉笑，眉目生光，“给老公喊加油。”

幼稚！

林知微做菜拿手，做蛋糕却是一窍不通，可也不甘心坐着不动，趁他忙的时候挤进他怀里添乱，沾了满手面蹭在他脸上。

陆星寒任她蹭，舔舔她的耳垂，满足地问：“微微你发现了吗？”

林知微仰脸看他。

“在我面前，你再也不会硬撑着成熟，”他目光灼灼，爱意要溢出来，“真正是小女孩，小可爱——”

林知微不好意思了一下子，很快没羞没臊地放开，盯着他拖长了音：“还有小什么？”

他双臂收紧，压低声音，缓缓说：“小娇妻啊。”

这个过分了哎！

家里材料确实少，陆星寒烤好蛋糕坯，林知微翻箱倒柜才找出一管炼乳，还好没过期。

她卷起衣袖，聚精会神在蛋糕上画了个巨大的心，觉得还应该写点什么，灵机一动，想到乡下老房子那面被他刻了字的墙，笑眯眯说：“写个一生一世在一起，一生一世不分开。”

陆星寒笑着捂眼：“又笑话我。”

“不是，我认真的。”

放在过去的年代，这句简直是最真心的告白。

只不过现在看着傻了点而已。

林知微丈量尺寸，开始动手写，无奈蛋糕不够大，只能写得下一生一世，她不满意，在下面加了两个小小的“爱你”。

完工。

她把蛋糕摆到茶几，拉开抽屉，里面还保存着陆星寒十八岁生日那天剩下的蜡烛，按数量插好，抬头看看墙上的钟，晚上十一点五十九。

还剩一分钟。

陆星寒摆弄了一下手机，点开微博把草稿箱里的内容发送，然后摸出长裤兜里的东西，手心隐隐出汗。

林知微想拉他到身边坐下，他却退了半步，在她面前缓缓弯折双腿，单膝点地。

客厅的灯关了，烛光静静闪烁，把她的脸映得一片融暖。

陆星寒深深看她，张了张口，喉咙里干涩得厉害，他更用力地收拢五指：“十八岁生日的晚上，我许了一个愿，你说一定能实现。”

林知微双眸琉璃似的。

他甜笑：“我那时想，能进娱乐圈，靠近你，每天跟你在一起，让你知道我的心意，接受我。”

林知微眼角发酸：“这哪是一个愿望啊。”

“是一个，”他目不转睛，“我想，你能爱我。”

她一下子流泪：“我没骗你吧，实现了。”

墙上的钟轻响一下，十二点到了。

陆星寒把手中的东西攥得滚烫：“那时候的愿望成真了，我现在二十二岁，新的愿望也能实现吗？”

林知微胸腔里控制不住地猛烈震颤：“当然能。”

“不准反悔。”

“不反悔。”

蜡烛燃得还剩一半，火苗柔软跳动。

这世上安静空荡，也紧致拥挤。

挤满他呼啸流淌的渴望。

陆星寒手指发抖，捧出握得快要变形的小盒打开，钻石映着烛光，一瞬闪出璀璨的光彩。

林知微的视线彻底模糊。

他双膝全部落地，往前靠得更近，用力抓住她的手：“微微，这是我二十二岁的第一分钟，到了合法的年龄，我终于有资格跟你说这句话了。

“嫁给我。”

“嫁给我，”他目光痴缠，定定地凝望她，“我们结婚。”

陆星寒的泪流下来。

“林知微，求你把自己交给我，做我的妻子，”他指骨绷得发白，声音发颤，“你愿意吗？”

林知微给他擦泪，自己却哭得止不住：“这句话不需要问。”

陆星寒固执地说：“我想听你亲口回答。”

他把戒指从盒子里取出，不容拒绝地拉住她的手，偏又哀哀地问：“宝宝，你愿意吗？”

沙哑缠绵，非要她一个确定的答案。

荧荧烛火下，他湿红火热的眼睛是天底下最无价的宝石。

林知微哽咽着扑上去抱住他：“我愿意啊。”

“我早就……早就在等着这一天，”她把泛滥的眼泪蹭到他的颈侧，抽噎着说，“等你娶我。”

共同经过了那么多成长的时刻，到今天，他足能担起一切，让她做个待嫁的小妻子。

陆星寒呼吸急促，抬起她的下巴狠狠吻一下，双手战栗着取下她中指上原本那枚戒指，放在茶几上，把带着热烫体温的钻戒套牢，嗓音暗哑：“男朋友的时间结束了，从现在起，我是你的未婚夫。”

他说完，手臂穿过她的膝弯，直接把她打横抱起。

林知微轻呼一下，揪住他的毛衣：“蜡烛……”

陆星寒勉强停下：“对，我的愿望成真了，要把蜡烛吹掉。”

所有光源熄灭。

陆星寒撞开他那间小卧室的门，从前在这里，多少次想她想得魂不守舍，如今深爱痴迷到骨子里的人就在怀里。

想要她，发了疯似的想。

他全身血液翻涌，沸腾得炙硬疼痛，犹如干涸在沙漠里濒死的鱼，只有她的温软潮湿才能拯救。

“蛋糕……还没吃……”她仰头轻喘。

“不急，”他哑声说，“先救救我。”

林知微迷迷糊糊睡到深夜，梦到她站在五光十色的游乐场里奔向陆星寒，被他搂住转了个圈，她笑着醒过来，感觉到他的手臂确实紧紧缠在腰上。

明明呼吸平稳，人在沉睡，还本能地生怕她跑了似的。

她睡不着了，看见床头桌上备着保温杯，手机就摆在旁边，她伸手摸过，调低亮度，发现通知栏再一次爆炸。

点进去一看，十一点五十九分，陆星寒发了一条微博。

“二十二岁的第一件事，跟我的小公主求婚。”

直到现在凌晨四点，首页还是没有平息下来，不少人瞪着眼睛怒等后续。

林知微窝在他胸前，身上软心里更软，她藏进被子里，按下转发，写一行字：“晚安，我的未婚夫。”

刚一发出，直线暴增的消息蜂拥而至。

她关掉手机，转身埋进他怀中，蹭蹭锁骨胸膛，跟他无缝贴紧。

陆星寒下意识抱住，含糊地喃喃：“微微……亲亲我……”

梦里也要亲亲。

林知微果断满足他，被他的气息笼罩，很快又睡过去。

再醒来天早亮了，林知微揉揉眼，刚发出一点气音，她就被一双迫不及待的有力手臂抱进洗手间。

“你起床好早……”她还迷迷糊糊的。

陆星寒帮她洗脸，揉着细腻的小泡沫：“今天有大事。”

她没反应过来：“大事？”

陆星寒捏捏她的脸：“一辈子的大事。”

林知微的神经成功对接，猛地从困意里醒过来。

陆星寒笑得无比荡漾，身体前倾，把她困在洗手台边：“未婚夫的时间也该结束了，我要做你名正言顺的老公。”

未婚夫才做了几个小时好吧！

陆星寒眼巴巴地看着她：“我最盼望的生日礼物只要九块钱。”

“九块钱啊——”他早已洗漱妥当，一张脸玉似的含光，逼近了绵绵央求，“宝宝给我，求求你。”

林知微全身都酥了，迅速败下阵。

给给给！

要什么都给！

林知微这才知道陆星寒准备齐全，该用的证件偷偷带得一样不少，坐车上时他还说：“我的户籍一直保留在江城，就是想跟你在这领证，江城的意义特殊，别的地方不能取代。”

在这里相识相伴长大。

也要在这里许诺彼此一生。

到民政局门口时，林知微手机响起特殊关注微博的提示音。

她的特殊关注就一个。

拿出来一看，陆星寒转了她凌晨发的那条：“二十二岁的第二件事，带我的小未婚妻去领证。”

林知微耳根通红：“你就不怕被围堵！”

陆星寒拉住她，一本正经地说：“怕，所以我们快点跑，越早领了越好。”

冬天穿戴得多，刚进民政局还没太引起注意，等拍照时候帽子口罩一摘，工作人员先惊了，正愣着，有年轻的同事路过，凑进来激动地八卦：“哎你看微博没！陆星寒要带媳妇儿领证，不知道是不是回江城领啊！”

“那个……你看眼前是谁……”

同事顺着指的方向一看，一口气差点没喘上来。

陆星寒搂着媳妇儿，微微一笑：“请问，可以拍了吗？我急。”

外头排队的小情侣全炸了，纷纷簇拥过来看，不敢明目张胆，拿手机遮遮掩掩地拍照，“咔嚓”声此起彼伏时，陆星寒忽然转过头，小情侣们有点紧张，怕他不悦，哪知他眼含春光，主动朝大家招了下手。

他可是有妇之夫了，超得意好吧！

陆星寒攥着林知微的手，在办理的柜台前像小学生一样站得笔直，眼睛盯着盖了钢印的照片放不开，等新鲜出炉的小红本递到跟前时，他呼吸都要停了，小心翼翼捧起来一遍遍看。

“真好看，”他摸摸照片，再看看真人，“我老婆真好看。”

等宣誓完，陆星寒眼底完全红透，外面开始有喧闹声响起，怕是闻讯的记者赶到了，林知微蹭蹭眼角，不想他的傻样被别人看去，给他把墨镜戴上，挽住他的手臂：“回家啦——”

她抬头朝他一笑，小声地叫：“老公。”

三天假期一到，新鲜出炉的小夫妻马不停蹄赶回，在机场遭到大面积围堵，有唯恐天下不乱的记者追着问：“寒寒你才刚到年龄，现在就领证不觉得太早吗？”

陆星寒语气平稳，目光冷冷的：“我做梦都盼着快点到二十二，早就等不及了。”

大部分媒体都知情识趣，话筒挤上来热切地问：“婚礼今年会办吗？时间有没有确定？”

林知微杏眼弯弯，跟陆星寒手指紧扣。

陆星寒的笑意这下达了眼底，郑重地点头：“在筹备了，在她生日当天。”

记者们激动得连声惊呼。

陆星寒生日领证，林知微生日婚礼，小两口太有心了吧。

结婚话题挂在热搜好几天，更多细节逐渐露出水面，不但婚礼日子定了，连地点也选好了，在陆星寒初次亮相国际电影节的那座小岛上。

林知微的生日是春天，岛上没有大型活动，正是悠闲清静，风景如画的好时节。

随后陆星寒上节目时接受采访，不断有人问起偏爱小岛的原因，他嘴角轻扬："那座岛，对我来说很特殊。"

林知微不禁捂脸。

小狼崽子……

特殊在哪，还不是因为惦念着那个酒店房间里没做成的事。

春节过后，春天来得很快，工作室的日程不断调整，进入四月时，陆星寒和林知微的行程完全暂停。

婚礼前夕，袁孟早早带大队人马去岛上筹备，到了小两口要来的日子，他提前订好了船过去码头接。

袁孟远远看到亲亲密密的两道身影，使劲儿挥手："星寒！知微！"

他也说不上为什么特别感慨，老父亲似的快哭了。

依然是个夕阳如画的傍晚，船破开染成橙红的水面，艳丽得仿佛泼了油彩，袁孟开心地说："这就是上回咱们坐的那艘船，我特意找到它的！以前有过的所有坎坷，全都用幸福填上！"

随着婚礼临近，岛上越发热闹。

陆星寒几乎什么都要亲自过问，林知微看他实在太辛苦，拽着他要求："出去逛逛吧——"

"乖，等我扎完这个捧花。"

林知微瞧着他蜷着修长的身体蹲在地上，一丝不苟地在数捧花束里挑拣最好的几朵，还献宝似的给她看："好看吗？"

"好看，"她笑，"那比花还好看的陆先生，能不能跟我去休息休息？"

白天事事亲力亲为，晚上……又在住过的那个房间里缠着她……

她都替他累！

岛上面积不算太大，骑着单车慢悠悠转着，要不了多久就能逛完一圈，陆星寒却不太满意，长腿搭在路边："没有双人单车，这个不好，跟你离得太远了。"

林知微笑趴在车把上："好，那不骑了，"她张望一下，正好到了岛上有名的一座拱桥边，"我们去桥上坐坐。"

桥很长，中间有造型别致的座椅，迎面吹来微暖的风，棉花似的云朵染上了淡淡粉色。

林知微靠在他肩上，享受得眯起眼："就这样静静坐着真好——"

陆星寒侧头吻她："跟你一起，做什么都好。"

难舍难分时，何晚不合时宜地打来电话："容瑞陪着小姑，还有许黛老师她们都过来了，浓情蜜意的小两口是不是要给大家亮亮相啊？"

林知微满口答应，拉起陆星寒："走吧？"

陆星寒仰脸望她，勾着她的后颈压下，再覆上去："没亲够。"

"那……什么时候能亲够？"

"没有那一天。"

婚礼半公开，除了身边亲近的人，合作密切的圈内人和相熟的媒体也都收到了请柬，陆星寒和林知微的原则统一，与其神秘地叫人编派猜测，不如大方亮出来

婚礼前一天，宾客相继到位，袁孟找专人负责接待和统计礼物，晚上他过目时，看到其中某个名字时不禁顿了顿，梁忱。

袁孟找出梁忱送的东西，是一对限量手表，配着一张写得密密麻麻的小卡片。

他把卡片拿给陆星寒，陆星寒展开，林知微一起贴近了细看。

"我决定转行做幕后了，上个月还开了两家烤肉店，生意很好，你说得没错，我该把时间和努力用在更适合的地方。

"没了我爸的桎梏，我过得非常轻松。

"当年故意给你代购仿品，送知微姐姐手表的事一直没有和你道歉，我又赖着你压榨你那么长时间，今天想说，对不起。

"这对手表，是我对过去的歉意，也是祝福。"

陆星寒合上卡片："收了吧。"

连他所有想表达的情绪，一并收了。

等晚上十二点一到，婚礼近在眼前，林知微原本若有若无的紧张感不由自主放大，何晚劝她："快点睡，要起很早的。"

“我尽量……”

正说着，虚掩的房门推开，陆星寒进来，何晚吓一跳：“不是听说结婚前晚不能同房吗？”

“那是别人，”陆星寒说，“我跟微微分不开，没那么多规矩。”

何晚稀里糊涂出了房间，陆星寒关上门，上床拥住她：“我不在睡不着是不是？”

林知微蹭进他怀里点点头，吸了口气：“紧张。”

“我在呢，”他低声笑，一下下轻拍着哄，“宝宝，生日快乐。”

林知微搂住他的腰。

他声音温暖：“新婚快乐。”

林知微果然很快睡着了，天没亮就被叫醒化妆，许黛不放心别人，自己上手，太阳升起时妆面才完成，许黛越看越喜欢，笑着拍照：“我们新娘子真美。”

何晚和工作室的小姑娘们精心抱过婚纱，林知微换好站在镜前，看得有些发怔。

身后叽叽喳喳的声音不断，在互相提醒着还有什么首饰没有给她戴，可她听不清了，满耳是剧烈的心跳声。

她要嫁给陆星寒了。

今天，她是他的新娘。

说话声什么时候消失的她没有注意，回过神时，偌大的房间里只剩下微重的呼吸声。

她提着裙摆转身，轻软头纱随之荡出涟漪。

盛装的陆星寒站在几步之外，映着窗口斜洒进的朝阳，英俊耀眼宛若她的神祇。

他一动不动，定定地望着她。

林知微低头笑：“你都看过好几次了啊……”

试妆，婚纱照，明明应该习惯了。

陆星寒摇头：“今天不一样。”

他喉咙滚动着，把她牵到化妆镜前：“耳坠还没戴，我来。”

她的耳垂瓷白绵软，细细的金属穿过，染出一点红晕，他盯着，忍耐不住，倾身过去在上面用唇轻碰，珍爱地连连落下浅吻。

婚礼主持人敲门进来的时候觉得自己简直罪过，画报似的美好画面给打扰了。

他闹了个红脸，再次跟陆星寒确认："按一般流程，应该是新郎跟我一起等在前面，新娘由男性长辈牵出，没长辈也无所谓，可以让新娘单独走过花道。"

主持人是综艺名嘴，经常给圈内好友张罗婚礼，熟练又负责任，就怕哪里弄得不好。

陆星寒毫不犹豫地说："我们家特殊，我和她一起走。"

"她不需要长辈，我牵着她。"

没有长辈，没有什么传统的流程。

什么也没有。

他和微微只有彼此。

上午的阳光烂漫，对开大门敞开，经过明亮的长廊，通到外面人声鼎沸的婚礼现场。

小岛的气候和美景最适合户外婚礼。

时间已到。

陆星寒笑着朝她伸出手，婚纱的裙摆迤逦，轻扫过长廊台阶，带起花道上松软鲜嫩的无数花瓣。

两侧的尖叫声一直没有断过。

"交换戒指——"

"快快拥吻！"

"寒寒有没有真情告白说给我们听一下！"

陆星寒抚着林知微的背，朝大家笑着说："告白只给我的新娘听。"

林知微眼尾爬上潮湿的红，在喧嚣声浪里被他拥住。

她轻声说："星寒，你算过没有，二十年了。"

陆星寒蹭掉她的泪："你遇见我的时候，生日已经过了，到现在，是十九年七个月零十天。"

他轻捧着她的脸："七岁，你第一次抱起我，让我成了最幸福的小孩。"

林知微一双眼弯得极美，含笑蓄起水光。

他的唇靠近："二十七岁，你嫁给我，让我做最幸福的男人。"

吻落下，滚烫而热烈，唇齿间演绎着最难舍的缠绵。

我的所有第一次是你。

所有最后一次，也是你。

别无所求。

只愿中间这数十年的时光，能过得慢点再慢点，让我和你厮守，长长久久，永无尽头。

全文完